젊은 날의 고뇌와 사랑

A.J.크로닌 / 이정빈 옮김

지성문화사

이 책을 읽는 분들에게
― 작가와 작품에 대하여 ―

A. J. 크로닌은 1896년 스코틀랜드에서 출생했다. 빌딩스 로망 (Building's Roman, 성장소설)이라고 불리는 그의 자전소설《고독과 순결의 노래(原題·The Green Years)》에 성장 과정이 잘 그려져 있다. 작품 속에서 '나'로 등장하는 이 책의 주인공 로버트 샤넌은 일찍이 8세 때 부모를 모두 잃고 외가에서 성장한다. 외로운 소년 은 순결을 사랑하는 마음과 함께 근원적인 고독에 대한 병적인 결 함을 가지고 있다. 그런 심성의 주인공이 불우한 환경 속에서도 '참된 자기'로 성장하기 위한 갈등과 몸부림이 세밀한 필치로 흡 사 정교한 조각처럼 묘사되어 있다. 이 작품의 속편으로 보이는 《청춘의 길(Shannon's Way)》은 자전소설《인생의 도상에서(原題· Adventures in Two Worlds)》와 비교해 보면 픽션이 많이 가미되어 있는 것 같다. 그렇기 때문에《고독과 순결의 노래》에서《인생의 도상》으로 이어지는 것이 크로닌 박사의 일생이라고 할 수 있다.

고학으로 글라스고 대학 의과대학을 다녀야 했던 크로닌은 재학 중 해군에 입대하여 제1차 세계대전을 접하게 된다. 그후 다시 학 교로 돌아와 우수한 성적으로 졸업하여 곧 선의(船醫)가 된다. 의 사의 길로 접어든 크로닌은 격무 속에서 열성으로 공부하여 1925 년 의학박사 학위를 받고 런던으로 간다. 거기에서 개업의(開業醫) 가 된 후 성실과 노력, 그리고 행운으로 성공의 길로 치닫게 된다.

그러던 어느 날, 과로가 원인인 만성 십이지장궤양 때문에 6개 월 이상 휴양을 하게 된다. 이때 돌연히 소설을 쓰겠다고 결심하 게 되는데, 자전소설《인생의 도상》에 그 과정이 잘 묘사되어 있다.

아내도 모르게 성행 중인 병원을 팔아 버린 크로닌은 자기의 결심—소설을 쓰겠다는—을 조심스럽게 털어놓는다. 이 말을 듣는 순간 아내는 낙심하다 못해 엉엉 울어 버린다.

"당신, 정신이 이상해져 버리셨군요."

아내에게서 이런 말을 들은 크로닌은 자신이 얼마나 바른 정신인가 하는 것을 증명해야 한다는 생각을 한다. 그래서 아내가 충격을 받지 않도록 조심스럽게 아이조트 벤네트(크로닌의 건강 상태를 진찰한 의사)에게서 들은 이야기를, 낮지만 단호한 목소리로 설명해 준다.

"난 오랫동안 줄곧, 작가가 되고픈 충동을 지니고 있었지…… 소년 시절부터 말이야. 하지만 고향인 스코틀랜드에서 만일 그런 이야기를 남에게 하면 머리가 어떻게 된 사람이라고 손가락질했을 거야. 그래서 아무 말 하지 않고 뭔가 상식적인 일을 해야만 했지. 의학 공부를 한 것은 그 때문이었어. 의사는 안전하고 실제적이었어. 아니, 오히려 이 일이 좋아서 했다고 할 수 있을지도 몰라. 지금은 정말 좋아졌고, 의사로서 상당한 성공을 거뒀다고도 할 수 있지. 그렇지만 그러는 동안 나는 계속 지금 말한 또 한 가지에 대해 마음 속으로 생각해 왔지. 환자들을 보면서, 감출 것 없이 있는 그대로를 내보이고 있는 세상 사람들을 보면서 말이야. 그렇지, 우리가 그 힘들던 인생과 처음으로 부딪쳤던 저 론더 시절에도 그랬었지. 그러한 사람들을 소재로 어떤 이야기를 만들 수 있을까 하고 나는 끊임없이 생각해 왔어. 나는 내가 만난 사람들의 이야기를 써 보고 싶었지. 뭔가를 원고지 위에다 써보고 싶었던 거야. 물론 내게는 그럴 여유와 시간이 없었지. 그런 일을 하려면 조용한 환경이 필요한데, 우린 먹고 살아나가기 위해서만 발버둥치고 있었거든. 그러나 지금은 먹고 살 수 있게 되었어. 6개월, 아니 1년이라도 뭔가를 쓸 기회를 잡기 위해서 돈을 쓸 여유가 생긴 거야. 적어도 뱃속에 들어 있던, 뭔가 꾸물대던 것을 내쫓아 버릴 수는 있겠지. 잘될 수 있는 확률은 만분의 일밖에 안 될 거야. 그러다가 만약 실패하면 언제든지 지금 하는 일로 다시 돌아올 수 있고 말이야."

크로닌은 온갖 말을 다 동원하여 가까스로 아내를 설득, 스코틀랜드 서부 고지 지방의 별장으로 옮겨 새로운 모험을 시도한다. 가족들에게 소설을 쓸 것이라고 단호히 선언해 버렸기 때문에 지붕 밑 다락방에 '아버지가 글을 쓰시는 방'이라고 정하고 책상머리에 틀어앉았다. 그러나 안타깝게도 영감이 떠오르지 않았다. 머리칼을 쥐어뜯으며 착상을 가다듬었지만 원고지는 백지 상태로 그를 조롱하는 것만 같았다.

그로부터 3개월 동안 그는 수백 번이나, 넌 도대체 어떻게 된 바보야, 하고 자신의 무모한 시도를 질책했다. 처방과 학술 논문밖에는 써 본 적이 없는 펜으로 내가 글을 쓴다는 것은……. 고뇌의 낮과 사유의 밤을 숱하게 보낸 후에, 결국 그는 자신의 생각이 얼마나 어리석은 것이었던가를 느끼기 시작했다.

그러나 그 순간 아득한 옛날, 학교 선생님의 충고가 떠올랐다. 머릿속에 떠오른 것이 있다면 먼저 종이에 써라. 그것이 네 머릿속에서 멈추고 말면 그것은 아무것도 아닌 것이 된다. 써라, 그것을 써라!

이 말을 상기하자, 그의 식어 가던 정열은 또다시 불탔다. 떠오르는 생각을 미친 듯이 썼다. 이렇게 하여 석 달 동안을 원고지와 혼신의 정열로 씨름했다. 쓰고, 다시 쓰는 반복의 나날이었다.

소설의 절반쯤을 썼을 때였다. 앞서 썼던 자신의 글을 읽어 보니 도무지 만족할 수가 없었다. 구성이 엉성하고 문장이 엉터리처럼 생각되었다. 역시 나는 글 쓰는 재능은 없어. 재능도 없으면서 글을 쓴다는 것은 미친 짓에 불과해. 숱한 밤을 새워 가며 쓴 글이 내가 읽어도 형편없는데…….

그는 결론을 내렸다.

"모두 다 여름 밤의 꿈처럼 소용 없는 짓이었어. 그 누구도 이 따위 글을 읽을 리가 없어!"

그는 독백을 하고 나서 쓰레기통에 원고를 던졌다. 그리고 축축하게 내리는 빗속으로 허탈한 걸음을 옮기기 시작했다. 얼마쯤 걷다 보니 산책을 즐기던 호수가 나왔다. 거기에는 늙은 농부 한 사람이 밭뙈기의 도랑을 파고 있었다.

그도 안면이 있는 농부였기에 곁으로 다가가 인사를 했다.

"아, 의사 선생! 소설은 잘 써지고 있나?"

늙은 농부가 얼굴 가득 웃음을 담았다. 그러자 그가 심드렁하게 대답했다.

"포기했어요. 저에게는 소설가의 재능이 없다는 것을 오늘에야 비로소 깨달았어요. 그래서 쓰레기통에 원고를 버리고 오는 길이에요."

농부는 그의 얼굴을 지그시 보고 있다가 담배를 피워 물고 이렇게 말했다.

"내 아버지께서는 이 물수렁 같은 땅에다 평생 도랑을 파셨다네. 목장을 만들기 위해서였지. 그리고 나도 내 아버지가 그랬던 것처럼 도랑을 지금까지 파고 있어. 역시 목장을 만들기 위해서야. 아직까지 목장을 만들지는 못했지만, 포기하지 않고 노력하면 언젠가는 분명히 목장이 이루어질 것을 아버지도 믿었고, 나도 믿기 때문이라네. 이 말의 뜻을 이해할 수 있겠는가?"

크로닌은 이 말에 정신이 번쩍 들었다. 늙은 농부가 그에게 새로운 결심과 자존심을 가져다 주었다. 곧바로 별장으로 걸음을 옮긴 그는 쓰레기통을 뒤졌다. 원고는 그대로 있었지만 비에 촉촉이 젖어 있었다.

"조금만 늦었으면 못쓸 뻔했군!"

그는 그 원고를 가져와 난롯불에 말렸다. 그리고 더한 열정으로 원고를 계속해서 썼다. 이렇게 불붙은 그의 정열은 지칠 줄을 몰랐다. 마침내 소설을 탈고한 그는 원고를 출판업자에게 우송했다.

이때 쓴 작품이 《모자집의 성》이었으며, 베스트셀러의 영광을 안았다. 그후 《성채(Citadel)》, 《천국의 열쇠(The Keys of the Kingdom)》 등을 발표하여 그의 독특한 작품 세계를 보여 주었다.

1981년 1월, 85세의 일기로 타계하기 전까지 영국의학회 회원이었던 크로닌은 의사로서의 다채로운 경험 속에서 작중 인물을 창조해 냈다. 특히 의학계의 보수적인 조직의 모순이나 부패, 그리고 환자를 치료하는 방법 등의 섬세한 묘사는 의사로서의 생활 체험이 없이는 도저히 그려질 수 없는 일로 생각되어진다.

《젊은 날의 고뇌와 사랑》은 1952년 프랑스에서 발표되었다. 이 작품의 원제는 《The Valorous Years》이며 프랑스 제목은 《Les Anne´es D'Illusion 》이다. 원제를 직역하자면 '용감 무쌍한 세월', 즉 '청년기'를 뜻하는데, 프랑스 제목은 '허상의 나날들' 또는 '착각의 세월'이라고 번역된다. 아마도 전자는 이 책의 주인공인 던컨 스탤링이, 온갖 역경을 열렬한 투쟁을 통해 극복하고 본래의 건전한 모습을 찾는다는 데서 붙여진 제목인 듯하다. 후자는 주인공의 얽히고 설킨 사랑, 그리고 세속적인 야망에 빠져들었다가 다시 본 모습을 찾기까지의 과정이 결국 허상에 지나지 않았음을 암시하고 있다.

두 제목 모두 나름대로 작품의 내용을 함축하고 있지만, 일본의 다께우찌 미찌노스케(竹內道之助) 교수가 번역한 《젊은 날의 고뇌》도 포괄적인 의미를 갖고 있다. 우리 독자들에게 이 작품을 널리 이해시키고 싶은 욕심에서 소설 제목을 쉽게 풀이하여 붙였음을 미리 밝힌다.

크로닌 문학의 특색은 소설 본연의 즐거움을 구성하는 요건이 탁월하고, 아주 섬세한 부분에 이르기까지의 묘사가 일품이라 할 수 있다. 그런데 《젊은 날의 고뇌와 사랑》은 그런 자연주의적인 수법을 과감히 탈피하고 있다는 점이 이채롭다. 그런 까닭에, 이미 크로닌 문학에 익숙한 독자라면, 이 작품이 미완성이 아닌가 하는 의문마저 품게 된다. 특히 이 작품이 초고 상태에서 불어(佛語)로만 출판되었다는 점에서 그런 의문에 설득력을 주는데, 아마도 저자가 이 소설을 집필하면서 《성채》나 《별이 내려다본다》와 같은 대작으로 만들려고 야심을 품었던 것이 아닌가 하는 생각이 든다.

아무튼 이 작품은 구성이 매우 치밀하고 진행이 시원스럽도록 빠르다. 마치 스크린 화면을 보고 있는 듯한 느낌을 주는데, 이런 점에서 크로닌 문학의 또다른 묘미를 충분히 느낄 수 있다.

작품의 주인공 던컨 스털링은 가난한 집의 외아들인 데다가 소아마비로 인해 한쪽 팔마저 부자연스럽다. 그의 꿈은 의사가 되는 것인데, 가난한 환경 탓으로 그 꿈을 포기해야만 하는 상황에서 이 소설은 시작된다.

시의회(市議會) 서기로 취직하기 위해 마지막 면접을 보기로 한 날 던컨은 무척 절망한다. 의사에의 꿈이 현실의 벽에 부딪혀 산산이 깨뜨려지기 때문이다. 그가 의사가 되겠다고 생각했던 이면에는 마가레트 스코트라는 좋은 가문의 아리따운 여성이 있다. 그는 자신의 처지로서는 감히 마가레트를 넘볼 수 없기에 마음 속으로만 흠모하고 있었다. 취직으로 인해 꿈을 포기함으로써 남모르게 애태우던 사랑도 포기해야만 하는 것이다.

그런데 그의 취직은 영향력 있는 사업가 죠지 오블톤의 비열한 방해로 무산되고 만다. 그 이유는 자신의 아들인 유엔 오블톤이 늘 학업 성적에서 던컨에게 뒤졌기 때문이었다. 참을 수 없는 모욕을 당한 던컨은 아주 호되게 반박을 하고서 그 자리를 박차고 집으로 돌아온다. 그 사건으로 인해 다시 의사가 되겠다는 꿈을 되찾지만, 어머니의 노여움을 사게 되어 그날 밤 집에서 추방된다.

집에서 추방된 던컨은 대학의 장학생 선발시험에 응시하기 위해 길을 떠나다가 쏟아지는 폭우를 만나 어느 병원에서 하룻밤 유숙하게 된다. 이때 만난 성격이 괴팍한 노의사와 그의 딸과의 독특한 우정을 끝까지 지속시킨다.

장학생 시험에 합격한 던컨은 학장의 집에서 온갖 궂은 일을 하면서 생활비를 벌어 나간다. 그러던 어느 날 하숙집에 유능한 처녀 의사가 들어온다. 그녀는 던컨의 불구인 팔을 수술하여 정상인이 되게 하는 등 던컨의 삶에 절대적인 영향을 끼친다. 자신의 꿈대로 마침내 의사가 된 던컨은 타고난 성실성과 노력에 의해 출세의 계단을 밟게 된다. 이때 사랑해 왔던 마가레트가 유엔과 결혼하고, 유엔은 아버지의 금력과 권력을 앞세워 자신의 출세에 방해가 되는 던컨을 궁지에 몰아 넣으려고 갖은 음모를 꾸민다.

던컨은 윌레스 병원의 원장 선거를 앞두고 유엔과 팽팽히 대립하던 어느 날, 집을 떠나 올 때 만나 독특한 우정을 맺어 오던 노의사가 쓰러졌다는 소식을 듣는다. 그 즉시 노의사에게 달려간 던컨은 부와 명예를 버리고 시골 병원의 헌신적인 의사로 소박하게 살아간다는 것이 이 소설의 줄거리이다.

작품의 주인공인 던컨은 작가인 크로닌과 비슷한 성품을 느끼게 한다. 의사로서 한창 성공을 거두고 있던 크로닌이 소설을 쓸 결심을 하고 아내도 모르게 병원을 팔았다는 것을 앞에 기술한 바 있다. 이 행위는 던컨이 의사로서의 가장 큰 영예라고 할 수 있는 윌레스 병원장 선거의 승리를 눈앞에 두고 포기한 것과 흡사하다. 또한 의사로서 환자를 대할 때의 던컨의 태도에 크로닌의 경험과 인간성이 그대로 투영되어 있다.

 인간이 무엇인가 끝없는 야망을 위해 치달을 때는 자칫 순결한 영혼을 잃어버리기 쉽다. 그리고 영혼이 병들었을 때는 진정한 사랑을 얻을 수도 없고, 참된 행복을 느끼지 못한다. 크로닌은 깊고 깊은 욕망의 늪에서 빠져 나와 되돌아보는 '욕망의 세월'이 한없이 덧없다는 것을 이 작품을 통해 역설하고 있다. 바로 이런 결말이 크로닌의 면모를 엿보이게 하는 점일 것이다.

1994년 초여름, 옮긴이 씀.

던컨 스탤링 · 이 소설의 주인공. 가난과 불구라는 이중고(二重苦)를 피나는 노력으로 극복하고 의사가 됨. 세속적인 탐욕에 물들어 방황과 갈등을 하지만 끝내는 순결한 영혼을 되찾는다.

톰 스탤링 · 던컨의 아버지. 술주정쟁이로 무능력하지만 누구보다 아들을 이해한다.

마사 스탤링 · 던컨의 어머니. 성격이 강하여 자신의 뜻을 거역한 아들을 한밤중에 쫓아냄. 그후 모자간의 정을 끊고 삶.

유엔 오블톤 · 야심 만만한 의사로서 억만 장자의 외아들. 거만하고 교활한 성품으로 던컨과 시종 일관 대립한다.

죠지 오블톤 · 유엔의 아버지. 아들의 경쟁자인 던컨을 온갖 수단과 방법으로 괴롭힌다.

마가레트 스코트 · 던컨이 어릴 적부터 사모해 왔던 훌륭한 가문의 아리따운 아가씨. 허영심이 많은 성품으로 유엔과 결혼한 후에 던컨을 유혹함.

앵거스 머도크 · 성질이 꽤 괴팍한 시골 의사. 던컨의 인생에 큰 의미를 주지만, 오해로 인해 갈등을 함.

진 머도크 · 앵거스 머도크의 딸. 아름다운 용모와 상냥한 마음씨를 가진 아가씨로 던컨을 사랑함.

안나 가이슬러 · 오스트리아에서 귀화한 저명한 처녀 의사. 던컨의 불구인 팔을 수술하여 정상인이 되게 하는 등 던컨의 삶에 절대적인 영향을 끼침.

잉그리스 박사 · 센트 앤들스 대학의 학장 겸 빅토리아 병원장. 소심하고 변덕스런 성품을 가지고 있지만 던컨을 신뢰함.

알렉스 에글 · 진 머도크를 사랑하는 귀공자.

젊은 날의 고뇌와 사랑

차례

제1부

••••

인생을 이끄는 시련

제1부·인생을 이끄는 시련

1

그는 무엇인가 깊은 생각에 잠겨 언덕을 오르고 있었다. 그와 보조를 맞추듯이 걷던 애견 라스트가 무엇을 발견한 듯 경쾌한 몸놀림으로 언덕을 향해 뛰어오르기 시작했다. 라스트의 뒷모습을 눈으로 좇던 그는 언덕 꼭대기에 서 있는 마가레트를 발견하고 반사적으로 걸음을 멈췄다. 그러나 이미 그때는 그녀를 피해 못 본 척 돌아서기에는 너무 늦었다. 그는 난처한 표정을 지으며, 재빨리 묵직한 낚시 바구니를 성한 쪽 팔에 바꿔 들면서 지나왔던 길을 향해 황급히 발길을 돌렸다. 이때 공교롭게도 던컨의 개를 발견한 마가레트의 강아지가 요란스럽게 짖어댔다.

"던컨! 저, 던컨 스텔링!"

마가레트가 큰 소리로 그를 불렀다. 그 소리에 발걸음을 멈춘 던컨은 어색한 표정으로 뒤를 돌아보았다. 마가레트가 눈을 크게 뜨고 그를 내려다보고 있었다. 연분홍 파스텔 색조의 짧은 스커트를 입고, 칠흑같이 검은 긴 장화를 신은 그녀가 오늘따라 유난히 아름답게 보였다. 바람에 나부끼는 고운 머리결이 햇빛에 반사되어 반짝반짝 빛나고 있었고, 짧은 스커트자락도 부드럽게 한들거리고 있었다.

고운 아미를 살짝 찌푸린 채 던컨을 내려다보고 있는 마가레트의 모습은, 마치 그녀를 피하려고 했던 그를 날카롭게 책망하는 것만 같았다.

"아, 마가레트……."

던컨은 난처해져서 말꼬리를 흐리다가 변명하듯 서둘러 말을 이었다.

"여기까지 웬일로……, 나는 미처 보지 못했어."

두 손으로 등나무 지팡이를 짚고 언덕 아래를 내려다보고 있던 마가레트의 눈이 반짝였다. 던컨의 볼품 없는 초라한 옷이 마가레트의 눈에는 우스꽝스럽게 보였다. 그렇지만 반듯하고 시원스런 이마, 가을 하늘을 연상케 하는 푸른 눈은 상큼한 느낌을 주고도 남음이 있었다. 그런 던컨의 모습을 물끄러미 바라보고 있던 마가레트는 갑자기 양볼에 고운 보조개를 만들며 미소를 지었다.

"유엔 오블톤이 이곳으로 낚시하러 왔어. 날 마중하러 온다고 했는데, 혹시 강변에서 못 봤어?"

그녀의 명랑한 목소리에 던컨은 고개를 저으며 시선을 피했다. 그러자 그녀가 까르르 웃음을 터뜨리며 입을 열었다.

"던컨, 던컨은 나와 함께 같은 학교에 다녔으면서도 나하고 말하는 게 싫은 모양이지? 그게 아니라면……, 새롭게 시작하게 될 직장 생각으로 머리가 꽉 차 있거나."

던컨의 마음을 은근히 탐색하는 말투였다. 그 말에 신경이 거슬린 던컨은, 그게 아니라고 대꾸하고 싶은 마음을 간신히 억누르며 약간 언성을 높였다.

"마가레트는 내가 아주 좋은 기회를 잡았다고 말하고 싶은 모양이지?"

무뚝뚝한 이 말에 마가레트는 신경질적으로 고개를 쳐들었다. 그런 후 냉랭한 표정을 지으며 토라진 목소리를 토해 냈다.

"아직은 새로운 직장에 근무하게 된 게 아니야. 오늘 저녁에 있을 집회의 면접에서 합격해야만 근무할 수 있다는 거 알지?"

던컨은 그녀의 말에는 일언 반구도 하지 않고 먼산으로 시선을 돌려 버렸다. 잠시 침묵이 흘렀다. 마가레트는 던컨의 옆모습을 묵묵히 보고 있다가 무슨 생각을 했는지 입가에 장난스런 미소를 머금었다. 그녀는 방금 전과는 달리 아주 상냥한 목소리를 토해 내며 불쑥 손을 내밀었다.

"이 꽃 받아. 언덕 위에 피어 있는 모양이 하도 예뻐서 꺾었어. 이 꽃이 던컨에게 행운을 가져다 줄 거야."

그녀가 건네 준 것은 백옥같이 하얀 히드 꽃가지였다. 엉겁결에 꽃가지를 받아 든 던컨의 손이 잠자리 날개처럼 살며시 떨렸다. 던컨은 히드 꽃가지를 코에 갖다대고 잠시 향기를 맡았다.

"고마워, 마가레트."

던컨의 목소리는 꽃가지를 받을 때 손이 떨린 만큼이나 미묘하게 떨려 나왔다.

던컨은 히드 꽃가지를 소중하게 조끼주머니에 꽂았다. 그런 다음 살며시 고개를 들어 마가레트를 그윽한 눈으로 바라보았다. 다시 한 번 감사를 표하고 싶은 충동이 마음 속에서 불길처럼 솟구쳤다. 그래서 막 입을 떼려고 하는데, 갑자기 그의 등 뒤에서 커다란 목소리가 들려 와 말을 막았다.

"마가레트!"

던컨은 이내 그 목소리의 주인공을 짐작하고 씁쓸한 표정을 지었다. 유엔 오블톤이 분명했다. 천천히 고개를 돌려 언덕 아래를 보았다. 유엔은 인사하는 시늉으로 낚싯대를 앞으로 내저으며 두 사람이 있는 곳으로 서둘러 올라오고 있었다. 그는 순식간에 두 사람이 서 있는 언덕 가까이에 도달했다. 말쑥한 얼굴 전체에 구슬 같은 땀방울이 송글송글 맺혀 있었다. 약간 가파르고 굽이진 언덕을 급하게 올라오고 있음을 말해 주는 땀방울이었다.

"마가레트, 너무 했어! 이래도 되는 거야? 난 두 시간이 넘도록 너를 찾아다녔단 말이야. 그런데 넌 여기서 뭘 하고 있는 거지?"

유엔은 숨이 턱에 닿는 소리를 내며 마가레트를 소란스럽게 힐책하다가 던컨의 눈길과 마주쳤다. 순간, 그의 눈빛에 그늘이 어렸다가 사라졌다.

"어, 던컨도 함께 있었군. 잘 있었어? 나처럼 너도 낚시를 하러 왔던 모양이지? 그래, 많이 잡았어?"

유엔의 말투는 퉁명스럽기 짝이 없었다. 그는 평상시에도 던컨에게 그런 말투를 썼다. 그러나 마가레트 앞에서 그런 말투를 들으니 웬지 무시당하는 것 같아 기분이 상했다.

"그렇게 많이 낚지는 못했어. 수확이 썩 좋지는 않아."

던컨은 대수롭지 않게 말했지만 웬지 유엔 앞에서, 아니—엄밀히 말하자면—마가레트 앞에서 자신이 한없이 초라해지는 기분이 들었다. 학교에서라면 이 시건방진 녀석에게 위축될 이유가 없었다. 그만큼 던컨은 실력으로나 모든 면에서 유엔을 능가할 자신이 있었다. 그런데 학교 밖에서 마주치면 항상 자신도 모르게 위축이 되었다.

"던컨, 낚시 바구니가 꽤 묵직해 보이는데 정말 아무것도 잡지 못했단 말이야?"

유엔은 의심이 가득 담긴 눈빛으로 던컨의 낚시 바구니를 노려보았다. 그러다가 재빨리 허리를 굽혀 낚시 바구니의 뚜껑을 열고 안을 들여다보았다.

"변변치 못하다니까그래."

던컨은 덤덤하게 말하며 힐끔 마가레트를 보았다. 그녀도 목을 길게 빼어 그의 낚시 바구니 속을 들여다보고 있었다. 하얀 목덜미에서 풍겨 나오는 은은한 향기가 콧속을 간지럽혔다.

"이야, 굉장한데! 월척을 이렇게 많이 낚다니……! 대체 몇 마리야? 하나, 둘……, 일곱, 여덟, 여덟 마리나 되잖아!"

유엔은 놀랍다는 듯이 큰 소리로 말하며 고개를 들었다. 그의 눈에는 부러워하는 빛이 가득했다. 던컨의 얼굴과 낚시 바구니를 번갈아 보고 있던 유엔은 혼잣말처럼,

"난 한 마리도 잡지 못했는데……."

하고 말한 후에 다시 던컨의 얼굴과 낚시 바구니를 번갈아 보기 시작했다.

"유엔, 네가 원한다면 몇 마리쯤 나눠 줄 수도 있어!"

"정말? 정말로 내게 나눠 줄 수 있겠어?"

던컨은 빙그레 웃으며 고개를 끄덕였다. 그러자 유엔 오블톤은 금세 신바람이 나서 던컨의 낚시 바구니를 받아 들었다.

"유엔, 필요하면 다 가져가도 좋아. 난 다시 잡으면 되니까."

던컨은 매우 다정스런 목소리로 말했다. 그 순간 마가레트의 눈빛이 섬광처럼 던컨의 얼굴을 훑었다. 그 눈빛은 따가우면서 이상야릇했다.

"던컨, 너는 정말이지 기분파야. 애써 잡은 고기를 선뜻 다 주겠다니……, 하지만 내가 어떻게 이 고기를 다 가질 수 있겠니?"

유엔의 목소리는 가슴 벅찬 흥분으로 떨리고 있었다. 지금까지 던컨에게 사용했던 건방지고 퉁명스러운 말투는 어느 한구석 찾아볼 수도 없었다.

"괜찮아, 신경 쓸 것 없어. 나는 마음만 먹으면 그 정도의 고기는 언제든지 다시 잡을 수 있는 실력이 있으니까 말야."

던컨은 이렇게 말함으로써 자존심이 다소 회복된 듯한 기분을

느꼈다. 그 말 속에는 상대방을 경멸하여 무시하는 뜻이 내포되어 있었기 때문이다.

그러나 유엔은 던컨의 그 묘한 말뜻을 생각할 겨를이 없었다. 오로지 던컨의 낚시 바구니 안에서 펄떡거리는 잿빛 무늬가 선명한 고기들을 자기 바구니에 옮겨 담는 것에만 정신이 팔려 있었다.

"마가레트, 이 고기들을 스코트 대령님께 보여 드리면 뭐라고 하실까? 틀림없이 굉장하다며 놀라실 거야, 그렇지?"

유엔은 득의 만면한 표정을 지으며 마가레트에게 말했다. 그는 월척에 가까운 물고기들을, 그녀의 아버지인 스코트 대령에게, 자기가 잡은 것처럼 말할 생각인 모양이었다. 던컨은 한없이 우쭐하여 떠벌리고 있는 유엔을 바라보며 쓸쓸한 미소를 지었다.

"하지만, 유엔!"

마가레트는 작지만 힘이 들어 있는 목소리로 유엔을 불렀다. 그녀의 눈동자에는 파르스름한 불길 하나가 강렬하게 피어 오르고 있었다. 던컨은 그 불길이 분노라고 생각했다.

"물고기를 잡은 사람은 던컨이야."

유엔은 '그래?' 하는 표정으로 고개를 쳐들면서,

"물고기는 어떤 방법으로든 먼저 손에 넣는 사람이 임자야. 사랑도 마찬가지이지. 낚시와 사랑에는 어떤 수단과 방법을 쓰든 이해해 주는 게 세상의 이치라구."

하고 말하며 묘한 시선을 마가레트에게 보냈다.

"던컨, 지금 유엔이 무슨 말을 하고 있는 거지? 난 유엔의 말이 무슨 뜻인지 도무지 모르겠는데, 설명해 줄 수 있어?"

던컨은 어이없다는 투인 마가레트의 말을 귓전에 흘리면서 묵묵히 흙투성이가 된 셔츠를 툭툭 털었다. 체, 낚시와 사랑에는 수단과 방법을 가릴 필요가 없다고, 그것이 세상의 이치라고? 던컨은 속으로 이렇게 투덜거리면서 시선을 두 사람에게서 다른 곳으로 옮겼다. 마가레트와 잠시 동안 정겹던 순간이, 유엔의 등장으로 인해 불쾌하게 변했기 때문에 던컨의 기분은 몹시 언짢았다. 그 자리에서 더 이상 그들과 이야기하고 싶지 않았다.

"이제 난 가 봐야겠는데……."

던컨은 혼잣말처럼 이렇게 내뱉고 라스트를 보았다.`라스트는 자기 키보다 더 무성하게 자라난 풀밭에 편히 앉아 마가레트의 강아지와 장난을 치고 있었다. 던컨이 휘파람을 불자 라스트는 벌떡 몸을 일으키더니 그에게로 달려왔다. 유엔 오블톤은 던컨에게로 달려오는 개를 보며 지난 일을 머리에 떠올렸다.

"저 개가 바로 그 유명한 라스트군그래?"

유엔은 약간 비꼬는 소리를 토해 내며, 신기해 죽겠다는 눈초리를 번뜩였다. 던컨은 유엔 쪽으로는 고개도 돌리지 않고 개의 목덜미를 다독거리며 말했다.

"그래, 이 놈이 라스트야."

"대단해, 던컨의 솜씨는 알아 줘야 한다니까. 그토록 엉망이던 개를 이렇게 멀쩡하게 살려 놓다니, 웬만한 수의사보다 훨씬 기술이 뛰어나. 그렇지, 마가레트?"

마가레트는 고개를 까딱하며 입가에 살포시 미소를 지었다. 그녀는 라스트를 보자 옛날의 그 끔찍했던 사고가 어제의 일처럼 생생히 떠올랐다. 그러자 몸이 떨리면서 소름이 끼쳤다.

"라스트가 그 트럭에 치였을 때는 정말 엉망진창이었어. 꼭 죽는 줄로만 알았는데 이렇게 멀쩡한 모습으로 살아 있다니, 도무지 믿어지지가 않아."

유엔은 계속 신기하다는 눈초리를 빛내며 개를 어루만졌다.

"그땐 정말 살아날 가망이 없었지."

던컨도 사고 당시를 생각하며 차분한 목소리를 토해 냈다.

"처음에 트럭에 치인 라스트를 보았을 때는, 너무나 처참했어. 온몸이 피투성이고 만신창이어서 어디부터 손을 써야 할지 모를 정도였지. 한참 어찌할 바를 모르고 쩔쩔매다가 아주 가까스로 뼈를 맞췄어. 그런데 그것이 잘 맞아서 그런지는 알 수 없지만, 이 놈이 생각보다는 쉽게 일어난 거야."

"던컨, 넌 아무래도 그 계통에 소질이 있나 봐. 맞추는 것 말이야. 천상 그림 찾아 맞추기나 전문으로 하는 직업을 가져야겠다."

유엔 오블톤은 어느새 퉁명스러우면서도 빈정대는 말투를 쓰고 있었다. 그는 더 이상 개 따위에는 흥미가 없다는 듯 시선을 던컨의 얼굴에 못박았다.

"던컨, 이제 그만 가 보는 게 좋겠어. 잘 가. 앞으로는 너를 만나기가 좀 힘들 거야. 물론 내가 바쁘기 때문이지. 앞으로 바싹 다가온 록커트 선발 시험에 대비해야 되거든."

유엔은 아주 자랑스럽게 떠들어댔다.

"록커트 선발 시험? 그 시험이라면 장학금을 받을 수 있는 시험이잖아!"

유엔의 말에 귀가 솔깃해진 던컨은 자기도 모르게 목소리가 커지면서 호기심을 나타냈다.

"그래, 장학생 선발 시험이야. 그 시험에 내가 빠질 수는 없잖니, 안 그래?"

유엔은 어깨를 으쓱거렸다. 호기심을 보이는 던컨의 태도가 그를 우쭐하게 만든 것이다. 그는 점점 거들먹거리며 말을 이었다.

"록커트 선발 시험은 센트 앤들스의 의과 대학생과 의과를 지망하는 학생이라면 누구에게나 해당되는 공포의 시험이야. 해마다 봄만 되면 천여 명이나 되는 의사 지망생들을 불안에 떨게 하지. 그 시험에 합격해서 장학생이 된다면 장래가 총망된다고 할 수 있지."

유엔 오블톤은 점점 어깨에 힘을 주면서 목청을 높였다. 그러한 태도는 마치 자기가 장학생에 선발되고 나서 말하는 것처럼 느껴졌다. 던컨은 유엔의 그런 모습이 참을 수 없을 만큼 역겨웠다.

"그런데도 유엔, 네가 그 시험에서 장학생을 바라보고 있다니 참 놀라운 일이다."

던컨의 목소리는 차분했다. 너무나 차분했기 때문에, 유엔은 그 말의 이면에 숨어 있는 경멸의 뜻을 알아채지 못했다. 던컨의 말에는, 그 어렵다는 시험에 너 정도의 실력을 가진 사람이 장학금을 노리다니, 그것은 어림도 없다는 뜻이 내포되어 있었던 것이다.

던컨은 돌멩이 하나를 가볍게 톡 차서 언덕 밑으로 굴러떨어지게 했다. 그 돌멩이가 저만큼 내려갔을 때 살며시 마가레트를 보고 말했다.

"나 먼저 갈게. 마가레트, 나중에 또 봐."

던컨은 작별 인사를 하고 돌아서서 언덕을 내려갔다. 그들이 초라한 자신의 뒷모습을 지켜 보는 것만 같아서 얼굴이 후끈거렸다. 던컨의 생각처럼 언덕 위의 두 사람은 멀어져 가는 그의 뒷모습을 바라보고 있었다. 웬지 기운이 없어 보이는 던컨의 뒷모습을 바라보며 유엔 오블톤이 빈정대듯 내뱉었다.

"저런 멍청한, 아니 병신 녀석하곤……."

"유엔, 말이 너무 지나친 거 아니니? 유엔도 던컨처럼 나쁜 병에 걸렸다면 너 역시 병신 신세를 면할 수 없을 거야. 남의 일이라고 해서 그렇게 함부로 말하는 게 아냐."

마가레트는 잔잔한 미소를 띠며 나직한 음성으로 말했다. 그렇지만 그 말 속에는 유엔을 힐책하는 따끔한 일침이 들어 있었다.

집을 향해 천천히 걷고 있는 던컨의 마음은 한없이 우울하고도 복잡했다. 화가 났다. 줄곧 마가레트와 유엔 오블톤이 함께 있을 것이라는 생각이 그를 괴롭히고 있었다. 마음 밑바닥에서 솟구치는 심한 갈등과 슬픔은 시간이 흐를수록 더해 갔다. 두 사람은 다정하게 이야기를 나눌 것이다. 어쩌면 정답게 손을 잡고 걷고 있을지도 모른다.

그들이 그런 모습으로 마가레트의 아버지인 스코트 대령의 저택의 정원을 걷고 있는 게 눈에 선했다. 그런 상상은 던컨을 미칠 듯한 심정으로 만들기에 충분했다. 던컨은 머릿속에서 자신을 괴롭히는 두 사람의 모습을 몰아 내려고 고개를 흔들었다. 그러나 그 노력은 허무감만을 느끼게 했다.

대령의 가족들은 귀족처럼 우아한 모습으로 차를 마시고 있다. 그들은 삶을 예찬하며 모두가 '정직한 죠'가 오기를 기다리고 있을 것이다. 그들이 기다리는 정직한 죠란 다름아닌 리븐포드에서 제일 가는 부자인, 유엔 오블톤의 아버지를 일컫는 별명이다. 벽난로 가장 가까이에 유엔이 앉아 있고, 그 곁에 마가레트가 꿈을 꾸는 듯한 표정으로 다소곳이 앉아 있다. 이때 유엔이 하녀에게 낚시 바구니를 가져오게 하여 자기의 절묘한 낚시 솜씨를 으스대며 뽐낸다. 눈에 이러한 모습이 너무도 선명하게 떠올라서 던컨 스탤링은 열병을 앓는 사람처럼 진저리를 쳤다.

2

유엔 오블톤은 막대한 재산을 가진 죠지 오블톤의 외아들이다. 억만 장자의 외아들답게 그는 곱상한 용모에 균형 잡힌 몸매를 지니고 있었지만 그 말쑥한 용모에는 차가움이 배어 있었다. 어딘지 모르게 보는 이로 하여금 거만하다는 인상을 갖게끔 했다.

그는 아버지의 빈틈 없고 약삭빠른 계산 능력을 그대로 이어받았다. 어릴 때부터 자신에게 이득이 되는 일에는 놀라우리만치 두뇌 회전이 빨랐다. 그의 아버지 죠지 오블톤은 아들의 이런 점을 매우 흡족하게 생각하고 있었다.

그는 사람들의 시선을 자신에게 집중시키는 일이라면 무슨 일이든 서슴지 않았다. 게다가 상류 사회의 필수 조건이라 할 수 있는 능수능란한 화술과 더불어 뛰어난 매너를 몸에 익히고 있었다. 이러한 요소는 그의 귀족적인 풍모와 교묘하게 잘 어울려 뭇사람들의 눈길을 끌기에 충분했다. 그러므로 이 모든 조건들을 완벽하게 갖춘 유엔 오블톤의 행동 거지와 눈빛에는 항상 자만심이 가득 차 있었다. 더구나 아버지 죠지 오블톤이 애지중지하면서 키운 외아들인만큼 주머니 사정은 언제나 풍족했다. 그 때문에 그는 매사를 돈으로 해결하려는 사고 방식에 익숙해 있었고, 결국은 그러한 환경이 유엔 오블톤의 성격을 한층 오만하게 만들었는지도 모른다.

그는 자기의 이득을 위해서는 수단과 방법을 가리지 않았다. 모사꾼처럼 교묘한 술수를 잘 썼다. 그러한 술수에 당한 사람이 분을 참지 못해서 복수를 하려고 덤벼들 때도 있었다. 그러면 그는 어떤 방법으로든 상대방의 예봉을 여지없이 제거시키고, 여유 만만하게 모든 것을 흐지부지 무마시켰다. 참으로 놀라운 능력이었다.

던컨과 유엔은 어린 시절 함께 자랐고 같은 학교를 다녔지만, 두 사람에게는 현격한 사회적 신분차가 있었다. 던컨의 아버지는 무능력한 술주정뱅이였다. 그런 아버지를 대신하여 어머니가 전적으로 가계의 무거운 짐을 떠맡고 있었다. 연약한 여성으로서는 감당하기 어려운 잡다한 막일 따위를 하는 어머니 덕분에 근근이 살아가고 있는 게 던컨의 형편이었다.

그러나 이런 환경 속에서도 던컨의 학문에 대한 흥미나 열의는 어느 누구 못지않게 높았다. 그는 항상 일등을 도맡아 왔다. 단 한 번도 다른 사람의 추월을 허용한 적이 없었다. 뛰어난 두뇌를 가진 동시에 무섭게 노력했기 때문에 톱의 위치는 철옹성과 같았다.

그의 뇌리에 자리잡고 있는 꿈은 훌륭한 의학도가 되는 것이었다. 그것은 그의 남과 다른 신체적 조건이나 환경으로 보아서는 거의 불가능한 일이었다. 그렇지만 던컨은 도저히 자신의 꿈을 떨쳐 버릴 수가 없었다.

유엔 오블톤은 남에게 지는 것을 죽기보다 싫어했다. 누군가 자신의 앞에 서 있는 것을 오만한 자존심이 용납하지 않았다. 그렇지만 던컨의 월등한 학업 성적에는 그의 천부적인 약삭빠른 두뇌 회전으로도 도저히 미칠 수가 없었다. 여기에는 술수가 통하지 않았다. 그렇기 때문에 던컨은 항상 유엔의 눈에 박힌 가시와도 같은 존재였다. 유엔은 학문에서 이길 수 없다는 반감으로 던컨의 약점을 시도 때도 없이 자극하고 공격했다. 던컨이 구차할 정도로 가난하다는 것과 한쪽 팔을 쓰지 못한다는 것은 유엔의 멋진 공격 대상이 되기에 충분했다.

그러나 그런 약점을 가지고 있는 던컨에게 호의를 가지고 있는 사람도 적지 않았다. 특히 마가레트의 아버지인 스코트 대령은 던컨에게 늘 호감을 나타냈으며, 어린 시절부터 던컨을 각별히 귀여워해 주었다. 그 당시 스코틀랜드 북부에 자리잡은—비록 작은 도시이기는 하지만—당당한 가문의 어여쁜 딸과 빈민층의 지체 부자유한 아들이 함께 같은 학교에서 교육받는 일은 흔치 않았다. 학생들은 빈민층 자녀들을 따돌렸고, 학부모들도 함께 섞이는 것을 달갑게 생각하지 않았다. 그런데 스코트 대령과 그의 딸 마가레트는 던컨에게 호의를 보이며 친절하게 대해 주었던 것이다.

던컨은 어떤 면에서 볼 때 외곬이고 소극적인 성격을 지니고 있었다. 그를 둘러싼 환경과 신체 장애 때문에 그런 성격이 되었는지도 모른다. 그런 성격에도 불구하고 던컨은 마가레트의 집 응접실을 몰래 들여다보는 모험을 몇 번이나 감행했었다. 그 때문에 그는 스코트 대령 집 내부 구조를 훤히 알고 있었다. 더구나 던컨이 어렸을 때, 마을의 식료품 가게 주인의 부탁으로 스코트 대령 별장으로 물건 배달을 가기도 했고, 마가레트와 함께 하교길에 놀러 가기도 했었다. 그러는 사이에 던컨은 남모르게 어여쁜 마가레트를 흠모하게 되었다. 그러나 자신의 처지와 마가레트는 전혀 어울리지 않았다. 흡사 천민의 아들이 귀족의 딸과 사귀려는 것과도 같았다. 그가 마가레트를 생각하는 마음은 꿈 속이나 동화 속의 이야기에서 있을 법한, 아득하기 그지없는 마음이었다.

던컨은 이런 생각 — 마가레트의 별장과 유엔 오블톤 — 을 하면서 어느새 리븐포드에 다다랐다. 마을의 중앙을 가로지르는 개울에는 거무스레한 더러운 물이 흐르고 있었다. 개울 옆에 철길이 길게 나 있고, 건너편에는 요란한 소음을 내는 제철소가 있었는데, 그 주변은 지저분하기가 이루 말할 수 없었다. 이 모습은 던컨이 늘 보아 온 빈민촌의 광경이었다. 그는 퀴퀴한 냄새가 나는 좁은 길로 접어들었다. 주변의 이런 사물과 상황은 늘 던컨의 마음을 슬프고 우울하게 만들었다. 그러나 어쩔 도리가 없었다. 도망치고 싶지만 도망칠 수 있는 능력이 그들 빈민들에게는 없었다. 때문에 죽으나 사나 견뎌야만 했다.

던컨은 어두컴컴한 통로 앞에서 걸음을 멈췄다. 낡아 빠진 문고리를 잡는 순간, 다시 마가레트와 유엔 오블톤이 정답게 웃고 있는 모습이 눈앞에 떠올랐다. 던컨은 고개를 세차게 흔들고 나서 조심스럽게 문을 열고 안으로 들어섰다. 집 안은 마을의 더럽고 지저분한 것과는 사뭇 달랐다. 깔끔하게 정리되어 있는 데다가 몹시 조용하여 평온한 느낌마저 들었다.

조금 낡기는 했지만 편안해 보이는 자줏빛 소파에는 아버지가 순박한 미소를 얼굴 가득 담고 앉아 있었다. 오늘도 아버지는 술에 취해 있지 않았다. 항상 술에 취해 얼굴이 벌겋게 달아 있던 아버지가 술을 가까이하지 않은 지가 근 열흘이나 계속되고 있었다. 아들이 취직을 앞두고 있기 때문에 그로서는 대단한 인내심을 발휘하여 술을 참고 있는 것이었다.

"이제 오는구나, 던컨. 네 어머니는 부엌에서 너를 위해 특별히 솜씨를 발휘하느라고 열심이란다."

던컨은 입가에 살짝 미소를 띠며 부엌에서 들리는 소리에 잠시 귀를 기울였다.

"냄새가 썩 좋군요. 어머니의 요리 솜씨는 훌륭해요. 푸짐한 저녁 식사를 기대해도 되겠는데요."

던컨의 말에 아버지는 열심히 담배 파이프를 청소하던 손을 멈추고 아들을 보았다. 아버지와 아들은 잠시 침묵하며 의미 심장한 시선을 주고받았다. 이제 두 사람 사이엔 굳이 다른 말이 필요 없었다. 시선만으로도 충분히 서로의 마음을 이해할 수 있었던 것이다.

아버지는 남달리 체구가 건장했다. 비록 늙기는 했지만 용모도 준수한 편이었다. 술을 많이 마시는 탓에 눈이 붉게 상기되어 있는 게 흠이라면 흠이었다. 그런 아버지가 이 마을에서 날건달에다가 주정뱅이라는 낙인이 찍혀 있었다. 물론 처음부터 주정뱅이는 아니었다. 30년 전까지만 해도 시의회의 서기로 당당히 일을 했다. 그후에 중학교의 서무원으로, 별장의 수완 좋은 관리인으로 일하면서 장래가 촉망되는 젊은이로 사람들의 신임을 받았다. 그런데 지금에 와서는 그런 젊음과 신임을 잃은 지 오래였다. 아내에게 가족 부양의 무거운 짐을 떠넘기고 무위 도식하고 있는 한심하기 짝이 없는 가장이었다. 술에 취해 볼썽 사납게 비틀거릴 때면 도저히 희망을 품을 수조차 없는 폐인이었다. 그런데도 불구하

고 아들 던컨 스탤링은 아버지를 누구보다도 깊이 사랑하고 있었
다.

"오늘 저녁은 던컨, 네가 주인공이다. 너를 위해서 네 어머니가
푸짐한 축하연을 벌일 준비를 하고 있으니 말이다."

아버지는 몸집에 어울리지 않게 작은 소리로 중얼거렸다.

"네 어머니가 이토록 기뻐하는 모습은 이제까지 본 적이 없는
것 같구나."

"……."

"녀석아, 넌 기쁘지 않니?"

던컨은 깊은 생각에 잠겨 활활 타오르는 난로 불을 물끄러미 응
시하고 있었기 때문에, 아버지가 묻는 말을 듣지 못했다. 그는 벽
난로 속으로 타들어가는 장작개비의 불길에서 아무런 희망도 찾아
볼 수 없는 자기의 미래를 ― 달아날 길이라고는 없는, 사방이 온
통 폐쇄돼 버린 암담한 ― 보는 것 같았다. 그때 갑자기 등 뒤에서
귀에 익은 인기척이 났다. 어머니였다. 던컨은 어두웠던 표정을
애써 밝게 꾸미고 뒤를 돌아다보았다. 어머니가 사랑과 자랑스러
움이 가득 담긴 인자한 눈길로 아들을 쳐다보고 있었다.

"던컨, 벌써부터 기다리고 있었는데 이제야 돌아왔구나. 에미가
네 감색 양복과 흰 와이셔츠를 잘 다려서 네 방 침대 위에 놓아 두
었단다. 오늘 저녁은 특별한 날이니까 좀더 단정한 옷차림이 필요
해. 어른들에게 단정하게 보여야 좋은 인상을 줄 테니까 말이다."

"옷차림이 단정하지 않으면 직장을……, 단정해야 되겠지요."

던컨은 어머니의 말에 강력히 반박하는 투로 퉁명스럽게 대꾸하
다 말고 불만스런 음성으로 말끝을 맺었다.

어머니는 던컨의 불만스런 상태를 아는지 모르는지 아무 말도
하지 않았다. 어머니가 설령 던컨의 마음 상태를 알고 있다 하더
라도 다른 말을 하지는 않았을 것이다.

언제부터인지 모르지만 어머니의 생각이 거역할 수 없는 힘으로 집안 전체를 지배하고 있었다. 어머니는 어려운 세상을 헤쳐 온 그 억척스러움과는 달리 홀쭉하고 몸집이 가냘펐다. 언제나 다 낡아 빠진 검정 벨벳옷을 입고 있었는데, 얼굴에는 나이보다 더 들어 보이게 하는 굵은 주름살이 깊게 패여 있었다. 초라한 옷차림과 주름살에도 불구하고 얼굴만은 늘 깨끗하고 고운 모습이었다. 던컨은 이런 모습 이외의 어머니의 모습은 상상할 수도 없었다.

어머니는 가슴 위로 두 손을 가지런히 올려놓았다. 손은 얼굴과는 달리 몹시 투박했다. 뼈마디가 불거진 손등은 거칠게 터 있고, 손바닥에는 빨간 옹이가 박혀 있었다. 그런 두 손은 그녀가 지내온 험악했던 세월을 너무도 역력하게 설명해 주고 있었다. 어머니의 그런 손을 바라보는 던컨은 매번 가슴이 미어지는 듯한 통증을 느끼곤 했다.

실로 어머니의 세월은 그 거칠은 손만큼이나 가이없었다. 엄청난 양의 휘겨운 삯빨래를 했을 것이고, 몇천, 몇만인지 셀 수도 없을 만큼의 수많은 솔질과 걸레질을 했을 것이다. 어디 그뿐인가! 품팔이 청소, 접시닦기, 바느질과 막노동 등 닥치는 대로 몸을 혹사시켰을 것이다. 아마 손이 닳는 것이라면 여러 십 개도 더 닳았을 것이다. 그것이 어머니의 삶이었다. 그야말로 어머니의 지난 25년 동안의 세월은 뼈를 깎는 고통의 연속이었다.

그러한 어머니의 희생 덕분에 던컨은 공부하고 성장할 수 있었다. 직업이 없는 아버지 역시 어머니 때문에 주정뱅이로 빈둥거릴 수 있었다. 어쨌거나 어머니는 오늘날까지 무능한 남편을 충성스럽게 받들었고, 남에게 뒤질세라 사랑하는 아들을 착실히 길러 왔다.

"나는 너를 믿는다. 너는 오늘 저녁 어른들의 마음을 충분히 흡족하게 할 수 있을 것이다. 네가 돌아오면 푸짐한 축하연을 베풀 생각이다."

어머니는 잔뜩 긴장했던 얼굴 표정을 다소 완화시키며 부드럽게 말했다. 그 모습에서 어머니로서의 애정과 좋은 아들을 가졌다는 뿌듯함을 엿볼 수 있었다.

"던컨, 네 어머니가 무척 기쁜 모양이다."

아버지가 아내와 아들의 표정을 조심스럽게 살피면서 어색한 분위기를 무마시키기 위해 입을 열었다.

"넌 우리 집의 희망이다. 누구보다도 총명하니까 내 이 말을 잘 알아들었을 것이다. 넌 우리 식구들에게 대접을 받을 수 있는 아이라고 생각하고 있다."

어머니의 이 말에, 던컨은 순간적으로 평소의 신중함을 잃고 낚시터에서 떠올렸던 절망적인 생각을 무심코 내뱉고 말았다.

"어머니, 차마 이런 말을 하고 싶지는 않지만……, 전 솔직히 그런 직장에는 나가기 싫어요. 진심이에요."

"뭐? 직장에 나가기 싫다니, 대체 그게 무슨 말이냐? 알 수가 없구나."

어머니는 눈을 커다랗게 뜨고 목소리를 높였다. 그 당혹스런 말투는 마치 매질이라도 하는 듯 던컨의 귓전을 때렸다.

던컨은 자신이 너무 직선적으로 말하여 어머니의 가슴을 아프게 했다고 후회했지만, 이미 뱉어 버린 후였다. 그는 마음을 굳게 먹고 조금도 거리낌이 없이 자신의 생각을 솔직히 토로하였다.

"어머니, 저는 그런 직장이 정말 싫어요."

"싫다니, 그 이유가 뭐냐?"

어머니는 놀라움에 아들의 말을 잘못 들은 게 아닌가 자기의 귀를 의심하면서 다시 반문하였다.

"어머니, 제가 다녀야 할 그 직장은 전혀 장래를 기대할 수가 없습니다. 평생을 다닌다고 해도 말입니다. 그 직장에 나가게 되면

제 일생, 제 인생은 그냥 구속당하고 마는 것입니다. 어머니는 제가 그런 인생을 살기를 바라시는지요?"

던컨은 침착하면서도 단호하게 말했다. 여기서 어머니의 뜻을 따른다면 자신의 꿈은 영영 무산되고 마는 것이다. 때문에 어떻게든 어머니를 설득하고 싶었다.

"더, 던컨! 너 지금 한 말 취소하지 못하겠니!"

어머니의 표정은 일순간에 험악하게 일그러졌다. 하얀 얼굴이 분노로 인해 붉게 물들었다. 어머니는 곧 얼굴 표정을 바꾸고 심호흡을 크게 했다. 그러한 모습에서 어머니가 화를 내지 않으려고 무척이나 애쓰고 있다는 것을 역력히 느낄 수 있었다. 어머니는 목소리를 한결 낮추고 말했다.

"던컨, 시의회의 서기라는 자리는 결코 나쁜 자리가 아니란다. 누구나 원한다고 해서 앉을 수 있는 호락호락한 자리도 아니고. 그런 직장이 싫다니 난 이해할 수가 없구나. 그러면 도대체 넌 어떤 직장을 원하는 거니?"

던컨은 어머니의 시선을 피해 활활 타오르고 있는 벽난로에 눈을 못박았다. 그런 상태로 한참을 말없이 있다가 결심을 한 듯 열성을 다해 설명하였다.

"어머니도 제 마음을 모르시지는 않을 겁니다. 제가 어떤 일을 하고 싶어하는지를요."

던컨의 이 말에 어머니는 그래 알겠다, 하는 표정을 지으면서 더욱 태도를 부드럽게 했다. 그리고 잠시 후 몹시 안타깝다는 그윽한 눈빛으로 아들의 얼굴을 바라보다가 낮게 한숨을 토해 냈다. 짧은 침묵의 순간이 지난 후에, 어머니는 아들에게 이제는 그 어린아이 같은 꿈에서 깨어나 현실을 직시하라는 듯이 천천히 입을 열었다.

"던컨, 내가 어찌 너의 꿈을 모르겠니. ······알면서도 그 꿈을 버

려야 한다고 말하는 내 마음은 더욱 괴롭구나. 하지만 던컨, 너도
이제 꿈과 현실을 구분하지 않으면 안 된다. 우리는 하루 벌어서
하루를 먹는 가난한 노동자의 집안이야. 이런 형편에 무슨 힘으로
너를 뒷받침해 줄 수 있겠니. 나는 그것이 한없이 가슴아프구나."

어머니의 목소리에는 점점 더 짙고 뜨거운 동정과 서러움이 서
리기 시작했다.

"나는 너에게 도움이 되기를 바라면서 처음으로 이런 이야기를
한다. 너에게 꿈이 있듯이 이 엄마에게도 꿈이 있었다. 그것은 네
가 당당히 시의회의 서기에 오르는 것이었다. 네 아버지가 젊은
날 앉아 있던 그 훌륭한 지위에 너를 오르게 하기 위해서, 나는 피
나는 고생도 낙으로 알고 지금껏 살아왔다고 해도 과언이 아니다.
고통의 날을 참고 견디면 행복이 찾아온다는 말처럼, 이제 꿈에
그리던 그 소원이 이루어지려는 순간이기에 나의 기쁨은 이루 형
용할 수 없었다. 그런데, 그런데 네가 그 직장을 싫다고 하다니…
…, 그건 있을 수 없는 일이다. 지금 모든 게 너를 기다리고 있어.
현실의 축복을 헤아리는 게 현명한 인간의 자세 아니겠니?"

어머니는 머리를 세차게 흔들며, 이제 그런 이야기는 두 번 다
시 입에 올리지 말라는 뜻을 강조하고 있었다.

"자, 이젠 옷을 갈아 입어라. 시간에 늦으면 안 되겠지?"

오랫동안 침묵을 지키고 있던 아버지의 은근한 목소리였다.

던컨은 마음 속에서 불길처럼 일어나는 애원하고 싶은 심정을
가까스로 억눌렀다. 애원을 해도 소용이 없는 일이라고 생각했기
때문이다. 결국 어머니의 뜻대로 되지 않았는가. 물질적으로나 육
체적으로도 비참하기만 한 자신이 선택할 수 있는 일이 대체 무엇
이란 말인가. 던컨은 스스로 자학하면서, 옷을 갈아 입기 위해 서
둘러 2층으로 올라갔다.

다락방에 들어서니 제일 먼저 책상이 눈에 들어왔다. 수많은 날

을 새벽녘까지 열심히 공부하던 책상이었다. 책상의 모서리와 앞부분은 그의 팔과의 빈번한 마찰로 인하여 닳고 닳아 반질거리고 있었다. 손때 묻은 책상의 가장자리에 놓인 책꽂이에 꽂혀 있는 책들도 그의 손때에 흠씬 절어 있었다. 이 책상과 저 책들, 그리고 새벽녘까지 매달려 책과 씨름하던 공부도 모두 부질없는 짓이었구나, 하는 생각이 들자 갑자기 던컨의 두 눈에서는 뜨거운 눈물이 흘러 내리기 시작했다.

3

던컨 스탤링은 시청 대기실의 딱딱한 의자에 홀로 앉아 있었다. 그 대기실은 시의회 회의실과 벽 하나를 사이에 두고 있었다. 때문에 회의실에서 말하는 소리가 대기실까지 또렷하게 들렸다.

그 중에는 그가 목소리만 듣고도 얼굴을 짐작할 수 있는 사람들도 있었다. 그러나 던컨은 그들의 대화에 관심이 없었다. 회의실에서 말소리가 들려 오므로 어쩔 수 없이 듣고는 있었으나, 그 내용이 도무지 귀에 담겨지지 않았다.

던컨은 웬지 침울한 기분을 머릿속에서 떨쳐 버릴 수가 없어서 연신 고개를 흔들어대고 있었다. 이제까지 가슴에 소중히 품어 왔던 꿈은 소설 속의 이야기처럼 허무 맹랑한 꿈이 되어 버렸다. 실현 가능성도 없는 야심 따위가 이제 무슨 소용이 있단 말인가. 자기가 지니고 있는 잠재력과 학구력, 그리고 남다르게 느꼈던 여러 가지 감정이나 생각이 지금에 와서 무슨 소용이 있단 말인가. 자신의 학업 성적이 장래에 커다란 포부를 지닐 수 있을 만큼 월등히 뛰어났던 것은 사실이지만, 그것이 지금의 던컨에게 무슨 의미가 있단 말인가. 고작 시청의 서기가 되기 위해 지금까지 그토록 부푼 꿈을 안고 살아왔단 말인가!

자신도 모르게 불끈 쥔 주먹이 바르르 떨렸다. 그의 얼굴은 미칠 듯한 괴로움으로 잔뜩 일그러져 있었다. 이제껏 가슴 속에 키워 온 꿈과 야망을 위해 가히 발작적이라고 할 수 있을 만큼 공부에 열중했었다. 밀려드는 잠의 유혹을 필사적으로 뿌리치면서, 코피를 쏟는 것도 개의치 않고 공부해 온 기억들이 그를 더욱더 고통스럽게 했다.

던컨은 자기 자신이 지니고 있는 능력을 잘 알고 있었다. 자기에게는 남들에게서는 결코 흔하게 볼 수 없는 비범한 재능이 있다는 것을 스스로 자부하는 터였다. 그 재능이란 의사처럼 남들을 치료하는 능력이었다. 애견 라스트가 트럭에 치였을 때는 실로 끔찍했다. 다시 살아날 가망이 전혀 없었다. 수의사도 고개를 절레절레 흔들었다. 그런 라스트를 자신의 능력으로 회생시켰던 것이다. 그것뿐이 아니었다. 어린 시절 친구들과 어울려 놀다가 한 아이가 어깨를 심하게 삔 일이 있었다. 우발적인 사고였는데, 그 아이는 아픔을 견디지 못하여 엉엉 울어댔다. 함께 놀던 아이들은 어쩔 줄 몰라하며 발만 동동 구를 뿐이었다. 이때 그는 그 아이의 삔 팔을 아주 손쉽게 맞춰서 아이의 고통을 덜어 주었다. 그것도 한 팔이 불구라 온전한 한쪽 팔로만 치료를 감행했던 것이다.

"그런 게 이젠 무슨 소용이란 말인가. 한낱 부질없는 꿈이었어."

던컨은 주마등처럼 스치는 지난 기억들을 아쉬워하며 허탈하고도 슬픈 소리를 냈다. 이제는 의사가 되기를 염원했던 자기의 커다란 이상과 꿈이, 한낱 시청의 서기라는 현실에 맞부딪혀 물거품처럼 사라져 버리는 절망감에 잠겨 있었다.

이때 회의실문이 열렸다. 시청 접수 계원인 토트가 무표정한 얼굴로 들어오라고 손짓하였다. 회의실은 자욱한 담배 연기 속에 휩싸여 있었다. 시의회 의원들은 테이블을 둘러싸고 앉아 짐짓 점잖을 빼고 있었다. 던컨은 긴장한 눈초리로 좌중의 사람들을 천천히 둘러보았다.

그들 대부분은 점잖을 빼고 위엄을 갖추는 것이 자신들의 의무인 양 탐색하는 시선을 던컨에게 던지고 있었다. 그런 모습은 마치 지능적인 범죄자의 자백을 받아 내려고 잔뜩 벼르고 있는 형사들을 연상케 했다. 간혹 어떤 의원은 스스럼없는 표정을 지으려고 했지만, 호의적인 얼굴을 하고 있는 사람은 아무리 살펴보아도 단 한 사람밖에 없는 것 같았다. 그 한 사람이란 마가레트의 아버지이며 시의회의 의장인 스코트 대령이었다. 그 밖에는 장의사인 트라우프, 레카트라우프와 레트 변호사, 심프슨 목사 등이 있었는데, 이들은 모두 크게 영향력을 행사하지 못하는 미미한 인물들이었다. 그러나 나머지 한 사람의 의원은 달랐다. 막강한 영향력을 발휘하기 때문에 결코 무시해서는 안 되는 인물이었다.

그는 50대의 나이임에도 불구하고 건강미가 넘쳐 흘렀다. 혈색이 좋은 얼굴에서는 눈빛이 칼날처럼 날카롭게 빛을 냈다. 키는 땅딸막했지만 역도 선수처럼 탄탄한 체구를 가지고 있었다. 외모에서 풍기는 것처럼 그는 강한 사람이었다. 자타가 그것을 인정하고 있었다. 그는 맨손으로 출발해서 막대한 양의 재산을 축적하여, 이제는 그 도시에서 제일 가는 부자가 되었다. 그렇게 되기까지 교묘하고도 명석한 두뇌로 수많은 사람들을 곤경에 빠뜨렸다. 그런데도 사람들은 그에게 '정직한 죠'라는 애칭을 붙여 주었다. 실제와는 너무도 다른, 참으로 아이러니컬한 애칭이 아닐 수 없었다.

그의 야망은 끝이 없는 것처럼 보였다. 자신이 이룩한 명성과 성공에 만족하지 못한 듯 더욱 치밀하고 철두 철미하게 많은 일에 손을 대고 있었다. 그런 그였기에 자신의 대를 잇게 될 외아들인 유엔 오블톤에 대한 기대도 클 수밖에 없었다. 다행스럽게도, 유엔 또한 자신의 출세와 명성을 위해서는 수단과 방법을 가리지 않는다는 점에서 그를 꼭 빼닮았다. 게다가 귀공자의 외모마저 지니고 있어서 아버지인 그를 더욱 흡족하게 만들고 있었다.

죠지 오블톤의 성공 사례는 이 마을은 물론 이 근방의 어디에나 널리 알려져 있었다. 하여 돈을 벌려고 하는 사람들, 특히 벼락 출세를 꿈꾸는 사람들은 그의 사례들을 귀감으로 여기고 있었다.

던컨은 죠지 오블톤의 눈길을 받는 순간, 이 자리에 나의 적이 앉아 있구나, 하는 생각이 들었다. 결코 이런 상황에서 만나고 싶지 않은 인물이었다. 잠시나마 이런 곤혹스런 분위기에 적응시켜야 한다는 생각에 숨이 막힐 듯했다.

스코트 대령이 맨 먼저 입을 열었다. 대령은 긴장하고 있는 던컨의 마음을 다소라도 편하게 해 주려는 의도에서 미소를 보냈다.

"잘 왔네, 던컨 군. 이렇게 만나게 되어 반갑네."

던컨은 스코트 대령에게 정중히 고개를 숙여 인사했다. 그런 후에 다른 의원들을 향해서도 고개를 숙였다.

"안녕하십니까, 던컨 스탤링입니다."

던컨의 인사가 끝나자 스코트 대령이 의원들을 둘러보며 입을 열었다.

"의원 여러분! 이 젊은이는 새로 시의 서기가 될 사람입니다. 여러 의원님들도 이 젊은이, 던컨 스탤링에 대해서 잘 알고 계실 것입니다. 의식상 형식적으로나마 오늘은 인사와 함께 간략한 절차를 밟기로 하겠습니다. 그럼, 의원 여러분……."

"잠깐!"

의식을 막 진행하려고 할 때, 죠지 오블톤이 스코트 대령의 말을 불쑥 가로막았다. 모든 의원들의 시선이 그에게로 쏠렸다. 그는 강렬한 시선으로 의원들을 천천히 둘러본 후에 스코트 대령을 쏘아보면서 큰 소리로 말했다.

"잠시 제가 의견을 말할 기회를 주십시오."

"말씀하십시오, 죠지 오블톤 씨."

스코트 대령의 목소리는 담담했지만 어딘지 모르게 불만이 서려 있었다. 죠지 오블톤이 또 자기 뜻대로 시의회를 끌고 가려 하고 있는 것이다.

이곳에 모인 시의원들은 모두 죠지 오블톤을 두려워하고 있었다. 그가 자신들에게 어느 정도의 영향력을 가지고 있으며, 그의 비위에 거슬리면 어떤 불이익을 당하게 될지는 불을 보듯 뻔했기 때문이다. 그래서 아무도 그의 의견에 이의를 제기할 처지가 못 되었던 것이다.

"본인은 우선, 던컨 스탤링이 시의회 서기로서의 임무를 충실히 수행할 수 있는 소양을 갖추고 있는지 알고 싶습니다."

"좋은 의견입니다. 어떤 임무를 맡기기에 앞서 마땅히 그래야만 합니다."

장의사인 작달막하고 뚱뚱한 트라우프가 기다렸다는 듯이 죠지 오블톤의 말에 맞장구를 쳤다. 죠지 오블톤에게 잘 보이기 위해 아첨하는 것 같았다. 그는 지금까지의 태도와는 사뭇 다른 표정으로, 별나게 거드름을 피우면서 던컨에게 질문했다.

"던컨 스탤링, 자네의 팔은 언제부터 그렇게 불구가 되었는가?"

그는 처음부터 던컨의 한쪽 팔을 멸시하듯 호기심어린 눈길로 흘끔흘끔 쳐다보고 있었다. 자기 최대의 약점을 지적당한 던컨은 순간적으로 피가 머리에 몰리는 것을 느꼈다.

트라우프의 이 말은 던컨에게는 폭탄과도 같은 것이었다. 그렇기 때문에 던컨은 당장에라도 폭발할 것만 같은 분노를 간신히 억눌러야 했다.

"네, 이 팔은 제가 12살 때 척추 회백질염(脊椎灰白質炎)을 앓았기 때문에 이렇게 되었습니다."

"처, 척추의 뭐라고?"

"소아마비라는 뜻이오. 아니, 트라우프 씨는 그것도 모르시오?"

스코트 대령이 던컨을 대신하여 핀잔하듯이 대꾸했다. 장의사인 트라우프는 자신의 무식이 탄로났기 때문에 얼굴을 붉히며 큰코를 벌름거릴 뿐 다른 질문을 하지 못했다. 그러자 스코트 대령은 던컨을 위로하는 눈빛으로 쳐다보며 화제를 바꾸었다.

"던컨 스탤링, 근무에 따른 조건은 알고 있겠지? 5년 계약이지만, 그 이상 연장할 수도 있네. 자네만 열심히 한다면 말일세."

스코트 대령은 여기에서 잠시 말을 끊고 싱긋 웃었다. 그는 폭발할 듯한 던컨의 분노를 덜어 주고자 안간힘을 쓰고 있었다.

"다시 말해서 실제로는 평생 근무해도 좋다는 뜻일세. 그리고 처음 몇 달 간의 급료는 주급 30실링으로 정해져 있다네. 그리 많지는 않겠지만 차차 인상이 될 거네."

"의장, 취업 결정을 내리기에는 아직 이릅니다. 저는 좀더 후보자의 자질을 알고 싶습니다."

이번에도 여지없이 죠지 오블톤이 끼여들었다. 그는 천천히 의원들의 얼굴을 하나하나 훑어본 후에 무겁게 입을 열었다.

"에……, 우선 의원 여러분들은 반드시 기억해야 할 사실이 하나 있습니다. 에, 여러분께서도 모두 흥미를 가지고 계시는 린튼 대 전화 계획(大電化計劃)을 실시할 때에 신용할 수 있는 비서와 참가자가 필요하다는 것을 말입니다."

"그렇군, 그때도 사람이 필요하겠군요."

심프슨 목사가 천장을 바라보면서 맞장구를 쳤다. 죠지 오블톤이 전화 설치 계획을 이용하여 의원들에게 압력을 가하고 있는 게 분명했다.

"따라서 의원 여러분께서는 좀더 현실적인 부분을 아셔야만 합니다."

죠지 오블톤은 의원들의 반응을 확인하면서 계속 말을 이었다.

"그 밖에 또 한 가지 짚고 넘어갈 사항이 있습니다. 그것은 바로 저기 앉아 있는 던컨 스탠링의 아버지 역시 옛날에 이 시의회실에서 서기로 근무한 적이 있다는 사실입니다. 그런데 그가 나중에 어떻게 되었습니까? 이 점은 매우 중요한 문제입니다. 에……, 그러니까 내 말은……, 바로 그 아들이 아버지처럼 되지 않으리라는 보장을 어느 누구도 할 수 없다는 것입니다."

이 순간부터 회의실에는 누구도 깨뜨릴 수 없을 것 같은 침묵이 무겁게 감돌기 시작했다. 순식간에 던컨은 온몸이 분노로 끓어오르는 것을 느꼈다. 그러나 그는 분노를 꾹 눌러 참으며 무기력하게 입술만 깨물고 있었다. 죠지 오블톤이 던컨에게 한 말은 정도를 넘어선, 가히 치욕적이라 할 수 있는 말이었다. 던컨은 죠지 오블톤의 그 말을 아프게 되씹었다.

그는 죠지 오블톤이 정도를 벗어나면서까지 자신을 비난하는 이유를 확실하게 알고 있었다. 그것은 이 지방에서 제일 가는 재벌이며, 가장 세력이 막강한 그의 아들인 유엔과 관련되어 있었다. 자기 아들 유엔 오블톤이 학교에서 던컨 스탠링이란 산봉우리에 막혀, 번번이 일등을 할 수 없었다는 사실을 알고 오래 전부터 강한 적개심을 품고 있었던 것이다.

죠지 오블톤에게 있어서 던컨은 눈에 박힌 가시 같은 인물이었다. 엄밀히 말해서 자기의 아들인 유엔이 던컨을 미워하는 것 이상이었다. 그런 그가 던컨을 이롭게 할 리는 만무했다. 그리고 그에게는 힘이 있었다.

시의회에서 그의 말 한 마디면 모든 것이 완벽하게 수행될 수 있었다. 그 막강한 권력을 이용하여, 자신과 아들의 공동의 적인 던컨 스탤링이 시의 서기로 일하는 것조차 배척하겠다는 의도를 보이고 있음이 분명했다.

너무 야비하고 가증스럽다. 구역질이 난다. 얼굴에 침이라도 뱉어 주고 싶다. 던컨은 이런 생각을 하며 죠지 오블톤을 쏘아보았다. 사실 자신은 시의 서기직과 같은 직업에는 전혀 마음이 내키지 않았다. 그러나 죠지 오블톤의 야비한 수작에는 경악을 금치 못할 지경이었다.

던컨은 생각이 거기까지 미치자, 요사이 몇 주일 동안 가뜩이나 절망감으로 날카로워진 신경이 극도로 자극되는 것을 느꼈다. 그는 더 이상 마음을 진정시키려는 자제력을 발휘할 수 없게 되었다. 마음이 죠지 오블톤에 대한 강렬한 증오심만으로 꽉 차 있었다. 그런 마음이 그의 얼굴에도 그대로 드러났다. 한 일 자로 굳게 다문 입술이 떨리고 있었다. 짙은 눈썹도 꿈틀거렸다. 눈썹 밑의 두 눈 속에서 분노가 치밀어올라 불꽃처럼 활활 타오르고 있었다.

4

이글거리는 눈길로 죠지 오블톤을 노려보고 있던 던컨이 마침내 입을 열었다.

"시의회 의원 여러분, 저에게도 신상 발언을 할 기회를 주십시오. 그리고 죠지 오블톤 씨, 이 자리를 빌어 제가 당신의 인품에 대해서 몇 가지 말씀드리고 싶은 것이 있습니다. 저의 말을 당신은 충분히 공감하고 이해하실 것입니다."

던컨은 큰 목소리로 차분하고도 당당하게 말했다. 그 순간 죠지 오블톤의 안색이 갑자기 변했다가 곧 본래의 모습을 되찾고 있었다. 그 모습만 보더라도 그가 얼마나 임기 응변에 뛰어난가를 알 수 있었다.

"그래, 던컨 군. 자네도 할 말이 있겠지."

스코트 대령은 사태가 심상치 않음을 느꼈는지 어느새 표정이 굳어져 있었다.

"죠지 오블톤 씨께서는 자타가 공인하는 우리 고장의 유지이십니다. 그리고 가장 막강한 영향력을 행사하고 계십니다. 그 막강한 영향력을 유감없이 발휘하여 공공 봉사의 소임을 다한다는 마을의 지도자로 자처하고 있는 사람이 바로 죠지 오블톤 씨입니다. 그러나 시의회 의원 여러분, 죠지 오블톤 씨가 정말 사심없이 공공 봉사의 소임을 다하고 있다고 생각하십니까? 천만의 말씀입니다. 그는 실제로는 끊임없이 자기 개인의 이익만을 추구하고 있다는 사실을 의원 여러분께서 누구보다 더 잘 알고 계실 것입니다. 그 사실을 알고 있으면서도 자기에게 미칠 영향력 때문에 감히 진실을 말하지 못하고 있는 것입니다."

당당한 던컨의 목소리에는 굳은 의지가 담겨 있었다. 의원들은 던컨의 직선적이고도 날카로운 지적에 곤혹스런 표정을 감추지 못한 채 당황해했다.

"의장, 이것은 본 의원에 대한 터무니없는 모략이오. 저 건방지고 버릇없는 애송이의 발언을 당장 중지시키시오. 그리고 본 의원에게 정중히 사과하도록 하시오. 그렇게 하지 않으면 본 의원은 도저히 참을 수 없소."

죠지 오블톤은 생각지도 못한 돌발적인 사태에 얼굴이 새파랗게 질려 고래고래 소리를 질러댔다.

"죠지 오블톤 씨! 아직 제 말이 끝나지 않았습니다. 제 말을 다

들으신 후에 하실 말씀을 하셔도 늦지 않습니다.”

던컨도 상대에게 지지 않을 만큼 큰 소리로 대꾸하였다.

“죠지 오블톤 씨, 당신의 가증스런 행위는 하늘이 알고, 땅이 알고, 이 마을 사람이면 누구나 다 알고, 물론 당신 자신도 알고 있습니다. 당신이 가난하고 힘없는 사람들의 토지를 한 조각 빵값에 지나지 않는 금액을 가지고 강제로 매수했던 것이 불과 2년 전의 일입니다. 그 후 당신은 시의회에 강한 압력을 넣었습니다. 그 토지에 시에서 건설하려는 가스 공장을 짓도록 말입니다. 결국 당신의 교활한 계획대로 되었고, 그런 다음 그 땅값을 눈이 튀어나올 만큼 비싼 가격으로 시에다 되팔아 넘겨 엄청난 이윤을 남겼습니다. 그 일에 대해서 어떻게 설명하시겠습니까? 시에서 사용하는 돈은 모두 시민이 내는 세금임을 여러 의원님들도 잘 아시리라 믿습니다.”

“감히 이 자리에서 그런 터무니없는 중상 모략을 하다니!”

죠지 오블톤은 갑작스런 분노로 얼굴이 시뻘겋게 달아올랐다. 관자놀이에 보기 흉할 만큼 파란 핏줄이 불거져 있어, 그의 분노가 극도에 달해 있다는 것을 한눈에 느낄 수 있었다. 게다가 목까지 멘 듯 항변도 제대로 하지 못했다.

“그것뿐이면 얼마나 다행이겠습니까, 의원 여러분. 몇 해 전에 죠지 오블톤 씨가 지은 우리의 시립 도서관을 보십시오. 부실 공사도 그런 부실 공사는 우리 나라 어디에서도 다시 찾아볼 수 없을 것입니다. 비가 오면 사방에서 비가 줄줄 새고 바람이 조금만 불어도 문짝이란 문짝은 다 덜컹거려서 도무지 책을 읽을 수가 없습니다. 이유는 공사비를 절감하기 위해 썩은 벽돌과 석회 등을 쓰는 것으로도 부족해서 날림공사를 했기 때문입니다. 죠지 오블톤 씨는 그 공사로 인해 2만 파운드 이상의 부정 이득을 취했습니다. 어떻습니까, 죠지 오블톤 씨! 이 건에 대해서도 근거 없는 거짓

말이라고 변명하시겠습니까?"

던컨은 냉소하듯 말을 꽉꽉 씹었다가 뱉었다. 죠지 오블톤은 숨을 식식거리며 눈이 튀어나올 듯이 던컨을 바라보고만 있을 뿐 제대로 말을 하지 못했다.

"허어, 참! 이거 안 되겠군. 의원 여러분!"

사태가 너무 심각하게 돌아가자, 민망해진 장의사 트라우프가 당황하여 낭패한 표정으로 자리에서 벌떡 일어났다. 그는 죠지 오블톤과 던컨의 얼굴을 몇 번이나 번갈아 바라보다가 의장인 스코트 대령에게 애원하는 목소리로 말했다.

"의장, 지금 우리가 언제까지 저 철없는 젊은이의 근거 없는 발언을 참고 들어야만 하겠습니까? 서둘러 던컨 군의 발언을 금지시키고 백배 사과하도록 해야 합니다."

장의사 트라우프는 이렇게 말한 후에 죠지 오블톤을 보고 손을 싹싹 비볐다. 그는 이러한 갑작스런 사태가 절호의 기회인 양 죠지 오블톤에게 잘 보이려고 아부를 하고 있었다.

던컨은 트라우프의 그런 행동이 심히 역겨워 금방 토할 것만 같았다. 쥐새끼 같은 놈! 던컨은 끝까지 충성을 보이려는 트라우프를 무섭게 노려보며 더 큰 소리로 죠지 오블톤과 그의 추종자들을 공격했다.

"당신들도 부끄러움을 모르는, 죠지 오블톤 씨와 똑같은 인간들입니다. 죄송합니다, 스코트 대령님. 의원들도 하나같이 죠지 오블톤 씨와 한통속이 되어 결탁하고 있습니다. 이윤이 생기는 일이라면 어떤 짓이라도 가리지 않습니다. 그 증거로 우선 교회의 일만 보더라도 명백한 비리가 드러나고 있습니다. 신도들에게 염가로 팔게 되어 있는 성냥까지도 한 갑당 20퍼센트의 이윤을 붙여 팔고 있다는 사실은 모든 사람이 다 알고 있는 일입니다. 그런데 다른 일에 대해서는 어떻겠습니까?"

"허억……!"

누군가의 입에서 매우 놀랄 때 저절로 나오는 신음이 터졌다. 그 소리와 함께 회의실은 죽음 같은 침묵에 휩싸여 버렸다. 그러나 그 침묵은 그리 오래 가지 않았다. 의원들이 저마다 터무니없는 수작이라고 입에 게거품을 물며 던컨을 공격하기에 급급했다.

회의장은 거의 난장판을 방불케 했다. 그때까지 애써 거드름을 피워대던 의원들은 체면이고 뭐고를 던져 버리고 원색적인 비난을 앞다투어 토해 냈다.

스코트 대령은 일대 소동으로 번져 버린 회의에 몹시 당황했다. 의장으로서 소동을 진정시킬 책임이 있었다. 그래서 주위를 두리번거리며 던컨을 도와 줄 의원을 찾아보았으나, 아무도 그럴 사람은 없었다. 자신을 제외한 의원들 모두가 막강한 죠지 오블톤의 세력에 갇혀 있기 때문이었다.

"의원 여러분! 여러 의원님들! 제발 진정을 되찾으십시오. 시의원답게, 어른들답게 품위를 지킵시다. 우리 조금씩만 냉정해집시다. 생각하는 바를 기탄없이 발표하는 것은, 그것이 설혹 표현이나 근거에 조금 모자람이 있다 해도 피끓는 젊은이이기에 말할 수 있는 용기라고 이해해 줍시다. 어른인 우리가 좀더 포용력을 가져야 하지 않겠습니까?"

스코트 대령은 큰 소리로 의원들을 설득했다. 그러나 이런 설득도 노발 대발하는 죠지 오블톤의 노호 속에 파묻혀 버렸다.

"이 버릇없는 애송이 녀석아, 분명히 들어라! 누가 뭐라고 해도 내가 있는 한 네놈은 절대로 시의회에 취직할 수 없어. 절대로, 절대로 너 따위는 고용하지 않겠다."

죠지 오블톤의 분노한 목소리가 회의실에 쩌렁쩌렁 울렸다. 그는 땅에 떨어질 대로 떨어진 자신의 위신을 벼락 같은 호통으로 간신히 유지하고 있는 것이었다.

그 말을 들은 던컨은 가슴을 한껏 앞으로 내밀고 입가에 차가운 미소를 띠며 소리쳤다.

"감사합니다, 정직한 죠씨. 나 역시 당신이 버젓이 양심을 속이며 시의원으로 있는 한, 여기에서 일하고 싶은 마음은 추호도 없습니다. 있어 달라고 사정해도 정중히 사양하겠습니다. 그러면 됐습니까, 정직한 죠씨?"

"저……, 저런 괘씸한……."

죠지 오블톤은 두 주먹을 불끈 쥐고 바르르 떨었다. 곧 던컨의 얼굴에 한 방 날릴 기세였다. 이런 험악한 분위기에 몸이 달은 사람은 스코트 대령이었다.

"여보게, 던컨 군! 지금 자네에게 필요한 게 무엇인지 알고나 있나? 자네는 지금 너무 감정적이네. 어서 이성을 되찾게."

스코트 대령은 안타까운 시선을 던컨에게 보내며 말했다. 딸인 마가레트에게서 던컨의 사정을 들었기 때문에, 지금 그에게 이 직장이 절대 필요하다는 것을 잘 알고 있었다. 그래서 그는 어떻게든 던컨의 마음을 달래고 싶었던 것이다.

그러나 던컨 스탤링의 귀에는 어떤 소리도 들어오지 않았다. 충고를 듣기에는 감정이 너무 상해 있었다. 오직 죠지 오블톤에게 지고 싶지 않다는 생각뿐이었다. 그의 위선에 가득 찬 정당치 못한 권위와 명성에 반박하고 싶은 마음뿐이었다.

"아무리 가난하다 해도 거짓에 굴하고, 자존심과 양심을 버리며 살아가기보다는 차라리 굶어 죽는 편을 택하겠습니다."

던컨은 결연한 표정으로 또박또박 말했다. 이 말에서 던컨의 굳센 의지를 읽은 스코트 대령은 그에게 연민의 정이 가득 담긴 시선을 보냈다.

"흥, 건방진 녀석! 너, 아주 말을 잘 하는구나. 그래 네놈의 앞날을 두고두고 지켜 보겠다. 얼마나 고결하게 사는가 말이다!"

죠지 오블톤은 여전히 자제력을 잃고 주먹으로 책상을 연거푸 쳤다. 그러다 이빨을 빠드득 갈며 음산한 목소리로 으르렁거렸다.

"이 리븐포드에서 네놈의 인생은 끝장이 났어. 내가 그냥 두지 않겠다. 오늘 밤의 일을 기억해 둬라! 나는 이 일로 인해 두고두고 뼈에 사무치는 고통이 너에게 붙어다니도록 하겠다."

죠지 오블톤의 눈에서는 파란 불꽃이 금방이라도 툭 튀어나올 것만 같았다. 그런 눈빛을 받으면서도 던컨은 조금도 후회하는 기색이 없이 차디찬 어조로 조소하듯 대꾸했다.

"그 말은 내가 하고 싶은 말이오. 당신이야말로 오늘의 일을 오래오래 기억하시오. 내 이름이 전세계에 드날리게 되거든 아, 이 친구였구나, 하고 오늘의 일을 꼭 회상하시오."

이 마지막 한 마디에 시의원들은 그만 입을 딱 벌린 채 넋을 잃고 앉아 있었다. 그들은 너무나 대담한 던컨의 행동과 말에 기가 질려 버렸다. 죠지 오블톤마저도 더 이상 대꾸할 말을 찾지 못하고 눈만 부릅뜨고 있었다.

던컨은 벌떡 자리에서 일어나, 의미 심장한 시선을 죠지 오블톤에게 보낸 후 천천히 회의실의 문을 열고 나왔다.

5

던컨은 당당하고 싶었다. 오늘 당장 하늘이 무너져내린다 해도 꿋꿋하고 싶었다. 비열하고 야비한 자들에게 자신의 초라한 모습을 보이기는 싫었다. 그래서 어깨를 펴고 분연히 시청 건물을 빠져 나왔다. 총총히 집으로 걸음을 옮기려는 던컨의 눈에 스코트 대령의 은빛 찬란한 승용차가 들어왔다. 마가레트가 운전대에 앉아 있는 것도 보였다.

"던컨, 던컨 스탤링!"

마가레트는 승용차의 문을 열고 밖으로 나와 던컨에게 손짓을 했다. 하필이면 이런 때 마가레트를 만나다니, 던컨은 손짓하는 마가레트를 피할 수가 없어 내키지 않는 걸음을 그쪽으로 옮겼다. 가까이 가니 그녀는 무엇이 그리도 우스운지 입가에 함박 웃음을 담고, 그것도 모자라서 눈자위에는 눈물까지 얼룩져 있었다.

"던컨, 지금은 그럴 때가 아니잖아? 하긴 자기의 소신을 말할 수 있다는 건 용기 있는 일이지만……."

마가레트는 평소의 그녀답지 않게 큰 소리로 말했다.

"모든 사정을 닐 토트 씨에게 들어서 알고 있어. 회의실에서 일대 소란이 있었다는 것 말이야. 그 말을 듣고 난 너무 우스워서 이렇게 눈에 눈물이 고일 정도라구."

마가레트는 이렇게 말하고 나서 아직도 재미있어 못 견디겠다는 듯이 깔깔거리고 웃어댔다. 그 웃음이 던컨에게 묘한 수치심을 느끼게 했다. 그는 자기를 그토록 분노케 한 격정의 여운이 아직 사라지지 않은 상태였다. 여전히 몸이 떨렸고, 긴장이 가시지 않아 얼굴이 잔뜩 굳어 있다는 것을 스스로도 느끼고 있었다. 더구나 오늘 일은 자신에게는 견딜 수 없을 만큼 참담하고 모욕적인 사건이었다. 그런데 마가레트에게는 웃음거리에 지나지 않았음을 깨닫게 되자, 자신이 더욱 비참하게 느껴지며 고통스러웠다.

마가레트가 누구인가. 자신이 흠모해 오던 마음 속의 연인이 아닌가. 그런 그녀마저 생활과 환경의 엄청난 차이로 인해 이토록 사고 방식이 다르다는 생각에 던컨은 한층 더 가슴이 미어지는 것만 같았다. 그와 동시에 던컨의 상처받은 자존심은 다시 한 번 실망과 굴욕으로 벌겋게 얼굴을 달구어 놓고 있었다.

"마가레트, 난 지금 어릿광대처럼 쇼를 하고 나온 게 아니야. 이

건 내 인생의 문제를 이야기한 것이고, 불의에 대한 경고를 한 거라구."

던컨은 아주 엄숙한 얼굴을 하고 비장한 목소리로 말했다.

"던컨, 화내게 했다면 미안해. 내가 너무 경솔했어."

마가레트는 진심으로 미안해하는 표정을 지으며 잠시 침묵을 지키다가 다시 입을 열었다.

"던컨, 그렇지만 지금 던컨에게 직장이 필요한 건 사실이잖아. 그런데 시청의 서기 자리를 거절한 건 너무 감정에 치우친 행동이 아니었을까? 이제부터 어떻게 할 셈인지 알고 싶어."

마가레트는 친근감 넘치는 눈길로 던컨을 바라보며 조심스레 질문을 던졌다.

"나 역시 지금은 앞으로 어떻게 할 것이다, 하는 계획이 없어. 단지 위선적이고 부도덕한 사람들과 결탁하지 않겠다는 것만은 확실해."

던컨은 이렇게 말하며 새롭게 다짐하듯 성한 주먹을 불끈 쥐었다.

"마가레트, 두고 보라구. 난 내가 옳다고 확신하는 일을 위해 온 전력을 다해서 싸울 거고, 밀고 나갈 거야."

마가레트는 비장한 목소리를 토해 내고 있는 던컨의 얼굴을 물끄러미 쳐다보았다. 고집쟁이처럼 완고한 얼굴이었다. 반짝이는 그 파란 눈에 무엇인가 가득 진지한 열정이 넘쳐 흐르고 있었다. 사실 그녀는 불미스런 사태를 당한 던컨에게 위로의 말을 해 주고 싶었다. 그러나 그 어떤 말도 그의 완고한 마음 속을 파고들 수 없을 것 같아 차라리 입을 다물었다.

마가레트의 시선을 받은 던컨도 잠시 고통을 잊고 그녀의 얼굴을 뚫어지게 응시했다. 그는 눈이 부셨다. 세상에 이렇게 아름다운 여자가 또 있을까. 어느 한 곳 흠잡을 데 없이 완벽한 용모였

다. 지금 자신의 눈앞에서 젊음의 생기로 눈부시게 반짝이는 마가
레트를 바라보며 던컨은 속으로 경탄을 금치 못했다.

저 아름다운 얼굴을 이제 곧 보지 못하게 될지도 모른다. 이런
생각이 던컨의 가슴에 아련한 슬픔을 느끼게 했다. 그러자 오늘
밤의 예기치 않은 심각한 사태가 조금 후회되기도 했다. 자신에게
숙명처럼 따르게 된 불구와 가난, 그런 비운을 안고 있는 그를 유
엔 오블톤은 경멸의 눈초리를 보내며 야비하게 공격했었다. 그런
유엔과는 달리 마가레트는 항상 던컨을 이해하고자 애쓰면서 감싸
주었다. 마가레트야말로 비탄과 절망만을 느끼는 던컨에게 삶의
용기와 활력을 불어넣어 주는 산소 같은 존재였다.

던컨은 마가레트를 보면 어릴 적부터 의사가 되고 싶다는 생각
이 한층 더 간절해지곤 했다. 훌륭한 의사가 되면 당당한 모습으
로 마가레트를 대할 수 있으리라는 생각 때문이었다. 그 간절한
바람이 시의회 서기로 취직하고자 했을 때 산산이 부서졌다가 이
제 다시 목마름과 같은 열망으로 타오르기 시작했다. 역시 마가레
트의 얼굴이 그의 꿈을 부추기고 있었다.

의사가 되고 싶다. 아아, 꼭 훌륭한 의사가 되어야만 한다. 던컨
은 마음 속으로 수없이 이 말을 되뇌었다. 의사가 되기까지 헤쳐
나가야 할 많은 난관이 자기 앞에 가로놓여 있다는 것을 잘 알고
있었다. 그렇지만 마가레트를 생각하면 어떤 난관도 극복할 수 있
을 것 같았다.

그의 꿈은 대학에서 강의만 하는 학문 추구의 의사가 아니었다.
비록 한쪽 팔이 불구라 해도 병원 근무를 통하여 환자들을 수술하
고 치료도 하는 실전 의사가 되고 싶었다.

던컨은 오늘따라 갑자기 마가레트에게 자신의 꿈을 들려 주고
싶은 마음이 불쑥 솟아올랐다. 그녀에게 자기의 계획을 들려 주
면, 자신들 둘이 남들은 알지 못하는 어떤 새로운 비밀을 간직할

수 있을 것만 같았다. 미지의 세계에 대한 벅찬 흥분은, 조금 전까지 그를 지배했던 침울한 생각을 어디론가 흔적도 없이 날려 보냈다. 던컨은 아주 진지한 표정을 지으며 나직하게 입을 열었다.

"마가레트, 지금부터 내가 무슨 이야기를 하더라도 비웃지 말고 들어 줘."

던컨의 난데없는 이 말에 마가레트는 눈을 동그랗게 뜨고 그를 올려다보았다. 그것과 동시에 던컨은 상대방이 말할 기회나 의견을 제시할 틈도 주지 않고 빠르게, 열정적으로 자기만의 소신을 이야기하기 시작했다.

마가레트는 던컨의 이야기를 끝까지 진지하게 들어 주었다. 고개를 끄덕여 공감의 뜻을 나타내기도 하고 간단한 질문을 하기도 했다. 그러한 태도는 던컨을 기쁘게 했다. 긴 이야기를 끝낸 던컨은 결의에 찬 음성으로 이렇게 덧붙였다.

"의사가 된다는 것이 내 자신에게는 여러 가지 장애가 있다는 것을 잘 알아. 하지만 팔의 이상이나 경제적인 어려움이 내 간절한 소망을 막을 수는 없어. 난 어릴 때부터 꿈꿔 왔던 소망을 결코 포기할 수 없다는 것을 오늘 너를 보는 순간 새삼 더 느꼈어. 나는 보란 듯이 어느 누구보다 훌륭한 의사가 되겠어. 마가레트, 이런 나를 이해하고 지켜 봐 줄 수 있겠지?"

마가레트는 웬지 비현실적인 이야기를 들은 것만 같아서 흥미가 없었다. 그리고 잠시 의사가 되어 있는 던컨을 상상해 보았지만, 결코 불구인 던컨에게 어울리는 직업은 아니라고 생각했다.

"의사가 되겠다는 소망은 던컨에게 좀……, 아니, 내 말은 던컨이 그런 생각을 가졌다면 좀더 일찍 준비를 했어야 하지 않았나 해서……."

"난 아주 오래 전부터 내 꿈을 위해 노력해 왔다고 자부해. 남모르게 코피를 쏟을 정도로 공부하기도 했어. 지금 내가 한 말은 절대 즉흥적으로 무작정 떠올린 경솔한 생각이 아니야."

두 사람은 잠시 말이 없었다. 마가레트는 던컨에게 도무지 용기를 줄 수가 없었다. 그것은 던컨에게 있어서 의사라는 직업은 꿈에서나 그릴 수밖에 없는 직업이라는 생각에 변함이 없었기 때문이었다. 공부를 월등히 잘 했다고 해서 의사가 될 수는 없는 것이다. 사람의 생명을 죽이고 살리는 수술을 하자면, 우선 손이 정상이 아니고는 의사로서의 막중한 임무를 제대로 수행할 수 없을 것이다. 게다가 의과 대학이라면 학비가 무척 많이 드는 학업인데, 그의 집안 형편으로는 생각할 수도 없는 일이었다. 그녀는 이렇게 생각했지만, 던컨의 너무나도 진지한 열정을 실망시키지 않으려고 대충 얼버무렸다.

"던컨의 꿈이 그렇게 확고하다면 센트 앤들스 대학에 진학하는 게 좋겠어. 그러면 틀림없이 유엔 오블톤이 도와 줄 거야. 나도 아저씨께 편지를 써서 부탁드려 볼게. 아저씨가 그 대학 학장으로 계시니까 틀림없이 도움이 되어 줄 거야."

던컨은 마가레트의 대답을 듣는 순간 마치 전류가 흐르는 듯한 벅찬 감동을 느꼈다. 그 말은 마가레트도 자신에게 깊은 관심을 갖고 있다는 증거였다.

"마…… 마가레트, 정말 고마워. 나를 도와 주려고 편지까지 쓰겠다니……. 하지만 내게는 내 나름대로의 치밀한 계획이 있으니까 굳이 그런 수고는 하지 않아도 돼. 벌써 오래 전부터 생각하고 있던 일이야."

던컨은 마가레트의 말에 큰 용기를 얻었기 때문에 신이 나서 이야기했다.

"치밀한 계획? 그래, 그 계획이란 게 어떤 건지 나한테 들려 주면 안 될까?"

마가레트는 만면에 홍조를 띠며 궁금한 듯 물었다.

"아직은 말할 때가 아니야. 그냥 있다는 정도만 알고 더 이상은 묻지 말아 줘."

던컨은 아주 천천히 그녀를 강렬한 시선으로 쳐다보며 말했다.

"어찌 생각하면 어리석기 짝이 없는 계획이라고도 할 수 있어. 성공할 수 있는 확률이 1퍼센트가 될까 말까 하니까 말이야. 그렇지만 나는 1퍼센트의 가능성을 가지고 100퍼센트 성공으로 만들고 말겠어. 기필코!"

다시 두 사람은 입을 다물었다. 이윽고 마가레트가 애교가 넘치는 웃음을 띠고 슬그머니 던컨의 어깨에 손을 얹으며 입을 열었다.

"던컨, 그 계획이 무엇인지는 모르지만, 난 틀림없이 계획대로 잘 되리라 믿어. 나는 던컨의 능력을 믿으니까 말이야."

마가레트는 던컨에게 조금이라도 용기를 북돋우어 주려고 이렇게 말한 후에, 던컨의 어깨에 얹은 손을 거두어 들였다. 그런 다음 낮은 소리로 외쳤다.

"어머나, 던컨! 회의실의 불이 꺼졌어. 회의가 끝난 모양이야. 우리가 함께 여기에 있다는 사실이 알려지면 서로에게 별로 유익할 게 없어. 그러니 먼저 이 자리를 떠나."

"마가레트, 내게 행운을 빌어 주겠지?"

"물론이야."

던컨은 이런 식으로 마가레트와 헤어지기는 싫었다. 그러나 생각만 해도 역겨운 죠지 오블톤이나 시의회 의원들과 얼굴을 마주치기는 더더욱 싫었다.

"저어……."

던컨은 자기가 그녀에게 품고 있는 애틋한 사모의 정을 한 마디라도 전하고 싶었다. 그러나 갑자기 말을 잃어버린 사람처럼 적당한 말이 생각나질 않았다. 아니, 숱한 말들이 뇌리를 스치고 있었지만, 선뜻 말문이 열리질 않았다.

"던컨, 빨리 가!"

마가레트의 낮은 외침은 다급했다. 그 외침에 덩달아 다급해진 던컨은, 그저 평범한 작별 인사만을 하고 그 자리를 떠나야 했다.

6

던컨은 마가레트와 헤어져 집으로 돌아오면서 줄곧 그녀에 대한 생각만 했다. 그녀의 아름다운 모습이 눈에 선하고, 그녀의 향긋한 체취가 코끝에 묻어 있는 것 같고, 그녀의 정다운 목소리가 귓전에 울리는 것 같았다.

"······ 나는 던컨의 능력을 믿어······."

던컨은 마가레트의 그 말을 몇 번이나 흉내내어 읊조렸다. 자기에 보여 준 그녀의 신뢰였다. 결코 그 신뢰에 어긋나는 결과는 빚지 않겠노라고 굳게굳게 결심했다. 휘파람이라도 불 듯 즐거워하면서 걷다 보니 어느덧 집으로 들어가는 더러운 골목길을 접어들고 있었다. 그제야 그는 다시금 시청에서의 일이 생각났다. 노발대발하던 죠지 오블톤의 얼굴이 떠올랐다. 분노로 붉게 충혈된 눈이 꼭 눈앞에서 툭 튀어나올 것만 같았다.

제기랄! 던컨은 눈살을 찌푸리며 고개를 한바탕 크게 내저었다. 그러나 길길이 뛰던 죠지 오블톤의 영상은 집요하게 그의 뇌리에 붙어 떨어지질 않았다. 그 때문에 던컨은 억제할 수 없는 분노와 짜릿한 흥분이 묘하게 교차되는 감정이 회오리바람처럼 온몸을 치닫고 있음을 느꼈다. 어느새 어슴푸레해진 저녁의 눅눅한 공기가 그의 달아오른 두 뺨을 식혀 주고 있었다.

항상 그의 마음 속에서 떠나지 않았던 의사에의 꿈을, 시청의 서기라는 현실 앞에서 아쉬운 마음으로 체념해야 했던 것이 불과 몇 시간 전의 일이었다. 그런데 뜻하지 않은 죠지 오블톤의 심술궂은 훼방으로 시청의 서기직도 물거품처럼 허무하게 사라져 버렸다. 잘된 일인지 잘못된 일인지는 그 자신도 몰랐다. 그러나 애초부터 시청 서기라는 직업에는 전혀 마음이 내키지 않았던 그인만큼 차라리 홀가분한 생각마저 들었다.

"차라리 잘됐어. 내가 원하는 일이 아니었어."

던컨은 스스로를 위로했다. 이때 문득 어머니의 얼굴이 생각났다. 자신이 서기일을 하게 된 것을 그토록 기뻐하시던 어머니를 생각하자, 그의 발걸음은 몹시 무거워졌다. 집 앞에 이르기까지 그의 마음은, 미지에 대한 야릇한 희망과 당장 눈앞에 직면한 어머니에 대한 죄스러운 심정으로 뒤엉켜 있었다.

던컨이 집 안으로 들어서니, 아버지가 식당에 앉아 있다가 기분 좋은 얼굴로 그를 맞아 주었다.

"던컨, 이제 오는구나. 네 어머니가 한 20분 전에 너를 마중 나갔는데 서로 만나지 못한 모양이구나. 아마도 좋은 소식을 그냥 앉아서 기다리기가 매우 애가 탔던 모양이야."

"좋은 소식요?"

던컨은 고통스럽게 얼굴을 찡그렸다. 다시 시청에서 있었던 일이 생생히 떠올랐다.

"던컨, 무슨 안 좋은 일이라도 있었니? 안색이 좋지 않구나."

던컨은 아버지에게 시청 회의실에서 벌어졌던 사건을 대충 말씀드렸다. 아들의 말을 들은 아버지의 얼굴에 진한 그늘이 드리워졌다. 어설픈 침묵이 집 안을 감싸며 오래 된 탁상 시계의 똑딱거리는 소리만이 묘하게 침체된 주위를 지배하고 있었다. 뜨거운 차를 한 잔 입으로 후후 불어 가며 마실 정도의 시간이 지났다. 거구인 아버지가 자리에서 벌떡 몸을 일으키더니 천천히 아들에게 손을 내밀었다. 두 사람은 한참 동안 잡은 손을 놓지 않고 말없이 마주 보고 있었다. 두 사람에게는 그 이상의 말이 필요 없었다.

"아버지, 저는 오늘 일을 후회하지 않습니다. 처음부터 저는 그 일이 마음에 내키지 않았습니다. 중요한 것은 제가 하고 싶은 일에 노력과 열성을 기울여 최선을 다하는 것 아니겠습니까?"

던컨이 먼저 침묵을 깨고 격앙된 목소리로 말했다. 아버지는 서너 차례 고개를 끄덕이며 눈가에 은은한 미소를 매달았다.

"그럼, 그렇고말고. 던컨, 인간에게 그보다 더 소중한 것은 없단다."

"아버지, 이번 목요일에 센트 앤들스 대학에서 장학생을 뽑는 시험이 있습니다. 자유 시험이니까 누구라도 응시할 자격은 있지요. 공작이나 백작 아들은 물론 저같은 가난뱅이 서민의 아들도 말입니다. 그 시험은 어렵다고 소문이 나 있는데, 최고 성적자 세 명에게 입학금은 물론 장학금이 지급됩니다. 세 사람 중에 한 명이 되면 제가 바라는 의과 대학에서 공부할 기회를 얻을 수 있습니다."

던컨은 자신이 시험에 합격이나 한 것처럼 힘찬 목소리로 말했다. 웬지 느낌이 좋았다. 지금까지 배운 학문으로 경쟁을 하는 것이라면 불안하게나마 자신이 있었다.

"던컨……!"

"물론, 제게 그런 엄청난 행운이 쉽게 돌아오리라고는 낙관하지 않습니다. 그렇지만 도전해 보지도 않고 비관하기는 싫습니다. 비록 합격하지 못한다 해도 의사가 되는 게 제 꿈인만큼 최선을 다해서 끝까지 노력해 보겠습니다."

아버지는 던컨의 굳은 결심을 들으며, 짙은 눈썹에 묻힌 자애로운 눈으로 듬직하게 성장한 아들을 내려다보았다. 그 눈에는 아버지로서 책임을 다하지 못한 슬픔과 아들의 꿋꿋한 성장을 대견스럽게 여기는 기쁨이 뒤엉켜 있었다. 아버지는 두 개의 컵에 위스키를 따라서 하나를 아들에게 주며 술잔을 높이 치켜 들었다.

"자, 던컨! 너를 위해서 건배하자. 의학 박사 던컨 스탤링을 위해서 말이다. 내가 장담하지만 10년만 지나면 넌 영국 제일의 의사가 될 거다. 암, 그렇고말고. 그때가 되면 나를 깔보던 놈들의 코를 납작하게 만들어 주겠어. 그 기분 좋은 날을 위해서 건배!"

아버지와 아들은 술잔을 힘차게 부딪쳤다. 아버지는 흡족한 표정으로 위스키를 단숨에 마셔 버리고는 빈 잔을 난로를 향해 힘껏 집어던졌다. 난로에 부딪힌 술잔이 쨍그랑, 소리를 내며 산산조각이 났다.

"우리를 무시하는 놈들은 모두 저 술잔 꼴이 될 게다. 악마가 다 데려가거라!"

아버지가 호기롭게 소리치던 바로 그때, 거칠게 문이 열리며 실내로 스산한 바람이 휘몰려왔다. 어머니 마사 스탤링 부인이 새파랗게 질린 얼굴로 파르르 온몸을 떨며 문고리를 잡고 서 있었다. 평상시와는 다르게 번뜩이는 그녀의 눈빛이 실내를 날카롭게 훑어보고 있었다. 어머니의 눈빛이 탁자 위에 놓여 있는 위스키 병에 이르자 곧바로 입술에서는 분노와 심한 경련이 일어났다.

"보기 좋은 광경이로군요. 내가 두 분의 즐거운 시간을 방해한 모양이군요."

마사 스탤링 부인은 빈정거리며 부자간을 뚫어지게 노려보았다.

몸집이 커다란 아버지의 얼굴이 곤혹스럽게 일그러졌다. 그는 아내의 갑작스런 출현과 평상시와 다른 신경질적인 말투에 무슨 변명이라도 하려 했으나, 말문이 쉽게 열리지 않는 모양이었다.

"그러면 그렇죠, 당신이 술을 끊을 수가 있을라구요. 근 열흘 동안이나 참느라고 얼마나 고생하셨어요."

어머니는 근 열흘간 술을 끊었던 남편의 결심을 비웃듯 신경질적으로 계속 힐난하였다.

"그래, 이제는 아들까지 주정뱅이로 만들고 싶은 모양이죠?"

"어머니!"

던컨은 가만히 듣고만 있을 수가 없어서 끼여들었다.

"지금 무슨 말씀을 하시는 거예요?"

"너야말로 어떻게 된 일이냐? 대체 오늘 무슨 행동을 했느냐? 무슨 행동, 어떤 말을 했길래 시의회 의원들이 그렇게 노발 대발했단 말이냐? 네 처지를 생각지도 않고 그렇게 자기가 하고 싶은 대로 떠들어대도 되는 거냐? 어디 네 녀석의 말 좀 들어 보자."

어머니는 기다렸다는 듯이 이번에는 던컨을 향해 심하게 꾸짖기 시작했다.

어머니도 시청에서 있었던 일을 밖에서 들은 모양이었다. 그 때문에 실망과 분노, 그리고 믿을 수 없다는 생각들이 뒤범벅이 된 얼굴이었다. 잠시 던컨과 어머니는 괴로운 표정이 역력한 얼굴로 서로 말없이 쳐다보고만 있었다. 상대방의 숨소리 하나까지 들을 수 있는 고통스런 침묵을 어머니가 먼저 깼다. 어머니는 도저히 참을 수가 없는지 흐느끼기부터 했다. 두 눈에 그렁그렁하게 눈물이 고였다가 야윈 뺨을 타고 흘러 내리기 시작했다.

"난 도저히 믿을 수가 없다. 내 아들이 그런 소행을 하리라곤 꿈에도 생각하지 못했다. 그래, 내 아들은 그런 행동을 할 사람이 아니야. 던컨, 지금 밖에서 떠도는 소문은 거짓말이지? 그렇지?"

던컨은 어머니의 눈길을 차마 마주볼 수가 없어서 푹 고개를 떨구었다. 일말의 희망을 가지고, 아니 자신의 물음이 부질없다고 여기면서도 어머니는 그런 질문을 했다. 그리고 아들의 태도에서 모든 게 사실임을 깨달으면서 가슴이 무너져내리는 소리를 들었다.

"나, 나는 너에게 희망을 걸고 지금까지 살아왔다. 너에게 모든 희망을 걸고서 말이다. 이 에미의 소원을 꼭 풀어 주게 해 주십사고 기도한 결과가 겨우 이런 것이었단 말이냐?"

어머니의 흐느끼는 목소리는 한참 동안 넋두리를 토해 내다가 이제는 아들을 달래는 소리로 변해 있었다.

"던컨, 이제 네가 해야 할 일은 한 가지밖에 없다. 지금이라도 죠지 오블톤 씨를 찾아뵙고 정중하게 사죄하여라. 시청에서 무례하게 행동한 것을 진심으로 사죄하면 그분은 틀림없이 용서하실 게다. 그렇지 않고는 살아갈 방도가 없어. 그러니 던컨……."

"사죄를 하라니요! 그 돼지 같은 위인한테 빌어서 동정을 구하라는 말씀이시군요. 어머니, 분명히 말씀드리지만 전 죽어도 그렇게 할 수가 없습니다."

던컨은 크고 단호한 소리로 말하며, 정면으로 어머니의 얼굴을 바라보았다.

"어머니, 전 오늘 단 한 마디도 진실을 벗어난 이야기를 하지 않았습니다. 진실만을 말했단 말입니다. 그런데, 그런데 사죄를 하라니요? 어머니, 물론 이런 일로 어머니를 괴롭히는 게 저 역시 견딜 수 없이 고통스럽습니다. 그렇지만 저의 양심상 불의와 타협하기는 죽기보다 싫습니다. 부디 저의 이런 마음을 어머니께서 이해하여 주십시오. 전 이미 결심했습니다."

어머니는 아들이 지금 어떤 결심을 했다는 것인지 금방 알 수 있었다. 아들의 애타는 심정을 전혀 이해하지 못하는 것도 아니었다. 그러나 그녀가 생각하기에는 아들이 꼭 뜬구름을 잡겠다고 날뛰는 것만 같았다. 그런 걱정 때문에 어머니의 두 눈은 어두운 빛으로 가득했다.

"또 그 바보 같은 생각을 하고 있구나. 현실을 무시하고 의사가 되겠다는 미치광이 같은 생각을 아직도 버리지 못했단 말이냐?"

어머니는 몹시 격앙된 어조로 물었다.

던컨은 대답 대신에 고개를 끄덕였다. 누구보다도 아들의 성격을 잘 알고 있는 어머니였다. 도저히 아들의 마음을 돌이킬 수 없음을 깨달았는지 분노와 실망으로 온몸을 애처로울 만큼 파르르 떨고 서 있었다. 오로지 아들의 행복과 장래의 희망을 바라보고 오늘까지 살아온 어머니로서는, 그런 아들의 허황된 바람과 결심을 온전히 받아들이기가 어려웠던 것이다.

"네 녀석은 지금 이 에미를 철저하게 절망시키고 있다. ……길게 이야기하기 싫다. 마지막으로 묻겠다. 너는 죽어도 시의회 의원들에게 사죄하지 않겠단 말이지?"

"그렇습니다."

조금도 흔들림이 없는 던컨의 대답이었다. 어머니는 아들이 자신의 마지막 희망마저 거부하자 지그시 입술을 깨물며 단호하게 말을 던졌다.

"좋다! 이로써 나는 너와 인연을 끊겠다. 이제 나는 너의 어머니가 아니고 너는 내 아들이 아니다. 던컨, 오늘 밤 안으로 당장 이 집에서 나가거라. 모자간의 정이 끊어진 이상 우린 서로에게 지킬 것은 지켜야 하는 관계가 된 것이다. 그리고 일단 집을 나가거든 두 번 다시 내 집 문턱을 밟을 생각은 하지 말아라."

어머니의 목소리는 냉정하기 그지없었다. 그 말을 묵묵히 듣고만 있던 아버지가 당황해서 급히 아들 쪽으로 갔다. 그는 아내를 쏘아보며 부당성을 항의하려고 했다. 그러자 그녀는 날카롭게 남편의 말을 가로막으며 더 큰 소리로 외쳤다.

"이젠 모든 것이 끝났어요. 당신도 알다시피 난 절대로 허튼 소리나 하는 여자가 아니에요. 지금 저 아이에게 집을 나가라고 한 말은 진심이에요. 저 아이는 이제 내 아들이 아니에요. 그러니까 내 말이 취소되리라는 기대는 하지 마세요."

던컨은 어머니의 너무나 충격적인 말에 할 말을 잃고, 한참 동안 멍하니 서서 어머니의 얼굴만 바라보았다.

"지금 하신 말씀이 어머니의 진심이라면 말씀대로 따르겠습니다. 곧 짐을 챙겨 나가겠습니다."

던컨은 침통하게 말했다. 그는 자신의 결단에 결코 후회하지는 않았지만, 이렇게 슬픈 결과가 생기리라고는 상상도 하지 못했다. 한편으로는 불쌍한 어머니에 대한 동정심이 없는 것도 아니었다. 그렇지만 언젠가는 어머니도 자신을 이해해 주실 날이 올 거라 믿고 집을 떠나기로 결심했다.

이윽고 던컨은 2층으로 올라갔다. 어머니는 그대로 선 채 몸이 굳은 듯 복잡한 시선으로 아들의 뒷모습을 바라보고만 있었다. 노년기에 접어든 어머니는 아들이 끝까지 자기의 의견을 굽히지 않고 집을 나가겠다고 하자, 견딜 수 없는 고통과 괴로움으로 절망하고 있는 것이었다.

초라한 자신의 작은 다락방으로 들어간 던컨은 옷가지와 책을 여행 가방에 챙겨 넣으며 여러 가지 일들을 생각했다. 이제는 자신의 갈 길이 더욱 뚜렷해진 것 같았다. 사랑하는 부모님과 헤어져야 한다는 사실이 한없이 마음을 아프게 했지만, 오랫동안 갈망했던 새로운 삶에 대한 벅찬 기대와 흥분으로 묘한 감정에 사로잡혔다.

던컨은 짐을 다 챙겨서 천천히 계단을 내려왔다. 어머니의 모습은 보이지 않았다. 아버지와 애견 라스트가 부엌에서 기다리고 있었다. 아버지는 던컨이 내려오자, 호주머니를 뒤적이며 슬픈 목소리로 간신히 입을 열었다.

"던컨, 이 밤중에 대체 어디로 가려고 그러느냐? 갈 곳도 없으면서……."

"……."

"그러나 가야 하겠지. 이 집에선 너의 어머니 말이 법이니까. ……너한테 주고 싶은 게 있다. 뭐, 대단한 것은 아니지만 이 애비의 마음이라 생각하고 받아 주렴. 지금 내 수중에 돈이 한 푼도 없어서 돈을 주지 못하는 게 가슴아프구나. 자, 이걸 받아라."

"아버지, 이건……."

아버지가 내민 것은 은사슬이 달린 회중 시계였다. 아버지도 이 시계를 할아버지에게서 물려받았다. 회중 시계는 순금으로, 사슬은 은으로 만들어졌는데, 이 집안의 아들들에게 대대로 전해 내려오는 유일한 가보였다. 그래서 생활이 아무리 어렵고 먹을 양식이 없는 비참한 지경에 처했을 때도 이 시계만큼은 전당포에 맡겨진 일조차 없었다.

"아버지, 저는 아직 그 시계를 받을 자격이 없습니다. 그냥 아버지가 갖고 계십시오. 나중에……, 나중에 제가 성공한 후에 받겠습니다."

던컨은 진심으로 그 시계를 아버지가 지니기를 원했다. 그러나 아버지는 그 시계나마 정처 없이 집을 떠나는 아들에게 주고 싶었던 것이다.

아버지는 소중한 선물을 거의 강제로 아들의 손에 쥐어 주면서 그 손을 힘주어 잡았다. 두 사람은 그런 상태로 오랫동안 말없이 서 있었다.

"잘 가거라, 던컨. 먼 곳에서나마 너의 성공을 빌겠다. 이런 말밖에 할 수 없는 애비의 무능함을 이해해 주렴."

"아버지, 부디 몸 건강하게 지내십시오. 자리가 잡히는 대로 소식드리겠습니다."

"그래, 애비는 너를 믿는다. 어떤 난관이 닥치더라도 결코 꺾이지 않으리라는 것을……."

아버지는 애써 태연한 목소리로 말하고 있었지만, 그 소리는 가늘게 떨리고 있었다. 던컨은 아버지와 잡은 손에 강하게 힘을 주었다가 놓았다.

"이 아들을 믿으십시오."

던컨은 이 말을 하는 순간 눈시울이 뜨거워짐을 느꼈다. 고인 눈물을 감추기 위해 곁에 있는 라스트의 머리를 쓰다듬었다.

"라스트, 너도 잘 있어."

라스트도 주인과의 이별을 아는지 슬픈 눈으로 던컨을 올려다보고 있었다. 던컨은 여행 가방을 손에 들고 방문을 보았다. 방문은 굳게 닫힌 채 영원히 열릴 것 같지 않았다. 어머니, 이렇게 떠나는 아들을 용서해 주십시오. 방문을 여시고 얼굴이라도 한번 보여 주십시오, 하고 열망했지만 끝내 열리지 않았다.

"어머니, 저 지금 떠납니다. 부디 건강하게 지내십시오. 곧 소식 드리겠습니다."

던컨은 목멘 소리로 작별 인사를 했다. 그러나 안에서는 아무런 대답도 들리지 않았다.

7

칠흑같이 어두운 밤이었다. 달빛조차 없었다. 대책도 없이 갑자기 집을 나온 던컨은 앞이 망막했다. 마을의 어느 집에서 하룻밤 신세를 질 수도 없는 일이었다. 그래, 이왕 떠날 길이면 이 밤으로 떠나자, 하고 결심을 굳힌 던컨은 터벅터벅 발걸음을 옮기기 시작했다.

리븐포드에서 센트 앤들스 대학까지는 무려 200여 킬로미터나 떨어진 먼 길이었다. 그곳을 향해 이제 막 발걸음을 옮기기 시작한 것이다. 목요일에 시험을 치르는데 오늘이 벌써 월요일 밤이었다. 걸어서 도착해야 하기 때문에 서둘러야 했다. 던컨은 한시라도 빨리 그곳에 당도해야 한다는 조급함 때문에 피곤도 잊은 채 걷고 또 걸었다.

피곤하여 쉴 곳을 찾았을 때 역시 시간은 아직 모든 거리가 잠들어 있는 새벽녘이었다. 더 이상 걸을 수가 없어 어느 집 담장 밑에 누울 곳을 마련했다. 여명기의 하늘은 진한 회색빛을 띠고 있었다. 던컨은 가끔 빠르게 흘러가는 조각구름과 숨바꼭질을 하는 은빛 그믐달을 바라보면서 여러 가지 복잡한 생각 때문에 쉽게 잠을 이룰 수가 없었다. 싸늘하고 적막한 밤공기가 온몸에 엄습해 와 오싹 한기를 느끼게 했다.

던컨은, 새우처럼 몸을 움츠리고 누워 자신의 처지를 생각했다. 호주머니에는 은화가 몇 닢 있을 뿐이었다. 그 은화는 교통비에도 부족했다. 만일 밥이라도 한 끼 사 먹는다면 금방 바닥이 나고 말 것이다. 그러면 그야말로 무일푼이 되는 것이다. 던컨은 그러한 자신의 처지를 생각하니 몹시 우울했다.

던컨, 약해지면 안 돼, 이렇게 스스로를 위로하며 자신의 꿈을 성취하기 전까지는 결코 돌아갈 수 없는 고향의 지평선을 바라보았다. 서둘러 떠나 온 고향이 얼마 동안, 아니 어쩌면 영원히 막혀진 장벽이 될지도 모른다는 생각이 들었다. 그러자 그의 가슴은 물밀 듯 어떤 향수에 사로잡혔다. 가난했으나, 정겨운 나날들을 보냈던 어린 시절의 고향 언덕과 강기슭이 까닭 모를 아스라한 그리움이 되어 어느새 그의 눈가를 촉촉이 적셨다.

이윽고 그는 모든 것을 떨쳐 버리려는 듯 고개를 세차게 저으며 스스로에게 굳은 다짐을 하였다. 과거는 이제 모두 묻어 버리자고. 스스로 선택한 고난의 길인만큼 결코 감미로운 감상 따위에 젖을 수만은 없다고. 그러나 생각하면 할수록 자기가 헛된 망상에 사로잡혀 어리석고 건방진 짓을 한 것은 아닌가, 하는 심한 내적 강박감에 끝없이 초조해지기도 했다.

장래는 예측할 수 없다. 어떤 형태의 운명으로 끌려들어갈지는 아무도 모른다. 그러나 어떠한 경우에라도 불행한 운명과 악수하고 싶지는 않았다. 던컨, 너는 행복을 선택해야 한다. 꼭 네가 품은 뜻을 성취해야만 한다. 그는 이런 말을 마음 속으로 수없이 되뇌이면서 억지로 잠을 청했다.

눈을 뜨니 어느새 해가 중천에 떠 있었다. 던컨은 서둘러 걸어야 하는 처지였기 때문에 벌떡 자리에서 일어섰다. 가능하면 도시의 중심가 소음 지역을 피하여 한적한 들길이나 산길을 따라 걷기로 결심하고 서둘러 그 자리를 떴다. 그날 오후에 어느 마을에서 약간의 빵을 사서 가까운 샘물을 찾은 다음 조촐하지만 맛있는 식사를 마쳤다. 더할 나위 없이 조용한 오후 한나절이었다. 샘물 주변의 전원이 기분 좋은 포만감과 함께 비로소 눈에 들어왔다. 부드럽고 포근한 대기는 그의 피곤하고 지친 몸과 마음을 다정하게 위로해 주는 듯하여, 어느새 그는 말끔히 개인 산뜻함마저 느낄 수 있었다. 참으로 감탄사를 토해 내게 하는 황홀한 풍경이 계속 펼쳐져 있는 아름다운 전원이었다. 그 배경은 아무리 바라보아도 싫증이 나지 않았다.

금잔화가 짙은 녹색이 절정인 소나무와 어우러져 한층 그 색채를 더하였다. 목장 풍경의 싱그러움, 그곳을 흐르는 시냇물은 경쾌한 리듬을 타고 신바람 나는 여울이 되어 작은 물보라를 치며 저 멀리 들녘으로 흐르고 있었다. 여기저기에 잘 갈아 놓은 작은 밭에 둘러싸인, 석회칠한 흰 벽의 농가가 우뚝 솟아 평화롭게 띄엄띄엄 흩어져 있었다. 한길 가까이에는 수많은 양떼가 한가로이 거닐고, 태양은 양털을 더욱 희고 윤기나게 빛내고 있었다.

그 화창하던 날씨가 늦은 오후가 되자 조금씩 흐려졌다. 그가 어느 깊지 않은 계곡의 중턱을 걷고 있을 때 빗방울이 하나둘씩 떨어지기 시작했다. 던컨은 서둘러 인가를 찾아 걸었다. 빗방울은 금세 굵어지면서 세차게 쏟아지기 시작했다. 거센 바람까지 몰아쳐 빗물이 살갗을 뚫고 뼛속까지 적시는 기분이었다.

어둠이 깔릴 무렵 린튼이라는 마을에 당도했다. 큰길 하나가 시원스럽게 마을을 가로지르고 있었다. 벌써 인적이 끊길 만큼 밤늦은 시각은 아니었다. 그러나 거센 빗줄기 탓인지 거리에는 개미 새끼 하나 얼씬거리지 않았다. 인적이라곤 찾아볼 수가 없는 그 마을은 흡사 공포 영화에 나오는 유령의 마을을 연상케 했다. 우체국과 채소 가게, 잡화상 등이 모두 문이 닫혀 있는 데다가 눈에 뜨이는 그 주변의 가정집들의 문도 이미 굳게 닫혀 있었다.

던컨은 이제 더 이상 걸을 수 없을 만큼 지쳐 있었다. 빨리 쉴 곳을 찾아 비를 피해야 했다. 여기저기를 기웃거려 봐도 비를 피할 적당한 장소가 눈에 띄지 않았다. 그러다가 희미한 불빛 하나를 발견했다. 서둘러 그쪽으로 다가가니 병원 건물이었다. 병원은 회색 석조 건물로 입구의 놋쇠로 된 표찰에는 '의사 앵거스 머도크 내과 및 외과'라고 새겨져 있었다. 병원 건물이라는 것이 그에게 묘한 친근감을 느끼게 했다. 그러나 곧 병원에서 하룻밤 신세를 질 수가 없음을 깨닫고 난감해졌다.

던컨은 주변을 둘러보았다. 비를 피할 곳만 있다면 쪼그리고 앉아서라도 밤을 보낼 결심이었다. 마침 병원과 인접한 작은 부속 건물이 보이자 덜덜 떨면서 그 안으로 들어갔다. 퀴퀴하고 이상한 냄새가 났다. 그러나 던컨은 그런 걸 따질 상황이 아니었기에 여행 가방을 내려놓고 온통 흙투성이가 된 젖은 옷을 말릴 궁리를 했다. 거센 빗줄기를 피해 간신히 들어오긴 했지만, 이곳이 어떤 곳인지는 어둠침침하여 잘 분별이 안 됐다. 아무것도 깔지 않은 시멘트 바닥에 천장이 낮고 내부가 습했다. 역겨운 냄새가 지독한 것으로 보아 사람이 거처하는 곳은 아닌 듯했다. 이러지도 저러지도 못한 채 한참을 서성였다.

이때 별안간 창고문이 열리면서 머리에 수건을 쓴 젊은 아가씨가 불쑥 들어왔다. 두 사람은 너무나 놀라 하마터면 비명을 지를 뻔했다. 그 와중에도 던컨은 그녀가 놀라 쓰러지지나 않을까 걱정이 되었다. 그래서 급히 그녀에게 다가가다가 그만 무엇인가에 걸려 넘어질 뻔했다.

"정말 죄송합니다. 승낙도 없이 남의 건물에 들어온 것을 용서하십시오."

던컨은 당황해서 서둘러 사죄의 말을 했다.

"……."

아가씨는 아직도 놀란 가슴이 진정되지 않은 듯 숨을 가쁘게 몰아쉬었다. 그리고는 말없이 던컨의 얼굴을 뚫어지게 쳐다보았다.

"정말 죄송합니다. 날이 저문 데다가 이렇게 비까지 심하게 내려서 잠시 피해 갈까 하고 허락도 없이 들어왔습니다."

던컨은 아가씨의 놀란 표정에 어찌할 바를 모르며, 자신의 난처한 입장에 대해 변명을 늘어놓았다.

"정말 놀랐어요. 닭장에 사람이 있을 줄 누가 생각이나 했겠어요. 그렇지만 이젠 괜찮아요. 닭에게 모이를 주려고 들어온 것뿐이니까. 걱정 마세요."

아가씨는 이내 경계심을 풀고 그를 안심시키려는 듯 다정스럽게 말했다.

"비에 흠뻑 젖으셨군요. 여기서 이럴 게 아니라 저희 집 부엌으로 가 옷을 말리면서 비를 피하도록 하시죠. 저를 따라오세요."

젊고 친절한 이 아가씨는, 던컨의 외모나 말하는 것으로 보아 절대 나쁜 사람이 아니라는 것을 느꼈다. 굳은 의지가 느껴지면서도 순박함을 드러내는 얼굴이어서 순간적으로 호감이 갔다. 그런데 무슨 까닭으로 밤길을 비를 맞으며 가야만 하는지, 웬지 측은한 생각이 들었다.

"아닙니다. 제게는 여기도 훌륭한 장소입니다."

던컨은 진심으로 비를 피하게 된 것만도 감사하게 여겼다.

"그런 말씀 마세요. 어서 저를 따라오세요."

던컨은 환한 불빛 아래서 자신의 초라한 모습을 보이기 싫다는 자존심에 그녀를 선뜻 따라나서기가 내키지 않았다. 그렇지만 너무나 진지하게 같이가기를 청하는 바람에 별도리 없이 그녀를 따라 밖으로 나왔다.

8

던컨 스탤링은 아가씨의 뒤를 따라 안채로 들어갔다. 비는 여전히 세차게 내리고 있었다. 안마당 한쪽 구석의 잘 정돈된 뜰에는 화초와 수목들이 조금도 흐트러짐이 없이 빗물을 함빡 달게 마시고 있었다.

"어서 들어오세요."

아가씨는 뒷문을 열고 던컨이 부엌으로 들어가게 자리를 옆으로 비켜 주면서 손짓했다. 어색하고 쑥스러운 태도로 집 안으로 들어서자, 부드러운 인상의 작은 체구의 노파가 의자에서 일어섰다. 전형적인 시골 여자의 모습을 느끼게 하는 노파가 모든 것을 알겠다는 표정으로 말했다.

"우선 불 옆으로 가서 몸을 좀 녹이세요."

"아, 정말 고맙습니다."

던컨은 더욱 어찌할 바를 몰라하며 아가씨의 눈치를 살폈다. 그녀는 입가에 방긋 미소를 짓고 다정하게 말했다.

"옷이 많이 젖었어요. 어서 불 옆으로 가서 말리세요. 그렇지 않으면 감기 걸리기 쉬워요. 전 그 동안 요기하실 걸 준비할게요."

던컨은 아무런 대꾸도 못 하고 줄곧 아가씨에게서 눈길을 떼지 못한 채 시키는 대로 했다. 아가씨의 진심에서 우러나오는 태도는 던컨을 긴장감에서 차차 해방시켜 주었다. 아가씨는 이제 겨우 18세 정도밖에 안 돼 보였는데, 무척 청결하면서도 우아해 보였다. 날씬한 몸매도 시선을 끄는 매력이 있었다. 살결이 아주 매끄럽고 윤기가 흘러 신선미와 건강함을 느끼게 했다. 깔끔하게 묶은 금발의 긴 머리는 그녀의 청순한 매력을 더욱 돋보이게 했다.

이런 그녀의 용모 중에서도 가장 마음을 끄는 것은, 참으로 온화하고 상냥한 마음을 그대로 비춰 주는 아름다운 눈망울이었다. 그가 흠모하는 마가레트도 몹시 아름다운 눈을 가지고 있었다. 그러나 마가레트의 눈망울은 웬지 차갑고도 얄궂은 빛이 서려 있었다. 그 거만해 보이면서도 장난기 감도는 눈망울이 그녀의 매력이기도 했다. 그런데 이 아가씨의 눈망울은 그에게 사뭇 다른 느낌을 전해 주고 있는 것이었다.

사람의 눈을 꽃에 비유한다면 마가레트의 눈은 정열적이고 요염한 장미와 같고, 이 아가씨의 눈은 고결하고 청순한 백합과 같았다. 던컨은 그녀의 눈망울을 대하자, 웬지 온몸이 화끈거리며 가슴이 뛰었다. 마치 마가레트에게서 느꼈던 감정이 되살아나는 듯했다. 그래서 던컨은 자신의 초라한 행색도 잊은 채 어떤 말이라도 건네고 싶은 충동을 느꼈다.

"매우 친절하시군요. 언제나 댁의 문 앞을 지나가는, 저와 같은 사람들에게 친절하게 먹을 것을 주시나요?"

던컨의 이 말에 아가씨는 빙그레 웃다가 정색을 하고 말했다.

"그래요, 지금까지 우리는 그렇게 해 왔어요. 사실 말이지만,

저는 당신을 집으로 들어오시게 할 때까지는 그냥 지나가는 떠돌이라고 생각했어요……. 사람의 마음은 순간적으로 변하죠, 특히 떠돌이들은……. 떠돌이들은 대개 식사를 대접받기까지는 무척 예의바르다가도 식사가 끝나면 뻔뻔스럽게 인사도 하지 않고 떠나는 게 보통이더군요."

"저는 배가 고프다고 말하지 않았는데요."

던컨은 다소 당황해서 자기도 모르게 벌겋게 얼굴이 달아오른 채 말했다. 아가씨의 말이 꼭 자기를 두고 하는 말처럼 생각되었기 때문이다.

"그렇지만 당신은 지금 배가 고픈 게 사실이잖아요. 저를 속이려 들지 마세요."

던컨은 대답할 말을 잊었다. 의심받고 있다는 생각이 밀려들자, 웬지 서글퍼지고 다시 침울한 표정이 되었다. 온화한 불기가 넘치는 부엌에 앉아 있자니, 이제까지 잊고 있던 피로가 엄습해 오며 온몸이 나른해졌다. 무엇인지 모를 음식이 익는 냄새가 코를 자극하며 연신 마른침을 삼키게 했다. 그렇지만 눈꺼풀을 무겁게 내리누르며 몰려오는 졸음은 어쩔 수가 없었다.

"그래, 무슨 일로 이곳에 오셨나요?"

던컨은 아가씨가 묻는 말을 꿈결처럼 듣고 있었다.

"지금 제 말을 듣고 있는 거예요?"

"아, 네, 저요."

던컨은 졸던 게 무안해서 당황한 표정으로 얼버무렸다.

"어디에 사시는데 이렇게 길을 떠나셨어요? 괜히 궁금하군요."

그녀의 목소리는 차분하면서도 다정했기 때문에 나이보다 더 조숙하게 느껴졌고, 눈망울은 사랑스럽기 그지없었다. 던컨은 그녀가 마치 누이동생 같다는 착각이 들었다. 웬일인지 처음 대하는 그녀에게 묘하게도 친밀감을 점점 더 느끼고 있었다. 허심 탄회하게 모든 걸 다 털어놓고 던컨 자신의 문제를 의논하고픈 생각이 굴뚝 같았다.

"센트 앤들스 대학으로 가는 중입니다."

던컨은 낮지만 힘있는 목소리로 말했다.

"센트 앤들스 대학요? 그래, 무슨 공부를 하시려고요?"

그녀의 눈이 더욱더 반짝였다. 그와 동시에 고개를 빼고 귀를 약간 보이는 자세를 취하여, 그의 말을 한 마디도 놓치지 않겠다는 적극적인 모습을 보였다. 그러한 그녀의 호기심에 던컨은 다소 주저하며 대답했다.

"의과 대학을 지원할 생각입니다."

"어머나 정말이세요? 그렇다면 아버지께 이 사실을 말씀드리겠어요. 무척 기뻐하실 거예요. 이제 곧 왕진에서 돌아오실 시간이거든요."

그녀는 어린아이처럼 천진 난만해져서 손뼉을 치며 몹시 좋아했다. 그 모습은 마치 자기 가족에게 좋은 일이 생긴 것처럼 꾸밈이 없었다.

"그럼, 아버님이 마을의 의사이신가 보죠?"

던컨의 물음에 그녀는 가볍게 고개를 끄덕였다.

"네, 그래요. 아버지는 이 마을뿐만 아니라 인접해 있는 마을의 유일한 의사지요. 사방 수킬로미터 내에 의사라고는 아버지 한 분뿐이세요. 그래서 매일 왕진으로 눈코 뜰 새가 없답니다."

이내 두 사람은 자갈이 깔린 길 위로 바퀴가 덜거덕거리며 굴러오는 소리와, 이어 조심스럽게 현관문이 열리는 소리를 들을 수 있었다. 잠시 후 한 사내가 불쑥 들어섰다.

9

앵거스 머도크 씨는 키가 작고 체구가 왜소했다. 나이는 60을 갓 넘은 듯했다. 하지만 불그스름한 얼굴에 볼이 움푹 패여 있었기 때문에·나이가 더 들어 보였다. 깔끔하게 다듬은 콧수염이 다소 거만스러운 듯한 인상을 주었고, 잿빛 눈동자는 독수리의 눈처럼 날카롭게 빛났다. 그런 모습은 보는 이로 하여금 의사다운 풍모를 역력히 느끼게 했다. 그렇지만 어딘지 모르게 잔소리와 수다가 있어 보이는 인상을 풍기고 있었다.

그는 유행이 지난 녹색 사냥 모자를 귀가 덮이도록 깊숙이 눌러쓰고, 검정색의 소매가 없는 평퍼짐한 외투로 몸을 휘감고 있었다. 게다가 묵직해 보이는 암갈색 장화를 신고 있었기 때문에 마치 개척 시대의 총잡이를 연상케 했다.

"진! 애비가 돌아왔다! 저녁 준비는 다 됐겠지? 배가 고파 죽을 지경이야! 어찌나 시장한지 지금 기분 같아서는 송아지 한 마리라도 다 먹어 치울 수 있을 것 같애."

머도크 씨는 큰 소리로 떠들며 부엌으로 들어서다가 웬 낯선 남자를 보고 그대로 멈춰 섰다. 그는, 웬놈이 남의 부엌에 앉아 있어, 하는 시선으로 발끝에서 머리끝까지 던컨의 모습을 훑어보았다. 평퍼짐한 외투를 벗어던지면서도 그의 날카로운 독수리와 같은 시선은, 이 새로운 침입자에게서 떨어질 줄을 모른 채 계속 주시하였다. 그러다가 딸의 얼굴에 시선을 던지면서 빈정거렸다.

"진, 오늘 또 너의 천사표 자비심을 베풀었구나. 여기에 계신 손님도 틀림없이 불쌍한 나그네겠지? 너는 언제나 모든 사람들에게 자비를 베풀면서 정작 그것이 필요한 이 애비한테는 베풀지 않는구나. 왕진을 다니느라 몹시 피곤하기 때문에 집에서만큼은 편히 쉬고 싶단 말이다. 너의 착한 마음씨는 보기에도 아름답고 흐뭇한 일이야. 그래, 그건 아주 흐뭇한 일이지. 그런데 젊은이는 뭐라고 할 얘기가 없는 모양이군."

"아, 예……. 드릴 말씀이 없습니다. 아니, 이렇게 신세를 지게 되어 죄송합니다."

던컨은 머도크 씨의 장황한 설교 도중에 엉거주춤 의자에서 엉덩이를 떼고 서 있다가 느닷없이 질문을 받자 당황했다. 딸에게 빈정거리는 소리가 자신에게 들으라고 하는 소리임을 알았기 때문에, 웬지 위축되어 조금씩 얼굴 표정이 굳어지는 느낌이었다.

"나는 이 집의 주인이오. 주인인 내가 어디서 왔는지도 모르는 떠돌이 선생의 말을 듣고자 애걸하고 있군그래? 주인인 내가 선생의 말을 들어 봐야 뭐 하겠소. 여긴 내 집 부엌인데."

머도크 씨는 자조하듯 이렇게 내뱉다가 갑자기 꾸짖듯이 큰 소리로 호령했다.

"이봐, 떠돌이 선생! 썩 물러가. 여기서 당장 나가라구!"

뜻밖의 호통 소리에 움찔 놀란 던컨은, 한 걸음 물러서서 불 옆에 있던 여행 가방을 재빨리 손에 들었다. 그런 다음 의사와 그의 딸에게 말없이 인사를 하고 서둘러 현관 쪽으로 걸어나갔다. 이때 등 뒤에서 다시 큰 소리가 들려 왔다.

"그 자리에 멈춰. 저런 융통성 없는 젊은이 같으니라구. 이 친구야, 누가 이런 밤중에 내 집에 찾아온 손님을 밖으로 나가게 하겠는가. 난 말이지, 그냥 농담으로 그래 본 거야. 자네의 사정과 이야기가 듣고 싶어서. 떠돌이들은 대개 내가 물으면 그럴싸하게 얘기하거나 사정하는 게 보통이지. 자네처럼 할 말이 없다고 한 마디만 하고 그냥 나가는 사람은 없었어."

머도크 씨는 잠시 말을 멈추고 모자를 벗었다. 반쯤 벗겨진 대머리가 불빛에 반짝거렸다.

"그건 그렇다치고 자넨 어딘가 좀 모자라는……, 아냐 아냐, 취소하지. 장래성이 있을 것 같은 얼굴이야."

비록 거친 말씨이긴 했지만, 그 목소리에는 진심으로 던컨에 대한 호기심이 깃들어 있었다.

그래도 던컨은 지체하지 않았다. 그러나 그가 나가려고 목례를 하고 돌아서는 순간 갑자기 현기증이 났다. 발작하는 사람처럼 온몸을 떨면서 잡고 있던 문고리를 놓치며 바닥에 쓰러졌다.

머도크 씨가 놀라서 급히 달려와 쓰러진 던컨을 부축해서 안락의자에 앉혔다. 의사의 태도나 말씨는 지금까지와는 달리 아주 상냥해져 있었다.

"어디 보자, 젊은 친구가 이게 뭐야. 음……, 열이 심하군. 당장 무슨 조치를 취하지 않으면 악성 폐렴이 되겠어. 진! 빨리 가서 내 옷을 좀 가져오너라."

머도크 씨는 의사답게 침착한 태도로 던컨의 상태를 진단했다.

"아버지가 너무 심하게 농담을 하셨나 봐요."

진이란 아가씨는 아버지의 분부에 따르면서 한편으로는 원망스럽다는 말을 던졌다. 머도크 씨는 딸의 그 말에 짓궂게 웃으며 중얼거렸다.

"넌 이 떠돌이가 마음에 드는가 보구나. 흠, 나도 웬지 마음이 끌리는 젊은이야."

아버지의 말에 딸은 얼굴을 붉히며 도망치듯 방으로 들어갔다. 몸을 따뜻하게 하고 잠시 안정을 취하자, 어지럽고 오한이 나던 증세는 빠르게 회복되었다. 어느새 던컨은 깨끗한 옷으로 갈아 입혀져 있었다. 그런데 바지의 기장은 짧고 상의는 꽉 쩼기 때문에 몸을 움직이기가 불편했다. 왜소한 노의사의 옷을 건장한 체구인 던컨이 입었기 때문에 그렇게 된 것이다.

"옷이 작아서 불편한가?"

노의사의 말에 던컨은 고개를 끄덕이며 어색하게 웃었다. 그는 곧 안락의자에서 몸을 일으킨 후에 여행 가방에서 자기의 옷을 꺼냈다. 세면장에 들어가 옷을 갈아 입고 더운물로 세수를 하고 나니 참을 수 없을 만큼 허기가 졌다. 꼬르륵거리는 소리가 천둥 소리만큼이나 요란하게 그의 귓전을 때렸다. 세면장에서 나왔을 때 맛있는 냄새가 코를 자극하였기 때문에 꿀꺽 소리가 나도록 침을 삼켰다. 노의사는 던컨의 그런 모습을 주의깊게 관찰하고 있었다.

"식사 준비는 다 됐을 테지. 진, 내가 너무 지나치게 행동한 걸 사과하는 뜻에서 이 젊은 친구와 식사를 함께했으면 싶은데 차려 주겠니? 아, 이 친구한테 먼저 초대의 말을 해야지. 젊은 친구, 어떤가? 난 조금도 불편하지 않은데 자네는 어떤가? 불편하지 않다면 함께 식사를 하세."

머도크 씨는 던컨이 부담스러워하지 않을까 염려되는 듯 부드러운 음성으로 권했다.

"감사합니다."

던컨은 머도크 씨와 그의 딸인 진 사이에 앉았으나, 무슨 말을 해야 할지를 몰라 어색한 표정으로 있었다. 거북하기 그지없는 시간이 어느 정도 지났다. 식탁에 음식이 차려지자, 던컨은 모든 것을 잊어버리고 지금까지 구경도 못 해 본 것 같은 음식을 게걸스럽게 먹어댔다.

음식은 푸짐했다. 맨 처음에는 스코틀랜드식의 수프가 나오고, 이어서 산에서 기른 어린 양고기를 부드럽게 해서 육수를 듬뿍 넣은 사태고기 로스트 포테이토와 이 집 정원에서 뽑아 온 무청이 한결같이 훌륭하게 조리되어 나왔다. 디저트로는 거품을 일으켜 크림을 곁들인 먹음직스런 스그리 열매 파이가 나왔다. 어찌나 파이가 두터운지 스푼으로는 자를 수가 없을 정도였다.

노의사는 허겁지겁 게걸스럽게 먹어대는 던컨을 계속 주시하였다. 그의 눈에는 분명히 던컨을 측은하게 여기는 동정의 빛이 어려 있었다. 그는 곧 딸에게 눈짓을 하며 입을 열었다.

"자네, 크림 좀 더 들지 않겠나? 우리 딸이 디저트를 너무 많이 준비한 모양이더군. 아, 자네 이름을 물어 보는 것을 깜빡 잊었네. 자네 이름을 알려 주겠나?"

"네, 전 스텔링이라고 합니다. 던컨 스텔링."

던컨은 중얼거리듯이 대답했다.

"던컨 스텔링이란 말이지."

머도크 씨는 그의 이름을 반복해서 읊조렸다.

"그래, 이름이 스코틀랜드 사람다운 좋은 이름이군. 고집스럽고 남에게 지기 싫어하는 성품이 엿보이는 이름이야. 자, 기운을 내기 위해서는 잔뜩 먹어 두는 것보다 더 좋은 방법은 없다네."

던컨은 식사가 끝나자 포만감에 안도의 한숨을 내쉬었다. 그러다가 문득 그러한 자기 모습이 수치스럽게 여겨졌기 때문에 몹시 겸연쩍은 얼굴로 머도크 씨를 쳐다보았다.

"아주 잘 먹었습니다. 배가 무척 고팠던 모양입니다."

"그래, 나의 유일 무이한 환자 처방법이 있는데 들어 보겠나? 그건 감기에 걸리면 음식을 가능한 한 찾아서라도 많이 먹으라는 것과 배가 아프면 아픈 것이 나을 때까지 굶으라는 것이라네."

머도크 씨는 이렇게 말하며 약간 장난스럽게 웃었다.

진은 아버지의 독특한 처방법이라는 우스갯소리에 그만 참을 수 없었던지 한동안 깔깔대고 웃었다. 던컨은 두 볼을 발그레하게 상기시키면서 어여쁘게 웃는 그녀의 모습을 물끄러미 바라보았다. 보면 볼수록 아름다운 모습이었다.

"아버지 죄송해요, 말끝에 이렇게 웃어대서요."

그녀는 실수였음을 솔직하게 인정하면서 이렇게 덧붙였다.

"아무리 우리들이 의사가 아니라 해도 환자에게 그런 처방을 하신다니 너무 우스워요. 던컨 스탈링 씨는 지금 센트 앤들스 대학의 의과 대학을 지망하러 가시는 중이에요. 그런데 그런 엉터리 처방이 통할 것 같아요?"

"뭐라구, 지금 뭐라고 했니?"

"의대를 지망하신대요, 아버지."

"오호, 그랬군."

의과 대학 지망생이란 말에 머도크 씨는 더욱 친근감을 느낀 모양이었다. 그는 던컨을 새삼스럽게 더욱 뚫어져라 쳐다보았다.

"네, 시험을 치루기 위해 그곳으로 가는 도중입니다만 너무 부족한 점이 많습니다. 보시다시피 한쪽 팔을 못쓰는 형편입니다."

던컨은 이렇게 말하면서 머도크 씨와 진의 뜨거운 시선을 당당하게 받아들였다.

"원서는 모두 제출했는가?"

"네, 모두 끝냈습니다."

"그렇다면 시험에는 자신이 있는 모양이군그래? 하긴……, 월등한 성적을 얻는다면 신체적인 문제가 그리 큰 것만은 아니지. 그런데……, 의학은 돈이 많이 드는 학문인데……, 자네는 학교에 낼 학비 같은 것은 걱정하지 않아도 되는 모양이군."

던컨은 이 말에 선뜻 대답할 말을 찾지 못했다. 시험을 치르지도 않고 경솔하게 이러쿵저러쿵 말할 수는 없었다. 더구나 하늘의 별따기와 같다고 하는 장학생을 바라고 있다는 말을 차마 입에 담을 수가 없었다.

"시험에 응시는 하지만 결과는 예측할 수 없습니다. 보시다시피 저는 가난한 집안의 아들입니다. 시험에 합격한다고 해도 혼자 힘으로 공부해야만 합니다. 그렇기 때문에 저는 꼭 장학……."

던컨은 장학생이 되어야 한다는 말을 하려다가 입을 다물었다. 머도크 씨는 던컨이 하려다가 만 다음 말을 알고 있었다. 이 녀석

은 장학생을 노리고 있군. 총명해 보이는 데다 자존심이 강철 같
으니 장래가 기대되는 놈이야. 이 녀석은 지금 내게 옛날의 화려
했던 시대와 앵거스 머도크라는 이름의 청년을 생각나게 해 주는
구나. 머도크 씨는 이런 것들을 생각하고 있었다.

"우리들도 가끔 센트 앤들스 시에 갈 기회가 있다네."

머도크 씨는 의미 심장한 미소를 지으며 큰 소리로 말했다.

"그곳에 가서 필요한 의약품과 의료기기, 책 등을 구입해 와야
하기 때문이지."

그러면서 머도크 씨는 벽에 가지런히 잘 배열되어 있는 많은 책
들을 손으로 가리켰다.

"얼마 있으면 우리들은 또 센트 앤들스에 가야 하는데, 우리들
이란 나와 딸애를 말하는 걸세. 그때 꼭 자네가 묵는 곳을 찾아보
고 싶은데 자네 숙소가 어딘지 가르쳐 주겠나?"

"전…… 전, 아직 숙소를 정하지 못했습니다. 학장님께 부탁드
려서 싼 방을 구할 생각입니다."

던컨은 적잖이 당황해서 어깨를 움츠리며 더듬더듬 대답했다.

"학장님이라니, 잉그리스 박사를 말하는 건가?"

"……."

던컨은 무어라 할 말이 없었다. 그는 학장을 본 일도 없고 알지
도 못하기 때문이었다. 그러면서도 학장에게 부탁한다고 했으니
대답이 곤란해진 것이다.

"잉그리스 박사라면 나도 잘 알고 있네. 그러면 걱정할 게 없군.
나중에 잉그리스에게 물어 보면 알 수 있을 테니까."

던컨은 이 노련한 노의사가 자기의 의중을 뻔히 알면서도 자꾸
놀리느라고 질문을 연방 던질 줄 알았는데, 의외로 화제를 돌려
주어 고마웠다.

"내가 보기에 자네는 책을 꽤나 좋아할 것 같구만. 어떤가, 내게

자랑하고픈 책들이 좀 있는데 구경하고 싶지 않나?"

"고맙습니다. 저도 책을 좋아합니다. 구경을 시켜 주신다면 더할 나위 없이 감사하겠습니다."

두 사람의 화제가 책으로 옮겨지자 진은 부엌으로 나갔고, 머도크 씨는 던컨을 서재로 안내했다. 대여섯 평 남짓한 서재에는 출입문을 제외한 사면이 온통 책으로 꽉 차 있었다.

"정말 부럽습니다, 굉장합니다."

던컨은 감탄사를 연발하며 무척 부럽다는 감정을 숨기지 않고 얼굴에 나타냈다. 그것이 머도크 씨를 더욱 흡족하게 해서 고서와 희귀본들을 보여 주거나 설명하는 것으로 1시간 이상을 보냈다.

이러는 동안 노의사는, 던컨이 책에 대해 굉장한 열정과 집착을 보이는 것을 보고 더욱 그가 마음에 들었다. 나이를 떠나 친구로 사귀고 싶다는 생각을 하면서 던컨의 어깨에 손을 얹고 다정하게 말했다.

"던컨, 오늘 밤은 내 집에서 편히 쉬고 가게나. 내일 아침에 하미슈에게 자네를 센트 앤들스까지 안내하게끔 일러 놓겠네. 시험 일자가 급박하니까 말야."

"그렇게까지 하시지 않아도 됩니다."

던컨은 송구스러운 얼굴로 감사의 인사를 하면서 사양의 뜻을 비추었다.

"던컨 군, 부탁이니 그런 인사말은 하지 말게. 우리 집에서 자네는 보통 이상의 환영이라네. 자, 꽤 늦은 것 같으니 이제 편히 쉬도록 하게. 그리고 내가 언제 왕진을 나가게 될지 모르니까 하미슈에게 자네를 안내하게끔 단단히 일러 두겠네. 스타라스 강 하구의 디빗도스에서 아기가 태어날 것 같아서 왕진 준비를 해 두고 자야겠어. 지금까지 다섯 명의 생명을 세상에 나오게 했는데, 여섯 명째도 실수하고 싶지 않다네."

머도크 씨는 던컨에 대해 깊은 호의를 보였다. 그와 동시에 노의사답게 자신의 일에도 세심하게 신경을 쓰고 있었다.

"안녕히 주무십시오."

노의사가 나가자, 던컨은 그의 사려깊은 배려와 과분할 정도의 영접에 감동해 눈물이 나오려는 것을 꾹 참았다. 문득 던컨은 설거지를 하는 진이 보고 싶어 부엌으로 걸음을 옮겼다. 진은 일을 거의 다 끝내고 마무리를 하고 있었다. 던컨이 들어서자 그녀는 다정하게 미소지었다.

"옷이 벌써 다 말랐어요. 내일 아침에 입을 수 있도록 잘 다려 놓겠어요."

"고맙습니다. 당신은……, 당신은 정말이지 매우 친절한 아가씨로군요, 머도크 양."

"아가씨? 후후!"

그녀는 이 지방의 독특한 말씨로 던컨에게 말했다.

"절더러 아가씨라고 하셨어요? 아가씨, 아가씨라……, 듣기가 거북하군요. 그냥 진이라고 불러 주세요. 이름을 불러 주는 것이 제겐 가장 좋게 들려요. 아참, 물어볼 게 있어요. 하얀 히드 꽃가지를 조끼주머니에서 꺼내 뒀어요. 어떤 약속의 증표인가요?"

진은 뭔가 재미있는 발견이라도 한 듯 생기를 띠며 물었다.

"네, 어떤 약속이라고도 할 수 있는 꽃이죠. ……그렇습니다, 어떤 것과도 바꿀 수 없는 정말 소중한 꽃입니다."

던컨은 아주 진지한 얼굴이 되어 말했다.

"굉장한 기념이라도 되는 모양이군요."

진의 아름다운 눈망울이 강한 호기심을 담고 반짝거렸다. 던컨은 그녀의 눈망울에서 마가레트의 모습을 연상하며 혼자 읊조리듯 조용히 대답했다.

"그렇다고 할 수 있죠. 이 세상에서 가장 상냥하고 아름답다고 생각하는 사람에게서 받은 것이니까요."

"꽃을 준 그분은 당신을 사랑하는 모양이군요. ……무척 많이 사랑하나요?"

던컨은 진의 그 말에 평소의 과묵한 그답지 않게 호탕하게 웃었다. 진이라는 아가씨의 오해가 재미있었기 때문이다. 자기가 마가레트를 흠모하는 마음은 거의 일방적이었다. 그녀와 자신의 처지는 너무나 다르다. 사랑한다고? 마가레트가 나를……? 아직은 아니다, 내가 크게 성공하기 전까지는. 이렇게 생각한 던컨은 진지한 얼굴을 하고 입을 열었다.

"제가 성공해서 유명한 의사가 되어 에딘버러 제일의 훌륭한, 아니 돈 많은 환자를 갖게 된다면 틀림없이 날 사랑하게 되겠죠. 그때까지는 전 그저 이렇게……."

던컨은 그만 거기서 말문이 막히며 괴로운 표정이 되었다.

"그렇군요. 당신과 그분의 관계를 알 것 같아요."

다소 괴로워하는 듯한 던컨의 표정을 주시하던 진은 나직한 소리로 이렇게 말한 후에, 아주 명랑한 목소리로 덧붙였다.

"당신을 알게 되어서 기뻐요. 그리고 언젠가 그분도 틀림없이 당신을 사랑하게 되리라 믿어요."

다음날, 던컨이 잠에서 깨어났을 때는 밤 사이에 억수같이 쏟아지던 비가 그치고 바람도 잠잠해져 있었다. 동틀 무렵, 던컨은 머도크 씨의 하인인 하미슈의 안내를 받으며 린튼을 떠났다. 머도크 씨는 일찍 왕진을 나갔기 때문에 얼굴을 볼 수 없었다. 진이 대문 밖까지 나와 손을 흔들어 주었다. 짧은 시간의 우연한 만남이었지만, 던컨은 진의 친절과 아름다움을 영원히 잊지 못할 것 같았다.

산간 지방의 농민은 대개가 그렇듯이, 하미슈도 자기가 잘 모르는 사람에게는 지독하게 경계심을 갖고 있었다.

"당신은 대학에 진학하기 위해 센트 앤들스에 가신다면서요?"

길을 떠난 지 한, 시간 반 만에 하미슈가 불쑥 꺼낸 말이었다. 던컨이 빙그레 웃으며 고개를 끄덕이자, 그는 다시 입을 다물었다. 그 말이 하미슈가 처음 꺼낸 말이자 대화의 전부였다.

던컨은 하미슈의 이 과묵한 성격이 오히려 좋았다. 어젯밤 처음 만나 과분한 대접을 받으며, 묵고 온 머도크 집안 사람들의 호의와 하인의 행동이 묘하게 어우러져 그를 감동시켰다.

마음 속에 떠오르는 온갖 상념에 사로잡혀 걷다 보니, 어느새 바다를 끼고 자리잡은 고풍스런 옛도시의 입구에 당도하였다. 저만치 화강암으로 지어진 회색빛 대학 건물의 실루엣이 고딕풍의 아름다운 선을 그으며 그 면모를 창공에 나타내고 있었다. 그 그윽한 풍취는 꿈에 그리던 대로 무척이나 인상적이었다. 대학이 보이자, 던컨의 마음은 어느새 황홀감에 사로잡힘과 동시에 그리운 애인을 대하는 사람처럼 가슴이 두근거리기 시작했다.

"자, 그럼 저는 여기서 돌아가겠습니다."

"아, 네. 정말이지 뭐라고 감사를 드려야 할지 모르겠습니다."

던컨은 하미슈의 인사도 건성으로 넘기며 뛰는 가슴을 억눌러야 했다. 이곳이 자신이 그토록 꿈꾸어 오던 의학도의 꿈을 펼칠 상아탑이란 말인가? 빠른 걸음으로 높고 웅장한 정문을 지나 대학 구내로 들어간 던컨은 그저 이곳 저곳을 바라보며 신기한 것을 본 소년처럼 마냥 즐거워했다.

고색 창연한 대학 내에는 학생들의 모습이라고는 전혀 보이질 않았다. 그럴 수밖에 없는 것이 새 학기 강의는 다음 주부터 시작되기 때문이었다. 잘 다듬어진 연초록빛 잔디밭과 학교를 온통 뒤덮은 듯한 검푸르고 울창한 나무들, 조그마한 첨탑이 솟아 있는 건물 등은 자욱한 아침 안개와 함께 지금 이 고요함 속에서 장엄함과 무한한 평화를 말없이 간직하고 있었다.

10

센트 앤들스 대학의 대형 벽시계가 뎅뎅 종을 치기 시작했다. 종소리는 오전 9시를 알리면서 텅 빈 교정에 메아리쳤다. 무한한 황홀감에 사로잡혀 있던 던컨은, 갑자기 꿈에서 깨어난 사람처럼 놀라며 현실 세계로 되돌아왔다.

던컨은 옷매무새를 확인한 뒤 학장 사택을 향해 걷기 시작했다. 사택은 본관 건물의 뒤편에 자리잡고 있었다. 건물은 너무나 세련되고 당당한 모습을 갖추고 있었다. 초록색 페인트 칠을 한 대문이 굳게 닫혀 있었다. 그는 건물의 위용에 눌려 웬지 주눅이 들었지만, 스스로에게 다짐하듯 심호흡을 하고 힘차게 벨을 눌렀다.

곧 하인이 나왔다. 키가 멀쑥하고 얼굴이 창백한 하인은, 던컨의 행색을 탐색하듯이 훑어보았다.

"저는 던컨 스탤링이라고 합니다. 학장님을 뵈러 왔는데요."

던컨은 애써 당당한 목소리로 말했다.

"자네, 학장님과 만날 약속은 했는가?"

"……."

하인의 이 말에 던컨은 말문이 막혔다. 그가 주저하고 있자 하인은 잠시 기다리라는 말을 남기고 총총히 안으로 들어갔다. 잠시 후에 다시 나온 하인은 그를 빨간 양탄자가 깔려 있는 호화로운 응접실로 안내했다. 던컨은 의자에 조심스럽게 앉아 잉그리스 박사가 어떤 사람일까를 초조하게 생각했다. 그때 문득 마가레트와 머도크 씨의 모습이 그의 뇌리에 떠올랐다. 마가레트는 그를 위해 학장인 잉그리스 박사에게 편지를 쓰겠다고 했었다. 과연 편지를 썼을까, 그는 이런 생각을 하면서 베레모를 무릎 위에 올려놓고 만지작거렸다.

"오, 나를 찾아오신 손님이군. 어서 오게나."

인사를 건네면서 응접실로 들어서는 박사는 소심해 보이는 작은 체구를 가지고 있었다. 목소리처럼 얼굴 표정에도 따스함이 없고 지극히 사무적인 표정을 하고 있었다. 그의 목소리에는 손님을 진심으로 환대하는 인정스러움이나 다정함은 깃들어 있지 않았다.

가지런한 턱수염, 번쩍이는 금테 안경, 한가운데를 반듯한 가르마로 단정하게 빗은 반백머리 등이 몸에 밴 권위와 품위를 잘 풍겨 주고 있었다. 그렇게 완벽한 것 같은 차분한 외모에도 불구하고 눈에는 피로한 기색이 역력했다.

"처음 뵙겠습니다, 잉그리스 박사님. 저는 던컨 스탤링이라고 합니다."

던컨은 우선 인사를 하고 자신이 찾아온 목적에 대해서 당당하게, 그러나 아주 간략하게 말했다.

"아, 그래."

잉그리스 박사는 붉은 빛이 감도는 마호가니 색 테이블 저편에 앉으며, 던컨에게도 앉으라는 눈짓을 했다. 그 눈빛에는 그에 대한 호기심이 담겨 있었다.

"에, 자넨 모르겠지만 난 이처럼 이른 시간에는 학생들을 면담하지 않는다네. 그런데 어제였던가, 자네 일로 스코트 대령에게서 편지를 받았다네."

이 말을 듣는 순간, 던컨의 심장은 갑자기 더욱 빠르게 뛰면서 손에 땀이 흥건히 고였다. 스코트 대령에게는 작별 인사도 못 하고 떠나 왔는데 이렇게 신경을 써 주는 것이 눈물겹도록 고마웠다.

"자네의 바람에는 나 역시 동정이 가지만 말일세. 내 의무로서 미리 밝혀 두지 않을 수 없는 것은……."

아직 인사 이외에는 별다른 얘기도 꺼내지 못하고 있는데, 박사는 일방적으로 자신의 의중을 털어놓기 시작했다.

"하지만, 박사님!"

던컨이 자신의 생각을 이야기하려고 입을 열자, 잉그리스 박사는 손을 들어 그의 말을 제지시켰다. 그 모습이 어찌나 엄격한지 던컨은 감히 입을 열 수가 없었다.

"해마다 대망을 품은 뜻있는 청년들이 우리 대학으로 수도 없이 몰려온다네. 모두가 나름대로 인재라고 자부하는 7백 명의 제군이 세 명뿐인 장학생이 되기 위해 몰려온다는 말일세. 그렇기 때문에 가히 낙타가 바늘구멍을 통과하는 것만큼이나 경쟁이 심하고 어려운 시험이라 할 수 있네. 그 시험에 합격한 사람은 행운아야. 암, 행운아가 아니고는 붙을 수가 없지. 이 말은 천재적인 두뇌로 노력한 사람이라도 운이 따르지 않으면 떨어질 수 있다는 말이네. 자네가 이 점을 곰곰이 생각해 줬으면 좋겠네."

"잉그리스 박사님, 저 역시 그 점은 잘 알고 있습니다."

잉그리스 박사는 다시 두 손을 들어 던컨의 말을 가로막았다.

"자네의 생각은 알겠네. 그렇다면 자네가 우리 학교에 무사히 입학한 후 상당한 학문을 경주해서 의학사의 학위를 받았다고 가정해 보세. 의사 던컨 스털링, 과연 그의 앞길이 순탄할까?……자네는 자신의 육체적 한계에 대해서 생각해 본 일이 있는가?"

잉그리스 박사는 던컨의 마비된 팔에 동정어린 눈길을 보냈다.

"박사님……!"

"아, 잠깐! 자네가 의학사의 학위를 받더라도 잘못될 경우가 있다는 것을 생각해 보자는 말일세. 이를테면 시의 위생국과 같은 아주 한적한 자리 정도에나 발령될 수도 있네. 그러면 자네는 어렵게 공부하고도 온종일 먼지투성이인 사무실에서 파리나 쫓으며 평생을 보내야 하는 곤경에 빠질 수도 있다는 말일세. 그러면 너무 비참하지 않은가?"

잉그리스 박사는 그렇게 말하며 던컨의 표정을 살피느라 잠시 이야기를 중단했다.

"던컨 군, 내가 솔직하게 말하는 것은 다른 뜻이 있어서가 아닐세. 자네가 좀더 신중히 생각하기를 바라는 의도에서 하기 힘든 말을 해야 하는 내 심정을 이해해 주게. 그리고 지금부터 내가 하는 말을 잘 생각해 보게. 공연히 불가항력이라는 벽에 자기의 약한 머리를 부딪히려는 무모한 짓을 해서는 안 되니까. 만약 어떤 사정이 있어서 고향으로 돌아갈 수 없는 처지라면, 내가 이곳에서 일할 수 있는 자리를 구해 보겠네. 내가 관계하고 있는 곳이 많으니까 자네에게 적합한 일자리를 반드시 찾을 수 있을 걸세. 그게 안 되면 우리 집에서라도 일할 수 있는 자리를 마련할 수 있네."

잉그리스 박사는 웬지 하기 어려운 얘기를 가까스로 하느라 몹시 난처한 모양이 되었다.

"그렇지, 자네의 일자리를 다른 곳에서 찾을 필요가 없겠어. 우리 집에서 일하면 되니까 말일세. 마침 집안일을 거들 청년이 필요하니까 그렇게 하게나. 부지런한 청년이라면 아내도 나도 와 주기를 바라고 있었네. 내 이야기를 곡해없이 들어 주기 바라네. 그래, 어떤가?"

잉그리스 박사는 인정스런 몸짓과 온화한 웃음을 띠며 던컨을 쳐다보았다. 던컨은 말할 수없이 고통스런 심정으로 얼굴이 벌겋게 달아오른 채 의자에서 벌떡 일어났다.

"죄송합니다, 박사님. 지금까지 하신 말씀의 뜻은 잘 이해했고, 또 고맙게 생각합니다. 그러나 제 생각은 다릅니다. 선발 시험의 서류 수속은 어디서 하는지 가르쳐 주십시오. 그럼, 이만 가 보겠습니다."

던컨의 태도를 예의 주시하고 있던 박사의 얼굴에 실망의 기색이 바람처럼 스치고 지나갔다. 박사는 번쩍거리는 금테 안경을 고쳐 쓰며 입을 열었다.

"본관 건물로 들어가면 서류 접수 창구가 있네."

"일찍부터 시간을 할애해 주셔서 무척 감사합니다, 박사님."

던컨은 일 초라도 빨리 이 방에서 빠져 나가고 싶은 심정이었기 때문에 인사를 올리고 급히 걸음을 옮겼다.

"여보게, 잠깐! 너무 서두르지 말게. 여기 이 마을에서 학생들만 받는 하숙집 명부가 나에게 있으니 가져가게나. 자네에게 필요할 걸세."

던컨은 걸음을 멈추고 잉그리스 박사를 돌아보았다. 박사는 눈을 빛내며 입가에 은은한 미소를 머금었다. 그 모습이 거만스럽게 느껴지긴 했지만 호의적인 감정을 덩달아 느끼게 했다.

"진심으로 자네에게 신의 가호가 있기를 빌겠네."

"고맙습니다."

던컨은 잉그리스 박사에게서 하숙집 명부를 건네 받고 학장의 사택을 나왔다. 그러자 형용하기 어려운 분노의 파도가 가슴 속에서 마구 출렁이는 듯하였다. 억지로 스스로를 위로하며 서류 수속을 끝내고,· 우선 명부의 주소에 따라 하숙집을 구하러 다녔다.

얼마나 헤매고 다녔는지 다리에 힘이 다 빠질 정도였다. 그러나 명부에 나와 있는 대로 찾아가 보기는 했지만, 그에게는 모두 과분한 집들뿐이었고 하숙비도 엄청나게 비쌌다. 많은 시간을 허비하다가 가까스로 항구에 가까운 마을에서 한 집을 발견했다. 주변에는 기름통과 어망이 아무렇게나 흩어져 있고, 소금과 바다, 청어 냄새가 물씬 풍기는 어촌의 좁은 골목에 위치한 허름한 집이었다. 출입구인 계단에 서투른 글씨로 '셋방'이라고 쓴 종이 쪽지가 붙어 있었다.

대문을 두드리자 한참 만에 집주인인 골드 여사가 문을 열어 주었다. 그녀는 앞치마 대신 헌 무명으로 만든 보자기에 두 손을 닦으면서 나왔다. 그녀는 웬지 우울해 보이는 눈으로 던컨을 흘끔흘끔 훔쳐보았다. 던컨에게는 이 몸집이 작은 여주인의 헝클어진 머리나 슬퍼 보이는 표정이 오히려 익살맞게 보였다.

"방을 구하러 왔습니다. 이 집에 빈 방이 있습니까?"

"네, 방은 있습니다만, 별로 깨끗하지 못한 데다가 제일 위층에 있어서 불편할 거예요."

여주인이 그래도 괜찮겠느냐는 식으로 그를 살피자, 던컨은 빙그레 웃으며 명랑하게 대답했다.

"방을 좀 볼 수 있겠죠? 그런데 방세는 얼마나 하나요?"

"1주일에 1파운드면 돼요."

던컨은 여주인을 따라서 위층 꼭대기 방으로 올라갔다. 그녀가 말한 대로 아주 작고 평범한 방이었다. 그렇지만 생각한 것처럼 그렇게 지저분하지는 않았다. 무엇보다도 새파란 바다와 마을의 지붕들, 대학 건물의 작은 탑이 한눈에 들어오는 것과 방세가 싸서 마음에 들었다. 던컨은 그 방을 빌리기로 마음먹었다.

11

마침내 운명의 목요일이 밝았다. 던컨은 지난밤을 하얗게 지새우며 시험을 대비한 마지막 점검을 하려고 했다. 그러나 초조함 때문에 실질적인 공부는 도대체 머리에 들어오지가 않았다. 공부를 못 할 바에는 차라리 잠이나 자자 하고 누웠지만, 눈이 감기질 않았다. 애써 희망적인 생각을 하면 곧 불안이 파도처럼 그 생각을 덮어 버렸다. 실로 불안과 희망이 한없이 교차되는 길고도 짧은 밤이었다.

결과는 신의 뜻에 맡기자. 나는 내 실력껏 최선을 다하면 된다. 던컨은 이렇게 다짐하고 집을 나섰지만, 학교로 향하는 발걸음은 무겁기만 했다. 결과가 막연한만큼 시험에 임하는 것에 두려움마저 느꼈다.

교정에는 많은 학생들이 끼리끼리 모여 웅성거리고 있었다. 던컨은 곧바로 시험장인 의과 대학 대강당으로 들어가 지정된 자리에 앉았다. 시험이 시작되려면 약 30여 분 정도의 시간이 남아 있었다. 시험지를 기다리는 그 시간이 왜 그렇게 긴지 견딜 수 없는 불안감에 진땀을 흘려야 했다.

던컨은 초조함을 떨쳐 버리기 위해 천천히 실내를 둘러보았다. 넓은 대강당의 스테인드 글라스 창을 통해 비쳐 들어오는 눈부신 햇살이, 둔중한 파이프 오르간에 쏟아져 내리고 있었다. 갓 칠한 듯한 밝은 색상의 나무 책상이 햇빛에 반사되어 눈을 부시게 했다. 질서 정연하게 놓여 있는 책상에는 자신과 마찬가지로 긴장하고 있는 학생들이 앉아 있었다. 수백 명이나 되는 젊은이들이 자기와 겨루기 위해 결전의 순간을 기다리고 있는 것이다.

모두가 총명해 보이는 얼굴들이었다. 비장한 각오가 감도는 것으로 보아 이번 시험을 대비하여 공부를 많이 했음이 역력했다. 던컨은 이런 학생들 틈에 끼어서 자신에게 무슨 기회가 돌아올 수 있겠는지 더욱 조바심이 났다.

결과는 신의 뜻에 맡기자. 나는 실력껏 최선을 다하면 된다. 던컨은 거듭 이런 생각을 하면서 무거운 심정으로 교단에 눈길을 보냈다. 임시로 만든 높은 교단에는 두 사람의 시험 감독관이 자리를 잡고 앉아 있었다. 그 주위에 조교수들과 최고 학년 학생들이 여기저기 띄엄띄엄 서서 지켜 보고 있었다.

한참 동안이나 실내를 둘러보던 던컨의 시선이 한 사람의 얼굴에 고정되었다. 바로 유엔 오블톤의 얼굴이었다. 그도 긴장된 표정을 감추지 못하고 초조하게 시험지를 기다리고 있었다.

마침내 앞에서부터 시험 문제지가 배부되기 시작했다. 던컨은 떨리는 손으로 펜을 잡고 눈을 지그시 감았다. 자기 자리에 문제지가 배부되는 순간까지, 왜 그런지 영원한 고뇌의 시간이 임한 듯 지루하게만 생각되었다. 간간이 들려 오는 의자의 삐그덕거리는 소리와 작은 헛기침 소리만이 귓전을 맴돌았다.

첫번째 문제지는 이 시험에서 가장 중요한 수학이었다. 과연 난이도가 높은 문제들이 출제되어 있었다. 그러나 던컨의 실력이 미치지 못할 정도로 어려운 문제는 아니었다. 그는 문제를 푸는 데만 몰두해서 차근차근 답을 써 나갔다. 그러는 사이에 막연했던 불안감은 어느새 사라지고 없었다.

11시가 되자 조교수들이 재빠른 동작으로 수학 답안지를 모두 거두어 갔다. 문제를 미처 다 풀지 못한 학생들은 거의 울상이 되어 푹푹 한숨을 내쉬고 있었다. 두 번째 시험은 희랍어였다. 던컨은 조바심을 떨쳐 버리고 신중하게 답을 쓰는 데 열중하였다. 펜촉이 종이에 사각사각 스치는 소리와 종이를 뒤적이는 소리 등이 그의 귀를 간지럽히는 가운데 시간은 소리 없이 흐르고 있었다.

오후 1시가 되자 점심 식사를 하기 위한 휴식을 알리는 종 소리가 들려 왔다. 던컨은 다른 학생들과 같이 어울려 강당을 나왔다. 대부분의 수험생들은 저마다 몇 사람씩 어울려서 시험에 대한 이야기를 주고받았다. 던컨이 보기에 그들은 모두 자신감에 차 있는 것 같았다. 그런 그들과는 반대로 자신은 한없이 왜소하게 느껴지며 침울해지는 감정을 주체할 수 없었다. 던컨은 햇볕이 쨍쨍한 하늘을 우러러보며 가벼운 한숨을 토했다. 이때 유엔 오블톤이 조금 망설이다가 크게 결심이나 한 듯이 그에게 다가왔다.

"던컨, 시험은 어땠어? 생각했던 것보다 더 어렵지?"

던컨은 유엔 오블톤의 눈을 똑바로 쳐다보며 고개를 끄덕였다.

"삼각형의 두 번째 문제에서 나는 진땀을 뺐어. 너는 답을 어떻게 풀었니?"

던컨은 덤덤하게 자기가 풀어 쓴 답을 말했다. 그러자 유엔 오블톤의 억지 미소를 띤 얼굴이 묘하게 너그러워지며 감탄하는 표정으로 변했다.

"그렇군, 네가 제대로 답을 쓴 것 같군. 네가 푼 답이 맞았다면 나는 틀렸어. 그건 그렇고 난 잉그리스 박사님 댁에 초대를 받았어. 그만 가 봐야겠군. 그럼, 수고해."

유엔 오블톤은 고개를 까딱하고는 빠르게 자취를 감추었다. 던컨은 더욱 절망감에 빠지며 작은 소리로 기도하였다.

"오, 하느님. 언젠가는 저도 조금은 쓸모가 있다는 점을, 가치가 있는 인간이라는 점을 모두가 인정하게 해 주시옵소서!"

점심 식사를 끝낸 후, 라틴어의 시험 시간을 알리는 2시의 종 소리가 울려 퍼졌다. 그 다음은 영어 시험 시간이었는데, 30분의 휴식 시간이 이어졌다. 던컨은 30분의 휴식 시간을 이용하여 책 한 권을 꺼내 들었다. 그날의 마지막 시험은 역사로 던컨이 제일 자신 없어하는 과목이기도 했다.

던컨은 풀이 죽어서 남은 시간을 최대한 이용하기 위해 책을 펼쳤다. 우연히 펼친 곳이 1789년의 프랑스 대혁명이 일어난 장으로, 특히 핵심 인물인 로베스피에르*에 대한 여러 가지 기록들이 있었다. 던컨은 최선을 다해 피로한 머리를 쥐어짜며, 종이 울려 시험장으로 들어갈 때까지 그 구절을 열심히 외웠다.

영어 시험이 끝나고 마지막 시간이 되었다. 던컨은 기도하는 심

*로베스피에르(Robespierre, 1758-94) ; 프랑스의 혁명 정치가. 자코뱅 당(Jacobin黨)의 지도자로서 왕정(王政)을 폐지하였으며, 1793년 공안 의원회 의장에 취임하여 공포(恐怖) 정치를 행함. 그 1년 후인 1794년 테르미도르의 쿠데타로 처형됨.

정으로 문제지를 기다렸다. 지금까지의 시험은 그런 대로 잘 보았다고 자부하고 있었다. 그러나 마지막 역사 시험을 망치게 되면 다른 것도 허사가 되고 마는 것이다. 떨리는 심정으로 역사 문제지를 받아 들고 보니, 제일 점수 비중이 큰 문제가 눈에 확 들어왔다. '정치가로서의 로베스피에르에 대해서 논하라.'하는 문제였다.

던컨은 자신도 모르게 흐느낌에 가까운 한숨을 내뿜고 정신 없이 답을 쓰기 시작했다. 자신이 지닌 최고의 문장력을 구사하려고 온 힘을 쏟아부었다. 이 시험이 자신의 진로를 결정할 가장 중요한 과목 같았다.

이윽고 운명을 결정짓는 긴 시험도 끝이 났다. 밖은 어느새 어두워져 있었고, 그와 동시에 오싹한 한기가 어지러운 머리를 식혀 주었다. 그토록 고심하던 시험이 막상 끝나고 나니, 그후에 밀려 오는 허탈감도 감당하기 어려우리만치 큰 것이었다. 시험 결과는 아직 아무도 모른다. 실력껏 최선을 다했으니 신의 뜻에 결과를 맡기는 일밖에 남지 않았다. 그 행운을 차지할 사람은 과연 누구일까, 그는 얼마나 좋을까. 던컨은 도무지 그 행운이 자기에게 찾아올 것 같지가 않았다. 그러나 가장 자신이 없었던 역사 시험을 잘 봤다는 사실에 다소나마 위안을 얻었다.

전신으로 파고드는 스산한 바람에 어깨를 잔뜩 웅크리고, 희미하도록 아련한 가로등 불빛을 따라 학교를 빠져 나왔다. 마치 몇 시간 동안 치열한 혈전을 치른 사람처럼 잔뜩 고조되었던 긴장이 풀리며, 온몸에 피로가 엄습해 왔다. 시험으로 잔뜩 긴장한 탓인지 신경은 몹시 예민해져 있었고, 목은 갈증으로 칼칼하였다. 휘청거리는 다리로 간신히 집까지 돌아왔다. 던컨은 비둘기집 같은 자기 방으로 통하는 층계를 뛰어서 올라갔다. 그리고는 눈 깜짝할 사이에 옷을 벗어던지고 침대에 쓰러지듯이 누웠다. 그는 눕자마자 그대로 깊은 잠에 빠져들었다.

다음날 아침 늦게 창으로 들어오는 따사로운 햇살에 잠에서 깨었다. 정신이 들자 몸이 나른한 게 마음도 어둡고 자신의 신세가 서글퍼졌다. 던컨은 침대 속에서 꾸물거리다가 바람을 쐬러 밖으로 나섰다. 짭짤한 소금기가 배인 지저분하고 어수선한 어촌의 좁은 골목을 지나자, 바닷가 제방이 나왔다. 제방은 방금 잡아 건져 올린 싱싱한 물고기들을 숙달된 솜씨로 다루고 있는 어부들과 상인들로 분주했다.

던컨은 그 모습을 보면서 거닐다가, 한적한 모래 언덕에 이르러 걸음을 멈추고 넘실거리는 파도를 물끄러미 바라보았다. 구름 한 점 없이 푸르른 하늘과 철썩이는 수면 위로 자유롭게 날아다니는 갈매기 떼들, 간간이 울려 오는 어선의 경적 소리, 아득히 보이는 작은 섬들은 잠시나마 그를 미래에 대한 불안에서 벗어나게 해 주었다. 그것은 그의 의식 속에서 떨쳐 버리기 힘든 생각, 즉 시험 결과의 발표를 떠올리고 싶지 않다는 애처로운 몸부림이기도 했다. 던컨은 묘한 감정들에 사로잡혀 하루 종일 항구 주위를 배회했다.

던컨은 땅거미가 어둑어둑하게 내려서야 집으로 돌아왔다. 종일 배회하느라 정신적 피로와 육체적인 피로가 겹쳤기 때문에 방으로 들어오자마자 침대에 푹 쓰러졌다. 그러나 날이 밝으면 발표될 시험 결과가 두려워 눈이 감기지 않았다. 새벽녘까지 뒤척이다가 가까스로 잠이 들어 눈을 떴을 때는 운명의 아침이 밝아 있었다.

어떻게 되었을까. 행운의 주인공은 과연 누구일까. 내가 그 중의 한 사람이 될 수만 있다면……, 이런 생각을 하고 있던 던컨은 우울한 얼굴로 세차게 고개를 흔들었다. 웬지 틀렸구나 하는 불길한 예감이 들었기 때문이다. 용기 있게 발표자 명단을 보러 대학에 갈 자신이 생기지 않았지만, 그렇다고 가지 않겠다는 결심도 차마 하질 못했다.

던컨은 답답한 마음으로 밖으로 나왔다. 학교를 향해 터벅터벅 걸음을 옮기면서도 시험 결과를 확인한다는 사실이 두려웠다. 꼭 패배를 인정하고 낙담하기 위해 결과를 확인하러 가는 것만 같았다.

학교에 도착한 던컨은 넓은 운동장에서 서성대다가 세계적인 의학자이며, 센트 앤들스 대학에서 자랑하는 존 헌터 박사의 동상 앞에 걸음을 멈추었다. 그는 한참 동안 동상을 물끄러미 바라보았다. 이마의 주름살이 깊게 패여 있는 학자다운 이 노인의 얼굴을 보고 있으려니 점점 더 절망감에 가라앉는 기분이 되었다. 나도 존 헌터라는 의학자처럼 될 수는 없을까. 그때 언제 왔는지 바로 곁에서 인기척이 들렸다. 고개를 들어 보니 수위 복장의 사나이가 수상쩍어하는 표정으로 그를 살펴보다가 퉁명스럽게 물었다.

"거기서 뭘 하고 있소?"

"장학생 선발 시험 결과를 기다리는 중입니다."

던컨은 어눌한 목소리로 대답했다.

"아, 그래요. 발표자 명단이 세 시간 전에 났는데, 아직 그걸 모르고 있었던 모양이군."

수위는 아주 무뚝뚝하게 말했다.

오한과 같은 현상이 던컨의 온몸을 심하게 엄습해 오며 아찔한 현기증마저 일었다. 발표자 명단이 붙어 있는 건물까지 어떻게 당도했는지 전혀 기억이 나질 않았다. 건물 앞에 와서도, 한참 동안을 창문에 붙은 합격자 명단을 쳐다볼 용기가 선뜻 나지 않아, 그저 떨고만 있었다. 사형 선고를 언도받은 인간이 자기에게는 특사가 주어지지 않은 것을 알고, 도저히 교도관의 얼굴을 쳐다볼 수 없는 느낌이 이러하리라.

애를 써서 크게 심호흡을 한 뒤 용기 있게 눈을 부릅뜨고 합격자 명단을 바라보았다. 운명의 명단에 적혀 있는 첫번째 이름은 분명 던컨 스탤링이 아니었다. 아득한 기분이었다. 물론 각오는 되어 있었으므로, 당연한 결과라고 스스로 위로했다. 그러나 가슴이 미어질 것 같은 아픔이 자꾸 파고드는 것을 어쩔 수가 없었다. 두 번째 행운아의 이름도 그의 이름이 아니었다. 그는 맥없이 고개를 떨구고 차라리 눈을 찔끔 감아 버렸다. 이제 확률은 무섭도록 낮아져 버렸다. 눈물이 쏟아져 내릴 것만 같았다. 그러나 던컨은 봇물처럼 쏟아지려는 눈물을 필사적으로 참으면서 벌써 짐작하고 있었던 일이라며 자위했다.

마지막 한 사람은 누구일까. 그 행운아의 자랑스런 이름은 무엇일까. 던컨은 아주 천천히 고개를 들면서 감았던 눈을 슬며시 떴다. 그리고 마지막 남은 한 명의 이름을 살폈다. 아아, 이제는 끝났구나! 내가 아냐. 그토록 불안했던 결과가 현실로 나타났구나. 던컨은 자신도 모르는 사이에 통한의 눈물을 흘리며 힘없이 발걸음을 돌렸다. 그 마지막 행운아의 이름이 던컨 스탤링이 아닌 돈킨 스프링이라니……, 이렇게 한탄하며 막 걸음을 옮기려던 던컨은 갑자기 고개를 돌려 다시 한 번 그 이름을 확인했다. 그 순간 하마터면 던컨의 심장의 고동 소리가 멎을 뻔하였다.

던컨 스탤링 ― 리브포드

세 번째의 이름은 돈킨 스프링이 아닌 던컨 스탤링이 분명했다. 던컨은 자신의 눈을 의심하며 몇 번이고 그 이름을 확인하고 또 확인했다. 분명 자랑스러운 합격을 알리는 자신의 이름이었다.

기적과 같은 일이었다. 당당히 뽑힌 것이다. 절대 잘못 봤을 리가 없다. 눈앞에 빨갛게 써 있는 글자가 움직일 수 없는 그 증거였다. 700명을 거뜬히 물리치고 합격한 것이다.

"아, 하느님!"

던컨은 한쪽 주먹을 불끈 쥐고 하늘을 우러러보았다. 찬란한 금빛 햇살이 그의 얼굴에 쏟아지고 있었다. 그토록 밝게, 그토록 희망적으로 빛나는 해는 일찍이 본 적이 없었다.

그는 대학에 들어설 때의 힘없던 모습과는 정반대로 힘이 넘쳤다. 발걸음이 가뿐했다. 벅찬 감동으로 가슴이 터질 것만 같았다. 기쁨의 눈물로 얼룩진 그의 눈가에는, 오늘의 영광이 있기까지 노력한 자신과 자기를 주시한 많은 얼굴들이 떠올랐다. 던컨의 머리는 어느새 마가레트에 대한 생각으로 꽉 차 있었다. 지금 그녀가 여기에 있었다면 얼마나 기뻐하며 좋아할까, 하는 생각에 빨리 집에 돌아가 편지를 써야겠다고 생각했다. 그와 동시에 자신에게 차가운 경멸의 눈초리를 보냈던 오블튼 부자에게 여보란 듯이 으스대며 뽐내고도 싶었다.

발걸음도 경쾌하게 존 헌터의 동상 앞까지 걸어나왔다. 던컨은 발걸음을 멈추고 넉넉한 마음으로 동상을 올려다보았다. 시험 결과를 알기 전에는 그토록 멀게만 보였던 그의 자리가 이젠 한결 가깝게 느껴졌다. 그는 성한 팔을 번쩍 치켜올리며 큰 소리로 외쳤다.

"존경하는 존 헌터 박사님! 저도 이제부터 시작합니다. 언젠가는 저도 박사님이 서 있는 위치에 당당히 함께 서겠습니다."

12

던컨 자신도 어떻게 하숙집까지 왔는지 몰랐다. 그런 것을 차분히 생각할 수 없을 정도로 들떠 있었다. 그는 하숙집으로 들어서

자마자 곧바로 부엌으로 뛰어들어갔다. 기적이 아니면 이루어질 수 없는 큰 기쁨의 충격은 어느 사이엔가 행복의 절정으로 바뀌어 있었다. 이 기쁜 소식을 누군가에게 빨리 말하지 않았다가는 꼭 무슨 일이 벌어질 것만 같았다. 환희의 절정감에 가슴이 터져 버릴 것만 같았던 것이다.

던컨은 부엌에서 요리하는 일에 열중해 있는 골드 부인의 허리를 다짜고짜 끌어안았다. 그리고 왈츠를 추면서 부엌을 무도장처럼 돌았다.

"던컨 학생, 아니 웬일이야?"

골드 부인은 눈을 휘둥그렇게 뜨고 외쳤다. 그녀는 순간적으로 던컨이 미치지나 않았나 생각했다.

"보세요, 아주머니. 제가 당당히 합격을 했습니다. 장학금을 받게 됐다구요."

골드 부인은 허리가 으스러질 것만 같았다. 그래서 던컨의 팔을 뿌리치려고 애썼지만, 이때만은 부자유스런 팔까지 어찌나 힘이 센지 도저히 풀 수가 없었다.

"던컨, 부탁이야. 제발 나 좀 놔 줘. 정말이지 숨이 차다구!"

"아주머니, 제 말뜻을 못 알아들으셨군요."

던컨은 골드 부인을 힘껏 안아올렸다. 이때만은 불구인 한쪽 팔도 강한 힘을 쓰는 데 불편하지 않았다.

"저는 센트 앤들스 대학의 의과 대학생으로, 그것도 장학생으로 5년 동안 공부할 수 있게 된 겁니다. 저도 이제는 의사가 되는 거라니까요, 의사 던컨 스탤링! 어떻습니까?"

"의사든 의사 할아버지든 날 좀 놔 줘, 이 짓궂은 친구야!"

골드 부인도 기뻐하며 소리쳤다.

"이러다가는 학생이나 나나 그야말로 의사를 불러야 할 불상사가 생길지도 몰라."

"아이쿠! 너무 기쁜 나머지 큰 실례를 범했습니다, 부인."

던컨이 점잖게 귀족 흉내를 내며 아주머니를 풀어 주었다.

"아참, 학생이 돌아오기 조금 전에, 학생 앞으로 커다란 짐이 배달되어 왔어."

"제게 커다란 짐이 왔다고요?"

던컨은 믿어지지 않는 듯 의아해하며 물었다.

"그래, 짐이 아주 크던데."

던컨은 자기 방으로 올라가는 층계를 번개처럼 뛰어올라갔다. 한쪽 구석에 커다란 박스 하나가 단단히 포장되어 있었다. 누가 보낸 걸까? 던컨은 잠시 머리를 굴리다가 큰 짐의 끈을 풀기 시작했다. 그 짐 속에는 갖가지 종류의 먹을 것과 과자가 들어 있었다. 그 외에도 많은 것들이 있었는데, 무엇보다도 그를 기쁘게 한 것은 책들이었다. 해부학, 외과학, 생물학 등의 책을 꺼내며 그는 흥분된 마음을 가눌 길이 없었다. 산더미 같은 책 속에 끼워 놓은 한 통의 편지가 눈에 띄자, 황급히 뜯어 보았다. 편지는 린튼의 앵거스 머도크 씨에게서 온 것이었다.

　친애하는 교수 희망자 던컨 스탤링 군!

　우리들은 귀하가 떠난 후 계속해서 귀하를 생각하며 행운을 빌었네. 그 덕분에 귀하는 행운아가 되었다는 것을 부디 잊지 말게나. 지금 우리는 던컨 군 자신보다도 앞서 전화로 반가운 소식을 접했다네. 시험관 여러분께서 귀하와 같이 무식한 사람에게 장학금을 지급하는 우를 범하게 된 이유는, 실로 하느님만이 아시는 일이리라 믿네.

　내가 믿는 바로는―가장 잘 운영되고, 체계가 확실한 센트 앤들스 대학에서조차 이와 같은 실수가 항상 행해지고 있다는 사실은 도무지 수수께끼 같은 일이라 아니할 수 없네. 이유야 어찌 되었든 귀하의 행운을 축하하네. 만약 귀하가 이런 혜택을 슬기롭게 이용하지 않는다면, 귀하는 소생이 생각하고 믿던 젊은이가 아닐 것이네.

그런데 이 고지식한 늙은이를 귀하께서 믿어 주리라고 믿고 감히 얘기하지만, 진보라는 구실을 내세워 지금 의대에서 강의하고 있는 저 어리석은 세태 흐름의 전반, 즉 불의와 타협하는 것을 귀하의 두개골 속에 쌓아 넣지 말도록 진심으로 당부하고 싶네. 언제까지나 해맑은 눈동자를 잃지 않도록, 특히 귀하의 스코틀랜드 사람으로서의 양심을 저버리지 않도록 하게. 그리고 언제나 기본적인 진리를 잊지 않도록 자세와 삶과 실천을 올바르게 하게.

여기 부족하나마 하미슈 편에 귀하의 건강을 위해서 약간의 물건을 보내네. 책은 이제 읽지 않는 것이니 나에게는 한 푼의 값어치도 없는 것들뿐이네. 다시 당부하건대 머릿속에 너저분한 것들을 절대 집어 넣지 말아야 하네.

미래의 훌륭한 교수여, 학업에 바쁘겠지만 시간이 나는 대로 자주 우리들을 찾아 주시도록. 더불어 귀하의 앞날에 신의 가호와 축복이 있기를!

린튼에서 앵거스 머도크

장난스럽고 익살맞게 쓴 편지였다. 던컨은 이 편지를 읽어 내려가면서 눈시울이 뜨거워지고 코끝이 시큰해짐을 느꼈다. 새삼 앵거스 머도크와 그의 딸 진에 대한 신정(新情)이 가슴 밑바닥에서부터 솟구쳐올랐다. 던컨에게는 그 어떤 말보다도 큰 용기를 주는 내용이었다.

던컨은 침대에 주저앉았다. 그는 한날에 맞은 두 번째 큰 행복감이 파도처럼 밀려드는 것을 주체할 수가 없었다.

운명적인 만남

제2부 · 운명적인 만남

1

던컨 스탤링은 강의가 끝나자, 언제나처럼 잉그리스 박사의 집을 향해 서둘러 발걸음을 옮기고 있었다. 물처럼 바람처럼 지나가 버린 여러 해의 기억들이 주마등처럼 뇌리를 스쳐 갔다. 정말이지 세월은 지내 놓고 보면 무섭도록 빠르다. 고통스러운 순간에 머물러 있을 때는 그 고통이 영원히 계속될 것만 같았는데, 세월은 그 모든 것들을 잠재우고 마치 바람에 나부끼는 낙엽처럼 가볍게 흘러가 버렸다.

그는 벌써 본과 5학년에 재학 중이다. 이번 겨울 학기에는 최종 시험이 남아 있을 뿐이었다. 그 시험을 끝내면 그토록 염원했던 의학사의 칭호를 받을 수 있는 것이다.

세월은 변화를 즐기는 속성을 지니고 있다. 그 어떤 흔적을 남기기를 좋아한다. 결코 짧지 않은 기간 동안의 생활과의 고투는 그의 얼굴에 버겁기만 했던 삶의 흔적을 남겼다. 대학 생활이 시작되면서, 그는 마을의 상점에서 장부 정리를 맡아 보며 생활비를 벌어야 했다. 그러나 그 일에 대한 보수로 생활비를 충당하기에는 너무도 부족했다. 때문에 그는 자존심을 죽이고, 처음 이 대학에 장학생 선발 시험을 치르러 왔을 때 만났던 잉그리스 박사의 제안을 수락해야만 했다.

그것이 벌써 3년 전의 일이었다. 3년 전부터 던컨은, 학교 수업이 끝나기가 무섭게 학장의 사택으로 가서 하인처럼 닥치는 대로 일을 했다. 그러는 동안 잉그리스 박사와 자주 접촉하다 보니, 그도 차갑기만한 사람은 아니라는 것을 깨닫게 되었다. 그의 인품을 알게 되어 차차 존경하는 마음이 생겨났고, 이제는 조금씩 좋아지기까지 했다.

잉그리스 박사는 원래 정에 약하고 소심한 사람이었다. 그런 성품을 저명한 의학 박사이며 대학의 학장이라는 방패막이로 교묘히 가리고 있었다. 위엄을 갖추려고 애써 권위주의적인 행동을 하고 있었지만, 불쑥불쑥 다정 다감한 선량함이 밖으로 드러났다.

그러나 잉그리스 부인은 남편과는 사뭇 다른 성품을 지닌 여자였다. 욕심이 바다와 같고 심술이 성난 암코양이를 능가했다. 마치 사람의 오장 육부에 심술보가 더 붙어 있는 여자 같았다. 그녀는 던컨에게 잠시도 쉴 틈을 주지 않고 많은 일을 시키면서, 보수를 주는 데는 인색하기 그지없었다. 방세를 치르고 나면, 간신히 굶어 죽는 것을 면할 정도의 품삯밖에는 주어 본 일이 없었다. 그러면서도 오히려 그의 생활을 지탱할 일자리를 제공해 준 은인이라도 되는 듯이 생색을 냈다.

이윽고 던컨은 학장의 사택에 다다랐다. 그는 거침 없는 동작으로 뒷문을 통해 안으로 들어갔다. 그런 후 곧바로 상의를 벗고 파란 에이프런을 걸치고 평소처럼 집안일을 시작했다. 응접실을 청소하는 것으로 시작하여 장작을 패어 쌓고, 지하실에서 석탄을 나르고, 물독에 물을 가득 채운 다음 마지막으로 화장실을 구석구석 깨끗하게 닦았다.

던컨이 집안일을 다 끝내고 응접실로 갔을 때, 잉그리스 부인이 심술궂은 표정으로 서 있었다. 그녀는 여느 때처럼 어울리지 않는 치장을 요란하게 하고 있었다. 부드러운 느낌의 새하얀 우윳빛 피부를 지니고 있었지만, 살이 너무 쪘기 때문에 잘 먹고 빈둥거리는 한 마리의 백돼지를 연상케 했다. 그런데 그 비대한 체구와는 어울리지 않게 가슴은 새의 가슴처럼 빈약했다. 그녀가 던컨에게 하는 말투나 억양은 언제나 퉁명스럽고 무뚝뚝했다.

"스탤링, 응접실에 불 좀 피워요."

"네, 곧 피우죠."

잉그리스 부인은 쌀쌀맞은 눈길을 보내며 다그쳤다.

"빨리 서둘러요. 조카딸이 왔는데 춥겠어."

잉그리스 부인이 빈번히 그에게 주는 이런 사소한 굴욕에는 이미 익숙해진 지 오래였다. 던컨은 석탄을 잔뜩 담은 양동이를 힘겹게 들고 응접실로 들어섰다. 젖빛 유리를 통해 따사로운 오후 햇살이 담뿍 쏟아져 들어오고 있었다. 그가 벽난로에 막 다가서려고 할 때, 맞은편 소파에 앉아 있는 한 아가씨의 모습이 눈에 들어왔다. 그 아가씨는 다소곳이 앉아 책을 읽고 있었다.

아, 마가레트! 던컨은 하마터면 소리를 지를 뻔했다. 그녀가 마가레트라는 것을 알게 된 순간, 던컨은 몸이 굳어져서 움직일 수가 없었다. 지금까지 온갖 고생을 하면서도 결코 잊어 본 적이 없는 마음 속의 연인이었다. 오매불망 그리워했던 그녀를 보자, 갑자기 뜨거운 애정이 샘물처럼 넘쳐 나오는 것을 억제할 수가 없었다. 던컨의 이런 마음과는 달리 그녀는 책에 흠뻑 빠져 있었다.

"흠흠……."

던컨은 설레이는 마음을 누르며 가벼운 인기척을 보냈다. 그러자 그녀는 책에서 눈을 떼고 천천히 고개를 돌렸다. 인기척의 주인공이 던컨임을 확인하고는 눈을 커다랗게 뜨면서,

"아니, 이게 누구야? 던컨 스탤링 아냐!"

하고 소리치며 벌떡 자리에서 일어섰다. 그녀는 이제 완연히 소녀 티를 벗고 있었다. 성숙해진 그녀의 아름다움은, 보는 이의 눈을 부시게 하고도 남음이 있었다. 그녀가 있음으로 해서 응접실 전체가 환하게 빛나는 듯했다. 던컨은 그녀의 아름다움에 취해 무어라 할 말을 찾지 못하고 서 있었다.

마가레트는 긴장되는 순간엔 웃어대던 옛날 버릇대로 한참을 깔깔거리고 웃더니, 이내 정색을 하며 입을 열었다.

"어머, 미안해, 던컨. 나도 모르게 그냥 웃음이 나왔어. 하지만 난 던컨이 이 집에서 일하는 줄은 전혀 모르고 있었어."

던컨은 고개를 살짝 끄덕이며 어색하게 웃었다. 심술궂고 거만한 잉그리스 부인이 자기 친척들에게 하인 나부랭이라고 여기는 사람들의 이야기를 할 리가 없었다. 그렇기 때문에 그녀가 모르는 것이 오히려 당연하다고 생각했다. 그녀는 호기심이 가득한 눈길로 던컨의 행색을 세밀히 훑어보았다. 그 옛날 던컨의 마음을 설레게 만들었던 아름다운 눈빛은 여전히 변함이 없었다.

"던컨, 정말 많이 변했다. 하긴 거의 6년 만에 만났으니 당연하지……."

"내가 변했다고? 그렇지, 변했겠지. 마가레트가 보기에 좋은 쪽으로 변했다면 다행인데……. 웬지 걱정스럽군."

던컨은 조심스럽게 말했다.

"아버지께서 며칠 전에 네 이야기를 하셨어. 네가 어떻게 지내고 있는지 무척 궁금하다고 하셨어. ……너무 오랜만이라 옛날처럼 반말이 잘 나오지 않는걸."

"아참, 내 정신 좀 봐! 춥지? 우선 불을 피워야겠어."

던컨은 서둘러 벽난로에 불을 지폈다. 장작개비가 금세 소리를 내며 활활 타들어갔다. 불을 지피면서 묘한 쑥스러움을 감추고 있던 던컨은, 벽난로 속에서 활활 타오르는 불길이 자기의 마음과 같다는 생각을 했다. 더구나 방금 그녀가 던진 마지막 말은, 그러한 던컨의 심정을 더욱 부채질하는 것이었다. 그는 평소의 그답지 않게 빠른 어조로 말했다.

"마가레트, 정말이지 우리는 서로 너무 긴 시간 동안 연락을 못했어. 마치 10여 년 이상이나 못 만났던 것 같은 느낌이야."

"후훗……, 확실히 변했어. 표정도 그렇고 말투도 그래."

그녀는 무엇이 그리 우스운지 계속 입가에서 미소를 떨치지 못하고 있었다.

"마가레트! 내일 시간이 어떤지 모르지만……, 차라도 함께 나누게 내 하숙집을 방문해 주지 않겠어?"

던컨의 이 말이 끝남과 동시에 마가레트의 얼굴에서 미소가 싹 사라졌다. 그녀는 던컨의 난데없는 초대에 놀라워하고 있는 것이 분명했다.

"던컨이 지금 나를 초대했어? 나에게 던컨의 하숙집으로 오라는 말인가요?"

마가레트는 의외라는 듯 둥근 눈을 더욱 휘둥그렇게 떴다. 또한 처음으로 존댓말까지 썼다. 던컨은 이제까지 한 번도 소신 있게 자기의 의견을 말했던 적이 없었다. 그런 그의 입에서 이런 말이 나오리라고는 상상도 하지 못했던 그녀였기에 놀라는 것도 무리가 아니었다.

던컨은 그녀의 물음에 대꾸를 하지 못하고 그렇다는 뜻으로 고개만 끄덕여 보였다. 그녀는 던컨의 의중을 확실하게 이해했다고 말할 수는 없었지만, 그래도 이렇게 달라진 옛친구가 어떻게 생활하고 있는지 보는 것도 재미있겠다는 생각이 들었다. 자기 앞에 자못 의기 양양하게 서 있는 던컨에 대해, 웬지 뭔가를 확인해 보고 싶은 마음이 자꾸 생겨났다.

"하지만 내일은 시간이 없어. 유엔 오블톤과 선약이 있거든."

그녀의 입에서 유엔 오블톤의 이름이 나오자, 던컨은 불쑥 적대 감정이 크게 일었다. 그렇지만 자신의 마음을 묵묵히 삭이며 내색하지 않으려고 애썼다. 던컨이 장학생 선발 시험에 합격한 이후 둘의 사이는 더욱 멀어졌다. 유엔은 친구로서 축하해 주기는커녕 노골적으로 불같은 적대감을 보냈다. 어쩌다 학교에서 우연히 마주치기라도 하면, 못 볼 것이라도 본 양 거만한 태도로 그를 무시하던 유엔 오블톤이었다.

"하지만, 모레는 시간이 있어."

그녀의 이 말에 던컨 스탤링은 들뜬 소리로 재빨리 말했다.

"난 언제고 좋아. 마가레트에게 시간이 있을 때라면 언제라도 환영이야."

"그렇다면 모레 갈게."

던컨은 갑자기 목이 바싹 말라 버린 느낌이었다. 마침내 그토록 그리워하던 마가레트를 자신만의 공간으로 초대했다는 사실이 도저히 믿겨지지 않았다.

학장의 사택을 나와 하숙집으로 돌아오는 던컨의 마음은 마냥 즐겁기만 했다. 그는 신바람이 나서 몇 계단씩을 한 번에 뛰어올라 3층까지 단숨에 올라와서는 갑자기 걸음을 멈추었다.

이 집에서 지금까지 들어 보지 못한 소리가 그의 걸음을 멈추게 했던 것이다. 그 소리는 분명 피아노 소리였다. 던컨 스탤링은 얼마 전 하숙집 아주머니가 했던 말이 생각났다. 골드 부인은 이 집에 새로운 하숙인이 들어온다고 했었다. 그 하숙인은 오스트리아에서 귀화한 젊은 여의사인데, 이름은 가이슬러라고 했다.

드디어 그 여의사가 왔구나, 하는 생각에 던컨은 호기심에 이끌려 어두컴컴한 출입문 앞에 서서 귀를 기울였다. 그는 음악에 깊은 조예가 있지는 않았다. 그러나 들려 오는 피아노 음률의 감미

로움으로 미루어 보아, 그 연주자의 솜씨가 대단하다는 것을 느낄
수 있었다. 그는 최면술에 걸린 사람 모양으로 잠시 피아노 선율
의 감동에 젖어 있었다.

던컨은 무척 내성적이라 자기편에서 먼저 남에게 말을 건네는
일은 결코 없었다. 그러나 오늘 밤은 감당하지 못할 만큼 벅찬 행
복감으로 흘러 넘치고 있었으므로, 조심성 많은 그답지 않게 기분
이 구름을 탄 것처럼 들떠 있었다. 용기를 내어 피아노 소리가 들
리는 방문을 노크했다. 그러자 곧 안에서 들어오라는 소리가 들
려, 자신 있게 손잡이를 열고 들어갔다.

"실례합니다. 가이슬러 박사님이시죠? 저는 이 집 맨 위층에
살고 있는 던컨 스탤링이라고 합니다. 지금 막 도착해서 방으로
들어갈까 하는데, 아름다운 피아노 소리가 들리기에 인사라도 드
릴까 해서 왔습니다."

피아노 앞의 젊은 여인은 피아노를 치던 손가락을 건반에서 떼
지 않은 채, 얼굴을 돌려 던컨을 머리 위부터 발끝까지 눈을 반짝
이며 훑어보았다. 던컨도 재빨리 그녀를 자세히 살펴보았다. 그
젊은 여인의 나이는 28세 정도밖에 안 돼 보였다. 하얀 살결에 평
범한 얼굴이었으나, 흑진주처럼 광채를 띠고 있는 눈이 무척이나
인상적이었다. 검은 빛의 눈망울은 어떤 슬픔이 담겨 있는 듯했
다. 그러면서도 감히 함부로 대할 수 없는 확고한 의지가 들어 있
었다.

그녀는 하얀 티셔츠에 약간 낡은 감색 개버딘 바지를 입고 있었
다. 허리가 유난히 가늘은 데 비해 히프는 보기 좋게 발달해 있고,
그 밑으로 다리가 쭉 뻗어 있었다. 양말도 신지 않고, 닳아 빠진
빨강색 모로코 가죽 슬리퍼를 신은 발이 분주하게 피아노 페달을
밟고 있었다. 헝클어진 검은 머리는 아무 장식도 없이 그저 아무
렇게나 묶여져 있었다. 던컨은 이렇게 얼굴이나 머리를 가꾸지 않

고, 이만큼 옷에 대해 관심이 없어 보이는 여자를 지금까지 만난 일이 없었다. 그녀는 치고 있던 곡이 끝난 후에야 자리에서 일어 났다.

"아, 던컨 스탤링이라고 하셨죠?"

그녀의 목소리에는 웬지 쌀쌀한 기운이 감돌았다.

"대단히 훌륭한 의학도라고 하던데, 바로 당신이로군요. 어쨌든 만나게 돼서 반가워요. 이 집으로 온 후부터 계속 주인 아주머니 에게서 귀가 따갑도록 학생을 칭찬하는 소리를 들었어요. 센트 앤 들스의 장학생으로서 혼자 고학으로 공부하신다고요?"

던컨은 미소로 답하면서 방 안을 둘러보았다. 방에는 살림에 필 요한 극히 단순한 가구밖에 없었다. 그렇지만 그것들은 충분히 주 인의 특이한 성격을 나타내고 있었다. 난로 위에는 이 방에 단 한 장밖에 없는 그림이 걸려 있었다. 녹색과 황토의 반점만으로 이루 어진 단순한 그림인데, 무엇을 뜻하는지 알쏭달쏭하기만 했다. 또 한 크림색의 공단으로 싼 침대의자, 정교한 조각으로 몸체가 장식 된 피아노 등이 주인과 일체가 되어 특이한 매력을 풍기고 있었 다. 이렇게 초라한 지붕 밑에 이런 분위기가 조성되어 있으리라고 는 생각조차 못 할 일이었다.

던컨은 이런 분위기에 도취되어 엉겹결에 입을 열었다.

"매우 독특한 분위기를 갖추고 있군요. 이 방에 있는 건 모두 선 생님 거겠죠?"

"그래요, 이게 내게 남은 물건의 전부이지요."

가이슬러 박사의 얼굴이 다시 무표정하게 바뀌었다. 던컨은 고 개를 돌려 난로 위의 그림을 보며 잠시 생각에 잠겼다. 가이슬러 박사는 고국에 있을 때 빈(Wien)에서 의사로 개업하고 있었다고 들었다.

무슨 이유 때문인지는 모르지만, 영국에 귀화하여 윌레스 재단이 설립한 새 병원의 정형 외과를 맡아 일하기로 되어 있다는 것까지만 알고 있었다. 그녀가 젊다는 것은 롤리 부인의 이야기를 통해 알았지만, 이렇게까지 젊은 여성일 줄은 생각지도 못했다.

왜 조국을 떠나야 했을까, 결혼은 했을까? 던컨이 이런저런 생각에 잠겨 있을 때, 가이슬러 박사는 처음과 비슷한 냉정한 목소리로 입을 열었다.

"막상 조국을 버리고 떠나 오려니까 그 어떤 것도 욕심이 생기지 않더군요. 그저 떠나는 것만으로 만족할 수밖에 없었어요."

던컨은 그녀의 얼굴을 유심히 보았다. 싸늘한 표정을 하고 있었지만, 검은 눈망울엔 진한 그늘이 드리워져 있었다.

"내가 괜한 말을 했군요."

이 말에 던컨이 고개를 가로젓자, 가이슬러 박사는 입가에 희미한 미소를 매달고 말했다.

"나는 이 고풍스런 집이 마음에 들어요."

던컨은 그만 피식 하고 소리내어 웃었다. 구질구질하고 초라한 집을, 그녀가 고풍스럽다고 표현했기 때문이다.

"내 말이 우습나요?"

가이슬러 박사는 날카롭게 소리쳤다. 던컨이 손을 내저으며 난처한 표정을 짓자, 언제 그랬냐는 듯이 표정을 바꿨다.

"정말로 이곳은 빈과는 무척 달라요."

그녀는 조국에 대한 생각을 애써 떨쳐 버리기라도 하려는 듯, 고개를 세차게 흔들어대다가 다시 말했다.

"나는 피아노를 곧잘 치죠. 우울하고 슬플 때는 더욱더 치게 돼요. 내 피아노 소리 때문에 공부하는 데 방해가 될까 걱정이군요."

"아닙니다. 그런 염려는 하지 마십시오."

던컨은 진정으로 당황하며 대답했다.

"저도 음악을 무척 좋아합니다. 제가 들어올 때 연주하시던 곡이 베토벤이던가요……?"

가이슬러 박사는 잠시 눈을 휘둥그렇게 뜨고 있다가 갑자기 웃음을 터뜨렸다.

"호호호……, 그 음악은 베토벤이 아니라 슈만이에요. 슈만은 정직한 음악가였죠. 무척 호인이었는데 쓸쓸하게 일생을 지내다 갔지요. 다른 많은 천재가 그렇듯이 허무하게 말예요."

"그, 그렇군요……."

던컨은 어눌한 목소리를 나직하게 내며 살짝 얼굴을 붉혔다. 오로지 의학 공부에만 전념하느라 음악에 대한 상식이 부족하다는 것이 말 한 마디로 인해 탄로났기 때문이다. 그러나 가이슬러 박사의 목소리에는 그에 대한 조소 따위는 조금도 들어 있지 않았고, 오히려 짙은 우수를 느끼게 했다. 그녀는 머리를 뒤로 젖히고 천장을 바라보았다. 젖힌 얼굴이 그림자에 가리워져 어두워진 표정이 자세히 보이지는 않았다. 그녀의 손가락은 다시 건반 위를 부드럽게 어루만지며 움직이고 있었다.

"음악은 무척 좋은 약이에요, 적어도 내게 있어서는……. 스탤링 씨, 당신에게도 이 약이 필요하다면 언제라도 좋으니 얻으러 와요. 묘약이 필요할 때면 주저하거나 미안해하지 말고요."

가이슬러 박사는 계속 피아노 건반을 두드리면서 시를 읊는 듯한 목소리를 냈다. 던컨은 그윽한 눈으로 그녀의 옆모습을 물끄러미 바라보며, 잠시 그녀의 말뜻을 헤아렸다. 이제 이 방에서 그만 나가 달라는 의미가 담겨 있음이 분명했다. 조금은 색다른 방법으로 추방을 당한 셈이지만, 그는 결코 기분이 나쁘지 않았다. 그렇게 말하고 행동하는 그녀의 태도 어느 것에서도 악의를 찾을 수는 없었기 때문이다.

"박사님, 그럼 안녕히 주무십시오. 앞으로 잘 부탁드립니다."

가이슬러 박사는 고개를 약간 돌려 던컨을 흘끔 쳐다본 후, 웃는 듯한 입 모양을 해 보일 뿐이었다. 던컨은 조심스럽게 문을 열고 그 방을 나왔다. 자기 방으로 올라오는 던컨의 뒤를 감미로운 피아노의 선율이 따라오고 있었다.

2

던컨은 마가레트와의 약속을 기다리면서 이틀을 어떻게 지냈는지도 모르게 보냈다. 초조하고, 지루했으며, 나중에는 답답하기까지 했다. 그 시간은 참으로 견디기 어려울 만큼 느리게 지나갔다. 느리게 흘러가는 시간을 보면서, 원망스러움이 바로 이런 것이로구나, 하고 깨닫기까지 했다.

마침내 애태우며 기다리던 시간이 가까워졌다. 잠시 후면 마가레트가 밝게 웃으면서 자기의 방을 방문할 것이다. 상상만 해도 가슴이 벅차올랐다. 그는 흐뭇한 시선으로 방 안을 둘러보았다. 골드 여사에게 특별히 부탁하여 빌려 온 새하얀 레이스 장식이 달린 테이블보, 그 위에 놓인 하얀 꽃병에는 요염한 빨강장미가 꽂혀 있었다. 그 곁에 예쁜 장식초마저 곁들여 놓자 방 안이 그런 대로 화사해 보였다.

던컨은 탁자 밑에 놓아 두었던 과자와 케이크, 딸기잼을 꽃병 옆에 올려놓았다. 이렇게 하는 것은 한 푼이라도 아껴 써야 하는 그의 주머니 사정으로는 감당하기 벅찬 지출이 아닐 수 없었다. 그는 꼭 필요한 책을 구입해야 할 돈으로 방 안 장식과 다과 준비를 한 것이었다. 거기다가 책값만으로는 부족하여 그가 집을 떠나올 때 아버지가 손에 쥐어 준 은시계줄이 달린 금시계를 전당포에 잡히기까지 했다. 금시계를 전당포에 잡힐 때는 마음의 갈등이 심했다. 그렇지만 마가레트와의 역사적인 만남을 위해 이렇게 하지 않고는 견딜 수가 없었다.

손님을 맞을 준비가 모두 끝나자, 던컨은 두근거리는 가슴을 진정시키며 물끄러미 식탁 위를 바라보고 있었다. 이윽고 밑에서 총총거리며 걸어오는 발자국 소리가 들려 왔다. 던컨은 그 발자국 소리의 주인공이 마가레트일 거라고 짐작했다. 과연 그랬다. 잠시 후 마가레트는 던컨의 누추한 방에 그 아리따운 모습을 나타냈다.

"던컨, 오래 기다렸지?"

마가레트는 석류알 같은 이를 드러내며 밝게 웃었다. 그 웃음 띤 얼굴을 대하자, 너무 감격해서 처음에는 말이 제대로 나오질 않았다. 멋쩍게 그녀를 바라보고 있는 던컨의 두 눈이, 얼마나 그녀를 아름답다고 찬탄하고 있는지 여실히 나타내고 있었다.

실제로 던컨의 눈앞에 서 있는 마가레트는 아름답기 그지없었다. 족제비털로 만든 짤막한 재킷을 걸치고, 장난꾸러기처럼 작은 모자를 비스듬히 쓰고, 거기에 어울리게 족제비털로 만든 외짝 토시에 손을 넣고 서 있는 모습은 마치 동화책 속에서 톡 튀어나온 공주 같았다. 추운 날씨 덕에 두 뺨은 한층 빨개져서 고운 장밋빛을 띠었고, 눈은 샛별처럼 반짝거렸다. 무엇인가 발랄하면서도 눈이 부실 듯한 황홀감이 감돌고 있었는데, 이것은 그녀만이 지닌 독특한 매력이기도 했다.

"어서 와, 마가레트, 너무 누추하지? 여기가 내 방이야!"

"어머나, 세상에! 던컨, 이렇게 작은 방에서……, 이런 방도 있었나!"

마가레트는 너무나 뜻밖이라는 듯 의아한 표정을 지으며, 슬그머니 한쪽 손을 던컨에게 내밀었다. 그녀는 얼굴을 찡그려 콧날에 우스꽝스러운 주름살을 만들고 방 안을 두리번거렸다.

"정말, 이 방에서 지낸단 말이지? 너무 좁은데. 고양이 한 마리도 움직일 수가 없잖아."

마가레트가 어떤 말을 해도 던컨은 마냥 행복하기만 했다.

"하지만 난 고양이를 키우고 있지 않으니까 좁아도 괜찮아."

마가레트 덕분에 던컨의 좁은 방은 흡사 화려한 궁전 같았다. 그는 홍차를 따라서 그녀에게 권하며, 이 귀중한 시간을 더 이상 침묵만으로 일관하면 안 될 것 같아 입을 열었다.

"마가레트, 이렇게 내 방을 찾아 줘서 너무나 기뻐. 지금의 기분을 어떻게 표현해야 좋을지 선뜻 말이 떠오르질 않아."

던컨은 그렇게 말하고 다음은 뭐라고 해야 좋을지 몰라, 침묵을 지키다가 간신히 입을 열었다.

"하지만 나는 숙녀를 따분하게 만드는 멍텅구리인 모양이야. 이 케이크 좀 들겠어?"

마가레트가 안절부절 못하는 던컨에게 명랑하게 말했다.

"던컨, 나는 조금도 따분하지 않으니까 미안하게 생각할 것 없어. 물론 나는 사람들이 상냥하게 대해 주는 걸 무척 좋아하기는 해. 하지만 던컨의 태도는 언제나 진실해서 마음에 들어. 케이크는 먹고 싶은 생각이 없어. 이해해 줘. 유엔이 어제 저녁때 함수 탄소에 관해서 이야기를 했는데 그 뒤로 난 아무것도 못 먹겠는 거 있지. 샴페인과 왕새우 요리를 맛있게 먹는 도중에 그런 얘기를 하는 악취미를 가졌더군. 던컨, 내게 하고 싶은 이야기가 있는 모양이지? 무슨 이야기인지 듣고 싶어."

"아, 아무것도 아냐."

던컨은 유엔 오블톤의 이름을 듣자, 갑자기 반감이 솟아올라 눈살을 찌푸렸다.

"아니라니? 할 말이 없단 말야? 분명히 있는 것 같은데. 부탁이야, 듣고 싶어, 던컨."

던컨은 망설이다가 마가레트를 응시하며 천천히 말했다.

"뭐……, 특별한 말은 아니야. 나는 마가레트에게 고맙다는 말을 하고 싶어."

"고맙다구? 나한테……?"

"그래, 난 지난 여러 해 동안 줄곧 비둘기집 같은 초라한 다락방에서 공부했었지. 내가 힘들고 어려울 때마다 마가레트가 이 방에 나타나서 격려와 용기를 주었어. 그 덕분에 모든 걸 이겨 낼 수 있었지."

마가레트는 그의 말에 진정으로 기뻐서 어쩔 줄 몰라했다.

"던컨, 던컨은 줄곧 나를 생각하고 있었구나. 던컨은 정말 아름다운 마음씨를 가졌어. 참, 홍차 한 잔만 더 줄래? 그리고 더 많은 이야기를 듣고 싶어."

던컨은 행복감이 가슴에 꽉 차 옴을 느꼈다.

그날 오후는 그가 생각하고 바랐던 것보다 훨씬 황홀했다. 그녀와 함께 있는 지금 이 순간이야말로 지나간 수년의 추억과 맞바꿀 수 있을 만하다고 느꼈다. 신이 난 던컨이 마가레트의 찻잔에 막 홍차를 따르려고 할 때였다. 갑자기 요란스런 노크 소리가 나면서 굵직한 목소리가 들려 왔다.

"안에 있느냐, 던컨?"

던컨은 그 목소리의 침입에 가슴이 덜컥 내려앉았다. 금세 방 안에는 어색한 침묵이 부드럽던 분위기를 휩쓸어 버렸다.

"누구십니까?"

그렇게 묻기는 했어도 던컨은 이미 밖에서 노크하는 사람이 누구인지 알고 있었다. 조금 쉰 듯하면서도 굵직한 게 무척이나 귀에 익은 목소리였다.

"나다, 아비다. 네가 보고 싶어서 찾아왔단다."

목소리의 주인공은 분명 아버지였다. 하필 이런 때에 찾아오시다니. 던컨은 난감한 표정으로 천천히 일어났으나, 그가 문 앞으

로 다가가기도 전에 방문이 활짝 열렸다. 문 밖에는 몸집이 큰 아
버지가 비틀거리며 서 있었다. 그 곁에서는 애견 라스트가 꼬리를
흔들며 컹컹 짖어대고 있었다. 아버지는 여전히 술에 취해 있었으
나, 그 얼굴에서는 부성애와 반가움이 물씬 풍겨 나오고 있었다.

"던컨, 그래, 어떻게 지냈니?"

"아, 아버지, 갑자기 어쩐 일이세요? 집엔 별일 없겠죠?"

"마침 버스로 이곳을 지나는 기회가 생겼어. 그런데 네가 보고
싶어서 도무지 그냥 지나갈 수가 없더구나. 사실 나는 몇 달 동안
이나 오늘이 오기를 기다렸지."

아버지는 방에 들어서자마자 두 팔로 던컨을 와락 끌어안았다.
라스트도 자신을 사랑해 주던 젊은 주인을 보자, 껑충껑충 뛰면서
기뻐 어쩔 줄을 몰라했다. 그렇잖아도 비좁은 방이 몸집이 큰 아
버지가 들어섬으로 인해 꽉 차는 느낌이었다. 아버지가 비틀거리
는 바람에 장미가 고운 자태로 꽂혀 있던 꽃병이 방바닥에 떨어
져, 요란한 소리를 내며 산산조각이 나 버렸다.

"에이, 빌어먹을⋯⋯."

"조심하세요."

아버지는 꽃병 깨지는 소리에 놀라, 겸연쩍어서 몸을 잘 가누려
다가 앉아 있는 마가레트를 발견하였다.

"아니, 손님이 계셨구나. 그것도 모르고 이런 실수를 했으니.
가만 있자, 마가레트 양이시네. 여기서 이렇게 아가씨를 만나 뵙
게 되다니 정말 반갑습니다."

아버지는 악수를 청하고자 손을 내밀었으나, 마가레트는 새침해
지며 못 본 척하였다.

"앉으세요, 아버지."

던컨은 웬지 마가레트에게 부끄럽다는 생각이 들어, 얼른 아버
지의 팔을 잡아 억지로 의자에 앉혔다.

"아버지, 차 드릴까요?"

"나보고 차를 마시라는 거냐?"

그는 재미있다는 듯이 웃어댔다.

"내게는 차보다 더 좋은 것이 있단다."

아버지는 마가레트에게 이것이 보이느냐는 식의 눈길을 보내며, 호주머니에서 작은 술병을 꺼내 들었다.

"아버지, 그건 술이잖아요?"

"아가씨의 건강을 축하하면서 마시겠습니다."

"난 이제 그만 가 봐야겠어."

마가레트는 더 이상 참을 수 없다는 표정으로 장갑을 끼면서 자리에서 벌떡 일어났다.

"제발 부탁이니 좀더 있다 가, 마가레트."

던컨은 애원하듯 떨리는 목소리로 말했다. 그 목소리에는 몹시 괴로워하는 심정이 나타나 있었다.

"아버지, 술은 그만 드시고 이 차를 드시는 게 좋겠어요."

"내가 말하지 않았느냐, 던컨. 난 차같은 맛대가리 없는 물은 마시고 싶지 않아. 여기, 이 물이 좋단다. 그러니까 지금부터 너는 나한테 신경 쓰지 말고 손님하고만 이야기하도록 해라."

마가레트는 예기치 않은 상황에 몹시 기분이 상했는지 즉시 방문 쪽으로 걸어갔다. 던컨은 당혹스러운 표정으로 어찌할 바를 모르는 채 그냥 서 있었다.

"내가 왔다고 이렇게 급히 가실 필요는 없어요."

아버지는 당황해하면서 큰 소리로 만류했다. 붉게 충혈된 눈에는 가서는 곤란하다는 기색이 역력했다. 아버지는 비틀거리며 일어나, 마가레트의 팔을 잡고 방을 나가지 못하도록 끌어당기는 시늉을 했다.

"어머나, 왜 이러세요?"

마가레트는 기겁을 하며 소리쳤다. 그 바람에 던컨은 아버지와 부딪쳐, 손에 들고 있던 홍차를 그만 그녀의 아름답고 깨끗한 옷에다 엎지르고 말았다. 순간 세 사람은 동작을 멈추었다. 괴로운 침묵만이 방 안을 가득 채웠다.

"에잇……!"

마가레트는 눈살을 잔뜩 찌푸리며 손으로 옷에 묻은 홍차를 털어 냈다. 그러나 이미 배어 버린 누런 홍찻물이 털어질 리는 만무했다. 마가레트의 얼굴은 서서히 분노와 초조로 새파랗게 질려 버렸다. 그녀의 입술은 모욕과 분노로 말미암아 파르르 떨리고 있었다. 그녀의 그런 모습을 보기는 태어나서 처음이었다. 던컨은 질끈 눈을 감아 버렸다. 이제 모든 게 끝장이라는 생각과 함께 몸은 그 자리에 화석처럼 굳어지고 말았다.

"이럴 수가! 마가레트, 정말 미안해. 내가 사과할게……."

던컨은 얼굴이 벌겋게 되어 간신히 더듬거리며 말했다.

"그래, 미안하다고?"

마가레트는 흥겹게 돌아가던 분위기가 깨진 데다가 옷에 차까지 뒤집어쓴 게 분해서 견딜 수가 없었다. 그녀는 식식거리며 거친 숨을 몰아쉬었다.

"내가 여기에 온 건 던컨의 초대를 받았기 때문이야. 술에 취해서 정신을 가누지 못하는 주정뱅이 따위에게 이런 모욕이나 차를 뒤집어쓰려고 온 게 아니란 말야."

던컨은 입이 열 개라도 할 말이 없었다. 지금 상황에서 무슨 말을 할 수 있단 말인가! 그는 두 커다란 애정의 틈바구니에 끼어서 어느 쪽으로도 기울 수가 없었다. 단지 쥐구멍에라도 찾아들어가고 싶은 심정뿐이었다.

마가레트도 던컨의 괴로운 입장을 충분히 알고 있었다. 그렇지만 더욱 그를 곤란에 빠뜨리고 싶었다. 그녀는 그가 자신을 그의 아버지보다 먼저 생각해 주기 바라면서 비아냥거렸다.

"던컨, 덕분에 정말 멋진 오후를 보냈어. 아주 계획적으로 잘 진행된 초대였어. 모든 게 조금도 나무랄 데 없는……."

"마가레트, 잠깐만……."

던컨은 그녀의 말이 끝나는 게 두려워 중간에서 말을 끊으려고 했다. 그러나 그녀의 모습은 이미 방 안에서 사라지고 없었다. 아버지는 돌아가는 사태에 무관심한 채 우두커니 서서 또 한 모금 위스키를 쭉 들이켰다. 그리고는 긴 한숨을 내쉬었다. 마치 모든 것을 달관한 듯 평상시의 모습과 같았다. 던컨은 도저히 따라나갈 엄두가 나지 않아 그냥 서 있을 뿐이었다.

"던컨, 괜히 나 때문에 네가 곤란하게 되었구나. 정말 미안하다. ……그렇지만 던컨, 넌 내가 찾아왔는데도 별로 반가운 표정이 아니구나. 내가 괜히 온 모양이지?"

뜻하지 않은 돌발적인 사태에 당황했지만, 이제는 어쩔 도리가 없다는 씁쓸레한 표정으로 아버지가 먼저 말을 건네 왔다.

"그럴 리가 있겠어요? 알고 계시잖아요, 아버지."

던컨은 억지로 미소지으며 아버지를 바라보았다.

"전 지금 뭐라고 말해야 할지, 말해 봐야 아무 소용 없어요."

"물론, 아무 소용 없겠지. 늙은이가 무슨 소용 있을라구."

아버지는 혼자 곡해를 하고 서러운 듯이 읊조렸다.

"오, 하느님! 제가 왜 여기를 왔을까요? 모두 소용이 없군요. 자식조차도 제 애비를 수치스럽게 생각하고 있으니 말입니다."

"아버지, 지금은 제발 아무 말씀도 하지 마시고 얼른 주무시기나 하세요."

던컨은 더 이상 참을 수 없어서 강한 어조로 말했다.

"뭐라고? 나보고 잠이나 자라고! 시끄럽다 이거지?"

던컨은 아무런 대꾸도 하지 않고 아버지를 떠메고 침대까지 갔다. 아버지는 술에 취한 채 비척거리며 순순히 아들이 이끄는 대로 따랐다. 아버지는 하품을 길게 하고 나서 뭐라고 중얼거리더니 곧바로 깊은 잠에 빠져들었다.

"불쌍하신 아버지."

던컨은 한탄하는 목소리로 이렇게 내뱉고는 아버지의 얼굴을 물끄러미 내려다보았다. 남보다 크고 거대한 몸집에 비해 너무나 소시민적인 얼굴이었다.

"뜻밖의 일로 아버지도, 저도 괴롭게 되었군요."

던컨은 이렇게 읊조리며 담요를 꺼내다가 아버지의 몸에 덮어 주었다. 그런 다음 이 방에서 있었던 일을 모두 잊어버리기 위해 머리를 좌우로 세차게 흔들며 밖으로 나섰다. 층계를 힘없이 하나씩 내려가는데, 가이슬러 박사의 방문이 열렸다. 그녀는 담담한 표정으로 던컨을 불렀다.

"스탤링, 내 방에 잠깐 들어와요."

"전 지금 밖에 나가려던 참인데요."

던컨은 모든 게 귀찮다는 표정을 지으며 무뚝뚝하게 대꾸했다.

"그래요? 어딜 가는데요?"

"글쎄요. 제가 어딜 가려고 하는지는 저도……."

"스탤링, 그러지 말고 이리 들어와요. 나하고 이야기나 하죠."

던컨은 할 수 없이 가이슬러 박사의 방으로 들어갔다.

"손님이 여러분 오신 모양이죠? 조금 전에는 아름다운 젊은 여자분이 급히 내려오는 것을 봤어요."

가이슬러 박사는 그쯤에서 말을 멈추었다. 던컨은 갑자기 쓴웃음을 지으며 약간 불쾌한 기분이 되었으나, 조금 전에 일어났던 불운한 이야기를 자조적으로 다 말해 버렸다.

"저런, 그런 일이 있었군요."

가이슬러가 딱하다는 듯 위로의 말을 했다.

"그렇다고 해서 용기를 잃거나 낙심해서는 안 되지요. 안 그래요, 던컨 씨! 아버지가 원망스러운가요?"

"아뇨, 제 자신이 원망스러울 뿐입니다. 저처럼 주변머리 없는 멍텅구리가 도대체 사회에서 무슨 일을 할 수 있을지……. 저는 어리석은 데다가 팔까지 병신이잖습니까?"

던컨은 신음하듯 내뱉고 온몸을 부르르 떨었다.

"아니, 그게 무슨 바보 같은 생각이에요. 방금 있었던 일은 던컨의 자학과는 전혀 상관이 없는데 억지로 연결시키려 하는군요."

가이슬러는 던컨을 장작이 평화롭게 타고 있는 난롯가에 앉히고, 자신은 피아노 앞에 앉아 건반 뚜껑을 열더니 어떤 곡을 치기 시작했다. 아름다운 멜로디가 온 방을 가득 메웠다. 그 소리가 장작 타는 소리와 어우러져 묘한 조화를 이루었다. 음악을 들으며 던컨의 답답하고 우울한 마음은 어느새 차분히 가라앉았다. 그녀의 말대로 음악은 참으로 좋은 약 구실을 해 주는 듯했다.

그녀의 피아노 연주가 끝나자, 다시 차분하고 온화한 정감이 자신의 온몸을 감싸는 것 같았다.

"던컨, 아직도 자신의 현실에서 도피하고 싶나요?"

"아뇨, 잘 아시잖아요. 제가 어떤 마음을 가졌는지요. 전 여러 가지 하고 싶은 일이 많습니다. 의학계에서 제가 꼭 해 보고 싶은 훌륭한 일들이 아주 많아요. 지금 이대로 포기할 수는 없어요."

"던컨, 지금 한 말 진정이겠죠? 의사가 그렇게 좋아요? 정말 그 계통의 연구를 해 볼 생각이 있군요."

"저는 꼭 의학 분야에서 업적, 아니 연구를 하고 싶습니다. 그런데 박사님의 피아노 솜씨는 정말 대단하군요. 마치 유명한 피아니스트가 연주하는 것 같아요."

"피아노는 손가락을 위해서 좋지요. 피아노를 치면 손가락이 튼튼해지고 탄력이 생기거든요. 내과나 외과 의사라는 점을 염두에 두면 손이 얼마나 중요한지 알 수 있을 거예요. 잊지 말아요."

"아참, 깜빡 잊고 있었군요. 박사님이 외과 의사라는걸. 그런데 또 생각난 김에 알고 싶은 게 있는데, 여쭤 봐도 될까요?"

"뭔데요? 물어 보세요."

"박사님과 인사를 하고 난 후부터 알고 싶었던 건데요. 박사님의 조국인 오스트리아에 대단히 유명한 가이슬러 박사라는 분이 계시지요? 안나 가이슬러 박사님 말이에요. 현대 외과학에 관한 큰 획을 그은 훌륭한 업적과 책을 쓰신 분인데 혹시 그분과 친척 되시나요? 박사님의 성도 가이슬러라 웬지 그럴 것 같군요."

가이슬러 박사는 다시 그녀 특유의 쌀쌀한 목소리로 말했다.

"친척은 아니에요. 그 안나 가이슬러가 바로 나일 뿐이죠."

3

던컨은 자신의 귀를 의심했다. 그녀가 바로 그 유명한 안나 가이슬러 박사라니, 도저히 믿기지가 않았다. 안나 가이슬러 박사와 자신의 이름이 같기 때문에 잠시 농담을 하고 있다고 생각했다. 그런데 상대방의 태도에서는 전혀 그런 기미를 찾아볼 수 없었다. 대개 농담을 하고는 바로 어떤 우스갯소리나 재미있다는 표정을 짓는 게 상례인데, 그녀는 아주 담담했다. 또한 평소의 그녀의 태도를 보더라도 이런 상황에서 농담을 할 리는 만무하다 싶었다.

던컨은, 그녀가 바로 자신이 그렇게 마음 속으로 존경하던 안나 가이슬러 박사라는 사실을 알고는 넋이 빠질 지경이었다. 이럴 수가! 바로 내 눈앞에 있는 이 여자가 하이델베르크와 빈의 의학계에서 빛나는 샛별로 알려진 그 유명한 안나 가이슬러 박사라니!

"선생님!"

던컨은 말까지 더듬거리며 침착성을 잃고 있었다.

"저는 정말 몰랐습니다. 선생님이 안나 가이슬러 박사라는 사실을요. 저의 무례한 행동과 언사를 용서해 주십시오."

"지금 무슨 말을 하는 거예요? 새삼스럽게 용서라니요."

"아닙니다. 절대로 그냥 하는 소리가 아닙니다. 너무 놀라서 전 아직도 꿈을 꾸는 것만 같은 기분입니다."

가이슬러 박사는 타들어가는 담뱃불을 조용히 쳐다보다가 나직한 목소리로 입을 열었다.

"던컨, 내가 지금까지 해 왔던 의학계에서의 활동은 그리 대단한 것이 아녜요. 이제부터 해야겠다고 생각하는 일에 비하면 말이에요. 나는 여기에서 1년 계약 근무가 끝나면 틀림없이 에딘버러 시의 윌레스 병원으로 가게 될 거예요. 그래요, 그렇게 될 게 분명해요. 던컨도 잘 아는 잉그리스 원장을 비롯해서 병원 관계자들이 나를 이대로 둘 리가 없어요. 그렇게 되면 영국의 의학계는 내 소문으로 떠들썩할 거예요. 내가 꿈꾸던 일은 그때부터 시작된다고 할 수 있는데……"

가이슬러 박사는 여기까지 말하다가 갑자기 입을 다물고 던컨을 돌아보았다.

"스탤링, 내일 시간 있어요? 별로 바쁜 일 없으면 내가 수술하는 것을 보러 오지 않겠어요?"

"뭐라구요? 그게 정말입니까? 진심으로 하신 말씀이라면 저로서는 영광입니다. 박사님이 수술하시는 것을 꼭 보고 싶습니다."

던컨은 가이슬러 박사의 뜻밖의 제안에 너무도 흥분해서 진지하고 열의에 찬 어조로 말했다. 그로서는 꼭 보고 싶었던 공부였기 때문이다. 그녀는 고개만 끄덕여 보였을 뿐, 더 이상 그것에 대한 이야기는 하지 않았다. 가이슬러는 자리에서 조심스럽게 일어나 긴 가운을 끌면서 방을 왔다 갔다 하기 시작했다.

"난 배가 고파서 못 견디겠군요. 그런데 던컨처럼 나도 운이 없어서 요리하는 법을 배울 기회가 없었어요. 솜씨가 형편없어요. 하지만 할 수 없죠. 히포크라테스께 도움을 청해서 샌드위치 2인분을 해부하는 솜씨로 만들어 볼게요. 잠깐 기다려요."

잠시 후, 가이슬러 박사는 고기와 소시지가 든 샌드위치, 김이 모락모락 나는 커피를 조심스럽게 들고 왔다.

"맛이 없다고 흉보지는 마세요. 미리 말했듯이 나는 요리를 배우지 못했어요."

가이슬러 박사의 말에 던컨은 황송하다는 표정을 지으며 입에 고인 침을 꿀꺽 삼켰다. 두 사람은 십년 지기나 되는 것처럼 활활 타오르는 난롯가에 앉아 식사를 하면서 많은 이야기를 나눴다. 그들의 대화는 자신들의 미래와 의학 기술, 의과 대학 등에 관한 것이 주종을 이루었다.

던컨은 가이슬러 박사의 독서 범위와 심원한 식견, 그리고 날카로운 이해력에 강렬한 인상을 받았다. 그녀도 던컨의 열정적인 의학에의 집념과 젊은 나이에 탐구한 실력에 좋은 인상을 받았다.

대화를 나누다 보니 어느새 시계 바늘이 밤 10시를 넘어서고 있었다. 던컨은 더 많은 이야기를 나누고 싶었지만, 그녀에게 쉴 기회를 주기 위해 자리에서 일어났다. 그녀와의 대화에서 너무도 많은 것을 배웠고, 또 그녀에 대한 감사가 가슴에 꽉 차 있었다. 이제 그는 자신을 우울하게 만들었던 마가레트의 문제는 까마득히 잊어버렸다.

"가이슬러 박사님, 덕분에 대단히 훌륭한 저녁 한때를 보냈습니다. 어떻게 인사를 드려야 좋을지 모를 정도로 많은 것을 깨우쳐 주셨습니다."

"스털링, 이제부터 나를 부를 때는 그냥 안나라고 불러요. 그리고 그런 장황한 인사는 하지 말도록 해요. 내게 이롭지 않다거나 지루했다면 벌써 던컨에게 돌아가 달라고 부탁했을 거예요. 그러니 앞으로는 그런 인사 하지 마세요."

던컨이 방을 나간 후에 가이슬러 박사는 무엇인가 깊은 생각에 잠겨 있었다. 그녀는 지금, 웬지 던컨 스탤링이 가엾다는 생각을 하고 있었다. 그의 환경과 신체가 가엾기 그지없었다. 성하지 못한 몸으로 생활 걱정까지 해야 하므로, 학문에만 전념하지 못하는 불행이 마음을 아프게 했다. 그리고 그는 자신과 처지가 비슷한 데가 있었다. 같은 일을 한다는 것과 외롭다는 것이 그것이었다.

그렇지만 그는 아직도 자기만큼 고집스럽지는 않으며, 순수성도 그대로 간직하고 있다고 여겼다. 그런 점이 마음에 들었다. 그녀는 꺼져 가는 난롯불 앞에 앉아서 스스로에게 어떤 결심을 확고하게 다짐하며 이렇게 중얼거렸다.

"저 친구를 내가 도와 줘야겠어. 딱딱한 껍질이 온몸을 감싸도록 손을 써 줘야겠어. 학문을 하기에 너무나 좋은 두뇌에다 꾸준히 노력하는 학구열을 지닌 열성파야. 동료로서 돕다 보면 분명 내게도 큰 도움이 될 수 있는 친구일 게 분명해. 깊이가 있어. 아직 순수성을 지니고 있어서 미숙한 면이 있기는 하지만 그건 오히려 인간적이라 좋다고 할 수 있지. 그래, 던컨을 돕는다기보다 동료로서 함께 일할 수 있도록 해 보겠어."

다음날 아침, 던컨은 아래층에서 울리는 전화벨 소리에 잠이 깼다. 곧이어 하숙집 아주머니가 수선스럽게 그의 이름을 부르는 소리가 들려 왔다.

"던컨 학생! 전화 왔어."

"네, 알았어요. 곧 내려갈게요."

던컨은 대강 옷을 걸쳐 입고 내려가 전화를 받았다. 마가레트의 목소리였다. 어제 자신이 너무 거만스럽게 군 것과 버릇없이 행동한 것을 부끄럽게 생각한다고 했다.

던컨은 묵묵히 마가레트의 말을 들으며 생각에 잠겼다. 그녀는 어제의 일을 가장 지체가 낮은 사람에게서 모욕을 당했다고 생각하는 게 틀림없었다. 그러한 사고 방식은, 어느 정도 그녀가 처한 환경이 그녀의 정신에 영향을 준 당연한 결과이기도 했다. 하지만 던컨은 마가레트의 그런 사고를 이해할 수가 없었다.

어찌 되었든 던컨은 매우 기뻤다. 마가레트가 먼저 전화를 걸어 온 것도 그렇고, 용건도 자신의 경솔하고 무례했던 행동을 사과하는 내용이었다. 그러면서 그녀는 지금까지와 같이 아름다운 관계를 지속하고 싶다는 말도 덧붙였다. 마치 따사로운 봄의 입김에 새로운 희망의 봉오리가 맺히기 시작하는 느낌이었다.

"그럼 던컨, 다시 만날 때까지 열심히 공부해."

던컨은 전화를 끊고 경쾌한 발걸음으로 계단을 밟으며 방으로 돌아왔다. 아버지는 숙취 때문에 머리가 아픈지 머리칼을 쥐어뜯으며 일어나고 있었다. 아들을 보자, 어제 저녁에 있었던 일이 새삼 되살아났는지 미안한 듯 겸연쩍은 얼굴로 눈치를 살폈다.

"아버지, 방금 마가레트에게서 전화가 왔어요. 어제는 자기가 너무 경솔했다고 사과하면서 예전처럼 지내자고 했어요. 그러니 제게 미안한 마음은 갖지 마세요."

아버지는 그 말을 듣고 나서야 겨우 웃으며 쑥스러운 듯 낯을 붉혔다. 던컨은 아버지가 안심하는 것을 보자 마음이 놓였다.

"내가 너무 주책 없는 늙은이지. 모든 벌은 내가 받게 될 테니 넌 마음 푹 놓고 학업에나 신경 쓰거라. 이제 집에 돌아가면 네 어머니와 또 한바탕 야단 법석을 떨겠구나."

아버지의 입에서 어머니에 대한 말이 나오자, 웃음짓던 던컨의 얼굴이 금방 딱딱하게 굳었다. 그는 지금까지 어머니하고 몇 번이나 화해하려고 노력했지만 번번이 거절을 당했다. 여러 차례 집으로 찾아갔으나 어머니는 한 번도 만나 주지 않았다. 철저하리만큼 아들에게 모자간의 정을 허락하지 않았다. 아직까지도 완강하게 주장하시는 말씀이 던컨의 행동은 결국 슬픈 결과만을 초래할 거라는 것이었다. 그런 어머니에 대해 생각이 미치자, 던컨은 자신도 모르게 주먹을 꽉 쥐면서 새삼 결심을 굳혔다.

"아버지는 제가 하고자 하는 일이 무엇인지 다 알고 계시지요? 어째서 제가 어머니 의견을 따르지 않는지도요. 양보할 수 없는 인생길입니다. 아버지는 제가 어떻게든 성공하지 않으면 안 된다는 것을 잘 알고 계시죠?"

아버지는 그러한 아들의 심정을 충분히 이해한다 듯 연신 고개를 끄덕이며 방을 나섰다.

"아무튼 넌 성공해야 한다. 하지만 행복하게 되는 것도 잊지 말아라."

아버지는 다시 한 번 아들에게 웃는 낯을 보이고는, 휘파람으로 라스트를 불러 서둘러 정류장을 향해 걸음을 옮겼다.

4

아버지가 떠난 그날 오후, 던컨은 안나 가이슬러 박사가 집도하는 수술에 참석하기 위해 급히 서둘렀다. 하숙집을 나와, 댄디의 노동자 거리인 시내에서 조금 떨어진 변두리의 작은 병원에 예정보다 일찍 도착했다.

안나 가이슬러 박사는 이미 도착해 있었다. 그녀는 수술실로 이어지는 작은 방의 세면대에서 손을 깨끗하게 씻고 있었다. 그녀는 누구에게나처럼 던컨을 겸손한 태도로 맞았다. 가이슬러는 간호사의 도움을 받아 하얀 수술 가운을 입으면서 어깨 넘어로 던컨에게 말을 건넸다.

"스탤링, 당신이 오늘 마취를 맡아 주셨으면 해요."

던컨은 뜻하지 않은 요청에 가슴이 터질 것만 같았다. 수술 환자의 마취는 그가 무척이나 바라던 일이었다. 그녀에게 고맙다고 인사하려는 것을 눈치채기라도 한 것처럼 가이슬러 박사는 그의 말을 가로막았다.

"부탁해요. 이제부터는 필요 없는 말은 안 하도록 해 주세요. 지금은 공적으로 일하는 겁니다. 자, 그럼 준비하세요."

수술에 임하는 가이슬러 박사의 태도가 너무도 사무적이어서 말 붙이기도 어려웠다. 그녀는 간호사에게 시선을 돌리며 물었다.

"도슨 양, 정확히 5분 후에 수술에 들어갑니다. 수술에 참관하기로 했던 유엔 오블톤 씨는 왜 이렇게 늦나요?"

도슨 간호사는 금발머리에 파란 눈을 가진 예쁜 아가씨였다. 안나의 질문에, 그녀는 자기가 잘못이나 한 것처럼 죄스런 표정을 지으며 작은 소리로 필요 이상의 두둔하는 말을 했다.

"이제 곧 오실 거니까 너무 걱정하지 마세요. 무슨 바쁜 일이 생기셨나 봐요."

그 대답이 채 끝나기도 전에 오블톤이 수술 대기실로 허둥지둥 들어왔다. 그는 가이슬러 박사의 냉정한 표정을 보고 수선스럽게 변명을 늘어놓았다. 던컨은 이제 그를 보아도 별로 기가 죽거나 놀라지 않았다. 그러나 유엔 오블톤은 던컨이 참석한 것에 대해 무척 놀라는 눈치였다.

"아니, 던컨이잖아! 마취사가 자네일 줄은 꿈에도 생각하지 못했어."

유엔의 말투에는, 너 따위가 왜 여기에 왔느냐, 하는 경멸과 적의가 담겨 있었다. 그렇지만 던컨은 그 말의 저의를 알아차리지 못한 것처럼 그냥 묵묵하게 있었다.

"잡담은 피해 주세요. 일단 수술실에 들어서면 수술에 필요치 않은 행동이나 말은 삼가하세요. 그런 것은 용납할 수 없어요."

안나 가이슬러 박사가 차갑게 명령했다.

유엔은 가이슬러 박사가 안 보는 틈을 타 입을 삐쭉이고는, 도슨 간호사에게 힐끔힐끔 눈길을 보냈다.

이윽고 환자가 운반되어 왔다. 11세 정도의 체구가 작은 소년이었다. 이 소년은 영양 실조로 인해 빈혈 증세가 심했다. 그것으로 볼 때 병원 근처의 빈민촌에서 태어난 가련한 소년임이 분명했다. 소년은 안짱다리의 정형적인 증세를 나타내고 있었다.

정상적인 어린이라면 마취 효과가 어른들에 비해 뛰어나다. 이 소년의 경우도 마취 효과는 좋았다. 던컨은 수술하는 과정을 관찰하기에 좋은 위치에 놓여 있는 철제의자에 앉아서, 어린 환자의 규칙적이고 깊은 호흡을 눈여겨 보았다. 이 정도의 증세라면 회복시킨다는 게 거의 절망적이라는 생각이 들었다. 한쪽 다리가 다른 쪽 다리보다 짧고 발끝 부분은 터무니없이 비대해져서 형태마저 변해 있었다. 그 모양은 발이라기보다는 비틀린 근육과 신경의 혹 덩어리 같았다. 이런 상태라면 아무리 경험이 풍부한 명의라도 감히 수술을 시도할 생각을 못 할 것이다.

이런 부정적인 상념이 던컨의 뇌리를 스치는 순간, 어느덧 가이슬러 박사는 비대하게 부어오른 복사뼈 둘레에 최초의 대담하고 기민한 메스를 들이대었다. 드디어 불가능하다고 생각되었던 수술이 집도되기 시작한 것이다. 날카로운 메스의 날이 그녀의 가늘고 섬세한 손에 의해 조종되면서 뼈와 신경이 뒤엉킨 사이를 한 치의 오차도 없이 희뿌연 찬빛을 발하며 쉴 새 없이 움직이고 있었다. 그 동작의 손놀림 하나하나가 너무도 빈틈없이 정확하여 헛된 동작이라고는 찾아볼 수 없었다. 더구나 불가능하다는 예측이 앞서는 어려운 수술임에도 불구하고, 시종 침착하고 흐트러짐이 없는 태도는 지켜 보는 이로 하여금 신뢰감과 감탄을 자아내게 하기에 부족함이 없었다.

던컨은 지금까지 병원에서 내노라 하는 외과 의사들의 수술을 보아 왔었다. 그 유명한 리지아스 교수의 수술도 본 일이 있었지만, 오늘의 이 수술보다 결코 훌륭하지는 못했다. 이것야말로 천재적인 재주 없이는 할 수 없는 수술이라는 믿음이 생겼다.

많은 시간이 숨가쁘게 흐른 후에 안나 가이슬러 박사는 손등으로 이마에 맺힌 땀을 닦았다. 그 동작으로 인해 마침내 힘든 수술이 끝났음을 알 수 있었다. 그녀는 무표정한 얼굴로 제일 먼저 밖으로 나가 고무장갑을 벗고, 마스크를 떼면서 안도의 숨을 깊게 들이마셨다. 곧이어 문 소리와 함께 유엔 오블톤을 비롯해서 간호사들이 나갔다. 던컨도 잠시 뒤에 수술 요원 대기실로 갔다. 그곳에서는 유엔 오블톤이 안나 가이슬러 박사와 이야기를 하고 있었다. 오늘만은 유엔 오블톤도 몹시 감동했는지, 평소의 남을 무시하던 오만한 태도와는 전혀 다른 모습이었다.

"가이슬러 박사님, 전 몹시 놀라고 감격했습니다. 솔직하게 말씀드리지만, 박사님의 오늘 수술이야말로 제가 이 병원에서 보아온 것 중에 가장 훌륭한 수술이었습니다. 진심으로 수술의 성공을 축하드립니다."

오블톤이 신이 나서 떠들었지만, 그녀는 아주 냉랭한 미소를 지을 뿐이었다.

"오블톤 씨, 쓸데 없는 말은 일체 금하라고 했을 텐데요."

안나는 수건으로 손을 닦으며 말했다.

"그렇지만 지금은 수술이 끝났습니다. 수술도 성공적으로 끝났으니 저와 차라도 한 잔 나누지 않으시겠습니까?"

유엔 오블튼은 상냥하고 아주 의기 양양한 태도로—필시 상대방이 자신의 초대에 응해 주리라는 생각으로—안나를 초대하려

했지만, 뜻밖에도 그의 노력은 허사가 되고 말았다.

"미안해요, 난 친구와 약속이 되어 있어요."

안나의 쌀쌀맞은 거절에도 불구하고, 그는 여자의 환심을 사기에 충분한 신사다운 정중함을 잃지 않았다.

"오늘 안 된다면, 이 다음에 꼭 함께 차를 나누고 싶습니다."

오블톤이 자기 방으로 가자, 안나는 무척 불쾌한 양 얼굴을 찡그리며 고개를 설레설레 흔들었다.

"남자가 여자처럼 예쁘장하게 생겼군요, 저 유엔 오블톤 씨는."

"하지만 박사님께 진심으로 관심이 있는 모양이던데요."

"글쎄, 하지만 난 저런 타입을 좋아하지 않아요. 게다가 새로 산 청진기를 걸고 내기해도 좋은데, 저 젊은 친구는 도슨 양과 묘한 관계를 맺고 있는 게 분명해요. 올바르고 정직한 게 좋은데."

안나 가이슬러는 이렇게 말하며 수술복을 벗었다.

"자, 우리 빨리 서둘러 나가요."

"박사님은 친구분과 만나기로 약속되어 있다면서요?"

"스탤링, 지금같이 일이 끝나서 둘이 있을 때는 안나라고 불러 줘요. 그게 편해요. 그리고 만나야 할 친구는 바로 당신이에요."

병원을 나서서 가까운 찻집으로 걸어가다가 안나는 생각난 듯이 던컨을 쳐다보았다.

"던컨, 오늘 마취를 무척 정확하게 해냈더군요. 내가 제의할 게 있어요. 앞으로 3개월 동안 내 마취 담당으로 일해 주지 않겠어요? 병원측과는 이미 이야기가 다 되었어요. 급료는 주급 50기니로 결정났어요."

던컨은 이 새로운 일에 대한 놀라움과 기쁨으로 얼굴이 금세 빨개졌다. 자기에게 주어진 특별 대우와 새로운 일에서 얻을 수 있는 경험의 축적은 둘째치고, 노예처럼 혹사당하며 몇 푼 안 되는 보수를 얻기 위해 잉그리스 부인에게 굽신거려야 하는 처지에서 완전히 해방되는 것만으로도 충분하였다. 책을 볼 수 있는 시간도 많이 생겨날 것 같았다. 던컨은 마주보이는 어슴푸레한 산을 주시한 채 가슴 벅찬 이 제안을 다시 한 번 확인받고 싶었다.

"지금 하신 말씀 진정이죠, 안나?"

"못 믿겠어요, 던컨? 내 말이 믿기지 않는 모양이군요."

안나는 던컨을 똑바로 쳐다보며 말했다.

5

던컨은 입가에 정겹고 흐뭇한 미소를 띠고 한 장의 짤막한 엽서를 읽고 있었다. 그 엽서에는 보내는 사람의 이름이 쓰여 있지 않았다. 그 대신 사연이 끝나는 부분에 스트라스 린튼이라는 소인이 찍혀 있었다.

귀하의 친구 두 사람, 돌아오는 목요일에 센트 앤들스로 갈 예정임. 오후 1시에 레키서점으로 나와 주기를 요망함.

앵거스 머도크 의사에게서 온 엽서였다. 머도크와 그의 딸 진에 대한 던컨의 우정은 이제 그 어떤 우정보다도 확고하게 그의 마음에 자리잡고 있었다. 그들은 사심 없는 대화를 나눌 수 있는 대상으로서 참으로 편안한 친구들이었다.

그들은 센트 앤들스에 올 때면 언제나 이렇게 먼저 엽서를 보냈다. 그 약속에 따라 던컨은 레키서점에서 두 사람과 만나 함께 식사를 하러 가는 것이 관례처럼 되어 있었다. 그들 부녀의 던컨에 대한 배려는 참으로 생각만 해도 눈시울이 뜨거워질 만큼 훈훈한

것이었다. 머도크 박사는 늘 제본이 잘 되어 있고, 내용이 알찬 헌
책을 찾았으므로 이미 오래 전부터 이 레키서점의 단골 고객이 되
어 있었다.

엽서를 다 읽고 나자, 던컨의 입가에 번졌던 미소가 갑자기 싹
사라졌다. 머도크 박사가 방문하려는 목요일은, 공교롭게도 그가
안나에게 점심을 사기로 약속한 날이었다. 던컨이 안나로 인하여
새로운 직장을 얻게 되었기 때문에 그에 대한 답례를 하려 했던 것
이다.

던컨은 엽서를 손에 든 채 최근에 자기의 신변에 발생했던 갖가
지 일들을 회고해 보았다. 지난 6주일 동안 던컨의 인생에는 커다
란 변화가 있었다. 안나 가이슬러 박사가 그의 협력자가 된 뒤부
터 더욱 그러했다. 그녀의 냉소주의적 성격 속에는 던컨과 같이
확고한 야심과 목적이 숨겨져 있었다. 그렇기 때문에 두 사람의
동반자적 결합은 지극히 사무적인 관계를 맺고 있었다. 그런 관계
가 더욱 던컨에게 안나 가이슬러 박사를 존중하도록 만들었다. 그
토록 대단한 명성에도 불구하고 그녀는 도무지 자신을 내세우려
하지 않았다. 형식에 치우치지 않고 명성에 구애받지 않는 점 등
이 그녀를 존중하게 하는 큰 요소였다.

그런 안나의 영향으로 그의 의학에 대한 연구는 급속히 발전하
였고, 야심은 한층 단호하게 현실적으로 실행되기 시작하였다. 안
나와의 접촉으로 인해 던컨의 현대 외과학 분야의 이해는 나날이
그 시야가 넓어져 가고 있었다.

안나는 여러 가지 책 중 꼭 필요한 것이라며 던컨에게 빌려 주었
다. 그 책들은 의학에 국한된 것만이 아니었다. 미술과 음악, 문학
에 이르기까지 다방면의 지식을 광범위하게 주입시켜 주었다. 그
녀의 적절한 조언과 용기는 커다란 힘이 되었다. 냉소주의적인 성
격으로 남에게 지독하게 무뚝뚝하고 허술한 옷차림은 시종 변함이

없었다. 그러나 그녀의 정신 세계는 그 누구도 감히 근접할 수 없을 만큼 심오했고, 또 너무나 세련되었다.

던컨은 두 약속 사이에서 잠깐 고민하였다. 안나와의 선약을 취소할 수는 없었다. 그렇다고 머도크 부녀에게 사실대로 말하는 것도 어쩐지 꺼려졌다. 이유야 어찌 되었든 그들 부녀의 감정을 상하게 하고 싶지는 않았다. 그는 책상에 엎드려 묘하게 괴로운 심정으로 짤막한 사연의 편지를 썼다. 목요일에 병원에서 작업이 있다는 구실을 삼았다. 사실 목요일 오후에는 중요한 회의에 출석해야 하므로 이 구실은 전혀 허구에서 착상된 것은 아니었다. 간신히 편지쓰기를 마치고 나서도 기분이 그리 가볍지는 않았다.

목요일이 되었다. 던컨은 오늘만큼은 즐비하게 늘어 서 있는 싸구려 식당에서 점심을 먹어서는 안 된다고 생각하였다. 이번 초대만은 안나 가이슬러 박사를 여왕처럼 대접하고 싶었다. 이 도시에서 가장 화려하고 품위 있는 레스토랑으로 정평이 나 있는 그릴 산포도로 정하고 그녀를 초대했다.

그릴 산포도 안으로 들어서니 안나는 벌써 와서 그를 기다리고 있었다. 순간 첫눈에 들어온 그녀의 모습에서 받은 느낌은 여지껏 본 적이 없는 매혹, 그 자체였다. 품위 있는 검은 드레스가 우아했다. 거기에다 선명한 새빨간 깃털을 단 검정색 작은 모자를 쓰고 있었다. 던컨은 자기가 지금 안나 가이슬러 박사가 아닌 다른 사람을 보고 있는 것만 같았다. 지금까지 그녀에게 이런 모습이 있으리라고는 상상도 하지 못했던 것이다.

안나는 특별히 미인이라고는 말할 수 없지만 하나씩 음미해 보면 매력이 대단했다. 선명한 진홍빛 입술이 돋보이는 창백한 살결, 고매한 태도, 특히 그 섬세하고 부드러운 손, 이것만으로도 그녀는 이 레스토랑 안의 어떤 여자보다도 두드러져 보였다. 그래서

인지 여러 사람의 시선이 안나에게 쏠리고 있었다. 어느 시선은 호기심에서, 그 어떤 시선은 질투에서, 또 어느 시선은 가까이하고픈 심정에서, 또 어느 시선은 비난하는 듯했다.

주문한 훌륭한 요리가 나오자 던컨은 격식에 어울리는 포도주를 땄다. 금빛 샹들리에의 은은한 불빛, 격조 높은 우아한 실내 분위기, 레이스 장식이 달린 정결한 식탁보, 주름잡힌 종이갓이 달린 초록빛 양초 등이 한층 그들의 기분을 돋우어 주었다.

"오! 정말 멋지군요."

안나가 즐겁게 말했다.

"닥터 가이슬러와 닥터 스탤링의 성공을 위해 건배!"

"우리를 위해 건배!"

안나는 식탁 넘어에서 던컨이 앉아 있는 쪽으로 몸을 기울이며 잔을 내밀었다. 던컨은 가볍게 잔을 부딪쳤다.

그런데 바로 이때 등 뒤에 꼭 누가 있을 것만 같은, 웬지 꺼림칙한 기분이 들었다. 그래서 자신도 모르게 재빨리 고개를 돌려 출입구 쪽을 쳐다보았다.

맙소사! 던컨은 순식간에 얼굴이 빨갛게 달아오르고, 숨통이 꽉 막혔다. 출입구에는 앵거스 머도크 박사와 그의 딸 진이 날카롭게 그를 노려보고 서 있었던 것이다. 던컨과 시선이 마주치자, 머도크 부녀는 서로 마주보며 괘씸하게도 자신들을 속였다는 표정을 지었다. 오랫동안 아름다운 우정을 지속해 온 자신들과의 약속을 저버리고, 고급 레스토랑에서 어떤 여자와 포도주 잔을 나누고 있는 던컨을 아주 괘씸하게 여기고 있음을 얼굴에서 선명하게 읽을 수 있었다.

하느님 맙소사! 머도크 박사가 점심을 먹으러 이 레스토랑에 오리라고 어느 누가 상상이나 했겠는가. 던컨은 얼굴이 벌개진 채 시선을 그들에게서 떼지 못했다.

　잔뜩 찌푸린 표정으로 머도크 박사와 진은 웨이터의 안내를 받으며 던컨이 자리잡은 테이블 쪽으로 오고 있었다. 안나는 당혹해 하는 던컨의 태도에 눈살을 찌푸리며, 힐끗 그 기묘한 침입자에게 시선을 돌렸다. 던컨은 엉거주춤한 자세로 자리에서 일어나 인사를 하며 부녀에게 안나를 소개했다. 아주 태연스럽게 행동하려고 애썼지만, 그의 조심스런 노력에도 불구하고 온몸이 떨렸다.

　머도크 박사는 소개가 끝나자 오래된 양복 저고리를 으쓱거리는 양 치켜 올리며, 던컨의 소개대로 안나가 정말 그런 여자인지 의심스럽다는 시선을 던지고는 웨이터를 따라 돌아섰다. 그러다가 문득 걸음을 멈춘 채 다시 던컨을 똑바로 쳐다보며 헛기침을 세차게 했다.

　"이제야 자네가 어째서 옛친구를 만날 수 없었는지 겨우 알게 됐군그래."

　"아버지……."

　진이 난처한 표정으로 아버지의 손을 끌었지만, 머도크 박사는 힘껏 뿌리쳤다.

　"서, 선생님, 미처 말씀드리지 못한 사정이 제게 있습……."

　던컨은 안절부절 못하며 변명을 하려고 했지만, 머도크 박사는 칼로 무를 베듯 그의 말을 끊었다.

　"그래, 이제 나도 그 모르던 걸 알게 됐네."

　머도크 박사는 무척 괘씸하다는 투로 말했다.

　"아버지, 그만 저쪽으로 가세요."

　진은 던컨의 모습이 하도 안쓰러워서 노여워하는 아버지의 팔을 힘껏 끌었다.

　"자네는 병원일 때문에 바빠서 나올 수가 없었지. 안 그런가, 던컨 군?"

　"……."

지금으로서는 그 어떤 말을 해도 믿어 줄 것 같지 않았다. 이렇게 생각한 던컨은 입을 굳게 다물고 자기 자리에 그대로 주저앉았다. 곤혹스럽고 분하여 이젠 아무 말도 하고 싶지 않았다. 그러한 던컨의 태도가 더욱 오해를 야기시켜 머도크 씨는 노여움을 감추지 못한 채 씨근덕거렸다. 옆에서 아버지와 던컨이 나누는 이야기를 듣고 있던 진이 괴로운 나머지 무엇인가를 말하려고 했다. 그러자 머도크 박사는 딸의 팔을 억지로 끌고 구석진 자리로 가 버렸다. 부녀가 자리로 가고 나서도, 던컨과 안나는 한참 동안 우울하게 침묵을 지키며 앉아 있었다.

"저분들은 누구세요?"

안나가 어리둥절한 표정으로 물었다.

"저의 오랜 친구들입니다."

던컨은 무척 어려운 말이나 꺼내는 것처럼 힘들여 대꾸했다.

"아, 오랜 친구란 말이죠?"

안나는 고개를 갸우뚱거리며 물었다.

"저 여자분도?"

"네, 제 친구입니다."

처음 이 레스토랑에 들어와서 즐겁던 두 사람만의 분위기가 어느새 무거운 침묵으로 가라앉자, 안나는 열심히 부드러운 분위기를 만들려고 노력하였다. 그러나 던컨은 도무지 그럴 기분이 나지 않았다. 던컨은 어떻게 식사를 했는지도 몰랐다. 레스토랑에서 계산을 치르고 안나를 따라 밖으로 나오자 비로소 곤란 속에서 빠져나온 기분이었다.

두 사람은 곧바로 병원으로 돌아와야 했다. 안나는 오후에 또 어려운 수술을 집도하기로 되어 있었다. 오늘의 수술은 무척 어렵고 중요한 의학적 실험성을 지니고 있었다. 그렇기 때문에 많은 의학자들과 의학생들로 계단식 강당은 초만원을 이루고 있었다.

그들은 안나 가이슬러 박사의 명성을 직접 눈으로 확인하고자 모여든 것이었다.

던컨은 놀라면서 사방을 둘러보았다. 이 도시의 몇몇 유명한 의사와 빅토리아 병원의 외과 의사들도 눈에 띄었다. 저편에서는 가장 유력 인사라 할 수 있는 윌레스 병원의 원장 리 교수의 모습도 보였다. 또한 많은 사람들에게 과시라도 하듯 유엔 오블톤이 안나 가이슬러 박사 옆에 바싹 붙어 열심히 수술 준비를 돕고 있었다.

던컨은 수술대 곁에 차려진 자기 자리에 앉았으나, 아무래도 점심때 일로 기분이 개운치가 않았다. 레스토랑에서의 일이 자꾸 머릿속에 떠올라 착잡한 데다가 많은 사람들이 지켜 보는 가운데 마취사로서 수술에 참가한다는 것이 무척 부담스러웠다.

까다로운 수술인만큼 이번 마취는 꽤나 복잡한 절차를 필요로 했다. 탄산가스·산소·에테르의 혼합을 위해, 던컨은 성한 손 하나로 여러 개의 작은 병과 목이 긴 병에 가스 꼭지가 단단히 끼워져 있음을 확인하는 것으로 일을 시작했다. 수술이 시작되자, 던컨은 점점 불안해져서 몸 상태가 나빠지는 것을 느꼈다.

안나 가이슬러 박사도 무슨 이상을 느꼈는지 두어 차례 던컨의 얼굴을 염려스럽다는 시선으로 쳐다보았다. 다른 간호사들도 무슨 일이냐는 듯이 야릇한 시선을 던졌고, 오블톤은 그의 성치 못한 팔에 조소와 비난이 섞인 시선을 보냈다.

던컨은 새삼 자신이 정상인이 아니라는 생각이 들면서 갑자기 몸이 마비되듯 몽롱해지는 것을 느꼈다. 그와 동시에 안개 같은 것이 눈에 끼면서 숨까지 가빠졌다. 에테르를 갈아 넣어야 하는 순간이어서 몸의 방향을 돌리려 할 때였다. 이상하게 마취약이 든 병을 바닥에 떨어뜨릴 정도로 몸이 말을 듣지 않았다. 순간 모든 사람의 시선이 일제히 던컨에게로 쏠렸다. 수술실 밖의 시선들도 던컨을 책망하고 있었다. 그렇지만 유일하게 단 한 사람만이 천장을 바라보며 못 본 척하고 있었다. 그 사람은 윌레스 병원의 원장인 리 박사였다.

"아니, 왜 이렇게 허둥대는 거야?"

유엔 오블톤이 인상을 험악하게 쓰고 작은 소리로 다그치듯 힐난했다.

"운이 좋았어. 마침약 병마개가 빠지지 않았기에 망정이지 우리들이 어떻게 될 뻔했는지 알아?"

"조용히 해요."

안나가 명령조로 말하면서 도슨 간호사 쪽을 쳐다보았다.

"그렇게 서 있지만 말고 다른 병을 가지고 와요, 어서."

"네, 선생님."

도슨 간호사는 뭐라고 투덜대면서 새 병을 가지러 갔다. 던컨은 말도 할 수 없을 정도로 피곤해서 곧 쓰러질 것만 같았다. 그렇지만 방금 전에 있었던 자신의 실수가 얼마나 큰 것인지를 뼈아프게 깨닫고 있었다. 그 죄책감에 끝까지 버텨야 한다는 생각으로 견딜 수밖에 없었다.

6

역시 안나 가이슬러 박사의 명성은 허명이 아니었다. 수술은 긴장과 호기심 속에서 성공리에 끝이 났다. 수술 과정을 지켜 보던 수많은 시선들에는 존경과 감탄이 가득 담겨 있었다.

던컨은 백지장처럼 창백해진 얼굴로 옷을 갈아 입기 위해 탈의실로 들어섰다. 그는 좀전의 수술 중에 저지른 자기의 과실이 얼마나 엄청난 것이었는지, 그래서 발생할 수 있었던 불행한 결과를 상상하며 심한 죄책감을 느꼈다. 머리는 점점 더 복잡해지면서 자기가 저지른 실수를 목격한 사람들과는 얼굴을 다시 대할 수 없으리라고 생각했다.

던컨은 사람들과 마주칠 용기가 나지 않아 천천히 옷을 갈아 입었다. 제발 안나 가이슬러 박사가 먼저 퇴근해 주었으면, 그는 혼란스러운 머리를 두 손으로 감싸 쥔 채 의자에 주저앉았다. 옷을 갈아 입고도 한참 동안 탈의실에 홀로 있다가 밖으로 나가기 위해 문을 약간 열었다. 저쪽에 외과 병동에서 근무하는 간호사 둘이 보였다. 그녀들은 수술 도중에 있었던 그의 실수에 대해 입에 거품을 물고 힐난했다. 던컨은 차라리 귀를 막고 싶었다.

"에테르 병이 바닥에 떨어졌을 때는 정말이지 정신이 다 아찔했어. 정말 큰일날 뻔했어. 그 생각을 하면 지금도 몸이 떨려."

나이가 많은 간호사가 수다스럽게 말했다.

"세상에 그런 멍청한 사람이 어디 있어요. 사람의 생명을 다루는 절박한 상태에서 그런 실수를 하다니……, 의사로서의 자격이 없어요. 저는 심장이 오그라드는 줄 알았다니까요."

조금 전, 수술 도중 느린 행동 때문에 안나에게 책망을 받은 도슨 간호사가 경멸조로 말했다.

"그래, 실수이긴 했지만 너무 했어."

"그런 사람에게 무엇을 기대할 수 있겠어요? 훌륭한 의사가 되기는커녕 큰 사고나 내지 않으면 다행이지요. 유엔 오블톤 씨도 그런 말을 여러 차례 하더군요."

두 간호사가 사라지자, 던컨은 간신히 병원을 빠져 나와 이마에 맺힌 땀을 닦았다. 자기는 천번 만번 비난을 받아도 마땅하다고 서럽게 자학했다. 천길 낭떠러지에서 떨어지는 절망감을 느끼며 어떻게 집에 왔는지도 모르게 당도했다.

다음날 아침, 잠이 깨자 벼락처럼 어제의 실수가 다시금 뇌리를 스치면서 소름이 끼쳐 전신을 마비시키려 했다. 이제껏 아무리 어려운 고통과 시련이 있었어도 그것이 지금처럼 절망의 나락 속으로 빠져들게는 못 했었다. 육체적인 열등감으로도 지금처럼 뼈저리게 자학하지는 않았다. 그런데 지금은 그냥 모든 걸 포기하고 이곳을 떠날 수 있다면 하는 생각만 들었다.

던컨은 어디를 가도 자기에게 던져지는 눈길이 모두 경멸로만 느껴졌고, 무시무시한 적의를 품고 있는 듯했다. 동료들이 자기가 불구라서 비웃을 때, 그것을 예전처럼 태연하게 흘려 들으며 무시할 수가 없었다. 이 자학적인 자기 비하 관념이 던컨의 부자유스런 행동을 더욱 어색하게 만들었다.

토요일 아침, 힘겹게 이틀을 보내고 초췌한 모습으로 계단을 내려가는데 뒤에서 안나가 불렀다.

"던컨 스탤링!"

던컨은 못 들은 척하고 그냥 가려고 했다. 그러자 안나가 빠른 걸음으로 와서 재킷을 잡아당기며 앞에 섰다.

"스탤링, 이제 보니 나를 의식적으로 피하고 있었군요. 그럴 필요가 있을까요? 지금 나하고 얘기 좀 해요."

안나는 던컨을 반강제로 자기 방으로 데려갔다.

"대체 나를 피하는 이유가 뭐예요?"

"아무런 이유도 없습니다."

던컨은 힐책하는 안나의 눈길을 피하면서 간신히 대꾸했다. 그녀도 더 이상 그런 질문이 소용 없다고 느꼈는지 입을 다물고 조용히 그의 태도를 주시할 뿐이었다.

"던컨, 이젠 마지막 시험이 얼마 남지 않았어요. 천천히 시험 준비를 해야 하지 않겠어요?"

그녀는 다시 자기 본래의 태도로 돌아가 냉정하게 말을 붙였다.

"네, 해야죠."

"시험은 다음 달 초에 있지요? 던컨이 이제 곧 그런 시험 지옥에서 해방되게 된다니 나까지 홀가분해지는 기분이 드네요. 내가 던컨에게 많은 기대를 걸고 있다는 사실 알고 있겠죠? 던컨이 학교를 졸업하면 우선 전문의의 길로 들어설 거고, 그때 나와 함께 일하면 무척 훌륭한 팀이 될 거예요. 그 어떤 외과 의사 팀보다 손발이 잘 맞는 팀이 될 거라구요."

"저같은 불구가 무슨 수로 전문의가 될 수 있겠어요. 전혀 가망이 없어요. 틀린 것 같아요."

던컨은 성하지 못한 쪽 팔을 불쑥 내밀며 자학하듯 말했다.

"그런 바보 같은 말이 어디 있어요? 못난 사람처럼 자신을 그런 식으로 깎아 내리다니."

안나는 화를 냈다. 그녀의 진정한 위로의 말은 들은 척도 하지 않고, 던컨은 계속 자기의 한스러운 탄식만 늘어놓았다.

"그날 수술 도중의 실수로 인해 저의 한계가 너무나 명백하게 드러났어요. 그런데 제가 무슨 일을 할 수 있겠어요? 정상적인 사람도 하기 어려운 일을 감히 나같은 불구자가 하겠다고 넘겨 봤으니, 제 분수를 몰랐지요. 그래요, 잉그리스 박사님 말씀이 옳았어요. 처음 제가 이 학교에 장학생 선발 시험을 치르려고 왔을 때 그분이 그러시더군요. 자넨 합격해서 의사가 된다 해도 어느 구석지고 먼지투성이인 한직에서 환자들 통계 자료를 작성하거나 소독약이나 뿌리면서 평생을 보내게 될 거야, 라고 말입니다. 전 아무래도 좋아요. 어차피 쓸모 없는 인생으로 시작했으니까요."

던컨은 자포 자기한 사람의 허탈한 모습 그대로 몸을 애처롭게 떨고 있었다. 안나는 그의 마음의 상처가 얼마나 컸는지 이해가 되었다. 하지만 그런 그에게 동정을 가지고 감상적으로 대하기는 싫었다. 단지 있는 그대로 던컨이라는 인간이 어떠한지를 느끼게 해 주고 싶어서 아주 냉정하게 말했다.

"던컨, 내게 말할 기회를 준다면 던컨이 얼마나 우수한지, 그리고 얼마나 필요한 사람인지를 설명하고 싶어요."

던컨은 거친 말투로 그녀의 얘기를 가로막으며 말했다.

"안나, 어째서 사실로 드러난 것을 아니라고 하려 하죠? 저를 지켜 보던 많은 사람들의 야유하는 눈초리를 똑똑히 보셨잖아요. 머리에 들은 의학 지식만으로 환자를 고칠 수 없다는 것을 전 이번에 확실히 깨닫게 되었어요. 그러니 저에게 자꾸 허황된 공상을 하게끔 하지 마세요. 저는 불구에다 인생 낙오자에 지나지 않아요. 전 진작 이런 걸 깨달았어야 했어요. 5년 전, 이곳에서 의학 공부를 시작했을 때는 오직 하나밖에 모르는 미련퉁이였죠. 시험에 합격해서 장학금으로 공부하여 의학사의 학위를 받아야 한다는 것 외에는 전혀 내 자신과 사회 생활이 어떤지 생각조차 하지 않았어요."

"던컨, 제발 그런 식으로 말하지 말아요."

안나가 안타깝다는 목소리로 말했지만, 던컨은 다시 그녀의 말을 끊었다.

"안나, 제 말을 끝까지 들어 주세요. 지금까지 당신이 제게 많은 도움과 격려가 되어 준 것은 사실입니다. 그 점에 대해서는 항상 마음 속 깊이 감사를 드리고 있어요. 하지만 제 몸 하나 간수하지 못하는 주제에 무슨 수로 환자를 돌볼 수 있단 말입니까? 나같은 불구의 몸으로 어떻게……."

얼마 동안 무거운 침묵이 실내에 감돌았다. 안나는 의자에서 일어나 잠시 뭔가를 생각하더니 던컨의 옆에 조심스럽게 앉았다. 그녀의 그런 태도에는 동정이 아닌 냉엄함이 흐르고 있었다.

"던컨, 당신에게 꼭 물어 보고 싶은 게 있어요. 이건 아주 오래 전부터 생각했던 일인데 지금이 마침 그 기회라고 생각되네요."

안나는 침묵을 깨뜨리며 냉정한 목소리로 말했다. 그러면서 던컨이 어떤 반응을 나타낼지를 살피려는 듯이 그의 눈동자를 똑바로 쳐다보았다.

"내가 던컨의 부자유스런 팔을 진찰해 볼까 하는데 허락해 줄래요?"

이 말을 들은 던컨의 눈빛이 순간적으로 흔들렸다. 이윽고 그는 냉소적인 빛을 띠고 퉁명스럽게 대꾸했다.

"가이슬러 박사님, 그게 소원이라면 박사님 하고 싶은 대로 하게 해 드리죠. 전 아무런 거리낌도 없어요. 자, 마음껏 살펴보시죠. 이제부터 볼 만한 구경거리가 드러나게 됩니다."

7

던컨은 이를 악물고 천천히 옷을 벗기 시작했다. 먼저 재킷을 벗고, 넥타이를 풀었다. 안나는 무명 와이셔츠의 단추를 위에서부터 아주 천천히 풀어 나가는 던컨의 손은 보았다. 그 손을 떨리고 있었다. 젊은 청년이, 그것도 자존심이 유난히 강한 던컨이 자신의 기형적인 불구의 몸을 여자에게 드러내 보이는 것이 얼마나 고통스럽고 수치스러운 일인지 잘 알고 있었다. 그러나 그녀는 그런 것에는 전혀 흥미가 없다는 태도를 취하고 있었다.

이윽고 밝은 백열등 아래 소아마비로 한쪽이 기형인 던컨의 상체가 적나라하게 드러났다. 상체가 완전히 나체로 드러나자, 던컨은 덤벼들 사람처럼 안나의 정면에 마주 앉아 그녀의 얼굴을 뚫어지게 쳐다보았다.

그녀는 직업에서 터득한 무감각하고 냉정한 표정으로 진찰을 시작했다. 분명히 자제는 하고 있었으나, 기형적인 신체 부위를 진찰하다가 자신도 모르게 깜짝깜짝 놀랐다. 던컨이 자신의 입으로 구제할 수 없는 불구라고 떠들던 것처럼, 또 의사로서 그녀가 두려워하고 있던 대로 그의 증세는 무척 심했다. 정상적으로 성장하지 못한 팔은 한쪽 어깨에 매달린 것처럼 달라붙어 있었다. 그나마 오그라들고 비꼬여 있는 게 흡사 말라 죽은 나뭇가지와 같았다.

"자, 손가락을 움직여 봐요."

안나 가이슬러 박사는 애써 침착을 가장하며 명령조로 말했다. 그 명령에 따라 가까스로 던컨의 손가락이 아주 조금 움직였다. 그만큼 움직이는 데에도 상당한 노력을 기울인 게 분명했다. 그의 얼굴은 심한 경련이 일며 고통으로 일그러졌다.

"이 정도 움직이는 것만도 상당한 노력을 한 거예요."

안나는 위로하려는 뜻에서 이렇게 말했다. 그러나 위로의 말이 아니라고 부정하는 듯 목소리는 여전히 쌀쌀맞았다.

"그렇다고 해 두죠. 하지만 약간 움직인다고 무슨 희망이 있나요? 그게 무슨 소용 있겠느냐구요?"

던컨은 잔뜩 화난 목소리로 그 말을 몇 번이나 되풀이했다.

"제겐 아무런 희망도 없어요. 저도 정상인이 되고 싶어서 진찰을 여러 곳에서 받아 보았지만, 별소득이 없었고 지금 보신 그대로입니다. 잉그리스 박사·트랜턴·데이빗슨……, 그리고 2년 전에는 윌레스 병원의 원장 리 교수에게도 희망을 갖고 진찰을 받아 보았어요. 하지만 아직껏 이렇게 기형적으로 건재할 뿐입니다. 아시겠어요!"

"잠자코 입 다물고 있지 못하겠어요. 의사로서 쓸데 없는 잡담은 딱 질색이에요."

안나는 인정이라고는 전혀 없는 사람처럼 냉정하게 말했다.

"좋습니다, 그러죠."

던컨은 냉소하면서 안나에게 도전이라도 하듯 얼굴을 똑바로 쳐다보았다.

"해부학 강의라도 해 주시죠."

안나는 그러한 던컨의 무례한 태도에는 전혀 동요하지 않았다. 다만 숙달된 동작으로 그의 피부와 근육 조직을 세밀히 만져 보거나 경화된 관절을 움직여 보려고 시도할 뿐이었다. 던컨에게 눈을 감으라고 하고 바늘을 이용해 피부 조직 반응을 시험하기도 했다. 그녀가 지니고 있는 능력, 그 하나하나의 동작의 숙련됨을 인정할 수밖에 없었다. 던컨은 자신이 진찰당하는 입장이라 기분이 불쾌해서 느끼고 싶지 않았지만. 진찰은 한동안 더 계속되었다. 드디어 안나가 옷을 입으라고 냉정하게 명령조로 말했다.

"그래, 실컷 감상하셨나요?"

던컨이 빈정거리는 투로 물었다.

"던컨, 내가 당신의 팔을 수술하도록 허락해 주겠어요? 난 당신이 동의하기를 원해요."

안나는 차분한 말씨로 권했다. 뜻밖에도 그녀의 음성에서 느낄 수 있는 진지함과 확신의 정도는 대단했다.

"허, 수술을 하겠다구요? 제가 좀 전에도 말했지만 헛수고예요. 가망이 없단 말예요. 저는 지금까지 열 번 정도나 유명한 의사들에게 진찰을 받았어요. 그런데도 여전히 이런 상태란 말입니다. 리 교수가 뭐라고 했는지 아세요? 수술을 하다가는 정상인이 되기는커녕 자칫하면 죽을 우려도 있다고 했어요. 만약 수술이 다행스럽게 성공한다 해도 상태가 좋아진다고 확신할 수 없다는데, 내게 수술하는 것에 동의하라고요……?"

"맞아요, 어떤 관점에서 보자면 리 교수님의 의견도 틀리지는 않아요. 대단히 어려운 수술이 될 게 분명해요. 만약 실패하면……."

안나는 변함없는 냉정한 목소리로 말하다가 한동안 입을 다물었다. 그러자 던컨이 다그쳐 물었다.

"실패하면요?"

"그렇게 되면 한쪽 팔이 영원히 없어지게 될지도 몰라요."

여기서 또 잠시 말이 끊어졌다.

"하지만 난 자신 있어요. 절대 실패하리라고는 생각하지 않아요. 꼭 성공할 수 있어요."

그녀는 다짐하듯 또박또박 말했다.

던컨은 창백하지만 자신에 찬 그녀의 얼굴을 뚫어져라 쳐다보았다. 그 순간 자기의 마음에 위구와 항의와 불신이 와락 파도처럼 밀려왔다가 서서히 빠져 나가는 것을 느꼈다. 천길 낭떠러지에 선 사람처럼 온몸이 떨려오는 것을 억지로 자제하면서 안나에게 큰 소리로 물었다.

"안나, 왜 나를 수술시키려고 하나요? 무슨 이유가 있나요?"

안나는 얼굴을 찡그리더니, 금세 태연하게 그를 쳐다보고는 천천히 설명하듯이 말했다.

"던컨, 피그마리온*의 이야기를 알고 있겠죠? 그래요, 이 이야기는 당신에 대해서가 아니라 내게 대한 어떤 상상을 불러일으키게 하는 이야기예요. 내가 이 수술에 성공한다면, 다시 말해서 내가 당신을 새롭게 태어날 수 있게 한다면, 그렇게만 된다면, 이건 당신의 기쁨만이 아니고 내 일생에 최대의 승리가 되는 거예요. 또 의학계의 발전은 물론이고……, 아니 그런 건 상관없어요. 난 오직 당신과 나의 기쁨, 그리고 승리만을 위해서 하고 싶어요."

---

*피그마리온(Pygmalion) ; 그리스 신화에 나오는 키프로스의 왕. 상아(象牙)로 조각한 여인상을 사랑하여 아프로디테와 닮은 여인을 달라고 빌었더니 그 상(像)이 사람으로 변했다고 함. 여기에서 취재하여 뮤지컬 〈마이 페어 레이디〉가 만들어짐.

다시 숨막히는 침묵이 오랫동안 계속되었다. 던컨과 안나는 흡사 눈싸움을 하는 것처럼 서로의 눈을 응시했다. 안나의 눈 속에 던컨이 있고, 던컨의 눈 속에 안나가 들어 있었다. 그러는 사이에 던컨은 안나의 눈망울 속에서 뜨거운 사랑과 함께 깊은 신뢰를 느꼈다. 던컨은 결심을 하고 차분하게 말했다.

"박사님, 생명을 걸고 박사님의 뜻에 따르겠습니다. 수술해 주십시오. 만에 하나 실패를 하더라도 박사님을 원망하지는 않겠습니다. 그러니 마음 편히 갖고 시도해 주십시오."

8

올해는 다른 해보다도 봄이 빨리 찾아오는 것 같았다. 겨우내 짙은 잿빛으로 웅크리고 있던 이 오래 된 옛도시는, 온통 초록으로 뒤덮여 약동하는 생명력을 과시하고 있었다.

싱그러운 바람 줄기가 살갗을 부드럽게 애무하며 지나갔다. 던컨은 번화가 쪽으로 천천히 걸어 내려가면서 센트 앤들스가 이렇게 아름다운 도시인 줄은 몰랐다고 새삼 놀라고 있었다. 그러한 느낌은 분명 계절 탓만은 아니었다. 지난 5년 동안 줄곧 봄을 맞이했지만 이런 느낌은 처음이었다. 그가 갑자기 사물을 아름답게 느끼는 이유는 어떤 기대감 때문이었다. 그것은 만물을 소생시키는 봄의 기적처럼 자신에게도 어떤 기적이 일어날지도 모른다는 그런 것이었다. 물론 자기의 소원이 꼭 이루어지리라는 보장은 없었다. 오히려 잘못될 확률이 더 많았으므로 큰 기대는 하지 말자고 몇 번이고 스스로를 타일렀다. 그러나 웬일인지 마음은 계속 부풀어오르기만 하는 것이었다.

던컨은 병원 정문으로 들어서면서 결과는 하늘의 뜻에 맡기자고 생각했다. 수술 날짜는 이제 며칠 앞으로 바싹 다가와 있었다. 그렇기 때문에 오늘은 수술에 관한 서약서 등의 몇 가지 서류에 서식대로 기입하고, 사인하기 위해 병원에 들른 것이다. 그런 것은 모두 요식 행위에 지나지 않는 것임을 알고 있었으나, 접수구가 가까워짐에 따라 그의 얼굴에는 긴장감이 어렸다. 던컨, 침착하자. 결과에 집착하지 말자. 던컨은 스스로에게 그렇게 말하고 나서 접수실문을 노크하고 안으로 들어가다가 멈칫했다.

접수실 안에는 사람이 있었다. 남자와 여자였다. 그들은 던컨이 들어서는 것도 모르고 어떤 유희에 취해 있었는데, 던컨도 아는 얼굴들이었다. 유엔 오블톤이 희열에 도취된 얼굴로 회전의자에 깊숙이 파묻히듯 앉아서 의자 팔걸이에 엉덩이를 걸치고 앉아 있는 도슨 간호사의 가슴께를 더듬고 있었다. 그녀는 묘한 숨을 내쉬며 연신 머리를 흔들어대고 있었다.

던컨은 실로 난감하기 이를 데 없었다. 그대로 있을 수도 없고 그렇다고 밖으로 나올 수도 없었다. 그래서 고개를 출입문 쪽으로 돌리려는 순간, 도슨 간호사와 눈길이 마주쳤다. 갑작스런 방문객에게 떳떳하지 못한 행동을 들킨 그녀의 얼굴이 꽃물을 들인 것처럼 새빨개졌다. 그녀는 유엔 오블톤에게서 얼른 떨어지며 옷을 추스렸다. 오블톤은 겸연쩍은 표정을 지으며 천천히 고개를 돌렸다. 상대가 던컨인 것을 알고 안심이 됐는지 헛기침을 하며 애써 위엄 있는 체하려고 했다.

"아! 자넨가, 스탤링."

어색함을 감추지 못한 채 오블톤이 인사하였다.

"잘 있었나, 오블톤!"

도슨 간호사는 회전의자에서 조금 더 떨어져 재빨리 던컨의 뒤로 가더니, 하얀 간호사 모자 밑으로 헝클어져 나온 머리를 손질하기에 바빴다. 유엔은 의뭉스럽게 목소리까지 점잔을 **빼며** 그녀에게 명령조로 말했다.

"도슨 양, 그게 전부예요. 그 식사표는 이따가 다시 내 방으로 가져오도록 해요."

"알겠습니다. 그럼, 전 이만 나가 보겠습니다."

도슨 간호사가 도망치듯 밖으로 나가자, 유엔이 거만하게 다리를 꼬면서 말했다.

"던컨, 서약서를 작성하려고 왔겠지? 자넨 무척 운이 좋은 친구야. 병원에 얼마나 많은 환자들이 기다리고 있는지 자네도 잘 알지? 그런데도 안나 가이슬러 박사께서 직접 나서서 집도를 하겠다는 건 행운 중의 행운이지. 수술에 사람들의 관심이 대단해. 이번 수술은 흥미 있고 연구될 만한 가치가 충분히 있으니까 말야."

오블톤은 자신들 둘이 사무실이나 마찬가지인 이 대학 접수계 방에서 희롱하다가 들킨 것을 무마하려고 무척 애쓰고 있었다. 던컨은 오블톤의 그런 행동 때문에 나오려는 웃음을 억지로 참았다.

"자네가 하는 말이 무슨 뜻인지 잘 알겠네. 난 필요 없는, 아니 가망 없는 환자라는 뜻이겠지."

"오, 그런 식으로 해석하지 말아. 그런 뜻으로 한 말이 아냐."

오블톤은 잠시 말을 멈췄다가 의미 심장한 웃음을 띠며 다시 말했다.

"솔직히 말해 보게. 자네도 가이슬러 박사가 자네의 그 팔을 고칠 수 있으리라는 기대를 않고 있겠지?"

"그렇다고 말할 수 있네."

던컨은 내심 못마땅했지만 솔직히 말할 수밖에 없었다.

"나 역시 휴가이고 해서 지친 몸을 쉬게 하려는 의미에서 박사님 뜻에 따르기로 한 걸세."

"참 재미있는 표현이군. 그런데 던컨, 어떻게 가이슬러 박사 같은 여자를 낚았나? 내게 그 방법 좀 알려 주게."

이 말에 던컨이 불쾌한 표정을 지었지만, 유엔은 아랑곳하지 않고 계속 말했다.

"어떻게 해서 안나 가이슬러 박사 같은 여자를 낚았는지 모르겠지만 잘 해 보라구. 그 여자 아주 크게 될 소질이 풍부하니까. 그런 여자의 영향력은 대단하지. 안 되는 것도 되게 만들어 내는 솜씨가 손에도, 가슴에도, 다리 쪽에도 달려 있으니까 말이야."

오블톤이 히죽거리며 내뱉은 이 말에 던컨은 화가 머리끝까지 치밀어올랐다. 오블톤의 말 속에는 무엇인가 몹시 악의에 찬 뜻이 숨어 있었다. 가이슬러 박사와 자신의 관계를 붉은 색안경을 끼고 보고 있는 게 분명했다. 오블톤 자신이 도슨 간호사와 그런 관계를 갖고 있는 것과 같이 말이다. 던컨은 당장 덤벼들어 따지고 싶었지만, 참을 수밖에 없었다.

"유엔, 말조심해! 그런 쓸데없는 말버릇은 여전히 고치지 못했군. 입원하기 전에 할 일이 많아, 어서 서류나 줘."

던컨은 1초라도 빨리 이 방에서 나가고 싶었다.

"그렇게 서두를 건 없잖아. 시간은 충분하잖나. 그런데 자네 마음 속에 무슨 야심이 생긴 모양이지? 요즘 돌아가는 상황이 꼭 그런 것 같거든."

오블톤은 재미있다는 듯이 이죽거렸다.

"유엔, 너야말로 어떤 꿍꿍이가 있는 모양인데 그게 어떤 야심인지 알려 줘 봐. 그럼, 내가 혹시 도움이라도 줄지 알아?"

던컨이 쏘아붙이자 오블톤은 묘한 미소를 지었다.

"나한테 꿍꿍이가 있다고? 던컨, 네가 생각하기에 내가 그럴 필요가 있겠어? 너도 알다시피 나는 아버지에게 상속받은 재산만도 굉장해. 또 동부 지방의 거의 반이나 차지하는 땅에 전기를 만들어 내는 수력발전소까지 건설하고 있어. 그게 완성되어 가동되면 수백만 파운드를 벌어 들이게 될 거야. 그런데 내가 뭐가 부족해서 세속적인 야심을 갖겠나. 벌써 이곳 사람들 모두는 내게 상류사회 인사 대우를 해 주고 있어. 난 그저 이곳의 의사로 만족해."

오블톤은 든든한 백그라운드와 기묘한 자기 선전으로 여보란 듯이 으스대고 있었다. 던컨은 그런 오블톤을 향해 조소와 함께 빈정거려 주고 싶은 마음이 불쑥 일었다.

"그렇겠군. 하긴 나를 비롯한 이곳 사람들은 자네를 무척이나 부러워하지. 어떤 친구들은 질투까지 하니까 말야. 그런데 의사로 만족한다고 말하다니 너무 의뭉스럽군, 오블톤."

"오오!"

오블톤은 던컨의 그 말이 싫지 않은 모양이었다.

"던컨, 너한테만 말하는 건데, 난 곧 빅토리아 병원으로 갈 것 같아. 거기서 좀 있다 보면 자리를 에딘버러의 윌레스 병원으로 옮기게 되겠지, 안 그래?"

유엔 오블톤은 던컨에게, 자신의 앞날에 펼쳐질 찬란한 출세에 대해 더욱 깊은 인상을 심어 주려는 의도에서 일단 말을 중단하고 무게를 실었다.

"윌레스로 가면 저명한 잉그리스 박사가 계시고, 그의 부인은 내 친구지. 윌레스에서의 잉그리스 부인의 영향력은 실로 대단해. 난 윌레스에서 마음껏 실력을 발휘하여 사람들에게 인정을 받겠어. 우리 가문을 몽땅 동원해서 안 되면 돈을 써서라도 5년 안에 꼭 윌레스 병원의 원장이 되고 말겠어. 물론 유명한 의사로서 업적도 남길 거야."

던컨은 멸시하는 눈초리로 오블톤을 바라보았다. 그가 거드름을 피우는 것을 듣고 있으려니 구토가 날 지경이었다. 수단과 방법을 가리지 않고 윌레스 병원의 원장 자리를 차지하겠다는 야심도 비열하기 짝이 없었다. 그러나 그의 실력으로 윌레스 병원의 원장이 된다는 것은 어림도 없었다. 자신 있으면 눈알빼기 내기를 하자고 말하고 싶은 충동까지 느꼈다. 그렇지만 그런 마음을 꾹 눌러 참고 얼음처럼 차가운 야유를 보내는 것으로 대신했다.

"어린 시절에야 누구든 무슨 꿈을 못 꾸겠어. 그렇지, 넌 갑부니까 어떤 수단과 방법이든 잘만 쓰면 하늘의 별이 뚝 떨어질지도 모르지."

오블톤은 이 말에 눈살을 약간 찌푸리면서 책상 위에 흩어져 있는 서류들을 부산하게 뒤적였다.

"우리 가문은, 무엇보다도 명예를 존중하는 상류 사회의 사교계를 출입하고 있다는 사실을 너도 잘 알고 있겠지? 그런데 여자 문제로 남의 입에 오르내리면 곤란해. 물론 넌 좀 전에 이 방에서 본 나와 도슨 양의 일을 아무에게도 말하지 않으리라 믿어. 안 그래, 친구? 자네도 안나 가이슬러 박사와 신나게 지내고 있으니까 말야. 어쨌든 난 믿네. 그러고 보니 우린 피차 입장이 비슷한 것 같군. 그건 그렇고, 여기에다 이름을 기입해. 병원에 입원해서 어떻게 지내는지 내가 지켜 볼게."

오블톤은 이렇게 말하고 나서 교활하게 웃었다. 던컨은 경악을 금치 못할 만큼 뻔뻔스러운 그의 태도에 피가 거꾸로 솟는 듯했다. 안나와의 관계를 남녀 간의 일시적인 불장난으로 오해하고 있다니 참을 수 없는 노릇이었다. 웃고 있는 그의 얼굴에 일격을 가하고 싶었다.

그러나 그런 불상사는 벌어지지 않았다. 던컨이 애를 써서 참았다. 너무 비굴하게 행동한다는 생각에 끓어오르는 분노를 억지로 자제하고는, 재빨리 서류에 서명하고 사무실을 나와 버렸다. 오래 전부터 오블톤의 오만 불손함과 이기적인 성격을 알고 있었지만,

그렇게 뻔뻔스런 태도에는 숨이 막힐 지경이었다. 그 자리에서 당당하게 부당한 모습을 말하지 못하는 자신에게도 화가 났다.

유엔 오블톤은 여성 문제도 문란했다. 자신이 그렇기 때문에 남까지 모두 그런 식의 부정한 관계로 보는 그의 태도가 몹시 마음에 걸렸다. 오블톤이 안나와 자신과의 관계를 천박스럽게 입에 올리는 의도는 뻔했다. 자신에게 도슨과의 관계를 발설치 못하도록 하기 위한 짓에 불과했다. 던컨은 그 일을 잊어버리려고 노력했다.

던컨의 이런 마음과는 달리 오블톤은 그 일을 잊어버리지 않았다. 그는 안나 가이슬러 박사와 던컨의 관계를 나쁘게 꾸며 교묘하게 소문을 퍼뜨렸다. 실로 적반하장이었다. 센트 앤들스의 남험담하기 좋아하는 여성들에게는 신나는 이야깃거리였다. 그들에 대한 흥미로운 이야깃거리는 눈덩이 커지듯 금세 불어나 흥을 돋구었다. 오블톤과의 사무실 일이 있은 이틀 후, 던컨은 거리에서 잉그리스 부인을 만났다.

"던컨, 요사이 퍽이나 재미가 좋더군요. 가이슬러 박사와 언제 그렇게 깊은 관계를 맺었지요? 항간에 떠도는 소문이 틀리지는 않겠죠?"

"무슨 말씀이신지요?"

던컨이 표정 없는 얼굴로 무뚝뚝하게 반문했다. 그러자 그녀는 참지 못하겠다는 듯이 사뭇 시비조로 말했다.

"요사이 그 여자와 함께 일하고 있다면서요? 낮에만 하는 게 아니라 밤중에도……. 밤낮없이 붙어 있다는 사실을 오블톤 군이 말해 주더군요."

"오블톤은 이 고장에 퍼져 있는 허튼 소리를 빠짐없이 부인에게 보고해야 하는 의무라도 있는 모양이죠?"

던컨의 따끔한 말에 잉그리스 부인은 얼굴이 새빨개졌다.

"오블톤은 내게 이곳의 잘못된 일을 알려서 일이 좋은 방향으로 풀리게 하려는 의도에서 얘기한 것뿐이에요. 그런 일을 고깝게 생각한다면 던컨이 나빠요. 마침 스털링을 만났으니 일러 둘 말이 있는데, 잘 듣고 유념하도록 해요. 지금 항간에 떠도는 소문은 스털링의 장래를 위해서 절대 이롭지 못해요. 난 벌써 그 소문을 학장님께 말씀드렸어요. 부디, 성실하게 학업에 열중해도 어려운 시기라는 사실을 잊지 말아요."

9

그는 잉그리스 부인이 시야에서 완전히 사라질 때까지 그 뒤를 눈으로 좇았다. 던컨은 분노가 솟구치면서 실로 어이가 없었다. 그도 이미 그런 헛소문을 듣고 있었다. 처음 그 소문을 들었을 때는 무척이나 불쾌했다. 억울했다. 그렇지만 자신만 결백하다면 아무것도 문제될 게 없다고 마음을 달래며 분노를 참았다.

그러나 지금 잉그리스 부인의 입을 통해서 직접 그 말을 듣자, 심정이 이루 말할 수 없을 정도로 복잡하고 착잡했다. 자신들은 결백하지만 남들의 눈에는 달리 보일 수도 있는 게 남녀 간의 관계였다. 정말 대수롭지 않게 행동했던 것이 남들의 눈에는 의심을 불러일으키게 하는 경솔한 행동일 수도 있었다.

그렇다. 그럴 수도 있다. 던컨은 자기가 안나와 플라토닉한 관계를 유지하고 있다고 생각하고 있었다. 그러나 유엔 오블톤의 눈에 의심을 살 만한 행동을 했을지도 모르겠다는 생각이 들자, 웬지 불안해지는 것을 어쩔수 없었다.

잉그리스 부인이 누구인가. 그녀는 학장에게 가장 큰 영향력을 행사할 수 있는 인물이 아닌가. 그녀가 어떤 마음을 먹느냐에 따라서 자기의 진로가 달라질 수도 있었다. 그리고 그녀는 던컨을 충분히 곤경에 빠뜨릴 수 있는 심술궂은 성품의 여자였다.

던컨은 분노와 걱정이 뒤섞여서 뒤숭숭한 기분으로 천천히 걸음을 옮기고 있었다. 걷다 보니 맞은편에 위치한 레키서점이 눈에 들어왔다. 서점의 책꽂이 앞에 한 노신사가 쭈그리고 앉아 열심히 책을 찾고 있었다. 그 노신사를 본 순간 던컨의 가슴은 덜컥 내려앉았다. 순간 물밀 듯한 부끄러움이 밀려들면서 얼굴을 붉혔지만, 그것은 잠깐에 불과했다. 지금까지의 어둡던 기분은 순식간에 사라지고 반가운 마음이 솟구쳐 서둘러 그쪽으로 향했다.

"머도크 선생님, 정말 오랜만에 뵙겠습니다."

던컨이 인사하자 머도크 박사는 책을 한 권 빼들다가 움찔했다. 그러나 던컨을 향해 고개도 돌리지 않고 무뚝뚝하게 대꾸했다.

"아, 스탤링 군이군."

"벌써부터 꼭 뵙고 싶었습니다."

던컨은 머도크 박사가 자신의 이야기에 전혀 관심을 보이지 않음에도 불구하고 계속 말했다.

"선생님, 선생님께서 오해하고 계신 것 같은데 변명이라도 하고 싶습니다. 선생님께서는 저를 잘 알고 계시지 않습니까? 제가 어떤 사람인지 말입니다."

"난 변명 같은 건 별로 좋아하지 않는다네."

머도크 박사는 들고 있던 책장을 거칠게 넘기면서 쌀쌀맞게 말을 막았다.

"하지만 오해가 있다면 풀어야 하지 않습니까?"

던컨도 지지 않고 자신의 진심을 털어놓으려고 했다.

"선생님께서 오해하고 계신 겁니다. 전 그것이 슬프고도 답답합니다. 저와 말하고 싶지도 않은 모양이시군요. 그럼, 편지로나마 저에 대한 변명을 올리는 게 좋을 것 같군요. 진 양에게 편지를 쓰도록 하겠습니다."

머도크 박사는 던컨의 이 말에 비로소 위를 올려다보았다. 노의사의 얼굴에는 전보다 주름이 더욱 많아진 듯했다. 눈이 움푹 들어가 몹시 늙어 보였으나 목소리만은 옛날과 마찬가지로 강철 같았고, 혈기에 찬 태도 역시 변함이 없었다. 그는 더 이상 참을 수 없다는 듯 버럭 소리를 질렀다.

"스탤링, 쓰잘 데 없는 수작은 하지 말게. 내가 자네라면 그런 편지를 써서 시간 낭비하지 않을 걸세. 자네가 굳이 변명하지 않아도 자네의 요즘 행실은 풍문으로 이미 알고 있으니까. 재미가 좋다는 것을 자랑이라도 하겠다는 건가!"

순간, 던컨은 잉그리스 부인에게서 당한 것보다 더 심한 충격을 받았다. 머도크 박사는 지난번 음식점에서 있었던 일과 안나 가이슬러 박사와의 소문을 상관지어 오해하고 있는 게 틀림없었다. 던컨은 유엔 오블톤을 향해 불같이 증오심이 끓어올랐다. 오블톤이 나와 무슨 철천지 원수가 졌다고 이렇게까지 나를 곤경에 빠뜨린단 말인가.

"으음……."

던컨은 자기도 모르게 신음을 토해 냈다. 그는 머도크 박사에게 뺨이라도 얻어맞은 듯 모욕감과 더불어 화가 치밀어올랐지만, 필사적인 노력으로 자신의 감정을 억제하고 있었다. 참자, 참아야 한다. 던컨은 이렇게 되뇌이며 머도크 박사와 진 양이 지금까지 베풀어 준 은혜를 생각했다. 지금 이렇게까지 크게 사이가 벌어진 원인은 모두 오해에서 비롯된 것이므로 이것을 꼭 풀어야겠다고 단단히 결심했다. 그는 매우 비장한 목소리로 입을 열었다.

"선생님, 오해를 해도 단단히 하셨군요. 안나 가이슬러 박사와 저는 같은 의학의 길을 걷는 순수한 우정의 관계일 뿐입니다. 게다가 가이슬러 박사는 거의 치료 불가능하다고 말하는 제 부자유한 팔을 소생시키는 수술을 하는 데 자신의 명예까지 걸고 있습니다. 다른 어떤 의미도 없는 순수한 의학자로서의 사명감을 다하려고 말입니다."

"암, 그렇겠지? 관계가 그러한데 명예에다 사명, 아니 목숨까지도 걸 만하지. 암, 그렇고말고."

머도크 박사의 빈정거림에 던컨도 참을 수가 없어서 다소 무례하게 소리쳤다.

"박사님답지 않게 그런 소문을 믿으시다니요. 제발 올바로 보십시오."

던컨은 치욕감에 온몸을 부르르 떨었다.

"오오, 그러신가?"

머도크 박사는 계속 빈정거리는가 싶더니 냉정하고도 빠른 목소리로 말했다.

"전에는 자네를 남자답다고 여겼네. 끈기와 뱃심, 거기에 분별력까지 갖춘 스코틀랜드인의 전형적 모습이라고 속으로 무척 좋아했지. 그러나 그것은 내 실수였어. 늙어서 판단을 잘못한 거야. 이제야 난 자네가 어떤 인간인지 알았어. 어쨌든 자네와 나의 관계는 오늘 이것으로 끝이 났어."

머도크 박사는 이렇게 말하고 홱 돌아섰다. 그는 얼굴에 경련을 일으키며 다시 책장을 뒤적거리기 시작했다. 어둠이 깔려서 던컨은 보지 못했지만, 머도크 박사의 책을 든 두 손은 심하게 떨리고 있었다.

던컨에게도 무서우리만큼 감당키 어려운 고통이 엄습했다. 그의 얼굴은 노여움과 비참함으로 새파랗게 질려 있었다. 오해와 부당한 처사에 대한 당연한 분노였다. 이젠 모든 것이 엉망으로 꼬여 다시 회복될 수 없을 것 같았다. 스트라스 린튼이라는 고장도 던컨의 인생에서 존재하지 않는 장소가 되었으며, 머도크 박사와 진과의 관계도 끝이라고 생각했다. 던컨은 심한 상실감에 사로잡혀서 머도크 박사에게 인사도 하지 않고 어두워진 거리를 다시 걷기 시작했다.

그로부터 이틀 뒤인 목요일에 학교에서 마지막 시험을 치렀다. 그리고 또 며칠 뒤 던컨은 안나 가이슬러 박사가 기다리고 있는 병원 수술실로 들어가야 했다. 그곳에는 자신의 운명을 바꿔 놓을 준비가 완벽하게 되어 있었다. 던컨은 가이슬러 박사의 손에 의해 죽음처럼 깊은 잠에 빠져들었다.

사라진 사랑의 환상

제3부·사라진 사랑의 환상

1

그로부터 6주가 지났다. 던컨은 병원의 좁은 침대에 누워, 복도에서 들려 오는 경쾌한 발자국 소리를 듣고 재빨리 출입문 쪽으로 시선을 돌렸다.

그가 수술을 받기 위해 병원에 들어오던 때는 초여름이었는데, 이제는 더위가 기승을 부리는 완연한 여름이 되어 있었다. 초여름에서 여름으로 넘어오는 그 6주간이 던컨에게는 6년이나 되는 것처럼 지루하기만 했다. 거기다가 불확실한 수술 결과에 대한 불안감까지 겹쳐서 그를 무척이나 힘들게 만들었다. 그 사이 던컨의 몸은 극도로 쇠약해져 있었다. 수술이, 신체 조직에 미치는 에너지 소모임을 의학도이면서도 이제까지 한 번도 생각해 본 적이 없었다.

간호사의 말에 따르면 수술하는 데 소요된 시간은 네 시간이나 됐다고 한다. 그 시간으로 미루어 보아 얼마나 힘들고 엄청난 수술이었는지를 짐작할 수 있었다. 수술이 끝난 며칠 동안은 생각만 해도 몸서리를 칠 만큼 통증을 동반했다. 지금은 처음처럼 무섭고

괴로운 통증은 많이 사라졌지만 여전히 고통스럽게 남아 있었다. 몸을 조금이라도 잘못 움직이면 깁스를 한 왼쪽 옆구리 전체에 불벼락이 내려치는 것처럼 지독한 통증이 느껴졌다. 그것은 마치 전신의 뼈마디마디가 조각조각 이탈되는 것 같았다.

내노라 하는 의학 박사들도 고개를 절레절레 흔들던, 그래서 감히 엄두를 못 냈던 수술이었다. 그런 수술을 안나 가이슬러 박사가 용기 있게 시도했던 것이다. 어쩌면 그녀의 명성에 오점을 남길 수도 있는 무모하고도 위험한 수술이었다. 그런만큼 그녀는 필사적인 노력을 기울여야만 했다.

안나 가이슬러 박사는 던컨의 근육과 뼈, 신경뿐만 아니라 신경세포층까지 수술을 시도하였다. 왜냐하면 막상 수술을 하고 보니 신경 결절이 주동맥이나 주정맥에 함께 뒤엉켜서 상박골의 발굽에까지 발생해 있었기 때문이다. 결국 예상한 것보다 큰 수술이 되어 신경의 통증을 몰핀으로 완전히 가라앉힐 수가 없었다. 수술이 진행되는 동안 던컨은 형용하기 어려운 극심한 고통을 도저히 참을 수 없었다. 그래서 하느님께 결사적으로 매달렸다.

"오, 하느님! 저도 이것으로 아프다는 게 어떤 것인지 겨우 알았습니다. 맹세코 훌륭한 의사가 되어 고통으로 신음하는 많은 환자들을 치료하겠습니다, ……하느님께서 저의 생명을 허락하시어 기회를 주신다면요."

던컨은 수술받을 때 고통을 참을 수 없어 하느님께 매달렸던 맹세가 생생히 떠올라 겸허한 마음이 되었다. 이때 복도에서 들려오던 경쾌한 발자국 소리가 그의 병실 앞에서 딱 멈추었다. 이윽고 노크 소리와 함께 병실문이 조용히 열렸다. 병실 안으로 들어선 담당 간호사 메어리 양이 나지막한 목소리로 말했다.

"스탤링 씨, 어떤 분이 병문안을 왔습니다. 아직은 상태가 중하니 오래 면회하실 수 없다고 말씀드렸어요."

"고마워요, 메어리 양."

던컨의 이 말이 미처 끝나기도 전에 한 여자가 수줍은 미소를 띠고 병실로 들어왔다. 뜻밖에도 진 머도크였다. 그녀는 한 아름 꽃다발을 들고 수줍게 웃다가 던컨을 보자, 잠시 머뭇거렸다. 그리고 선 채로 그를 바라보았다. 그녀와 함께 향기로운 꽃향기가 병실을 가득 채웠다. 감미로운 꽃향기는 병실에 배어 있는 방부제의 역겨운 냄새를 잠시 없애 주었다.

그녀는 갈색 블라우스와 폭이 넓은 검정치마를 입고 있었다. 무척 고전적인 그 모습에 아무렇게나 뒤집어쓴 듯한 상아색 베레모가 묘하게 조화를 이루어 상큼한 느낌을 주었다. 그렇지만 천진스럽고 아리따운 눈에는 걱정과 염려가 가득 담겨 있었다.

"진……!"

"던컨 씨!"

진은 평소의 그녀답지 않게 큰 소리로 말했다.

"너무도 많이 여위셨어요."

그녀는 침대에 바짝 다가섰다. 그리고 수술 후 몹시 쇠잔해져 파리한 던컨의 안색이 못내 안쓰러운 듯 내려다보았다.

"진, 난 지금 너무 기뻐요. 진이 이렇게 찾아오리라고는 꿈에도 생각지 못했어요."

던컨은 건강한 팔을 내밀어—수술을 받은 한쪽 팔은 깁스를 하고 있었다—그녀의 손을 꼭 잡았다. 부드럽고 따스한 그녀의 손이 그의 마음을 포근하게 녹여 주는 것 같았다.

"구입할 물건이 있어서 센트 앤들스에 왔는데, 차마 그냥 돌아갈 수가 없었어요."

"정말 잘 왔어요."

던컨은 진의 손을 쥔 오른손에 더욱 힘을 주며 말했다. 그 순간 던컨의 뇌리에 머도크 박사의 얼굴이 떠올랐다. 레키서점에서 심한 말다툼을 한 후 영원히 끝난 관계라고 생각했지만, 그의 안부를 묻지 않을 수 없었다.

"아버님은 여전히 안녕하시겠죠?"

"최근에 건강이 무척 나빠지셨어요. 그런데도 왕진을 다니시는 것은 여전해요. 악성 기관지염을 앓고 계시면서 날씨 따위는 아예 염두에 두지 않고 무리하시는 게 건강을 해치는 것 같아요. 그런데다 요즈음에는 린튼에 새로운 공장이 들어서고 있어서 더욱 신경을 곤두세우고 계세요. 한참 진행 중인 발전소와 알루미늄 공장이 완성되면 엄청난 공해로 대기를 오염시킬 게 불을 보듯 뻔하고, 아름다운 마을의 경관마저 해친다고 걱정이 태산 같으세요."

진의 맑은 두 눈에 어두운 그림자가 드리워졌다. 그것을 지켜보는 던컨도 그녀가 얼마나 걱정하고 있는지 느낄 수 있었다. 불의를 보면 도저히 참지 못하는 불 같은 성격의 머도크 박사가 그것을 가만히 두고 볼 리 없었다.

"발전소와 알루미늄 공장의 건설은 모두 죠지 오블톤이란 사람과 관계되어 있겠지요?"

"그래요, 죠지 오블톤의 공장이에요. 처음부터 아버지는 그 사람과 대립하는 입장에 서서 공사를 반대하셨어요. 전……, 너무나 무서운 광경도 봤어요."

진은 끔찍하다는 듯 고개를 흔들며 말했다.

"그런 이야기는 입에 담기도 싫어요. 아참, 내가 지금 무슨 이야기를 하고 있지? 전, 던컨 씨 병문안을 왔는데, 그 사실을 잊고 아버지 걱정만 잔뜩 늘어놓았네요."

그녀는 미안하다는 표정으로 수줍게 웃고 나서, 던컨의 깁스한 팔에 시선을 고정시켰다.

"수술 결과는 어때요?"

"이제 결과를 곧 알게 됩니다. 오늘 깁스를 떼기로 했으니까요."

"어머, 그렇군요. 전 틀림없이 성공했을 거라고 믿어요. 한마디로 어떻게 표현할 수는 없지만 분명히 그럴 것 같아요. 전……."

진은 말꼬리를 흐리면서 얼굴을 붉혔다.

"전, 매일 밤 던컨 씨의 팔이 완쾌될 수 있게 해 달라고 주님께 열심히 기도했어요. 정말 간절하게 진심으로 기도했어요."

"아아, 진……!"

던컨은 너무 감격스러워서 몸을 떨다가 불쑥 이런 말을 꺼냈다.

"진, 당신은 안나 가이슬러 박사와의 뜬소문을 믿지 않죠?"

던컨은 애원하는 눈빛으로 그녀를 바라보았다. 모든 사람들이 두 사람의 관계를 의심한다 해도 이 천사 같은 아가씨만은 자신들의 결백을 믿어 주리라는 염원을 품고.

"그래요, 전 던컨 씨의 인격을 믿어요."

진은 진지한 목소리로 또박또박 말했다. 그렇지만 두 사람 사이에 웬일인지 한동안 어색한 침묵이 흘렀다. 이윽고 쑥스러워진 분위기를 탈피하려는 듯, 그녀가 스트라스 린트에서 최근에 생긴 일들을 재미있게 들려 주었다. 자기 집의 하인인 하미슈와 낡은 자동차에 대한 이야기, 막 부화한 병아리가 얼마나 귀엽고 사랑스러운지 모르겠다는 이야기, 알렉스가 자기 고장의 공업 단지화를 반대하는 시민 운동에 앞장서서 추진한다는 이야기 등이었다.

"던컨 씨, 제가 너무 수다를 떨었지요? 간호사가 오래 면회할 수 없다고 했는데 수다를 떠느라 깜빡 잊었어요. 이제 시간도 많이 지났으니 가 봐야겠어요."

진은 밝은 표정으로 말하며 침대 곁에 있던 보조의자에서 살며시 몸을 일으켰다.

던컨은 아쉬웠다. 진심으로 그녀가 더 있어 주기를 바랐다. 그녀가 쾌활한 음성으로 들려 주는 이야기도 즐거웠지만, 발랄하고 청순한 그녀가 병실에 함께 있다는 사실만으로도 가슴이 설레는 행복감을 느끼고 있었다.

"진, 좀더 있다 가면 안 되겠어요? 진과 이렇게 이야기를 나누니까 너무 즐거워서 통증을 느끼지 못하겠어요."

그녀는 던컨의 간절한 바람을 듣고는 입가에 고혹적인 미소를 매달았다.

"던컨 씨, 그렇다면 조금만 더 있겠어요."

진은 다시 의자에 앉았다. 그녀가 한참 더 이야기하고 그만 가야겠다고 일어서자, 던컨이 아쉬운 목소리로 말했다.

"진, 당신이 내 동생이었으면 얼마나 좋았을까 하는 생각이 드는군요. 그렇다면 이렇게 훌쩍 가 버리지는 않겠죠?"

"던컨 씨, 괜한 말씀 마시고 빨리 건강을 회복하세요. 환자가 되더니 마음이 약해지신 것 같아요. 그런 말을 다하게요."

진은 얼굴이 빨개지며 던컨의 눈길을 피했다.

"던컨 씨……, 상태가 좀더 호전되면 또 올게요."

진은 아쉬운 발걸음으로 병실을 나갔다. 그녀의 문병은 그 무엇보다도 던컨에게 활력을 주었고, 고통을 없애 주었다. 그녀의 천진스런 표정이라든가, 상대의 마음을 밝게 해 주려고 애쓰는 마음이 그대로 던컨에게 전달되어 커다란 위안이 된 것이다.

오후 3시가 되자, 안나 가이슬러 박사가 간호 부장을 대동하고 병실로 들어섰다. 안나는 침대 끝에 살짝 걸터앉아 던컨의 몸에 감겨 있는 붕대를 풀면서 밝은 목소리로 말했다.

"던컨 씨, 기분이 썩 좋은 것 같군요. 안색이 무척 밝아요."

안나는 눈을 찡긋하며 던컨에게 미소를 던졌다.

"부장님, 깁스 가위 좀 집어 주세요."

이 말에 던컨의 얼굴이 갑자기 석고상처럼 굳어졌다.

"이제야 깁스를 벗기시는 겁니까?"

"던컨 씨, 무척 성급하시군요. 좀 참으세요."

안나 가이슬러 박사는 두터운 깁스를 조심스럽게 깨기 시작했다. 그러자 던컨은 긴장으로 입술이 타 연신 혀로 입술을 적셨다.

"가이슬러 박사님, 성급한 건 제가 아니라 박사님 같군요."

그가 긴장을 덜기 위해 한 마디 하자, 안나는 곱게 눈을 흘겼다.

"무슨 말씀을……. 아픈 사람은 내가 아니라 던컨 씨예요. 전기 반응을 시험하기 위해서 가감 저항기를 가져오라고 지시해 두었다는 사실을 염두에 두세요."

"전기 반응 시험을요?……맙소사!"

던컨이 끔찍하다는 표정을 짓자, 안나는 더욱 무서운 얼굴을 하면서 목소리의 톤을 최대한 낮췄다.

"단단히 각오하세요."

안나 가이슬러 박사는 던컨과 장난스럽게 말을 주고받으면서도, 손은 능숙한 솜씨로 깁스를 제거하고 있었다. 석고의 마지막 부분이 제거되는 순간, 던컨은 정신이 아찔해지면서 가슴이 몹시 떨렸기 때문에 지그시 눈을 감았다. 눈을 감은 채 생각했다. 팔을 고정시킨 채 움직이지도 못하고 있던 긴 기간에 비해, 자유를 얻기 위해 깁스를 푸는 시간은 너무 짧다고.

그는 결과를 아는 게 너무나 두려웠다. 수술 결과를 나중에 알고 싶어졌다. 최소한 내일까지만이라도 그 결과를 연기시켜 달라고 부탁하고 싶었다. 하지만 더 이상 피할 수는 없었다. 자신의 바람과는 달리 석고는 전부 깨져 나갔다. 그런 다음 팔을 감고 있던 붕대가 풀려 나가더니 결국 살과 맞대어 있던 가제마저 떼어졌다.

"던컨 씨, 눈을 뜨세요. 눈을 뜨고 팔을 보세요."

안나 가이슬러 박사의 나직한 목소리가 꿈결처럼 들렸다. 던컨은 두렵고 떨리는 마음으로 살며시 눈을 떴다. 그 순간 던컨은 자신의 왼팔을 직접 볼 수 있었다. 지금 보고 있는 이 팔이 자신을 그렇게 비통하게 만들던 뒤틀리고 정상이 아닌 팔이라고는 도무지 믿어지지 않았다. 그는 휘둥그래진 눈으로 천천히 안도의 숨을 몰아쉬었다. 눈앞에 있는 팔은 바짝 말라 있긴 하지만 보통 사람의 팔과 조금도 다르지 않았다.

다른 건강한 사람의 팔과 똑같은 정상적인 형태였다. 시뻘건 수술 자국이 하얀 피부를 덮고 있으나 분명 소생된 그의 팔임에 틀림없었다. 안나 가이슬러 박사는 팔굽뼈를 빻아서 마치 조각가가 미완성의 조각품에 다시 심혈을 기울여 조형하는 것처럼 자기의 팔을 재생시켜 놓은 것이다. 그것은 안나 가이슬러 박사만이 할 수 있는 무모하고도 획기적인 시도의 위대한 결과였다.

"던컨 씨, 지금 감각이 어때요?"

안나가 던컨의 눈을 뚫어지게 쳐다보며 차분하게 물었다.

"박사님, 이건 박사님의 손만이 만들 수 있는 기적이군요."

던컨의 목소리는 감격으로 떨리고 있었다. 그는 다른 어떤 말로도 지금의 기분을 표현할 수가 없었다.

"아직은 그렇다고 할 수 없어요. 좀더 세밀히 조사하고 치료를 해 봐야 해요."

안나의 목소리는 담담했다. 그러나 표정에 서리는 감정은 그녀 자신도 어쩔 수 없는 모양이었다.

잠시 후 두 명의 간호사가 전기 반응 검사기를 밀고 들어왔다. 무척 복잡해 보이는 기구였다. 던컨은 기계가 굴러가는 바퀴 소리를 들으며 안나의 표정을 조심스럽게 살폈다. 그녀는 철저히 무표정한 얼굴을 유지하고 있었다. 이윽고 전기 플러그에 전원이 들어와 윙윙거리는 소리가 좁은 병실에 가득 찼다.

던컨은 안나의 지시에 따라 침대 위에 몸을 일으켰다. 베개를 오른손으로 꽉 짚어 몸의 균형을 잡으면서 새로운 시험에 불안해지는 마음을 떨쳐 버리려 했지만, 쉽지가 않았다. 그의 가슴은 요란스럽게 쿵쿵 뛰기 시작했다. 이제부터 몇 분 동안이 수술의 성공을 결정짓는 중대한 순간이었다. 그는 자기의 팔근육이 한 군데씩 평류전기(平流電氣)의 자극에 반응하는 것을 보고 있었다. 숨이 막히고 입술이 바싹바싹 말라들었다. 그러나 기계에 나타나는 반응을 보는 가이슬러 박사의 표정과 자신이 느끼는 감각으로 보아, 이 수술은 성공했다는 믿음이 생겨나기 시작했다.

"던컨 씨, 됐어요. 성공이에요. 이제야 비로소 걱정할 필요가 없어졌어요."

안나 가이슬러 박사는 자신에 찬 목소리로 말했다.

"물론 마사지와 전기 요법을 몇 주일 동안 계속해야 합니다. 던컨 씨, 지금 느낌이 어떤가요?"

"뭐라고 할까요?"

던컨의 눈은 희열에 가득 찼고 목소리는 가늘게 떨렸다.

"지금 막 새롭게 태어난 것처럼 느껴지지 않아요?"

"맞아요. 그렇게 생각되는군요."

던컨은 가슴이 너무 벅차올라 있어서 간신히 대답했다.

"이젠 마음대로 손을 움직일 수 있을 것 같아요. 자, 보세요!"

가이슬러 박사가 제시할 사이도 없이, 던컨은 재빨리 수술한 팔을 들어 베개 밑에 있는 테이블 위의 컵을 집어 들어 보였다.

"아니, 무슨 짓이에요. 제발 그만두세요."

담당 간호사 메어리 양이 겁에 질린 목소리로 소리쳤다.

"그러시면 다시 악화됩니다, 제발."

다른 간호사가 말했다.

그러나 가이슬러 박사는 던컨의 그런 행동을 물끄러미 지켜 보면서 말릴 필요 없다고 간호사들에게 눈짓하였다. 던컨은 내친 김에 물컵을 입까지 가져가서 한 모금 꿀꺽 마셨다. 약간 통증이 있었지만 참을 만했다. 어려서 소아마비에 걸린 이래, 이런 동작을 완전하게 할 수 있었던 것은 이번이 처음이었다.

흉측하게 오그라들었던 팔이 이제 정상적인 모습으로 움직일 수 있다는 사실은 던컨만의 기쁨이 아니었다. 가이슬러 박사를 비롯하여 병원 관계자들의 기쁨이기도 했다.

"오, 세상에 이럴 수가!"

간호 부장은 극도에 달했던 긴장을 풀면서 자신도 모르게 감탄사를 토해 냈다.

"스털링 씨, 이제 저도 마음놓고 방심할 수만은 없겠는데요. 잘못하다가는 내 머리에 에테르 병이 날아올지도 모르잖아요!"

간호 부장의 이 농담에 모두가 한바탕 웃음을 터뜨렸다. 던컨도, 가이슬러 박사도, 간호사들도 기쁘게 웃었다.

예전엔 마취하다가 손이 불편하여 에테르 병을 떨어뜨렸지만, 이젠 손이 정상적으로 되었으니 던질 수 있다는 축하의 말이었다. 간호사들이 나간 뒤에도 던컨과 안나는 한참 동안을 말없이 앉아 있었다.

"안나, 이 모든 게 다 당신 덕분입니다."

던컨은 그때에야 비로소 진지한 표정으로 입을 열었다.

"당신은 처음 만났던 날부터 제게 많은 도움을 주셨습니다. 음악과 미술, 그리고 문학에 대해서 눈을 뜨게 해 주셨고 인간으로서 지녀야 할 교양도 길러 주셨어요. 제가 곤경에 처해서 공부를 제대로 못 하고 있을 때 일자리를 마련해 준 사람도 당신이에요. 그런데 오늘은, ……지금까지 저를 비통하게 만들었던…….."

"던컨 씨, 한 가지 부탁할까요? 제발 그만하시죠. 당신들 스코틀랜드 사람들은 필요 이상으로 감상적인 데가 있어요. 다시 말할까요? 난 수술이 성공적으로 끝나면 만족하겠다고 분명히 말했어요. 나는 이번 수술에 대해 의학 보고서를 만들 예정이에요. 그러면 의학계가 깜짝 놀랄 거예요. 삽화와 도해를 가능한 한 자세하게 넣어서 책으로도 출판할 거예요. 던컨 씨, 이젠 내가 이 수술을 시도한 이유를 알겠어요?"

안나 가이슬러 박사의 목소리는 냉정하기만 했다. 그 목소리에서 느껴지는 것처럼 실로 그녀는 무슨 일에서나 자기의 공로를 조금도 내세우려 하지 않았다. 던컨이 안나를 존경하고 좋아하는 것도 그런 점 때문이었다.

"당신이 의학 보고서를 만들거나 책으로 출판하는 건 별개의 문제입니다. 그런 것은 모두 당신 뜻대로 하실 수 있는 것입니다. 부디 오늘만은 제가 고맙다는 인사를 할 수 있게 해 주세요. 당신은 정말 훌륭하십니다. 이곳에 퍼져 있는 당신과 나에 대한 야비한 소문을 당신도 들으셨을 것입니다. 그런데도 당신은 소문 따위에는 아랑곳하지 않고 저의 수술에 최선을 다하셨습니다. 그 깊은 우정에 뭐라고 감사를 표해야 할지 모르겠습니다."

본래 감정의 노출이 심하지 않은 던컨이지만, 이 순간만은 흥분되어 있었다.

"이봐요, 던컨."

안나는 그의 말을 가로막았다.

"던컨 씨는 내게 그런 감성 철학을 강의하지 않으면 직성이 풀리지 않나요? 아마도 속이 타는 모양이죠? 분명히 들으세요. 전 의학을 공부한 사람으로서 남보다 약간 나은 일을 했을 뿐이라고 생각해요. 그런데 무슨 거창한 일이나 한 것처럼 훌륭하니 어쩌니 하는 인사는 정말 받고 싶지 않아요."

"안나, 저도 당신의 마음을 잘 알고 있습니다. 그러나 이 순간만큼은 당신이 이해하세요. 지금 제 가슴은 감사의 마음으로 가득 차 있는 걸 어쩌겠습니까? 전 이렇게 큰 은혜를 입고도 아무것도 해 드릴 수가 없으니 마음이라도 전해 드려야죠."

"던컨 씨, 당신은 내게 도움을 줄 수 있어요. 나는 결코 애타주

의자가 아녜요. 이 말은 무턱대고 남을 돕지는 않는다는 말이에
요. 당신은 나와 함께 일할 수 있는 능력이 있고, 난 그것을 바라
고 있어요. 내 연구 분야 중에서 병리학 쪽을 담당하여 내게 진 빚
을 갚도록 해 봐요. 하지만 당신이 원치 않는다면 강요하지는 않
겠어요. 결정할 시간은 충분히 있으니까 여유를 갖고 생각해 본
후 말씀해 주세요. ……참, 아까 담당 간호사 메어리 양이 나가면
서 당신에게 실수를 하더군요."

"실수를 하다니요?"

"아까 메어리 양이 나가면서 당신에게 스탈링 씨라고 했잖아요.
바로 호칭의 실수를 한 거예요. 오늘 아침부터 당신을 스탈링 선
생님이라고 불러야 맞거든요."

"대체, 그게 무슨 말씀이세요?"

던컨이 영문을 모르겠다는 표정을 짓자, 안나는 보조의자에서
벌떡 일어섰다.

"자, 난 그만 가 봐야 해요. 이곳으로 오는 도중 잉그리스 박사
님을 만났어요. 박사님의 흥분이 이만저만이 아니더군요. 당신이
의사 시험에서 모든 종목에 걸쳐 완벽하게 패스했다고요. 정말 축
하해요, 닥터 스탈링!"

안나는 이렇게 말하며 병실문을 열었다. 그런 후 잠시 걸음을
멈추고 고개를 돌려, 놀라움에 멍하니 앉아 있는 던컨의 얼굴을
한참 동안 바라보다가 미소를 짓고는 나갔다.

던컨은 베개에 기대앉은 채 한동안 꼼짝도 하지 않았다. 모든
것이 꿈 속에서 이루어진 일인 양 도무지 현실감을 느낄 수 없었
다. 자신의 환한 장래가 머릿속에서 계속 그려졌다가 지워지고 다
시 그려지고 했다. 그러는 동안에 자신도 모르게 수술받은 팔을
움직이거나 주먹을 쥐었다 폈다 했다. 손가락 끝에까지 힘이 미치
는 것을 느낄 수 있었다.

내가 정상인이 됐구나. 이제 나는 불구가 아니다! 던컨은 끓어 오르는 희열에 한 차례 몸을 부르르 떨고는 머리 곁에 있는 보조 받침대에서 책을 한 권 집어 들었다. 완전히 닳은 책이었다. 던컨 은 책장을 수술받은 손으로 넘기다가 스냅 사진 한 장과 바싹 마른 히드 꽃가지를 책갈피에서 빼냈다. 사진 속에는 한 아름다운 아가 씨가 활짝 웃고 있었다. 바로 꿈에도 잊지 못하던 마가레트였다. 사진 속에서 웃고 있는 마가레트도 그에게 축하의 말을 들려 주는 듯했다.

이젠 당당히 마가레트를 대할 수 있다. 그녀 앞에만 서면 한없 이 작아지기만 했는데, 이젠 그럴 필요가 없다. 던컨은 수술받은 손을 다시 한 번 쥐었다 폈다 하며 흐뭇하게 미소지었다.

"아름다운 마가레트 양, 제 모습이 어떻습니까? 아참, 제 소개 를 다시 해야겠군요. 저는 닥터 던컨 스탤링입니다. 그리고 이 손 을 보십시오. 이렇게 강하고 자유롭습니다. 당신의 눈에 비친 제 모습이 어떻습니까?"

던컨은 마치 마가레트가 앞에 있는 듯 당당하게 말하고 있었다.

2

끝간데없이 계속될 것만 같았던 무더위도 한풀 꺾였다. 여름도 저물어 가는 어느 날 아침, 흰 가운을 말쑥하게 차려 입은 던컨 스 탤링은 빅토리아 병원의 잉그리스 박사 사무실 앞에서 유엔 오블 톤을 기다리고 있었다.

벌써 6주일 전에 던컨은 모든 신체가 정상이 되어 퇴원했다. 그 러자 원장인 잉그리스 박사가 빅토리아 병원에서 가장 중요하다고 할 수 있는 과(科)에 그를 상주 의사로 임명했다. 그것은 잉그리스 박사가 던컨에게 베풀 수 있는 가장 큰 호의의 표시라고 할 수 있었다.

"스탤링, 난 자네를 처음 본 순간부터 믿었어. 이렇게 훌륭한 의사가 될 거라고 말일세."

잉그리스 박사는 그의 어깨를 가볍게 툭툭 치면서 말했었다.

던컨은 그때 잉그리스 박사와 학장 사택에서 최초로 만났을 때의 일을 떠올리며 야릇한 기분을 느꼈다. 박사의 비관적인 예언 때문에 하마터면 자기의 꿈을 버리고 그 집의 잡역부로 일생을 보낼 뻔했지 않은가. 그런데 박사는 그 일을 까맣게 잊고 있는 듯했다.

"자네에게만 할 수 있는 말이지만······."

잉그리스 박사가 은근한 목소리로 덧붙여 말했었다.

"사실 자네를 이 병원의 의사로 채용하기까지는 어려운 점이 많았다네. 사방에서 압력이 들어오더군. 도시의 유지들이 그러고, 또 집에서는 아내마저 그러더군. 하지만 난 누가 뭐라 해도 자네를 신뢰하고 있었다네."

던컨은 잉그리스 박사의 그 말을 충분히 이해할 수 있었기에 마음 속 깊이 감사하게 생각했고, 지금도 그 마음에는 변함이 없었다. 던컨도 유엔 오블톤의 아버지인 죠지 오블톤이 도시의 유지들을 통해 압력을 넣었다는 사실을 잘 알고 있었다. 잉그리스 박사는 친절하게도 던컨을 직접 데리고 다니며 최신 기술에 의해 설비된 실험 기구들을 상세히 가르쳐 주는 호의를 베풀어 주었다.

그의 불구였던 팔은 이제 훌륭히 자기 일을 수행하는 데 손색이 없었다. 완전하게 정상인의 팔을 되찾은 것이다. 던컨은 더욱더 의사로서 자기에게 맡겨진 임무에 충실했다. 천성이 부지런한 데다 병원의 하루하루 일과는 그에게 다른 것을 생각할 여유를 허락하지 않았다.

새벽 5시에 일어나서 7시까지는 독서 및 필요한 공부를 했다. 그때부터 아침 식사때까지는 자신의 신체를 관찰하여 꼼꼼히 기록했다. 이어서 오전 중에는 담당 병실을 회진하는 잉그리스 박사를 따라다녔다. 이때가 던컨에게는 인내가 필요한 수업 시간이었다. 잉그리스 박사의 행동은 지나치리만큼 신중하면서도 느렸다. 그렇기 때문에 거기에 보조를 맞추자면 강한 인내심이 필요했다. 가까스로 회진이 끝나 급하게 점심 식사를 마치고 나면, 곧 여러 가지 생화학 실험이 이어졌다. 그 실험이 끝나면 시간은 어느새 오후 6시가 되었다.

저녁 식사 후에는 병원의 전병실을 하루에 한 번씩 회진해야만 했다. 그 일은 유엔 오블톤과 함께 나누어 돌아보아야 했다. 오블톤은 벌써—나이에 걸맞지 않게—과장 대리가 되어 있었다. 그러나 그는 그 지위에 만족하지 않는 듯했다. 오히려 자기 세력을 확장하기 위해 광분하고 있었다. 즉 그 지위는 그의 앞으로의 출세를 위한 발판에 불과했다.

던컨은 이런 식으로 병원 생활을 두 달 정도 하고 보니, 여러 가지 이유로 불만이 생겨나서 처음의 열성이 차차 식어 갔다. 결코 매일매일 반복되는 직무의 단조로움이라든가, 오블톤의 거만한 행동 따위 등이 문제가 아니었다. 어디까지나 의사로서의 자신의 역할 때문에 생긴 불만이었다.

던컨은 자신과 환자들 사이에 정신적인 관계를 맺어 훌륭한 치료를 하고 싶었다. 그런데 그런 희망이 날이 갈수록 실천되기가 어려워져 가는 느낌이었다. 병원에서 그가 해야 할 일은 짜여진 스케줄에 따라 그저 자동 기계처럼 움직이는 것뿐이었다. 그가 꿈꾸던 의사의 모습은 이런 게 아니었다. 환자가 생기면 한밤중에라도 10리 길을 뛰어가 치료해 주는 것이었다. 환자에게 가능한 한 많은 시간을 할애해서 그들의 아픔을 가장 빠르고 정확하게 치료하는 의사가 되고 싶었던 것이다. 그런데 현실이 이상과 너무 거리가 멀었기 때문에 더욱 안타까우면서도 불만스러웠다.

던컨은 깊은 생각에 잠겨 있다가 저쪽 복도에서 나는 발자국 소리를 듣고 무심히 고개를 돌렸다. 유엔 오블톤이었다. 그는 오블톤이 가까이 오기를 기다리면서 이번에야말로 꼭 할 말은 해야겠다고 결심을 다졌다.

"오블톤, 기다리고 있었네. 월터즈의 병세에 대해서 자네와 의논할 일이 있네. 시간을 좀 내주겠나?"

"스탤링, 월터즈에게 무슨 이상이라도 생겼다는 건가? 난 지금 무척 바빠. 나중에 얘기하자구."

유엔 오블톤은 싫은 기색을 숨기지도 않고, 던컨의 말을 무시한 채 그냥 지나치려 했다.

"오블톤, 이건 아주 중대한 일이야. 시간이 흐를수록 월터즈에게 이상한 징후가 나타나고, 증세 또한 몹시 악화되고 있어. 그렇게 방치했다가는 무슨 사고라도 생길 것 같단 말일세."

"스탤링, 대체 날보고 어떻게 하란 말인가? 이 병원에 아픈 환자가 그 친구 한 명뿐이 아니라는 건 자네도 잘 알잖아!"

던컨은 오블톤이 어젯밤에 도슨 간호사와 댄스파티에 간 사실을 알고 있었다. 그런데 지금 신경이 날카롭게 서서 몹시 짜증을 내는 것으로 보아, 그 미인 간호사와의 간밤의 데이트가 즐겁지 못했던 모양이었다.

"그러니까 우리가 더욱 환자들에게 관심을 갖고 성실하게 돌아보잔 말이야."

"스탤링, 그 말엔 어폐가 있구만. 우리들로선 할 수 있는 데까지 다한 셈 아닌가!"

오블톤은 신경질적으로 되쏘았다.

"할 수 있는 데까지라니? 그렇다면 의사로서 최선을 다했단 말인가? 분명히 말하지만 환자 개개인의 상태가 어떻게 되어 가고 있는지 자세하게 살펴보는 데까지는 미치지 못하고 있어."

던컨의 목소리는 서릿발처럼 냉엄했다.

"오블톤, 지난 1주일 동안 나는 자네의 지시대로 매일 환자에게 아무런 도움도 되지 않는 실험만 해서 쓸데없는 시간을 허비했어. 그 사이에 7호실 환자인 월터즈가 조금씩 생명을 잃어 가고 있단 말이야."

"확실한 진단을 내리지 못한 모양이지."

오블톤은 불쑥 이렇게 말하고 나서 매우 낭패한 표정을 지었다. 무심결에 자신의 오진을 인정한 셈이 되었기 때문이다. 그는 순간적으로 당황하면서 얼버무리듯 다시 말했다.

"스탤링, 우리 힘으로 고칠 수 있는 게 아니지 않나. 과장님의 진찰 결과 악성 빈혈이라는데 무슨 수로 당장 완쾌시키겠어."

오블톤은 '과장님의 진찰 결과'라는 말을 유독 강조했다. 던컨은 그런 오블톤의 발뺌에 분통이 터졌지만, 다소 설득하려는 듯한 목소리로 말했다.

"오블톤, 자네도 짐작하고 있겠지만, 악성 빈혈이 아닐 수도 있다는 생각이 들지 않나? 내 생각으로는 농흉*인 것 같아. 서둘러 늑막에 가득 찬 물을 빼내지 않으면 안 돼. 시간이 없어. 이대로 두면 환자는 틀림없이 죽고 말 거야. 그러니 서둘러서 무슨 조치를 취하자구."

"스탤링, 충고하는데 부디 자네의 주제꼴을 파악하게나. 이 병원에서 그런 발언을 할 권리가 자네에게 있는 줄 알고 있는 모양인데, 착각하지 말라구. 먼저 이곳에서 자네의 지위가 뭔지를 생각

---

*농흉(膿胸) ; 화농균(化膿菌)의 전염으로 늑막강(肋膜腔) 안에 고름이 든 병. 내종(內腫).

해 봐. 자네를 이 병원에서 근무하게 한 건 순전히 원장의 변덕 때문이야. 대다수의 병원 사람들은 자네와 함께 근무하는 걸 못마땅하게 생각하고 있어. 물론 나도 그래. 알겠나?"

오블톤은 모질게 쏘아붙이고 나서, 더 이상 던컨과는 마주하고 싶지 않다는 듯이 싹 돌아서서 가 버렸다. 던컨은 끓어오르는 분노로 얼굴에 심한 경련을 일으키며 멀어져 가는 오블톤의 뒷모습을 노려보았다.

그날 저녁이었다. 던컨은 1시간 정도 여유를 만들어 안나 가이슬러 박사와 함께 보냈다. 안나와 단둘이 저녁 시간을 보내는 것은 그가 이 병원에 근무하면서부터 줄곧 계속되어 온 일이었다. 사람들의 입에서 입을 통해 갖가지 소문이 심심찮게 떠돌았지만 두 사람은 개의치 않았다. 오히려 이제는 사람들이 멋대로 험구하는 데 대해 도전한다는 얄궂은 기쁨까지 즐기게 되었다.

안나는 늘 그렇듯이 커피를 따라 주면서 던컨의 표정을 살폈다. 평소와는 달리 던컨의 얼굴빛이 몹시 어두웠다.

"스탤링, 무슨 안 좋은 일이 있었나요? 또 사람들이 당신과 나를 연과지어서 부정한 관계니 뭐니 떠들던가요?"

던컨은 억지로 입가에 미소를 매달면서 고개를 살며시 저었다.

"그런 소문에는 초연한 지 이미 오래예요."

"그렇다면 새로운 고민거리가 생겼나 보군요."

"그렇다고 할 수도 있지요. 나는 의사가 되겠다는 꿈을 꾸면서 지금의 이런 모습은 상상도 하지 못했어요. 그런데 이런 모습을 하고 있어요. 기계화된 조직 속에 있는 내 자신이 마치 정연하게 잘 짜여진 기계의 한 부속품처럼 느껴집니다. 하지만 굉장히 재미있는 일이라고 느껴지는 것은 무슨 까닭일까요?"

던컨은 답답하다는 투로 계속 말했다.

"첨단 의학 장비를 갖춘 실험실에서 시험관이나 분석 기구를 만지작거리고, 기초 대사 따위를 자세히 적는 일이 그렇다는 말입니다. 환자의 가슴에 청진기를 대고 귀기울이면 단 10분 만에 무슨 병인지 판별할 수 있는데도……."

"스탤링, 현대 의학의 기기를 너무 쉽게 경멸해서는 안 돼요. 단점이 있는 반면에 우리의 손이 미치지 못하는 것을 세밀하게 관찰할 수 있는 장점도 있어요."

안나는 던컨의 말을 제지시키며 강력하게 말했다. 그러자 던컨도 여기에 지지 않겠다는 듯 목청을 높였다.

"안나, 나는 벌써 오래 전부터 그런 생각으로 고민하고 있었습니다. 난 정말 내 손으로, 내 가슴으로 환자에게 다가가고 싶어요. 시험관이나 만지작거리면서 환자를 대하고 싶지는 않단 말입니다. 나는 의사라는 힘든 직업을 더욱 어렵게 만드는 것이 전부 그런 기계적 실험에만 의존하려는 데서 비롯된다고 봐요. 물론 돈 때문에 의사로서의 책임을 다하지 않는 사람도 있어요. 하지만 단지 돈 때문에 모든 의사의 질이 낮아진다고는 생각하지 않아요."

던컨은 잠시 말을 멈추고 커피로 목을 축였다. 그런 후 한결 낮아진 음성으로 말을 이었다.

"안나, 지금 우리의 의학 체계를 한번 곰곰이 생각해 봐요. 나는 우리의 의학 체계가 의사로서 완벽한 인격을 갖추지 못한 사람들이 활동하기 편하도록 잡혀 있다고 생각해요. 어때요, 이 말에 동의하세요? 모름지기 의사라면 의사로서 신뢰하기에 충분한 인격과 역량, 정확한 진단을 내릴 수 있는 능력이 중요한 것 아니겠습니까. 그런데 모두들 그런 자격의 필요성을 전혀 인식하고 있지 않습니다. 또한 그런 자격을 갖추고 있는 의사라 할지라도 환자들을 위해 헌신적인 봉사를 하고 있지 않으니까 문제가 크지요. ……기계는 무엇을 위해 존재합니까? 그것은 환자를 치료하기 위한 보조 역할을 할 뿐입니다. 그런데 지금의 실정은 오히려 주객이 전도되어 있어요. 기계가 주도적인 역할을 맡고 있고 의사는 보조 기능을 하고 있단 말입니다. 한번 냉정하게 생각해 봐요. 기계는 조작 방법과 의학에 대한 약간의 지식만으로도 사용할 수 있어요. 그런데 명색이 의사라는 사람들이 환자의 고통을 다소나마 덜어 주기보다는 감정도 없는 기계로만 진찰하다니 말이 됩니까?"

던컨은 다시 흥분하여 온몸을 바르르 떨었다. 그 흥분을 가라앉히기 위해 다시 커피를 한 모금 마셨다. 이미 싸늘하게 식어 버린 커피는, 독특한 향기를 발하는 대신 그 쓴맛이 혀를 긁듯 자극했다.

"안나, 지금 병원에서는 수많은 환자들이 육체의 병 못지않게 정신적 갈등을 느끼고 있습니다. 그건 전적으로 우리 의사들의 책임입니다. 환자들이 진정 필요로 하는 것은 치료자의 헌신적인 봉사와 희생 정신입니다. 지금 내가 이렇게 말하는 동안에도 우리 병원의 병실에서는 부당한 치료로 어느 환자가 죽어 가고 있습니다. 그것도 모두 과학적 도표와 도식, 계산과 실험 등에만 시간을 빼앗기고 있기 때문입니다. 참으로 안타까운 현실이라고 생각되지 않습니까?"

던컨의 말이 끝났는데도 안나는 침묵만 지키고 있었다. 그녀의 침묵은 그의 말에 동의하여 불만을 나타내고는 있으나, 던컨의 떠벌림 때문인지 아니면 병원에서 벌어지는 부당한 치료 때문인지 알 수가 없었다.

"스탤링, 이제 당신도 자신의 일에 좀더 과학적인 시야를 가져야 할 때가 된 것 같군요."

안나가 그녀 특유의 냉정한 목소리로 말했다.

"전 과학적 시야 이전에 인간적인 시야를 갖는 것이 우선이라고 생각합니다. 저의 이런 생각을 고쳐야 하나요? 지금의 의학 체계에 불만을 느끼지 말라는 말입니까? 그대로 순종하고 묵묵히 따르는 것이 도리냐구요?"

던컨도 속이 뒤틀린다는 듯 소리를 토해 냈다.

"그래요. 마음 속에 불만이 많이 있더라도 좀더 견디세요. 이제부터 병리학에 몰두하게 되면 그런 병원 문제는 아무것도 아님을 알게 될 겁니다."

던컨은 안나의 말이 무슨 뜻인지 몰라 그녀의 얼굴을 똑바로 올려다보았다.

"스탤링, 우리 두 사람이 함께 일하고 있다는 사실을 잊지 않았겠지요? 신경 근육 정형에 관한 내 연구에 병리학 전문가가 한 사람 꼭 필요해요. 그 사람이 바로 스탤링, 당신이에요."

"당신의 연구에 내가 필요하다구요?"

"아, 우리들의 연구라고 하는 게 더 좋겠네요. 스탤링, 부디 우리가 한 팀을 이룬 의학자라는 걸 잊지 마세요."

안나는 수수께끼 같은 미소를 던지는가 싶더니 자연스럽게 화제를 바꿨다.

"자, 이제 흥분을 가라앉혀요. 흥분을 가라앉히고 우리들의 위안을 찾읍시다. 바하 음악을 한 곡 들려 줄게요."

안나는 던컨의 문제를 해결해 주기는커녕, 오히려 새로운 문제를 하나 더 첨가시켜 주었을 뿐이었다. 실내에 바하의 감미로운 선율이 가득 넘쳐 흐르는데도 던컨의 표정은 언제까지나 그늘 속에 잠겨 있었다.

3

던컨은 우울한 표정을 그대로 간직한 채 자리에서 일어섰다. 안나 가이슬러 박사는 바하의 음악에 취한 듯 숫제 눈을 감고 있었다. 벽시계를 보니 아직 여유 있게 휴식을 취할 시간은 남아 있었다. 그런데도 답답하기만 하여 안나에게 작별 인사를 하고 밖으로 나왔다. 눅눅한 바람이 불고 있었다. 그가 다시 병원으로 와서 걸음을 멈춘 곳은 7호실 앞이었다.

월터즈는 이제 겨우 22세의 피끓는 젊은이였다. 앞날이 구만리 같은 젊은이를 그대로 두었다가는 회생하기 어려울 게 분명했다. 입술은 피가 돌지 않아 멍든 것처럼 시퍼렇고 눈두덩은 움푹 꺼져 있었다. 호흡은 가쁘고 짧아, 모든 게 절망적임을 역력히 말해 주고 있었다. 던컨은 조명등의 불빛 아래서 팔짱을 낀 채 수심에 가득 찬 얼굴을 하고 있었다. 이윽고 무슨 생각을 했는지 환자의 셔츠 속으로 손을 넣었다. 그리고는 미미하게 뛰는 환자의 가슴을 이곳 저곳 탐색하듯이 만졌다. 그런 후 멀찌감치 떨어져서 이쪽을 바라보고 있는 담당 간호사를 가까이 오라고 손짓했다.

"이 환자의 뢴트겐 사진을 판독해 봐야겠습니다. 가능한 한 빨리 가져다 주세요."

던컨의 얼굴 표정은 확신과 결의로 가득 차 있었다.

"뢴트겐 사진을요?"

간호사가 영문을 모르겠다는 표정을 짓자, 던컨은 손으로 서두르라고 지시했다. 5분 만에 간호사가 뢴트겐 사진을 가지고 왔다. 또 한 사람의 간호사와 두 사람의 조수가 수술이 시작되는 것으로 아는지 채혈기구와 소독기기, 눈금이 복잡한 유리기기 등을 실은 왜건 테이블을 끌고 급히 병실로 들어섰다.

그들은 병실에 홀로 있는 던컨을 발견하고 놀라는 기색을 보였다. 던컨은 사진을 자세히 들여다본 후 간호사에게 돌아서서 간단하게 명령했다.

"메스 하나면 충분합니다. 그 메스를 이리 집어 주세요."

"선생님……!"

간호사는 직감적으로 던컨이 수술을 시도하려 하고 있음을 느끼며 화들짝 놀랐다. 던컨은 간호사의 놀람에도 아랑곳하지 않고 환자 앞에 꾸부리고 앉았다. 이때 요란한 소리와 함께 병실문이 열리며 닥터 오블톤이 들어섰다.

"아니, 지금 여기서 뭣들 하고 있는 거야?"

낮기는 했으나 무척 신경질적인 말투였다. 던컨은 오블톤을 슬쩍 쳐다보고는 다시 시선을 환자에게 돌렸다.

"조금만 참고 기다려 보면 알게 돼, 닥터 오블톤."

"스탤링! 지금 자네 제정신인가? 내게 허락도 얻지 않고 멋대로 환자에게 손을 대다니, 이게 무슨 짓이야!"

던컨은 싸늘한 목소리로 대꾸했다.

"자네에게 허락을 얻는 것은 환자의 목숨을 구하기 위해 필요한 게 아닌가?"

"헉! 스탤링, 자네 미쳤군, 미쳤어."

간호사들은 두 사람의 싸늘한 냉전에 놀라 숨을 죽이고 어찌할 바를 모른 채 서 있었다. 순간 환자는 고통스런 표정으로 오블톤의 새파랗게 질린 얼굴에서 눈을 돌려, 던컨의 차갑고 엄숙한 눈길을 물끄러미 올려다보았다. 한참을 그렇게 뚫어지게 쳐다보다가 가냘픈 손을 내밀어 던컨의 하얀 옷소매를 잡아당겼다.

"선생님, 서둘러 주세요, 부탁입니다. 편해질 수만 있다면 어떤 치료든 기꺼이 받겠습니다. 더 이상 이 고통을 참을 수가 없습니다. 선생님, 제발 부탁합니다."

"알았습니다, 잠시면 됩니다."

던컨이 고개를 끄덕이며 대답하자 오블톤이 소리쳤다.

"스탤링, 분명히 말해 두겠는데, 병원의 규칙을 무시해서 벌어지는 일은 모두 자네 자신이 책임져야 해!"

던컨은 환신에 찬 시선을 던지며 말했다. 그 모습이 마치 자신만만하게 도전하는 운동 선수 같았다.

"오블톤, 자네에게 책임을 돌리지는 않을 테니까 걱정마!"

던컨의 표정은 진지해졌다. 그는 차분한 동작으로 간단한 수술 준비를 끝냈다. 그리고 한 손으로 메스를 잡고, 다른 한 손으로는 환자 가슴의 한 부위를 찾아 힘껏 칼날을 살 속에 들이밀었다. 그는 관자놀이에 피가 끓어오르는 것을 느꼈다.

병실은 쥐죽은 듯이 고요했다. 오블톤과 간호사들은 숨소리를 죽이고 수술 광경을 지켜 볼 뿐이었다. 견디기 힘들 만큼 어렵고 기대되는 순간이 지나자, 늑막의 농양에서 걸쭉하고 누런 고름이 마치 봇물 터진 것처럼 쏟아져 나왔다.

던컨의 굳은 표정이 다소 풀어짐과 동시에 월터즈가 안도의 숨을 쉽게 내쉬었다. 오블톤은 새파랗게 질려서 아무 말도 못 하고 이마에 맺힌 구슬 같은 땀방울을 닦아 냈다. 던컨은 차분하게 고름과 피가 묻은 기구를 가제로 닦아 내고 간호사에게 분명한 어조로 지시하였다.

"이 환자를 응급실로 옮겨 주세요. 하룻밤만 지나면 용태가 무척 좋아질 겁니다."

수술을 지켜 보면서 반쯤 넋이 빠져 있던 담당 간호사가 그제야 정신이 드는지 재빨리 환자에게 다가갔다.

"선생님, 벌써 살 것 같습니다. 숨을 마음대로 쉴 수 있어서 아주 기분이 좋아요. 호흡이 편해졌어요. 하느님의 축복이 있길 빕니다, 선생님."

월터즈는 기쁨을 이기지 못해 떨리는 목소리로 말했다. 그의 두 볼에서는 감격의 눈물이 쉴 새 없이 흘러 내리고 있었다.

4

다음날 아침, 던컨은 언제나처럼 잉그리스 박사를 따라 인내의 수업이라고 할 수 있는 회진을 했다. 그런데 오늘따라 박사가 그를 바라보는 시선이 평상시와는 사뭇 달랐다. 회진이 끝나고 두 사람만 있게 되자, 잉그리스 박사가 초조한 낯빛으로 입을 열었다.

"스탤링, 자네와 할 얘기가 있네. 잠시 내 방으로 가세."

방으로 들어선 박사는 어색한 분위기를 무마시키려는 듯 끊임없이 헛기침을 했다.

"자네, 닥터 오블톤과 사이가 별로 좋지 않은 모양이지?"

"네, 박사님. 그런 편입니다."

던컨은 사실대로 대답했다.

"실은 나 역시 그렇긴 하지."

어색하게 굳어 있던 잉그리스 박사의 표정이 다소 온화해지며 빙그레 미소마저 띠었다. 박사는 다시 진지한 표정으로 되돌아가 늘 그렇듯이 조심스러운 어조로 덧붙였다.

"하지만 말일세. 한 병원에 근무하면서 동료와 다투는 일은 결코 바람직스럽지 않다네. 이런 말은 나도 하기 싫지만……, 자네 주위에는 자네를 탐탁하지 않게 여기는 무리들이 있다는 것을 항상 염두에 두었으면 하네. 자네가 무슨 일을 하든, 그게 설령 옳은 일이라 할지라도 말일세. 내 말이 무슨 뜻인지 자네도 잘 알겠지?"

잉그리스 박사는 잠시 말을 멈추고 탐색하는 시선으로 던컨의 표정을 살폈다. 던컨이 얼굴이 굳은 채로 고개를 끄덕이자 다시 말을 이었다.

"스탤링, 내가 자네를 이 병원에 추천하는 데에도 얼마나 많은 어려움을 겪어야 했는지는 자네도 알 줄 믿네. 그런데 요즈음의 분위기가 별로 심상치 않다네. 자네를 반대했던 사람들의 목소리가 커지고 있으니……. 지난 밤의 일로 인해 자네를 고통스럽게 만드는 결과가 생길 수도 있다네. 난 진심으로 그런 일이 생기지 않기를 바라고 있네. 그러니 스탤링, 모든 걸 순리대로 따르도록 해 보게. 당부하네만 이제부터는 윗사람을 좀더 존경하도록 하게나."

박사가 한 말의 요지는 분명했다. 유엔 오블톤에게 좀더 잘 보이라는 뜻이었다. 즉 고분고분 순종하라는 것이었다. 그렇지 않으면 그의 영향력에 밀려 병원을 그만두게 되는 불상사가 발생할지도 모른다는 의미를 포함하고 있었다.

던컨은 잠시 병원 생활에 환멸을 느꼈다. 오블톤의 추악하고 비열한 행위에 구토가 날 지경이었다. 한 생명을 구해야겠다는 끈질긴 집념에서 발생한 자신의 진단은 의사로서 마땅히 해야 할 행위였다. 그러나 병원의 규정상 윗사람의 허락도 없이 수술을 집행한 것은 정당성이 인정되지 않았던 것이다.

"박사님의 말씀을 잘 새겨듣겠습니다."

던컨은 슬픔처럼 밀려드는 환멸을 애써 억누르며 가까스로 대답했다. 박사의 조언을 듣지 않는다면 자기 자신보다 잉그리스 박사의 입장이 난처해진다는 것을 생각했기 때문이다.

월터즈의 병세는 나날이 눈에 띄게 호전되어 마침내 퇴원을 하기에 이르렀다. 퇴원하기에 앞서 월터즈는 발그레한 건강한 모습으로 거듭거듭 감사를 표시했다. 던컨은 비로소 의사로서의 자부심을 느꼈다. 월터즈의 퇴원 허가서에 서명을 하면서 던컨은 만약 자기가 윗사람의 명령에 충실히 따르기만 했다면, 지금쯤 이렇게 퇴원 허가서에 서명하는 게 아니라 매장 허가서에 서명하고 있을 거라는 생각이 들었다.

바쁘게 업무에 쫓기다 보니 월터즈에 대한 일도 까마득히 잊어 버린 어느 저녁나절이었다. 던컨은 하루의 일과를 마친 후 실험실을 나서려고 분주하게 준비하고 있었다. 그때 노크 소리가 명쾌하게 들려 왔다. 순간 들어오라는 말을 하려는데, 문이 열리며 화사한 차림의 마가레트가 함빡 웃음 띤 얼굴로 들어왔다.

"아니, 이게 누구야!"

"마호메트가 산을 찾아오지 않으니, 산이 마호메트를 찾을 수밖에."

"마가레트가 이렇게 찾아오리라고는 꿈에도 생각하지 못했어."

던컨은 흥분하여 자신도 모르게 들뜬 목소리로 외쳤다.

"아버지께서 새로 생긴 전기 회사 일로 급히 이곳에서 하실 일이 생긴 모양이야. 그래 함께 왔어."

"정말 고맙군. 이렇게 일부러 나를 만나러 와 주다니."

던컨은 제법 의젓한 태도로 여전히 기쁨을 감추지 못하겠다는 듯 반가움을 표시했다.

"던컨, 던컨이 이토록 반갑게 맞아 주니까 나 역시 기뻐."

마가레트는 기쁘게 말하며 정상적으로 변한 던컨의 팔에 시선을 고정시켰다. 그녀도 의젓하게 변한 던컨의 모습을 보자 무척 기뻤던 것이다.

"잉그리스 아저씨 댁에 왔다가 던컨에게 인사나 하고 가야겠기에 들렀어."

말을 하면서도 그녀의 눈은, 하얀 수술복 차림의 후리후리한 던컨의 모습을 감상이나 하는 것처럼 훑어보고 있었다.

던컨은 갑자기 찾아온 뜻밖의 행운에 깊이 도취된 느낌이었다. 그녀를 만나지 못해 그동안 얼마나 마음이 허전했던가. 그 얼마나 견딜 수 없는 그리움으로 그녀가 돌아오기만을 애타게 기다렸던

가. 지난 세월 동안에는 초라한 자신의 처지를 생각하여 도저히 그녀에게 오랫동안 혼자 고이 간직해 온 사랑의 고백을 할 수 없었던 그였다. 그러나 이제는 옛날처럼 무슨 말을 할까 쭈뼛거리며 망설일 필요가 없었다. 이젠 더 이상 과거처럼 아무런 희망도 없는 가련한 불구자가 아니었다. 지금의 자신은 오래 전부터 간직하고 꿈꾸어 오던 야망을 눈앞의 현실로 실현시키고 있지 않는가. 세상의 어떤 어려움도 이제는 능히 자신의 노력으로 헤쳐 나갈 수 있다는 자신감에 차 있었다.

"이렇게 찾아와 주니 정말 기쁘군. 그렇잖아도 마가레트를 만나면 꼭 들려 줄 이야기가 있었어. 내 말을 들어 주겠어?"

던컨의 억양이나 태도는 이미 예전의 그가 아니었다. 당당하고도 자신감에 넘쳐 있었다. 마가레트는 놀라움에 눈을 동그랗게 뜨면서 물었다.

"무슨 말인데, 사생활에 관한 건 아니겠지?"

던컨은 마가레트에게 아주 가까이 다가선 후에 나직한 음성으로 입을 열었다.

"사생활에 관한 이야기일 수도 있고 그냥 옛날 이야기일 수도 있어. 마가레트, 이런 얘기 들어 봤어? 옛날 옛적에 한 가련한 소년과 훌륭한 가문의 아름다운 아가씨가 있었어. 그 가련한 소년은 성 안에서 행복하게 살고 있는 그 지체 높은 아가씨를 늘 사모하며 지냈지."

던컨의 얘기에, 마가레트는 입가에 미소를 띠며 흥미롭다는 듯 그의 얼굴을 뚫어지게 쳐다보았다.

"던컨, 이제 런던 사교계에 나가도 남에게 뒤지지 않을 만큼 훌륭한 화술을 가지게 되었군그래. 이야기 속의 가련한 소년은 던컨 자신을 말한 것 같은데……, 아름다운 아가씨란 누굴 가리키는 건지 모르겠네?"

"정말 모르겠어, 마가레트?"

"그럼, 그 여자가 나란 말이야?"

마가레트가 입가에 미묘한 미소를 떠올리는 사이, 던컨은 서류함 속에서 바싹 말라 버린 히드 꽃가지를 꺼내 들면서 대답했다.

"마가레트, 이 히드 꽃을 기억할 수 있겠어? 네가 나한테 준 거야."

"아, 그 꽃…… 기억하고말고."

마가레트는 옛추억을 더듬 듯 감미로운 표정을 지었다. 그러자 던컨이 시를 읊는 듯한 목소리로 천천히 말했다.

"고향의 강 언덕이었지. 어느 날 낚시를 하고 돌아오는 길에 숲 속에서 우연히 너를 만났어. 그때 넌 이 꽃가지를 내게 주면서 행운을 빌어 줬지."

"그래, 그때 내가……, 정말 그랬었지. 그럼, 던컨은 그 꽃을 여지껏 간직하고 있었단 말야?"

던컨은 대답 대신 그녀의 얼굴을 똑바로 응시하며 고개를 끄덕여 보였다. 그 순간 마가레트는 물기 있는 손으로 전류를 만진 것 같은 짜릿함이 전신에 퍼지는 것을 느꼈다. 누군가가 죽도록 자신을 사랑해 주고 있다는 사실을 알게 된 여자만이 느낄 수 있는 짜릿함이었다. 그러나 그녀는 짜릿한 희열과 더불어 어떤 아쉬움에 사로잡혔다. 오래 전부터 그녀는 던컨 정도의 남자는 자신의 상대가 될 수 없다고 생각했다. 그리고 지금도 그 마음에는 변함이 없었다. 이제는 던컨이 어떤 감정을 가지고 있든 모든 걸 정리해야만 했다.

"던컨, 정말이지 난 네가 진짜 옛날의 던컨인지 의심이 생길 지경이야. 지금 던컨의 태도는 너무 멋있고 화술 또한 유창해. 정말 난 혼이 달아날 지경이라구."

마가레트는 들뜬 소리로 말하며 유난히 눈빛을 반짝였다. 그녀

는 어떤 계산에서 애써 던컨을 흥분시키는 말을 하고 있었다. 그
것은 죄 많은 여자의 허영심이었다. 그녀는 던컨의 가슴 속에 타
오르는 사랑의 불길을 좀더 세차게 타도록 해 주고 싶었다.

던컨은 마가레트의 손을 힘껏 잡았다.

"마가레트, 내가 얼마나 오랫동안 이 순간을 기다려 왔는지 알
아? 너에게 이 말을 하기 위해 이 순간까지 노력한 거야. 난 마가
레트, 너만을 사랑해 왔어. 마가레트……"

이 순간 던컨의 머릿속에는 어떤 생각이 끼여들 자리가 없었다.
지나온 모든 일들이 오직 이 순간만을 위해 존재했던 것처럼 느껴
졌다. 던컨은 마가레트의 감동한 모습에 힘입어 이제껏 간직하고
있던 마음 속의 열정을 남김없이 털어놓았다. 흥분으로 상기된 그
의 모습은 마치 넋나간 사람 같았다.

"내가 유명해지고 사회적으로도 확고한 지위를 차지하게 되면,
마가레트, 나와 결혼해 주겠어?"

마가레트는 오랫동안 묵묵히 던컨의 시선을 받아들이고 있다가
긴 한숨을 내쉬며 고개를 힘없이 숙였다.

"던컨, 이제 난 더 이상 던컨의 그런 아름다운 고백을 들을 수
없어."

그녀는 이제 모든 것이 부질없다는 표정으로 힘없이 말했다.

"더 이상 들을 수가 없다니?"

던컨은 소스라치게 놀라서 소리쳤다.

"던컨, 나도 너를 좋아해. 이건 진심이야. 그리고 네가 지금 한
그런 말을 꼭 듣고 싶었어."

마가레트는 울먹이는 목소리로 말했다.

"그런데 어째서 내 이야기를 더 들을 수 없다는 거지?"

던컨은 감전된 사람마냥 온몸을 부르르 떨었다. 마가레트는 그
가 잡고 있던 손을 조용히 뿌리쳤다.

"난 네가 이미 눈치챈 것으로 알았는데."

이 말과 함께 마가레트는 불쑥 손을 던컨의 눈앞에 내밀었다. 그 손가락에는 커다란 다이아몬드 반지가 끼워져 있었다.

"관찰력이 뛰어난 던컨이 이걸 보지 못했다니, 이렇게 크고 아름다운 반지를."

"……."

순간 던컨은 아찔한 기분이 밀려들며, 온몸에서 힘이 빠져 의자에 털썩 주저앉았다. 그리고 한참 동안을 침묵으로 일관했다. 이제 다시 옛날처럼 무슨 말을 해야 좋을지 몰랐다.

"무척 아름답고 훌륭한 반지군."

던컨이 가까스로 입을 열자 그녀는 만족하게 웃었다.

"고마워, 던컨."

"그런데 누구야, 상대는?"

던컨의 뇌리에는 유엔 오블톤이 껄껄 웃고 있었다. 그래도 마지막 한 가닥 희망을 가지고 이렇게 물을 수밖에 없었다.

"유엔이야. 닥터 오블톤을 모르진 않겠지. 우리 두 사람은 언제부턴가 서로 사랑하고 있었나 봐. 오늘 너를 만나러 온 것도 사실은 그 때문이야. 너한테 축하받고 행복을 빌어 달라고 말하고 싶었거든."

던컨은 솟구치려는 울분과 안타까운 심정을 가까스로 억눌렀다. 그렇지만 얼굴에 나타나는 슬픈 표정만은 어쩌지 못했다.

"그러지, 진심으로 마가레트가 행복해지기를 바라겠어."

"정말 고마워, 던컨."

마가레트는 아주 다른 사람이 된 것처럼 목청을 조금 더 높여 수다스럽게 떠들었다.

"던컨, 네 생각은 어때? 유엔과 나는 아주 잘 어울리는 커플 같지 않아? 우리는 성격이나 자라 온 환경 등에서 공통점이 참 많

아. 아버지는 우리가 결혼하면 에딘버러에 궁전 같은 집을 사 주시겠다고 하셨어. 그리고 던컨, 같이 근무하니까 유엔의 능력을 잘 알겠지? 그는 곧 월레스 병원으로 자리를 옮겨 새로운 지위에 오르게 될 거야. 유엔이 월레스 병원의 원장이 될 날도 그리 멀지 않았다는 느낌이 들어, 던컨도 나와 같은 생각이겠지?"

"결혼은 곧 할 모양이지?"

던컨은 그녀의 말에 대답하지 않고 화제를 돌렸다.

"다음 달에 할 거야. 결혼식 댄스파티에 꼭 참석해야 돼. 옛날에 날 좋아한 사람은 모두 초대하기로 했어. 굉장한 파티가 될 테니 두고 봐, 던컨."

마가레트의 흥분으로 들뜬 말투가 던컨의 가슴을 비수처럼 찔렀다. 순간 던컨은 자기가 그토록 사모해 왔던 마가레트가, 허영심에 가득 찬 얄팍한 여성에 불과하다는 생각에 잠시 아연해졌다. 그러나 그것도 잠시였다. 아무리 마가레트가 경박한 여자라 할지라도 그녀를 사랑하는 마음에는 변함이 없었다. 가슴은 온통 고통으로 미어지는 듯했으나 입에서 나오는 말은 너무나 차분하게 가라앉아 있었다.

"내가 마가레트를 위해서 무엇을 할 수 있을까? 내가 할 수 있는 일이 있으면 언제든 상관없으니까 사양하지 말고 알려 줘, 마가레트."

마가레트가 환한 얼굴로 던컨의 손을 정겹게 잡았다. 그리고 막 무슨 말을 하려는데 밖에서 자동차 경적이 울렸다.

"유엔이 왔어. 저녁 식사 전까지 골프를 치러 가기로 했거든. 던컨, 너의 아름다운 우정을 영원히 간직할게."

마가레트는 명랑하게 말하며 악수를 청했다.

"안녕, 배웅하지 않아도 돼. 날이 어두워지면 골프를 칠 수 없으니까 급히 서둘러야 해."

던컨은 창가에 서서 물끄러미 밖을 내다보았다. 밖에는 유엔 오블톤이 승리자의 자랑스런 미소를 띠고 최고급 승용차에 앉아 있었다. 이윽고 마가레트가 나오자, 오블톤은 아주 자연스럽게 그녀에게 키스하고 차에 태웠다. 마가레트를 태운 차가 시야에서 완전히 사라질 때까지, 던컨은 참담한 심정으로 서 있었다.

5

던컨 스탤링은 그날 저녁, 안나와 함께 필하모니 오케스트라 정기 연주회에 가기로 약속되어 있었다. 그러나 도무지 가고 싶은 마음이 생기지 않았다. 오늘은 누구와도 만나고 싶지 않고 그 어떤 일도 하고 싶지 않았다. 던컨은 마가레트가 돌아가고 한참 후에야 하숙집으로 전화를 걸었다.

"골드 부인, 저 던컨입니다. 가이슬러 박사님께 오늘 저녁 함께 음악회 가기로 한 약속을 지킬 수 없게 되었다고 전해 주십시오."

"저런, 알았어요."

던컨은 전화를 끊고 밖으로 나와 어느 허름한 술집에서 술을 마셨다. 미칠 것만 같은 마음을 달래기 위해 술잔을 비우고 또 비웠다. 그러나 독한 술도 상실의 아픔을 치유해 주지는 못했다.

밤 10시 30분쯤 안나가 아무런 예고도 없이 던컨의 방으로 들어섰다. 그녀는 쓰고 있던 모자를 방바닥에 벗어 던지듯이 하고는 의자에 털썩 주저앉았다. 마치 이 방이 자기 방이기나 한 것처럼 던컨에게는 시선이나 관심조차 주지 않고 들고 있던 지방 신문을 펼쳐 들었다. 던컨은 약속을 어겨 미안하다는 듯 조심스럽게 말을 건넸다.

"음악회는 좋았어요?"

"나도 안 가서 모르겠네요."

안나의 말하는 표정이나 태도는 평상시와 다름없었다.

"스털링, 내게 그렇게 미안해할 것 없어요. 자기에게 찾아온 불행에 마음껏 잠겨서 모든 걸 잊어버리도록 하세요."

안나의 목소리는 냉정했다. 쌀쌀맞은 목소리에 비아냥거리기까지 했다. 슬픔과 안타까움에 잠겨 있던 던컨은 안나의 그런 말투에 화가 치밀었다. 그러나 안나는 여전히 모르는 척하면서 아주 태연스럽게 말했다.

"이 지방 신문의 가십거리 하나를 읽을 테니 들어 봐요. 마가레트 스코트 양과 유엔 오블톤 의사 약혼하다, 센트 앤들스 사교계 인사들이 약혼식에 참석하여 두 사람의 앞날을 축복해 주었다. 이곳 사교계의 상류층 청년들 사이에서 인기를 독차지하고 있는 마가레트 양은 스틴차 장원의 스코트 대령의 영애이다. 유엔 오블톤 씨는 사업가인……."

안나는 읽던 신문을 아무렇게나 바닥에 던지더니 던컨을 뚫어져라 쳐다보았다.

"조금 더 읽지 그래요. 제가 듣고 싶어하는데요, 안나."

던컨이 으르렁대는 듯한 소리를 토해 냈다.

"화가 나는군요. 던컨, 그 아가씨를 사랑한 건 아니겠죠? 만일 그렇다면 당신이 사랑하고 있었던 것은 하나의 이상이었을 걸요. 그 마가레트라는 아가씨를 제단 위에 올려놓고 우상을 숭배하는 것처럼 말이에요. 그런 비현실적인 꿈을 갖는 건 어디서나 마찬가지군요. 내 고향에 사는 나무꾼의 아들들은 모두 성주의 딸을 흠모하면서 자기의 꿈을 키워 나가지요."

던컨은 미묘하게 복잡해지는 마음을 뭐라고 표현하지 못한 채 안나를 물끄러미 쳐다보며 어이없어했다. 그녀는 아랑곳하지 않고 계속 말했다.

"던컨은 마가레트가 이기주의에 허영심으로 가득 차 있는 아가씨라는 사실은 몰랐던가 보죠? 어떻게 그런 여자와 아름다운 생활을 할 수 있을 거라고 생각할 수 있어요. 끊임없는 질투에다, 사교계의 바보스러운 의무를 다해야 하고, 흥청망청 따분한 리셉션 따위를 던컨 같은 사람이 감당할 수 있을 것 같아요? 던컨은 그런 생활을 알고나 있어요?"

"안나!"

던컨은 화가 치밀어서 새파랗게 질린 얼굴로 자리에서 벌떡 일어났다.

"아, 알겠어요. 알고 있다구요. 당신은 내가 당신의 팔을 정상으로 만들어 놓지 않았으면 나를 욕하고 쫓아 버릴 기세군요. 그렇게 무서운 기세로 소리치다니!"

안나는 감정이 치밀어오른 목소리로 던컨의 말을 가로막았다. 그러다가 갑자기 억양을 낮추며 말을 이었다.

"하지만 던컨, 나 역시 감상적인지 모르지만 자꾸 당신이 꼭 필요하다고 느껴지니 어떡하겠어요. 당신이 필요하지 않다면 벌써 이 자리를 떠나 다시는 만나지 않았을 거예요."

던컨은 한동안 우두커니 안나의 시선을 받아들이다가 체념했는지 다시 의자에 털썩 주저앉았다.

"그래요, 화낼 필요가 없는 일이에요."

안나는 차분한 목소리로 말을 이었다.

"나도 당신이 괴로워하는 마음을 이해해요. 그 아가씨가 오블톤을 남편으로 선택했다는 사실을 알고 당신의 기분이 어떨지 무척 걱정되더군요."

"그만두세요. 전 어떤 말도 듣고 싶지 않아요."

"괴로워할 거 없어요. 오블톤도 별로 행복하지 못할 테니까, 그

아가씨도 마찬가지고요."

안나의 얼굴에는 비웃음에 가까운 야릇한 미소가 번졌다.

"안나, 제발 그만해 두세요."

던컨은 두 손을 머리카락 속으로 밀어 넣고 고개를 숙였다.

"도슨 간호사가 조금 전에 자살을 꾀했어요."

"뭐라고요?"

던컨은 깜짝 놀라며 숙였던 고개를 번쩍 쳐들었다. 도슨이 왜 자살하려고 했는지 알 것 같았다. 불쑥 오블톤과 도슨 간호사가 접수실에서 있었던 일이 주마등처럼 뇌리를 스치고 지나갔다. 던컨은 주먹으로 머리를 한 대 얻어맞은 기분이었다.

"정말 난처하게 됐어요. 경험이 풍부한 고참 간호사가 하필이면 병원에서 수면제를 50알이나 삼켜 버리다니, 상상도 못 할 일이에요. 부랴부랴 도슨 양의 위를 세척해서 일단 위기는 넘겼어요."

"다행이군요."

던컨은 계속 눈을 안나에게서 떼지 않았다.

"그런 뜻밖의 수선에 도슨 간호사 방에 갔었어요. 방 안이 온통 난리더군요. 그런데 이게 눈에 뜨였어요. 갖고 있으면 어딘지 쓸모가 있겠다 싶어 들고 왔어요."

안나는 리본으로 묶어 놓은 편지다발을 천천히 풀었다. 모두 오블톤의 필적이었다. 어떤 내용인지를 알아 내는 데는 채 몇 분이 걸리지 않았다.

"이런 내용이 대부분, 아니 전부죠."

던컨이 다시 안나를 쳐다보자 그녀는 말을 계속했다.

"당신의 친한, 대단히 친한 친구가 지금 낭떠러지에 위태롭게 서 있어요. 틀림없이 어떤 사람들은 통쾌해할 거예요. 오블톤이 그대로 떨어져 버리면 얼마나 시원스럽게 여길까요."

안나의 이 말에 던컨은 표정을 험악하게 지으며 소리쳤다.

"사양합니다. 그런 비열한 짓은 절대 사양해요."

"뭣 때문에요? 닥터 오블톤은 그만한 죄를 지었어요. 도저히 용서할 수 없어요. 제 욕심을 채우기 위해 순진한 간호사를 농락하여 자살에 이르게 했어요. 게다가 자신이 그런 비열한 짓거리를 하면서 순수한 우리 관계를 더럽히는 헛소문을 퍼뜨렸죠. 그런 자를 용서하란 말이에요?"

"그래도 난 이런 식으로 하고 싶지는 않아요."

던컨은 힘주어 고개를 가로저었다. 너무나도 확고 부동한 태도였다. 그러한 태도는 감히 그 앞에서 다시 이 문제를 내놓기조차 망설이게 하는 그 무엇이 있었다.

"안나, 남의 약점을 들춰서 당사자를 파탄에 몰아 넣는 짓을 하고 싶지는 않아요. 게다가 마가레트가 받을 충격을 생각하면 더욱 그래요. 나는 오블톤과 정식으로 대결은 하지만, 그런 비열한 방법을 취하지는 않겠어요. 어디까지나 노력과 실력만으로 그를 이기도록 하겠어요."

안나는 던컨의 순수한 인간성을 다시금 보는 것 같아 무척 흐뭇했다. 사실 그녀는 오블톤의 치명적인 약점을 잡게 된 던컨이 어떤 태도를 취할 것인가가 궁금했었다. 역시 그는 올바른 사람이라는 처음의 느낌에 확신 같은 것을 얻었다.

"그렇군요. 당신 생각이 옳은 것 같아요. 당신이 저런 나쁜 악당을 혼내 주는 걸 꼭 보고 싶은 게 나의 솔직한 심정이었는데……, 그러나 당신 말처럼 정당하게 복수할 수 있는 다른 방법이 있겠죠. 아, 빅토리아 병원에서의 실습 기간은 언제 끝나게 되나요?"

"10월 둘째 주가 지나야 됩니다. 그전에 쫓겨나지 않는다면 말입니다."

"멋지군요. 10월 15일경이면 휴가를 얻어 여행을 가세요. 신선한 공기가 당신의 머릿속에 가득 찬 사랑의 고뇌를 말끔히 씻어 줄 거예요. 마음의 상처에는 무엇보다도 세월이 약이죠. 던컨이 한 달 가량 휴가를 즐기고 오면……, 우리의 계획과 시기가 딱 맞아요."

"우리의 계획과 시기가 딱 맞다니요?"

"던컨, 나는 이미 당신과 나를 위해서 준비한 게 있어요."

"나와 당신을 위해 준비를 하다니요? 점점 더 모르겠군요."

"벌써 오래 전부터 재단측에서 내게 에딘버러로 가지 않겠느냐는 제의가 왔어요. 물론 아직 공식적인 것은 아니지만 거의 결정된 거나 다름없어요. 윌레스 병원에 관한 어떤 일이나 모든 편의를 도모해 줄 거예요. 그리고……."

안나는 아주 흡족한 표정을 지으며 덧붙였다.

"내 병리학 연구를 도와 줄 동료를 선택할 권리도 줄 거예요."

"병리학 연구 동료!"

던컨이 얼굴을 찡그리며 어이없다는 듯이 말했다.

"병리학! 시체 수용소! 너무나 터무니없는 혼자만의 생각입니다. 난 그런 연구에는 흥미가 없어요."

"바보 같은 소리 말아요. 나는 재단을 움직일 수 있는 힘이 있어요. 가능한 한 당신에게 병리학을 가르칠 수 있는 교단을 얻을 수 있게 할 거예요. 잘 생각해 보세요. 당신이 주임이 되는 거예요. 그리고 그 자리가 확정되면 오블톤이 당신을 어떻게 볼지 상상할 수 있지 않아요?"

"혼자서 다 하시는군요. 왜 안나는 내가 그토록 약삭빠른 감정을 갖게끔 만들죠? 전 당신이 굉장히 도량이 넓고 생각이 깊은 분으로 알고 있는데요?"

던컨이 노골적으로 불만을 나타냈지만, 안나는 그 말에 아랑곳하지 않고 나직한 목소리로 입을 열었다.

"그랬었지요, 지금까지는요. 그러나 이제부터 당신은 내 재산이라는 생각이 드니 어쩌지요. 시간이 갈수록 던컨이 자꾸 소중하게 느껴지는군요. 의학계를 위해서 더욱 필요한 존재일 거예요."

"이제껏 당신처럼 자기 중심적이고 집념이 강한 여자는 만나 본 적이 없는 것 같군요."

던컨도 안나의 그런 생각에 거부감이 느껴지지는 않았다.

"그래요. 학문에 관한 한 난 당신이 말한 대로예요."

안나는 하품을 참으면서 자기 시계를 보았다.

"그럼, 이제부터 우리 두 사람의 일을 위해 진군하는 거예요."

"병리학, 그 시체 수용소를 위해서?"

"푹 쉬세요. 당신의 사랑의 환상은 이제 사라졌어요."

안나는 다시금 던컨을 차갑게 쳐다보며 말했다. 그녀는 자리에서 일어나며 오블톤의 편지다발을 챙겨 들었다.

안나는 자기 방으로 돌아와 그 편지다발을 단정하게 묶어 놓고, 묘한 미소를 짓더니 책상 서랍에 넣었다.

6

던컨은 마가레트와의 이별 때문에 여전히 허탈한 마음인 채였다. 그러나 마지막 실습을 위해 빅토리아 병원 근무에 들어갔다.

눈이 기세 사납게 퍼붓고, 사나운 바람이 대지를 얼게 만드는 추위가 몰아치는 어느 날 저녁이었다. 회전을 마치고 사무실에 들어서는데 정적을 깨뜨리는 전화벨 소리가 울렸다. 던컨은 깜짝 놀라며 진료 부장이 저녁이면 으레 불러대는 호출이겠거니 생각하고 수화기를 들었다.

"던컨 스탤링입니다."

진료 부장의 목소리가 아니었다. 매우 먼 곳에서 걸려 온 전화였지만, 던컨이 금방 알아차릴 수 있을 만큼 낯익은 목소리였다.

"아니, 진 양 아니십니까? 아, 먼저 인사를 해야겠군요. 안녕하셨어요?"

던컨은 전혀 생각하지 못한 전화에 당황해서 말했다.

"아버님에 대해 의논드리고 싶어서요. 혹시 실례를 범한 것은 아닌지요?"

"아, 아닙니다. 아버님께 무슨 나쁜 일이라도 생겼나요?"

"큰일은 아니에요. 기관지염이 심하세요. 이곳에 폭설이 내렸는데 사흘 동안 계속 환자가 발생했어요. 그래서 아버지는 무리하게 왕진을 다니셨는데, 이젠 그럴 수가 없는 상태예요. 아버지는 환자 때문에 누워서 쉴 수가 없다고 하시지만, 지금은 어쩔 수 없이 누워 계세요."

"그럼, 스트라스 린튼에 있는 환자들이 걱정이겠군요."

"그래서 아버님이 더 걱정을 많이 하세요. 요즈음은 날씨 관계로 환자가 갑자기 많아졌어요."

던컨은 그 소리를 들으면서 한적하고 평화로운 작은 마을의 풍경을 재빠르게 떠올렸다. 유일하게 있는 마을 의사는 병들어 누워 있고 논과 밭, 정원들은 하얀 눈으로 온통 덮여 있다. 그런데 환자들은 여기저기서 병과 싸우며 고립된 채 있다.

"아버님 대신 환자를 돌볼 사람이 필요하겠군요?"

던컨은 진이 무엇을 말하고 싶어하는지 알았다.

"네, 지금 당장 의사가 필요해요. 저, 혹시 자진해서 이곳까지 와 주실 분이 있을까요?"

진은 잠시 망설이다가 결심을 했는지 또박또박 말을 이었다.

"무리한 부탁일지 모르겠지만 던컨 씨가 1주일이나 2주 정도 와서 수고해 주시면 안 될까요?"

던컨은 이미 결심하고 있었다. 앵거스 머도크 박사와 그런 식으로 다투지만 않았어도, 그녀가 부탁하기 전에 자진해서 가겠다고 나설 것이었다. 던컨은 어떻게 하면 그곳에 갈 수 있을까 여러 가지 구실을 생각했다. 잉그리스 박사에게 사정을 설명하고 실습 기간을 그곳에서 보내게 해 달라고 부탁하면 될 것이다. 던컨은 즉시 떠나야겠다고 결심하고 진에게 물었다.

"이곳에서 그곳으로 가는 막차가 몇 시에 있나요?"

"지금 오시려고요?"

"조금이라도 빨리 가는 게 좋지 않겠어요?"

"막차는 밤 9시에 있을 거예요."

"알았어요. 지금부터 서둘러서 그 차를 타면 10시쯤엔 도착하겠군요. 곧 출발할 테니까 기다리세요."

던컨은 수화기를 내려놓고 나가려다가 다시 수화기를 들었다. 그리고는 잉그리스 박사에게 전화를 걸어 스트라스 린튼의 사정을 열성을 다해 설명했다. 설명을 들은 잉그리스 박사도 흔쾌히 허락해 주었다. 던컨은 여행 준비를 할 시간적인 여유가 없었다. 단지 외투와 머플러만 아무렇게나 걸치고 모자를 눌러 쓴 후, 급히 밖으로 나왔다. 매서운 추위 때문에 거리에는 사람의 그림자조차 보이질 않았다. 그는 정류장으로 달려가 막 출발하려는 버스에 간신히 올라탔다.

버스는 평상시 같으면 만원일 것이다. 그러나 추위 때문에 승객이라고는 던컨 이외에 두 사람밖에 없었다. 저쪽에는 25세 정도 돼 보이는 청년이 앉아 있었다. 그는 어딘지 모르게 품위가 있고 여자처럼 아름다워 보였는데, 소설책을 읽고 있었다.

던컨은 자기 곁에 앉아 있는 이 사람은 누구인가 하고 쳐다보다가 움찔 놀랐다. 이 사람과는 6년이 넘게, 즉 고향의 시청에서 싸운 이후로는 한 번도 만난 일이 없었다. 뚱뚱한 몸집, 육중한 턱,

작은 눈가 밑에 처진 주름살, 머리칼에 기름을 먹여 곱게 빗어 넘긴 반백의 모발을 하고 있는 이 사람은 바로 죠지 오블톤이었다. 그도 던컨을 단번에 알아본 듯했다.

"음, 자네군."

죠지는 신음하듯 말했다.

"밤늦게 어딜 그리 급하게 가나?"

"오랜만이군요. 그런데 오블톤 씨야말로 버스를 다 타시고 웬일이십니까?"

던컨은 대수롭지 않게 받아넘겼다.

"나야 아들을 만나고 가는 길이지. 자동차만 고장나지 않았으면 당연히 이 털털거리는 버스를 안 탔지. 크랭크의 샤프트가 빠졌다니, 운전사녀석 차만 고쳐 오기만 해 봐! 제가 맡은 일도 제대로 못 하는 놈은 살아갈 권리가 없어."

죠지 오블톤은 안주머니에서 여송연을 꺼내 거만스럽게 피워 물었다.

"자네는 멀리까지 가는 모양이지?"

"스트라스 린튼까지 갑니다."

던컨은 쳐다보지도 않고 대답했다.

"아, 스트라스 린튼!"

죠지 오블톤은 흥미 있다는 표정을 지었다. 그때 저쪽에 앉은 귀공자 타입의 젊은이도 흘끔 던컨을 쳐다보았다.

"린튼에 있는 계곡의 경치는 제법 볼 만하던데. 내가 보기에도 경치가 좋았어. 그곳은 내가 내 생애 최대 사업 계획을 세운 곳이지. 난 누가 뭐라고 해도 그곳에다 하지, 댐, 수문, 터빈, 그리고 발전소를 세울 거야. 그래서 천 명 이상의 노동자를 가질 거라구. 자네도 알다시피 리븐포드 시의원들도 나와 똑같은 생각을 가지고 있어. 발전소가 완공되면 이 일대와 우리 주(州)에서 사용하는 모

든 전력을 공급할 수 있지. 거기에다 알루미늄 공장까지 건설하면
이 고장은 금방 발전할 거야. 난 사업에 있어서는 독점권을 가졌
다고 할 수 있으니까 걱정할 게 없거든. 자네도 내 사업 계획에 대
한 이야기를 들었겠지?"

던컨은 잠자코 듣기만 했다. 진이 그에게 들려 준 상황보다도
더 죠지 오블톤의 계획은 지방 신문을 떠들썩하게 만들고 있었다.
일부 사업가들은 경제적 가치를 내세워 건설해야 한다고 주장하는
데 반해, 이 마을 사람들은 공해 및 자연 훼손을 내세워 적극 반대
운동을 벌이는 중이었다. 왜냐하면 이 마을 주위의 수십 마일에
있는 아름다운 풍경을 해칠 수 있기 때문이었다. 던컨이 아무 말
도 하지 않자, 죠지 오블톤은 그가 자기편인 것처럼 느껴서인지는
몰라도 다시 말하기 시작했다.

"저기 예쁘장하게 생긴 젊은이 있지?"

죠지 오블톤이 손가락으로 계속해서 책을 읽고 있는 젊은이를
가리켰다.

"저 녀석이 알렉스 에글인데, 존 에글 경의 아들이지. 젠장, 자
네는 상상도 못 할 거야. 우리는 저 악마 같은 작자들 때문에 엄청
난 곤욕을 치렀어. 저 녀석들은 우리가 추진하려는 사업 계획을
망치려 했다구. 아니, 이 좋은 계획을 왜 훼방 놓으려고 그래? 아
름다운 경치를 보전해서 그림 엽서에나 써먹겠다는 거야, 뭐야?
이 사업이 경제와 생활 발전에 얼마나 도움을 주는지 생각을 해야
지. 결국은 우리가 보기 좋게 콧대를 꺾어 놨지."

죠지 오블톤은 두 손을 마주 비비며 그 교활한 작은 눈을 가늘게
떴다. 그리고는 던컨의 표정을 살폈다.

"자연과 발전이라……, 어떤 발전인지 모르겠군요."

던컨은 죠지 오블톤과는 달리 큰 소리로 중얼거렸다.

"물어 봐도 될지 모르겠는데, 누가 자네를 린튼에 오라고 요청

이라도 했나?"

"네, 린튼에서 개업하신 앵거스 머도크 선생님 대신 환자들을 좀 돌보려고요."

"앵거스 머도크라고?"

죠지 오블톤은 얼굴에 열을 올리며 큰 소리로 말했다.

"파이를 먹을 때 허리를 꼿꼿이 세우고 거만스럽게 먹는 그 늙은 의사 말인가?"

"아니, 그럼 오블톤 씨도 머도크 선생님을 알고 계시나요?"

던컨은 시치미를 뚝 떼고 물었다.

죠지 오블톤은 쓴 약초라도 씹는 듯 떨떠름하게 대꾸했다.

"알다 뿐인가. 의료 보험에 든 환자를 몇 사람 보내서 진찰을 부탁한 일이 있었지. 우리 공장에서 근무하는 노동자들인데 대장 카타르라는 병에 걸렸다는 거야. 글쎄 놈들이 조업 환경이 나빠서 생긴 병이니 진료 수당을 지불하라는 거야. 그러면 의사가 증세를 밝혀서 녀석들의 주장을 묵사발을 만들어 놓아야지. 그런데 그 늙은 악마 같은 의사는 날 돕는 게 아니라, 오히려 조업 환경이 나쁜 데다 먹이는 게 형편없어서 생긴 병이니 놈들의 요구를 들어 주어야 한다는 거야. 그러면서 뭐, 만일 수당을 지불하지 않으면 법정에 나가 증언을 하겠다나. 내참, 기가 막혀서. 그 영감은 아주 보기 드문 돌팔이 의사 같애."

"그것 때문에 오블톤 씨는 머도크 선생님을 나쁜 분이라고 생각하시나 보죠?"

"당연하지. 그 늙은이가 좋은 의사라는 건 말도 안 되는 소리야. 그런 늙은이가 의사라니……."

"남을 위해 이 추운 날씨에도 왕진을 다니시다가 병이 나셨는데도요?"

"그래, 어쨌든 난 머도크 씨를 쉽게 잊을 수가 없지. 혹시 그 늙은이를 만나거든 죠지 오블톤이라는 사람이 이렇게 말하더라고 전해 주게. 선생어 병들었다는 소식을 들으니 몹시 가슴이 아프지만, 린튼을 위해서는 이제 젊고 새로운 의사가 필요하다고 말일세. 그리고 그런 현실적이고 젊은 의사를 그런 한적한 곳에서 일하게 할 수 있는 사람은 죠지 오블톤밖에 없다고 꼭 전해 주게."

"그럴 필요가 있을까요, 과로로 잠시 쉬시는 건데요."

던컨은 누가 들으라는 듯이 큰 소리로 말했다.

"게다가 스트라스 린튼의 앵거스 머도크 선생님이라고 하면 세상 사람들이 모두 존경하는 분인데요. 괜히 시간 낭비 하시는 게 아닐까요?"

던컨은 더 이상 쓸데없는 이야기에 시간을 허비하기 싫다는 표정으로 책을 꺼냈다. 그때 저쪽의 알렉스 에글이라는 젊은이가 이야기를 들었는지 동감을 표하는 웃음을 얼핏 순간적으로 짓는 것을 본 듯했다. 던컨은 생각을 책에다 집중시켰다. 버스 안의 공기가 맑아, 종점에 도착하자 기분이 상쾌했다. 머도크 박사 집으로 가기 위해서는 고요한 정적 속에 온통 흰가루로 뒤덮인 은빛 마을을 가로질러야 했다. 뱉어 내는 숨결이 추위에 하얀 김이 되더니 사라졌다. 던컨은 야릇한 흥분으로 가슴이 두근거렸다. 오랫동안 집을 떠나 있던 아이가 정겹고 따뜻한 가족이 기다리는 집으로 찾아가는 기분이었다.

길이 막히는 지점에 다다랐다. 그러나 병원을 금방 찾을 수 있었다. 병원임을 알리는 불빛이 캄캄한 어둠 속에서 등대의 불처럼 밝히고 있었던 것이다. 던컨이 서둘러 돌층계를 올라가 육중한 손잡이를 들어 두드리려 할 때였다. 문이 활짝 열리며 현관의 온화한 불빛 속에 진의 옆모습이 실루엣처럼 나타났다. 그녀는 계속 밖을 내다보며 던컨을 기다린 모양이었다.

"어서 들어오세요."

기쁨에 가득 찬 목소리였다.

"잘 오셨어요. 이렇게 어려운 일을 도와 주시겠다니 고마워요."

"그런 말씀 마십시오."

던컨은 겸연쩍게 말했다. 그녀는 던컨을 도와 외투를 벗겨 주었다. 그녀의 눈에는 기쁨과 감사의 빛이 흘러 넘쳤다.

"저, 팔은 어떠세요?"

진은 혹시 어떤지 몰라 큰 소리로 묻지를 못했다.

"자, 보세요. 자유스럽게 움직일 수 있어요."

진은 더 이상 팔에 대해서는 물어 볼 엄두를 못 냈지만, 던컨이 와 준 사실이 너무너무 기뻤다. 목소리에서 그녀의 순진하고 착한 마음이 숨김없이 스며 나오고 있었다. 던컨은 진의 그런 태도에 가슴이 뭉클해졌다.

"당신에게 이런 환영을 받을 만큼 훌륭하진 못해요. 이제 그만 치켜세우세요."

던컨은 그대로 서서 정겹게 그녀를 바라보았다. 예전 같으면 그녀는 얼굴을 붉히며 피했을 것이다. 그러나 진도 그의 애정으로 가득 찬 표정에 도취된 듯 눈길을 피하려 하지 않았다. 던컨이 먼저 그 미묘한 분위기를 깨뜨렸다.

"아버님은 어디 계시죠?"

"2층 아버님 방에 계세요. 아주 나쁘지는 않다는 증거죠. 많이 아프시면 화낼 여유조차 없으니까요."

"그럼, 빨리 올라가서 인사드려야겠군요."

던컨은 빙그레 웃으며 천천히 계단을 올라갔다. 노의사는 커다란 안락의자에 앉아 있었다. 등에는 쿠션을 대고, 무릎에는 모포를 덮은 채 발을 보온탕에 담가 놓고 있었다. 양볼은 불기운으로 달구어져서 한층 더 불그레해 보였다. 거기다가 눈은 몸의 열로 충혈되어 번뜩이고 있었다. 몸살로 조금 누그러지기는 했지만 시선은 평소와 다름이 없었다. 그는 참기 어려운 노여움으로 가득 차서 던컨을 노려보았다.

"음, ……."

머도크 박사는 가쁜 숨을 몰아쉬면서 말했다.

"지체 높으신 분께서 실험실에서 새하얀 가운을 입은 채 급하게 이곳으로 달려오셨다, 그거지?"

던컨은 아무렇지도 않은 표정을 지어 보이려고 애썼다.

"누워 계시는 게 좋을 텐데요. 치아노오제* 현상까지 있으신데요."

"치아노오제 현상까지 있다고?"

머도크 박사는 던컨의 말을 흉내냈다.

"그건 자네들이 말하는 과학적 용어의 하나인가 보군. 신이여, 축복을 내리시길! 듣기만 해도 병이 다 나은 것 같은 기분이 드는구먼."

"부탁이에요, 제발 흥분하지 마세요. 이로울 게 없다는 걸 잘 아시잖아요."

"아무렴, 그렇고말고."

머도크 박사는 빠르게 말했다.

"하지만 난 젊은 교수님의 시시한 과학적 처방을 받지 않아도 저절로 나을 테니까 걱정할 거 없어. 그리고 명심해. 내가 자네를 부른 게 아니야. 자네를 초정한 사람은 아래층에 있는 내 딸이라구. 자네가 만드는 신약이라는 걸 내 곁에 놓고 먹으라는 소리는 입 밖에도 내지 말게. 아직은 이 안락의자를 들어올려서 집어던질 정도는 충분히 되니까."

---

*치아노오제(도 Zyanose) ; 피부나 가시점막(可視粘膜)이 청자색(靑紫色)을 띠는 증세. 혈액 중의 산소 결핍으로 나타나는 현상으로 입술·코끝·귓불·손톱 등에 특히 현저함. 청색증(靑色症).

"어쨌든 전 선생님을 보살피고 싶습니다."

두 사람은 한동안 입을 다물고 서로를 뚫어져라 쳐다보았다. 이윽고 답답한지 노의사가 숨을 급하게 몰아쉬며 먼저 입을 열었다.

"하마터면 잊을 뻔했군. 자네의 그 친애하는 여자 친구는 안녕하신가?"

"매우 편안하지요."

던컨은 은근히 부아가 치밀었지만 내색하려고 하지 않았다.

"끝까지 나를 속이려고 작정을 했군, 이 풋내기 의사가. 자기 자신이 부끄럽지도 않아, 이 풋내기야."

"선생님 역시 무척이나 옹졸하시군요. 좀더 넓게 보실 수 없나요? 꼭 노망 드신 분처럼 저러시니……."

던컨은 이렇게 다투다가는 환자가 쓰러질지도 모른다는 생각이 들어 가까스로 흥분을 눌렀다.

"선생님, 우선 내일 왕진해야 될 환자 명단이나 알려 주세요."

던컨은 다시 다정한 목소리로 말했다.

"피하려고 하는군."

머도크 박사가 투덜거리듯이 말했다.

"진이 가르쳐 주겠지."

"잘됐군요. 그럼, 쉬세요. 전 이만 내려가겠어요."

던컨이 인사를 하고 돌아서서 나가려 할 때였다.

"부렌도우에 급한 여자 환자가 있는데."

노의사가 큰 소리로 던컨의 걸음을 멈추게 했다.

"산지기 마켈비의 아내지. 그녀는 양측 폐렴으로 죽어 가고 있어. 정말 불쌍한 여자야. 이런 밤에 잠시 왕진한다는 건 호박 같은 머리의 학자 선생님에게는 도저히 있을 수 없는 일이겠지만……."

그는 던컨의 시선을 피하며 더 크게 말했다.

"하지만 진정한 의사라면, 어디인들 못 갈까. 난 그렇게 생각하고 행동해 왔는데, 요즘 의사분들은 어떤지 모르겠어."

"선생님, 그런 식으로 돌려서 말씀하지 마세요. 이제부터는 직접적으로 말씀하세요. 그런데 부렌도우가 어디쯤에 있죠?"

"산 속 길로 한 15킬로미터는 들어가야 하지. 형편없는 마을인데, 하미슈가 그 집을 알고 있어."

"좀 떨어져 있군요."

머도크 박사는 아무 말도 안 하고 있다가 감은 눈을 천천히 떴다. 던컨이 부렌도우에 갈 마음이 있다는 것을 눈치챈 모양이었다.

"자네가 그곳을 다녀올 마음이 생긴 모양이지?"

던컨은 대답 대신 굳은 의지가 담긴 눈빛을 보냈다.

"그렇다면 내 말을 머릿속에 잘 넣어 두게."

노의사는 가쁜 숨을 몰아쉬면서 신경질적으로 말했다.

"자네가 그 환자를 만난다 해도 어떻게 손쓸 방법은 없을 것이네. 하지만 그 집 식구들, 특히 남편에게 큰 위안을 줄 수는 있을 거야. 죽어 가는 여인을 잠시 고통에서 면하게 해 준다고 일시적인 처치를 하면 절대로 안 되네. 그랬다가는 그 우악스런 마켈비가 자네 뒤통수를 내려칠지도 모르니까 주의하게."

"제가 아는 상식 내에서 자신 있게 처리하겠습니다. 누가 뭐라고 해도 말입니다."

던컨은 돌아서면서 큰 소리로 말했다.

"마켈비도, 선생님도 왜 악마가 안 데려가는지 모르겠어요."

던컨은 요란스럽게 노의사의 문을 닫고 아래층으로 내려와 진료실에 들어섰다. 나무 선반 위에 여러 가지 약병이 가지런하게 놓여져 있었다. 그것은 잘 정돈되어 있기는 했지만, 어딘가 부족한 점이 있어 보였다.

던컨은 머도크 박사의 진료 가방을 들었다. 비바람에 바래고 낡아서 얼룩얼룩한 가죽 가방이었다. 열어 보니 너무나 간단한 약제가 들어 있었다. 즉 어떤 병에든 필요한 기초 약품이 단정하게 준비되어 있었다. 피하 주사기와 스트리키니네, 몰핀, 오래 된 한 벌의 겸자(鉗子)와 인대(靭帶), 그리고 바늘 등이 그것이었다. 한마디로 의성 히포크라테스가 사용하던 의료기라고 할 만한 원시적인 의료품이었다.

던컨은 두근거리는 가슴을 안고, 관록이 붙어 낡은 왕진 가방을 들고, 하미슈가 운전하는 차 옆자리에 앉았다. 하미슈는 대충 인사를 하고 차를 출발시켰다. 눈은 던컨이 도착한 때보다 더 많이 쌓여 있는 것 같았다. 쓸어모은 눈들이 길가에 듬성듬성 작은 봉우리를 이루고 있었다. 처음에는 차가 달리는 데 큰 불편이 없었다. 그러나 큰길을 지나 산의 좁은 길로 접어들자, 자동차는 눈에 빠지고 미끄러지며 난행을 거듭하기 시작했다. 주위에는 하얀 장례 목으로 덧입은 참나무 숲이 유령처럼 그 가지를 뻗고 있었다.

자동차는 힘겹게 점점 높은 곳으로 올라갔다. 커브를 돌아 구부러지니 갑자기 돌풍이 몰아치며 차가 기우뚱하는 것 같았다. 던컨은 놀라 손잡이를 힘껏 잡고 버티었다. 다행히 차가 기울어졌을 뿐 별다른 사고는 없었다. 그들은 한참을 추위 속에서 눈에 빠진 바퀴를 꺼내느라 애썼다. 약 1시간 정도 더 가서 하미슈는 초라하고 허름한 오두막집 앞에다 차를 세웠다. 의사를 애타게 기다리고 있었는지, 차가 멈추자마자 문이 열리며 불빛이 새어 나왔다.

7

던컨 스탤링은 주변에 익숙해지기 위해 눈을 여러 차례 껌벅였다. 황량한 산 속의 오두막집 내부가 그의 눈에는 특별히 음산하고 허름하게 느껴졌던 것이다. 아마 헤드라이트의 불빛을 받아, 미친 듯이 세차게 날리는 은색의 눈을 보며 환상적인 밤길을 달려왔기 때문일 것이다. 그는 서서히 뚜렷하게 보이는 산지기의 얼굴을 세심하게 관찰하였다.

그 사나이는 이제 막 30대 중반으로 젊고 건강해 보였다. 심한 걱정으로 잿빛인 초조한 얼굴이 몹시 굳어 있었다. 난로 곁에는 한 노파가 던컨을 잠자코 지켜 보고 있었다. 노파는 말없이 침울하게 앉아 있는 두 아이를 다독거리고 있었다. 이웃에 사는 사람으로 그들을 돕기 위해 온 것일 것이다. 네 사람의 눈동자가 처음 보는 이 도회풍의 훤칠한 젊은이에게 의아심과 경계심을 품은 듯 한군데로 고정된 채 움직이질 않았다.

"머도크 선생님이 갑작스럽게 병환이 걸리셔서 제가 대신 왔습니다."

던컨은 짤막하게 자기 소개를 했다.

"저는 던컨 스탤링 의사입니다."

"오, 이런. 불쌍한 애니!"

사내는 힘없이 낙담한 표정으로 의자에 주저앉으며 두 손으로 머리를 감싸안았다. 아버지의 비탄해하는 모습에 여지껏 참고 있던 두 아이도 영문을 모른 채 울음을 터뜨렸다. 노파는 우는 아이들을 자기 품에 끌어안고 열심히 달랬다.

"이런, 이렇게 울면 엄마가 더 괴로워한단다. 자, 뚝 그치거라. 엄마가 들으면 병이 더 심해진다니까."

이제 아이들의 울음소리는 작아졌다. 던컨은 이 달가워하지 않는 씁쓸한 대접에 마음이 산란하고 무거웠다. 그러나 애써 스스로를 위로하며 침침한 방구석을 바라보았다. 그쪽에서 괴로워하는 환자의 신음 소리가 들려 오고 있었다. 그는 머도크 박사의 왕진 가방을 식탁 위에 올려놓고 환자에게로 다가갔다.

단번에 그 젊은 여인의 증세가 심상치 않음을 알 수 있었다. 이 상태라면 최근 병원에서 실습한 여러 최첨단 의료 기구가 있다 해도 전혀 쓸모가 없을 듯했다. 심한 열과 오랫동안의 병마와의 투쟁으로 기력이 쇠잔한 얼굴이었지만, 아직 고운 모습을 그대로 간직하고 있었다. 자세히 진찰해 보니, 머도크 박사의 말대로 양쪽 모두 심한 폐렴이 걸려 손쓰기에는 너무 늦은 것 같았다.

연민의 정이 가슴 가득 퍼지면서 꼭 살려 내야 한다는 본능이 피같이 끓어올랐다. 어떤 경우에 처한 환자라도 회생시킬 수 있는 여력이 있다면, 그 여력을 최대한 이용하여 마지막까지 싸워야 한다는 욕구와 함께 용기와 자신감이 불끈 솟아올랐다. 마켈비의 부인은 죽음의 위험에 처해 있으나 아직 생명력까지 다하진 않았다. 아니, 아직 남아 있는 생명력이 더 세차게 박동하도록 만들어야 할 의무가 그에게 있었다.

던컨은 외투와 저고리를 벗어 던졌다. 그리고는 와이셔츠의 소매를 걷어 올리면서 이 방에서 가장 심리적인 안정을 유지하고 있는 노파를 불렀다.

"깨끗한 눈이 필요합니다. 양동이로 두세 동이는 있어야 하는데 할머니께서 서둘러 주세요."

던컨은 노파에게 지시한 후, 왕진 가방을 열어 식탁 위에 필요한 물품들을 가지런히 정돈해 놓았다. 그리고 머릿속에 순간적으로 자기의 진료 계획을 세워 보았다. 우선 온몸을 휩쓸고 있는 심한 열부터 내리게 해야 했다. 그런 다음 쇠퇴해 가는 기력을 증진시켜 투약할 때까지 병과 싸우게 해야 하는데, 그게 문제였다. 그 고비만 잘 넘기면 한시름 놓아도 될 거라는 생각이 들었다.

사태가 사태인만큼 던컨은 잠시도 지체할 수가 없었다. 던컨은 우선 환자를 가장 편한 자세로 고쳐 눕힌 후 얇은 이불 한 장만 남기고 모두 거두었다. 가능하면 깨끗한 얼음을 사용해야 했지만, 워낙 추워서 얼음을 깨뜨릴 수가 없었다. 대신 자연이 준 눈을 이용한다면 더 좋은 효과를 볼 수 있을 것 같았다.

던컨은 노파가 가져온 눈으로 젊은 여인의 몸을 차게 마사지하기 시작했다. 높은 열로 달구어져 있는 그녀의 체온을 내리게 하는 것은 대단히 힘든 일이었다. 던컨의 이마와 얼굴은 어느새 흘러 내린 땀으로 얼룩져 있었다. 얼마나 지났을까. 그는 흥건해진 땀을 닦으며 체온을 재 보았다. 생각대로 높던 열은 완전히 내려 정상이 되어 있었다. 던컨은 조심스럽게 스트리키니네 극소량을 피하 주사기에 뺀 다음 침착하게 환자에게 주사했다.

1시간이 훨씬 넘었다. 슬픔에 질려 넋을 잃고 있던 두 아이는 어느새 난로 곁의 낡아 빠진 긴 의자 위에서 잠이 들어 있었다. 노파는 탄식을 멈추고 던컨을 쳐다보았다. 그녀는 처음의 의아해하던 것과는 달리, 호기심과 조금씩 생겨난 감탄과 선망의 눈길을 보내고 있었다. 던컨은 더욱 책임감을 느껴야 했다. 산지기 마켈비도 던컨의 열성적인 치료에 차차 신뢰감을 갖게 됐는지 돕고 싶어하는 눈치였다.

"선생님!"

초조한 듯 마켈비가 목소리를 가능한 한 낮추어서 말했다.

"어떻게 목숨만은 건질 수 있겠는지요?"

"잠자코 있지 못하겠니, 존 마켈비!"

노파가 나지막한 목소리로 나무랐다.

"모든 건 저 선생님께서 알아서 하실 테니까 넌 잠자코 앉아 있기나 해."

"그래도 전 남편인데……."

"어허, 점잖게 앉아서 지시에 따르기나 하라니까."

건장한 체구의 산지기는 급박한 이 상황에서 자신이 하등의 도움이 되지 못한다는 생각에, 안절부절 못하며 노파의 명령에 순종할 뿐이었다.

어느새 새벽 3시가 되었다. 던컨은 땀에 젖은 머리카락을 흩뜨리고, 목을 편하게 하기 위해 칼라를 풀었다. 그리고는 침대 모서리에 앉아 환자의 맥박을 체크했다. 그런데 오히려 던컨 자신이 현기증이 일었다. 2시간 동안 벌써 몇 차례나 스트리키니네를 주사하였다. 이렇게 필사적으로 삶과의 투쟁을 했기 때문에 그 자신역시 기진 맥진해 있었다. 지치면 안 된다고 스스로에게 타이르면서 계속 환자의 상태를 살폈다.

체온은 안정되고 호흡도 심하게 급한 상황이 벌어지지는 않았지만, 맥박이 자꾸 약해지는 게 걱정이었다. 신경을 곤두세우고 환자의 맥박이 뛰는 것을 관찰하던 그의 손가락에, 어느 순간 미미하던 운동마저 딱 멈추었다. 너무도 절박한 상황이었다. 던컨은 깜짝 놀라 환자의 얼굴을 뚫어지게 보았다. 심장이 멎는 듯한 충격이었다.

"오! 이러면 안 돼!"

노파가 던컨의 곁에서 슬픔에 차 중얼거렸다.

"선생님이 너를 살리려고 이렇게 애쓰시는데 네가 숨을 멈추면 어떡하니. 안 된다, 넌 살아야 돼. 죽으면 안 돼."

"여보, 정신 차려요. 숨을 쉬라니까! 어서 숨을 쉬라구!"

던컨은 이 엄연한 사실을 부정하고 싶었다. 얼른 뒤에 놓여 있던 에테르 병을 찾아 주사기에 채웠다. 그리고는 의식이 없는 환자의 옆구리에 꽂고 천천히 액체를 주사했다. 그리고 나서 고동이 멈춘 심장을 두 손으로 힘껏 마사지하기 시작했다. 얼마 후 던컨의 손에 작게 뛰는 미동이 전해 왔다.

그는 얼른 손을 멈추고 숨을 죽여 주시했다. 그러나 그뿐이었다. 아찔한 기분으로 다시 환자의 가슴을 심하게 마사지했다. 또

한 번 작은 미동이 심장을 치는 건지, 아니면 심장이 작은 미동을 하는 건지 미미한 움직임을 느낄 수 있었다. 이윽고 세 번째 고동을 신호로 불확실하나마 고동은 일정하게 뛰기 시작했다.

던컨은 초조해하며, 혹 수술받은 손이 경련을 일으키지는 않을까 걱정하면서도 계속 움직였다. 죽음 같은 정적을 깨뜨리는 일초일초가 그를 위해 존재하는 것만 같았다. 시간을 벌기만 하면 된다. 이렇게 시간을 벌기만 하면 어려운 이 고비를 넘길 수 있다. 환자가 어떻든 이 순간을 이겨 내야 한다고 속으로 부르짖었다.

환자는 치료를 시작하기 전부터 조금 전 숨이 끊길 때까지 꼼짝도 하지 않았다. 그런데 갑자기 희미한 신음 소리를 내면서 베개 위에서 머리를 움직였다. 가슴 저 깊은 곳에서 실날 같은 희망이 솟구치는가 싶더니, 이내 넓은 폭으로 던컨의 가슴을 누벼 왔다. 한참 만에 젊은 여인의 이마에 땀 한 방울이 영글은 것이 보였다. 오직 한 방울뿐이었다. 그 땀방울이 볼을 타고 천천히 흘러 내리는 것을 매혹되어 주시했다.

이윽고 땀방울은 한 방울, 또 한 방울 계속 맺혔다. 그것은 어떤 영롱한 이슬방울보다도 아름답게 피어 올랐다. 여인의 온몸은 금세 흐르는 땀으로 보송보송해져서 메말랐던 살결이 수분기로 축축하게 젖었다. 열은 이제 완전히 정상이 되어 고비도 넘기고 소생할 수 있는 상태가 되었다. 창백했던 안색과 파르스름한 입술에도 차차 핏기가 돌기 시작했다.

던컨이 숨을 내쉬며 환자 곁에서 일어섰을 때, 대지를 밝히는 여명의 빛이 창문을 뚫고 서서히 방 안으로 쏟아져 들어오고 있었다. 그것은 마치 한 생명의 소생을 축복하듯 찬란하고 고귀한 빛을 내리고 있었다. 피로하기는 했지만, 야릇한 흥분이 가슴 가득해지는 느낌이었다. 이것은 그가 처음 겪는 경험이었다.

던컨은 자신이 지금 막 끝낸 치료가 모두 자연스럽게 이루어진 어떤 게임 같았다. 그는 천천히 얼굴과 손을 씻고 벗어 놓은 옷을 입었다. 그제야 비로소 여유를 갖게 된 것이다. 던컨은 마켈비의 눈길이 감사와 기쁨의 빛을 감추지 못한 채 자신에게 쏠리고 있음을 의식하였다. 그는 지금까지 던컨의 진지하고 열성적인 모습을 초조하게 지켜 보고 있었던 모양이었다.

그의 아내의 옷을 모두 벗기고 열심히 마사지하던 장면이 머리를 스쳤다. 던컨은 머도크 박사의 이야기를 떠올리면서 순간적으로 오싹해짐을 느꼈다. 마켈비는 감사의 마음을 가득 담은 채 미처 할 말을 찾지 못한 듯 던컨에게 천천히 다가왔다. 그리고는 그의 손을 으스러지도록 세게 움켜잡았다. 이윽고 몸집이 큰 산지기가 던컨의 얼굴에서 눈길을 떼지 못한 채 떠듬떠듬 어렵게 입을 열었다.

"선생님……."

그 목소리는 도중에 그만 목이 메어 더 이상 나오지 않았다. 어떤 찬사도 어떤 감사의 말도 이 한 마디에 미치지 못할 것이다. 이 사내의 목에 걸려 나오는 오열을 능가할 수 있는 말은 없을 것이다.

"자, 자, 마켈비. 선생님을 귀찮게 해서는 안 돼요."

노파가 어느새 불을 따뜻하게 지피면서 끼여들었다.

"이쪽으로 앉으세요, 선생님. 그리고 여기 완두콩 수프를 끓였으니 간단히 요기라도 하세요. 아이들의 아침 식사로 만든 건데 선생님께서 맨 먼저 들어 주세요. 밤을 새워 가며 애쓰신 우리 선생님께서 제일 먼저 잡수시는 게 이 늙은이의 작은 소망입니다."

노파의 말 속에는 던컨에 대한 감사의 정이 가득 담겨 있었다.

"정말 고맙습니다."

던컨은 크림이 푸짐하게 들어 있는 완두콩 수프를 정신 없이 먹었다. 태어나서 이렇게 맛있는 음식은 처음 먹는 것 같았다. 마켈비도 눈물을 닦고 노파에게서 한 접시를 받아 던컨과 같이 들었다. 하미슈도 하룻밤을 꼬박 새웠는데 응접실에서 나와 두 사람 곁에 앉았다. 떠들썩한 소리에 두 아이도 잠에서 깨어났다. 그들은 침대에 조심스럽게 다가가 어머니가 괜찮은 걸 알고는 얼른 식탁에 가 앉았다. 던컨은 두 아이를 보자 비로소 큰일을 한 기분이 들었다.

두 사람이 머도크 박사 집으로 올 때는, 세차게 휘몰아치던 눈보라가 멈추고 태양이 따사롭게 하늘을 비추고 있었다. 올 때는 시큰둥하고 냉담하던 하미슈가 놀랍도록 수선을 떨었다. 언제나 무뚝뚝하게 침묵으로 일관하던 그에게 이런 면이 있었다는 것은 놀라운 발견이었다. 그는 던컨에 대해 풍문으로 들어 갖고 있던 적대감에서 완전히 벗어난 듯했다. 이제 어떠한 방법으로든 던컨에게 친근함을 나타내려고 애쓰고 있었다.

"전 알고 있습니다. 선생님이 오늘 하신 일이 얼마나 훌륭한 일인지를요. 분명히 주인 어른이 크게 기뻐하시겠죠?"

하미슈는 더욱 친근한 말투로 수선스럽게 말했다.

"주인 어른이 얼마나 기뻐하실까요? 마켈비 아내의 생명을 구해 주셨으니까요. 그 여자가 죽어 가는 걸 보면서 손을 못쓰신 선생님은 곤경에 빠진 사람처럼 안절부절 못하셨거든요."

던컨은 머도크 박사를 깨우지 않으려고 발소리를 죽이며 이층으로 조심스럽게 올라갔다. 그러나 머도크 박사는 잠을 자지 않고 기다렸는지 독설에 가까운 투박한 말투로 그를 불렀다. 던컨은 피곤함을 더하게 되었다 싶었다. 때문에 그냥 지나치려다가 걸음을 멈추고 노의사의 방으로 들어갔다.

"그래, 어찌 되었지?"

머도크 박사의 독기어린 말투는 여전했다.

"죽어 가는 여자를 구해 주기라도 했나? 이렇게 새벽에 들어오는 걸 보면 어떤 결정이 난 게 분명한데."

던컨은 피로에 가득 찬 얼굴로 고개를 끄덕였다.

"분명히 좋아졌습니다. 오늘 새벽 4시경부터 모든 어려운 고비를 잘 넘겼어요. 선생님이 어떻게 생각하시든 전 상관치 않겠습니다. 얼마 지나지 않아서 그 여자 환자가 선생님을 직접 만나러 올 수 있을 겁니다."

"자신에 찬 농담이구먼."

뜻밖이라는 듯 머도크 박사는 약간 밝게 말했다.

"농담이라뇨, 절대 농담이 아닐 겁니다."

던컨은 지친 목소리로 간신히 대꾸했다. 노의사의 얼굴은 여전히 무표정했으며, 낮은 목소리에도 미심쩍어하는 빛이 가득했다.

"가서 좀 쉬게나. 아마 두 시간 이상은 푹 잘 수 없을 걸세. 조금 있으면 고된 하루가 시작되거든. 우리 병원의 왕진은 9시부터 시작돼, 알겠지?"

머도크 박사의 말투는 여전했다. 던컨은 오래 전부터 이 병원은 환자를 찾아다니며 치료하기로 유명한 데다 그 시간 또한 엄격하다는 것을 알고 있었다. 그러나 그는 머도크 박사의 투박한 말씨에서 풍겨 나오는 그 무엇이, 오히려 자신의 마음을 따뜻하게 감싸 주는 것 같았다.

욕망의 늪, 그리고 유혹

제4부·욕망의 늪, 그리고 유혹

1

갑자기 쏟아부은 폭설로 인해 철저하게 외부로부터 고립된 외딴 집에서 애니 마켈비가 사경을 헤매고 있었다. 그런 애니를 죽음에서 건져 낸 것을 결코 의학적인 승리로만 돌릴 수가 없었다. 오직 꺼져 가는 한 생명을 구하려는 던컨 스탤링의 뜨거운 열의와 정성으로 인해 가능했던 인간애의 승리라 할 수 있었다.

던컨의 환자를 살리려는 필사적인 노력과 태도는 금세 온 마을 사람들에게 알려졌다. 이들은 본래 말수가 적고 조용한 사람들이었기 때문에 드러내어 찬사를 보내지는 않았다. 그러나 이방인인 젊은 의사에게 호의를 가지게 된 것은 분명했다.

이곳에 온 후로 시간이 어떻게 흘러가는지 모를 정도로 바쁜 나날이었다. 그의 손길을 꼭 필요로 하는 환자들이 줄지어 기다리고 있었기 때문에 도무지 쉴 틈이 없었다. 그러니만큼 육체적으로나 정신적으로 피로가 쌓여 갔지만, 실전에서 많은 환자들을 직접 치료함으로 해서 던컨의 의학적인 체험은 나날이 늘고 있었다. 던컨은 그 바쁜 와중에도 불쑥불쑥 마가레트에 대한 생각이 떠올라 가슴이 찢어지는 것처럼 아팠다. 그렇지만 상황은 그런 고통의 늪 속에서 오랫동안 허우적거릴 여유를 주지 않았다. 그는 그 쓰라린 기억을 잊기 위해 더욱 의식적으로 자신의 일에 몰두하였다.

그러는 사이에, 지루하리만치 오랫동안 퍼부어 마을을 온통 은 빛으로 뒤덮던 눈이 마침내 그쳤다. 눈부신 햇살이 환히 비추어 평화롭고도 신비스러운 겨울 풍경을 연출하고 있었다.

던컨은 눈이 그쳤기 때문에 새벽같이 병원을 나왔다. 아직 오전 도 채 지나지 않았지만 벌써 40킬로미터 이상 왕진을 다니고 있었 다. 보통 사람으로서는 엄두도 못 낼 강행군이었다. 몸은 한없이 피곤했지만, 환자들을 대하는 그의 태도에서는 인간미가 물씬 풍 겼다. 단 한 사람의 환자도 기계적으로나 사무적으로 진료하지 않 았다. 환자들도 그의 인간미에 감동되어 마음 속에 꼭꼭 담아 두 고만 있던 호의를 눈빛에 담기 시작했다. 그것을 느끼는 던컨의 보람은 말로 표현할 수 없을 정도였다.

의사의 사명은 환자들의 꺼져 가는 생명을 구하고 아픔을 덜어 주는 데 있다. 내 자신의 영달과 편안을 추구하려 했다면 처음부 터 의사의 길을 포기했어야 했다. 아무리 피곤해도 한 명의 환자 를 더 치료할 수 있다면 더할 수 없는 보람을 느끼자. 던컨은 늘 이렇게 생각하면서 입가에 흐뭇한 미소를 머금었다. 그런 사고 방 식을 가지고 있었기에, 항상 피곤하고 바쁜 생활을 하면서도 얼굴 에는 의욕과 활기가 넘쳐 있었다.

왕진이 병원일의 전부라고 할 수 있었다. 던컨은 아침이면 왕진 을 나가, 물에 젖은 솜처럼 지쳐 허기진 배를 움켜쥐고 병원으로 돌아왔다. 그러나 문지방을 넘어서기가 무섭게 풍요롭고 맛있는 식사가 자신을 기다리고 있었다. 몹시 허기진 상태에서 받는 정성 스런 식사는 그를 기쁘게 하고도 남음이 있었다.

진 머도크가 식탁에 쏟는 정성은 대단했다. 그녀가 만든 음식은 매우 정갈하면서도 맛이 일품이었다. 그녀는 도무지 어느 한 군데 빈 곳이라곤 없게 느껴질 정도로 조용하면서도 완벽하게 가사를 꾸려 나가는 여자였다. 던컨은 매번 그녀가 가사를 꾸려 나가는 것에 경탄을 금치 못했다.

스트라스 린트에 온 지 2주일이 지난 어느 날, 던컨은 부지런한 진을 칭찬하는 마음에서 이렇게 입을 열었다.

"진, 당신의 살림하는 솜씨는 거의 완벽에 가깝다고밖에 표현할 수 없겠어요. 그런 당신과 결혼하는 남자는 완전 무결한 여성과 결혼하는 행운아일 게 틀림없을 거예요."

던컨의 이 말에 그녀는 의식적으로 시선을 피하는 것처럼 얼굴을 돌렸다. 그러나 응수하는 목소리는 평소와 달랐다.

"정말로 그렇게 생각하세요?"

"정말이고말고요. 내가 이곳에 온 후 항상 그렇게 느꼈어요."

던컨은 진심으로 그렇게 생각하였다.

"게다가 아버님이 은퇴하시면, 물론 곧 그렇게 되겠지만, 따님 결혼에 상당한 지참금을 주시겠죠."

그때까지 가만히 있던 진이 그 말에 홱 돌아서서 던컨을 천천히 올려다보았다. 그녀의 아름답고 선량한 눈망울은 웬지 초점을 잃은 것 같았다.

"그런 말은 하지 마세요. 웬지 던컨 씨답지 않은 말이에요."

"아니, 진!"

던컨은 진의 뜻밖의 태도에 당황했다. 그러자 진이 고운 아미를 살짝 찌푸리며 빠르게 입을 열었다.

"무엇 때문에 그런 생각을 다 하셨나요? 저의 장래를 그렇게 희망적으로 생각하시는 건 던컨 씨의 오버센스예요. 아직 던컨 씨는 우리 가정의 사정을 제대로 알지 못하고 있어요. 아버지는 그렇게 쉽게 은퇴하시지도 않고, 또 당신이 하고 싶어도 하실 수가 없어요. 던컨 씨는 저희 집이 부유하다고 생각하시나요? 천만에요. 저희 집은 무척 가난해요. 이 집과 가구 등 살림살이 이외에는 가진 게 아무것도 없어요. 아버지는 돈을 벌기 위해 환자를 진료하시질 않아요. 대도시 의사들처럼 돈이나 명예를 위해서 병원을 열고 있는 게 아니란 말이에요."

그녀는 어떤 자존심 때문에서인지 열띤 음성으로 말했다.

"진, 내 말뜻은 그런 게 아니라……."

"던컨 씨, 저는 여러 해 동안 집안 살림을 하면서 굉장한 고통을 참아 왔어요. 지금도 병원에서 사용하는 약품 대부분을 거의 외상으로 조달하는 형편이에요. 밀린 외상값을 생각하면 두렵기까지 해요. 그런데 던컨 씨는 제 결혼에 대해 그렇게 엉뚱한 말씀을 하시니……."

진은 여기까지 말하고는 더 이상 말을 잇지 못했다. 어느새 눈에 눈물이 고여 있었다. 그렇지만 던컨이 보는 앞에서 눈물을 떨구지 않으려고 무척 애쓰고 있었다. 처음에는 던컨은 그녀가 그토록 노여워하는 이유를 몰라 어안이 벙벙했다. 그러나 그녀의 이야기를 듣고는 자신의 경솔함을 뉘우쳤다. 진은 모든 게 넉넉하여 행복한 줄만 알았는데, 나름대로 큰 고통이 있다는 것을 비로소 알게 된 것이다.

"미안해요, 진. 내가 진의 사정을 모르고 너무 경솔하게 떠들었어요. 나는 진이 하도 집안일을 완벽하게 하기에 그런 말을 했던 거예요. 용서하세요."

던컨은 진심으로 사과했다. 그러자 진도 곧 차분하게 진정을 하고 미안해하는 표정을 지었다.

"던컨 씨, 제가 잠시 흥분했어요. 그런 일로 이렇게 흥분하다니 오히려 제가 죄송하군요.…… 참, 던컨 씨가 왕진을 나간 직후에 린튼의 수력발전소에서 전화가 왔어요. 부상을 입은 환자가 생졌으니 꼭 던컨 씨가 왔으면 하더군요. 전화를 하신 분은 죠지 오 블톤 씨였어요."

"죠지 오블톤요? 수력발전소에서 부상자가 생겼다고요?"

던컨은 자기도 모르게 큰 소리로 반문했다. 그러자 진이 가볍게 고개를 끄덕이며 다소 냉정한 목소리로 말했다.

"그래요. 이 지방에서 치료받고 현금을 낼 수 있는 사람은 오직 그 사람 정도예요. 그런데 소문이 썩 좋지 않을 뿐만 아니라 아버 지와는 심한 대립 관계에 있는 사람이죠. 그는 노동자의 임금을 착취하고, 좋지 않은 방법으로 엄청난 이득을 챙기고 있다고 사람 들이 입을 모아 말하고 있어요."

던컨은 진의 말에 동의하는 뜻의 고갯짓을 했다. 죠지 오블톤이 라면 충분히 그런 행동을 하고도 남는 사람이었다. 그것은 누구보 다도 던컨 자신이 잘 알고 있었다.

2

점심 식사가 끝나자, 던컨은 서둘러 린튼의 수력발전소 공사장 을 향해 차를 몰았다. 의사 입장에서 환자를 찾아가는 것이지만 기분은 유쾌하지 못했다. 수력발전소로 가는 도로 상태는 무척 험 난했다. 겨우 승용차가 비껴 지나갈 수 있을 만큼의 좁은 길이 계 곡을 따라 꾸불꾸불 굽이져 있었다. 때문에 운전하는 데에도 몹시 신경이 쓰였다. 한참 만에 산의 정상 부근까지 이르자, 눈앞이 확 트이도록 아름다운 전망이 나왔다. 그러나 이전에 던컨이 감탄하 면서 자욱한 안개구름 사이로 바라보던, 산중턱의 아름다운 호수 의 장관은 이제 찾아볼 수 없었다.

아름답기만 하던 호수 부근은 인간의 손에 여지없이 파괴되어,

이제는 더럽고 황폐화된 공사장으로 변해 있었다. 아무렇게나 지어 놓은 움막 같은 막사가 기슭에 누더기처럼 줄지어 있었고, 무성하던 숲의 대부분은 파헤쳐져서 붉은 흙더미가 산을 이루고 있었다. 또 한편에서는 벌써 거대한 굴뚝들이 세워져 검은 연기와 불 찌꺼기를 쉴 새 없이 뿜어 내고 있었다. 또 저편에서는 괴물 같은 콘크리트 믹서가 알루미늄 공장이 설 기초 공사를 하느라 덜그덕거리며 시멘트와 자갈을 섞는 소리가 요란했다.

울울 창창한 숲의 그림자가 신비한 미소를 머금은 채 잔잔하게 비추던 아름다운 호수는, 이제 아련한 옛추억일 뿐이었다. 개발이라는 미명 아래 서서히 파괴되어 가는 대자연을 바라보며 눈살을 찌푸렸다. 그는 자동차를 길모퉁이에 세워 두고 좁다란 길을 따라서 내려갔다. '용무자 외 출입 금지, 현장 사무소'라고 쓴 팻말이 붙은 막사가 나왔다.

현장 사무소 앞에 다다른 던컨은, 불현듯 뇌리를 스치는 생각에 잠시 걸음을 멈추고 호흡을 고르게 했다. 가능하면 만나고 싶지 않은 사람이 죠지 오블톤이었다. 그런데 이제 그를 만나야 한다는 사실이 그를 불쾌하게 만들고 있었다. 그러나 그는 오블톤을 만나기 위해 이곳에 온 게 아니라, 환자를 치료하기 위해 왔음을 깨닫고 사무실문을 두드렸다.

사무실에는 세 명의 남자가 한창 어떤 문제를 놓고 열띤 토론을 벌이고 있었다. 죠지 오블톤과 파란 작업복을 입은 작달막하고 뚱뚱한 사내, 그리고 또 한 사람은 놀랍게도 리븐포드 시에서 변호사로 일하는 레가트였다. 던컨의 얼굴을 본 오블톤이 거만하게 웃으며 자리에서 일어났다.

"어서 오게, 닥터 스탤링. 자네가 오기를 줄곧 기다리고 있었네. 어쨌든 이렇게 와 주어서 고맙네. 먼저 인사부터 하게. 이쪽 분은 자네도 알고 있겠지? 리븐포드의 변호사이신 레가트 씨는 우리 회사의 법률 고문으로 계시다네. 그리고 이분은 렘 블럭스 씨로 이곳의 현장 소장일세."

렘 블럭스와는 손을 내밀어 인사를 나누었으나, 레가트는 한 번 쳐다보는 것으로 인사를 대신했다. 그의 눈길에는 던컨이 하찮은 인물이라는 듯 무시하는 빛이 역력했다.

"환자가 생겼다고 해서 왔습니다. 환자는 어디에 있습니까?"

던컨이 사무적으로 물었다.

"뭐, 그리 대단한 환자는 아니네."

죠지 오블톤은 대강 넘어가기를 바라는 듯이 서두를 꺼냈다.

"인부 하나가 발에 타박상을 입은 모양이야. 나무가 쓰러지면서 콘크리트 기둥을 건드려 그 토막이 떨어졌는데, 마침 그 밑에서 일하던 인부의 발을 조금 건드린 모양이야. 그렇게 대수로운 일은 아니라구."

"아, 나무가 쓰러진 게 아니라……."

변호사인 레가트가 불쑥 끼여들었다. 그는 사건의 진상을 상세히 알고 있다는 표정으로 던컨을 보며,

"그 인부가 미끄러져서 넘어지는 바람에 콘크리트 조각이 떨어졌다구."

하고 오블톤의 말을 정정했다.

이 말에서 던컨은 레가트의 말이 터무니없는 거짓말임을 직감적으로 느낄 수 있었다. 마치 변호사라는 직업을 가진 사람들이 알량한 말주변으로 사건을 얼버무리는 속성을 보는 것 같았다.

"그래요? 제 눈으로 직접 그 부상자를 봐야겠군요."

던컨은 그들과 얘기하는 시간이 아까웠다.

"저쪽 막사로 가세."

오블톤이 앞장 서서 사무실을 나갔다. 부상당한 인부는 임시로 만든 막사 안에서 괴로운 신음을 연신 토해 내며 누워 있었다. 던

던컨은 세밀하게 다친 다리를 살펴보았다. 어찌나 퉁퉁 부었는지 한참 만에야 뼈가 부러진 곳을 찾아 냈을 정도였다. 비열한 자들 같으니라고. 사람이 이렇게 다쳤는데 대수롭지 않다고 하다니…….
던컨은 이렇게 생각하며 날카롭게 오블톤을 쏘아보았다.

"어떤가, 스탤링? 뼈가 부러지지는 않았지? 약간 삔 것에 불과하지?"

오블톤의 목소리는 차갑고도 단호했다. 던컨에게 은근히 그렇게 말하라고 암시하는 말투였다.

"미끄러졌는데 뼈가 왜 부러집니까?"

레가트가 마치 진단을 내리는 듯한 목소리로 맞장구를 쳤다.

"스탤링, 나는 자네를 믿네. 이 인부가 또 치료비를 많이 내야 하는 환자는 아니겠지? 어서 그렇다고 말하게나. 나도 이제 이 수력발전소에 들일 만큼의 돈을 들였기 때문에 예산 외의 자금이 부족해. 투자할 능력에 한계가 있는데, 이런 사고가 자꾸 발생하면 입장이 난처해진다구."

"이분은 정강이뼈가 부러졌습니다. 어서 치료를 해야 합니다."

던컨은 죠지 오블톤 일당의 몰인정한 태도를 꼬집듯이 정확한 진단을 내렸다.

"진단서는 오늘 밤 안으로 작성해 두겠습니다. 필요하시면 앵거스 머도크 병원으로 연락을 주십시오."

"이런 제기랄, 멍청이! 일이 어째 이 모양으로 돌아간담."

죠지 오블톤은 이렇게 말한 후에 부상당한 인부를 무섭게 쏘아보며 투덜거렸다.

"멍청이, 그런 실수를 하다니!"

"사장님, 나무가 너무 많이 썩어서 조금만 무게를 가해도 부러집니다."

인부는 애처롭게 어쩔 수 없었던 상황을 설명하려고 했다.

"현재 이 공사장에서 사용하는 나무의 태반이 썩었거나, 벌레가 먹어 상태가 매우 좋지 않습니다. 약간만 힘을 가하면……."

"자네, 지금 뭐라고 떠드는 건가!"

현장 소장인 렘 블럭스가 다그치듯 호통을 쳤다. 순간 다친 인부의 얼굴은 흑색으로 변하며 사고가 마치 자기 탓인 양 어쩔 줄을 몰라했다.

"렘, 그럴 필요 없네. 그만하게나. 저 사람도 자기의 실수를 인정하고 있으니까 말이야."

레가트는 렘에게 부드럽게 말하며 언성을 낮추게 했다.

"자네가 현장 소장으로서 회사를 위해 얼마나 헌신적으로 일하는지는 오블톤 사장님도 알고, 나도 잘 알고 있네. 그러니 저 가엾은 친구가 다쳐서 하는 말을 가지고 그렇게 신경 쓸 필요 없네. 공사 현장에서 흔히 생길 수 있는 돌발 사고이니까. 어쨌든 저 친구에게 월급은 꼭 지급하게. 설령……."

레가트는 여기서 말을 멈추고 담배에 불을 붙여 물었다. 그러자 죠지 오블톤이 레가트에게 묘한 눈짓을 하며 큰 소리로 말했다.

"공사 재료도 한꺼번에 많이 들여오다 보면, 개중에는 불량품도 있게 마련이니 세심하게 살피도록 하게."

"네, 잘 알겠습니다."

렘 블럭스가 손바닥을 싹싹 비비며 굽실굽실 허리를 굽혔다.

그 사이에 던컨은 환자의 다리에 붕대를 감고, 주위에 있던 적당한 나무토막을 이용해 솜씨 있게 간단한 깁스를 해 주었다.

"정말 훌륭하군!"

죠지 오블톤은 엉겁결에 진심으로 감탄사를 연발했다.

"스탤링, 나는 자네가 열심히 공부해서 이렇게 당당하게 의사로 성공한 걸 진심으로 기뻐하고 있다네. 만약 자네가 그 옛날 시청 서기직 따위에 근무했다면 오늘의 이런 영광이 있을 수 있었겠는가? 나는……."

오블톤은 마치 자기가 던컨의 장래를 위해서 시청 서기직에 근무하는 것을 반대했다는 식으로 내뱉다가, 문득 화제를 돌렸다.

"스탤링, 내 아들과는 늘 만나고 있겠지?"

던컨은 대답 대신 마지못해 고개만 건성으로 끄덕여 보였다.

"그래, 그러는 게 자네에게도 이로울 거야. 그 녀석은 내 최고의 자랑거리지. 모두가 월레스 병원에서 가장 촉망되는 의사라고들 하더군. 또 아버지인 내가 부러워할 정도로 훌륭한 가문의 아가씨와 결혼했고, ……실로 이제는 그 녀석 앞엔 거칠 것이 없어. 스탤링, 자네보다는 언제나 한 발 앞서서 달리는 것 같군. 부디 자주 만나게. 자네를 위해서 말일세. 고향 친구 좋다는 게 뭐겠나? 내 아들 덕에 자네도 발전하면 서로 좋은 일 아니겠나?"

죠지 오블톤은 스스로의 말주변에 만족했는지 연신 턱을 만지며 흐뭇한 표정으로 말을 이었다.

"스탤링, 이건 자네를 위해서 하는 말이니 잘 듣게. 내 아들이 있는 곳보다는 조금 못한 자리겠지만, 자네에게도 좋은 자리를 알선해 주고 싶은데 어떤가? 자네가 지나친 욕심만 부리지 않는다면 꼭 해 줄 수 있네."

던컨이 아무런 흥미도 보이지 않자, 그는 다소 의기 소침한 표정이었다가 이내 개의치 않고 계속 떠들었다.

"그래, 머도크인지 고집불통인지 그 의사는 잘 계신가?"

"그분과는 사이가 별로 좋지 않아 어떤지 모르겠습니다."

던컨은 왕진 가방을 닫으면서 냉소적으로 말했다.

"사이가 좋지 않다구? 그렇다면 어째서 자네는 그런 고집불통 노의사와 함께 일을 하나? 그런 촌구석에서 무슨 발전이 있겠나? 스탤링, 지금부터 내가 하는 말을 잘 생각해 보게. 어디까지나 자네를 위해서 하는 말이니까. 이곳 공사가 끝나면 우리 회사에 의사가 한 사람 꼭 필요하네. 자네가 원한다면 나는 그 자리를 기꺼이 자네에게 주겠네. 지금 당장 답변하라고는 하지 않겠네. 다음에 만날 땐 가부를 알려 주게. 자, 담배 한 대 피우겠나?"

죠지 오블톤이 친밀감을 느끼게 하려는 의도에서 다정하게 여송연을 내밀었지만, 던컨은 거들떠보지도 않았다.

"오블톤 씨, 전 담배를 별로 좋아하지 않습니다. 이제 바빠서 그만 가야겠습니다."

던컨은 이 교활한 자가 이렇게 말하는 게 무엇을 의도하는지 속을 빤히 들여다보는 듯하여 역겨움마저 느껴졌다. 자동차를 세워 둔 곳까지 따라온 그들에게 치료비를 반드시 받아 내리라고 생각하고 냉정하게 말했다.

"아, 잊을 뻔했습니다. 치료비는 반 기니입니다."

"얼마라구?"

"만일 치료비가……."

던컨은 죠지 오블톤의 얼굴을 뚫어져라 쳐다보며 말했다.

"부당하다고 생각하신다면 그 요금의 타당성을 설명해 드리겠습니다."

죠지 오블톤은 싸구려 원자재를 구입하여 부당한 이익을 취해 왔고, 여러 가지 구실로 노동자의 임금을 착취할 정도로 돈에 대한 집착이 강했다. 그런만큼 남에게 주는 데에는 무척이나 인색했다. 그는 치료비 명목의 반 기니가 몹시 아까운 듯 잔뜩 굳은 얼굴로, 천천히 지갑에서 돈을 꺼내 던컨에게 내밀었다.

"반 기니라고 했지! 반 기니, 반 기니……, 여기 있네."

죠지 오블톤은 굳은 얼굴에 입가에만 억지 웃음을 매달았다.

"스탤링, 나는 자네가 현명한 젊은이라는 사실을 믿네. 그리고 나는 이미 우리 공장이 완공되면 담당 의사로 초빙할 뜻도 비쳤네. 그래서 믿고 하는 말이지만……, 이 돈을 자네의 용돈으로 써

줬으면 좋겠네. 틀림없이 머도크인지 멍청이인지 그 고집불통 늙은이는 자네에게 정당한 보수를 주지 않을 거야. 그토록 힘들게 공부한 자네가 정당한 대우를 받지 못해서야 되겠나! 그것이 안타깝기 때문에 난 자네를 어떻게든 돕고 싶은 거네. 내가 연락할 수 있는 주소를 좀 가르쳐 주겠나?"

"의사 명부를 찾아보시면 제 주소도 나와 있을 겁니다."

던컨은 쌀쌀맞게 대답했다.

"그런가!⋯⋯ 그렇다면 나중에 꼭 의사 명부를 찾아보기로 하지. 그런데 스탤링, 다음에 우리가 만날 때는 활짝 웃으며 만났으면 좋겠는데⋯⋯."

죠지 오블톤은 손을 내밀어 악수를 청했다. 던컨은 내키지 않았지만, 하는 수 없이 그의 손을 맥없이 잡았다. 그의 손은 오싹할 정도로 축축한 느낌이 들어 악수하는 상대방을 불쾌하게 했다.

던컨은 마을로 돌아오면서, 그 끈적끈적한 악수로 인해 묻은 죠지의 땀을 씻기라도 하려는 듯 손을 계속 옷에다 문질렀다. 그는 죠지 오블톤과의 이런 만남이 결코 우연만은 아니라는 느낌을 떨칠 수가 없었다. 전에도 그랬지만, 죠지 오블톤과의 만남은 언제나 불쾌감만 주었다. 그 능구렁이가 자기에게 호의를 보일 리가 없다. 호의를 보이는 것처럼 제안한 취직 얘기 뒤에는 분명 음흉한 흉계가 숨어 있을 것이다. 던컨은 자신도 모르게 불안감이 밀려 와 몸을 떨었다.

던컨은 오늘 있었던 왕진과 죠지 오블톤의 얘기, 그리고 자신의 솔직한 심정을 머도크 박사에게 말해 볼까 하는 생각을 했지만, 마음이 썩 내키지 않았다. 우선 대쪽 같은 성미의 머도크 박사가, 죠지 오블톤이라는 이름만 들어도 불같이 화를 내며 펄펄 뛸 게 분명했기에 그만두기로 했다. 그는 오블톤에게서 치료비로 받은 반기니의 돈을 탁자 위에 놓여 있는 빈 홍차 통에 살짝 넣었다. 평소에 병원을 찾아온 환자들이 놓고 가는 진료비를 진이 언제나 그곳에 넣어 두는 것을 눈여겨 보아 왔기 때문이다.

세월은 참으로 빨랐다. 지내 놓고 보면 그렇게 빠를 수가 없는 게 세월이었다. 던컨이 스트라스 린튼에 온 지도 한 달이 지났지만, 그 세월은 언제 지나갔는지 모를 만큼 훌쩍 지나갔다. 던컨은 기분 전환이라도 할까 하여 따사로운 오후 햇살이 내리쬐는 정원으로 나갔다. 이제 막 건강을 회복한 머도크 박사가 두툼한 털스웨타를 입고 정원에 앉아 잔디를 다듬고 있었다. 두 사람은 마주치자, 요사이 생겨난 머쓱한 기운이 더욱 팽창해지는 느낌에 무슨 말을 꺼내야 할지 몰랐다.

머도크 박사는 지난 한 달 동안 안 보는 척하면서 던컨의 행동을 유심히 살펴보고 있었다. 그가 자신을 돌아볼 여유도 없을 만큼 일에 열의를 갖고 최선을 다하는 모습을 보니, 믿음직스럽기 한량없었다. 그리고 평소 그의 성품이나 행동으로 보아, 안나 가이슬러 박사와의 관계도 소문처럼 추잡한 사이가 아니라는 확신도 가졌다. 귀가 얇아 확실한 내막도 알지 못한 채 들려 오는 풍문만을 믿고, 던컨의 인격을 의심했던 자신의 경솔함을 깊이 반성하기도 했다. 그렇지만 체면상 먼저 던컨에게 사죄하기가 쑥스러워 불편한 마음을 지닌 채 애써 외면하고 있었다.

던컨은 던컨대로 마음이 불편했다. 이유야 어찌 되었건 간에 자신의 아버지뻘 되는 어른에게 화를 내며 큰 소리를 쳤던 것이, 결코 잘한 행동이 아니라는 후회를 이곳에 오면서부터 하고 있었다.

머도크 박사와 던컨은 서로 얼른 화해하고 싶은 열망이 간절하면서도, 어떻게 그 처음의 실마리를 풀어야 할지 고심하고 있었다.

"선생님, 무척 좋아 보이십니다. 이렇게 정원 손질까지 하시는 걸 보니 건강이 완전히 회복되신 모양이지요? 맑은 공기를 마시면 건강에도 좋으니까 자주 나오세요."

던컨은 평소의 과묵했던 그답지 않게 부드럽게 말을 건넸다.

"뭐, 맑은 공기를 마시는 게 건강에 좋다고? 농담 말게."

머도크 박사의 목소리는 여전히 무뚝뚝했지만, 눈빛은 크게 흔들렸다. 그러한 눈빛으로 보아, 던컨을 향해 굳게 닫혔던 마음의 문이 활짝 열린 것을 역력히 느낄 수 있었다.

"스탤링, 오늘은 몇 사람이나 내 환자를 뺏어 갔나? 자네가 가 버리면 내게 몇 사람의 환자가 남아 있을지 걱정일세."

던컨은 머도크 박사의 퉁명스런 어투 속에 자신에 대한 신뢰와 옛정이 담겨 있음을 느끼고 몹시 기뻐하였다. 그와 동시에 이제는 기력을 상실한 듯한 노의사가 가엾다는 생각이 들었다.

"선생님, 맑은 공기는 좋지만 아직은 오랫동안 밖에 있는 것은 좋지 않습니다. 제가 보기에 너무 오래 계신 것 같습니다. 이젠 안으로 들어가 따뜻한 차를 마시는 게 좋겠습니다."

정이 담뿍 담긴 던컨의 말에, 노의사는 고개를 끄덕이며 얼굴에 희미하게나마 미소를 지었다. 그것을 본 던컨은 마음 속으로 회심의 미소를 지으며, 집 안을 향해 크게 소리쳤다.

"진! 진! 어디 있어요? 우리에게 차 좀 준비해 주겠어요?"

던컨이 소리쳤지만 진의 대답은 들리지 않았다. 던컨이 부르면 어느 곳에 있든지 얼른 대답을 하며 달려오던 진이었다. 그런데 큰 소리로 불러도 모습을 나타내지 않는 것이 이상했다.

"스탤링, 그렇게 큰 소리로 진을 부르지 말게. 제발 조용히 기다리라구."

머도크 박사는 그답지 않게 수선스런 어투로 말했다.

"딸아이는 지금 바빠서 경황이 없을 걸세. 차 심부름 정도는 렛타가 해 줄 거야."

"네? 진이 바빠서 경황이 없다구요?"

"그렇다네. 그럴 일이 있다네. 그러니 우리 조용히 안으로 들어가세."

머도크 박사가 먼저 안으로 들어갔다. 던컨은 아직 그 말이 무슨 뜻인지 영문을 모르겠다는 듯 의아한 표정을 지었다. 머도크 박사의 뒤를 따라 응접실로 들어선 그는 외투와 모자를 옷걸이에 걸고 실내를 둘러보았다. 응접실에서는 벽난로가 한가롭게 타고 있어 평상시와 다른 점을 찾아볼 수 없었다. 곧 렛타가 진 대신 웃으며 차를 들고 들어오는 게 달라진 점이라면 달라진 점이었다.

"이렇게 선생님과 단둘이만 앉아 있으려니까 이 응접실이 좀 허전하게 느껴지는데요."

던컨은 진이 없는 허전함을 느낀 대로 솔직하게 털어놓았다.

"나도 그렇게 느꼈네. 지금 진은 파티복을 매만지느라 정신이 없을 걸세."

머도크 박사는 담담한 표정으로 설명했다.

"오늘 저녁에 댄스파티가 있다네."

던컨은 댄스파티라는 말에 놀랐지만 내색하지는 않았다. 오늘 밤에 댄스파티가 있다는 것은 그도 알고 있었다. 이 지방에서는 굉장한 행사이지만, 진이 가겠다는 의사를 한 번도 비춘 적이 없어서 그녀가 가지 않는 것으로 여기고 있었다. 놀라움을 나타내지 않으려 했음에도 불구하고, 마음 속의 동요가 눈에 띄었는지 머도크 박사가 던컨 쪽을 힐끔 쳐다보았다.

"왜, 우리 진은 댄스파티에 가면 안 되나? 하루 정도 유쾌하게 지내는 것도 나쁘지 않다고 생각하는데. 더구나 그 아이는 일년 내내 쉬지 않고 집안의 어려운 일을 모두 도맡아 해내고 있네. 그러니 오늘만은 좀 신나게 놀았으면 하는 게 내 바람일세."

머도크 박사는 딸에 대한 고마움과 사랑이 듬뿍 담긴 정감어린 어투로 말했다.

"아, 아닙니다. 그런 파티를 나쁘게 생각한다는 게 아닙니다. 저도 그런 파티를 좋아합니다."

던컨은 숨기려 했던 자기의 마음을 들킨 것 같아 낯을 붉히며 말했다.

"다만 전……, 생각지도 못했기 때문에……."

"뭘, 생각하지 못해!"

던컨은 우물쭈물하면서 필요 이상으로 홍차를 젓다가 어눌한 소리로 물었다.

"저어, 진은 그 댄스파티에 혼자 가는 겁니까?"

"허허, 이 사람아! 댄스파티에 여자 혼자 가는 법이 어디 있나. 많은 청년들이 딸아이에 대해 관심이 대단하지."

던컨은 머도크 박사의 이 말에 무척 놀랐다. 그가 아는 바로는 진이 밖에 나가는 경우는 매우 드물었다. 그녀는 늙은 아버지를 뒷바라지하고 환자를 돌보는 간호사 역할까지 하는 형편이었다. 하여 언제나 분주했기 때문에 그녀 스스로도 화려하고 떠들썩한 파티 같은 모임에는 별 흥미를 갖고 있지 않은 것 같았다. 그러나 생기발랄하고 청순한 미모를 갖춘 진이, 마을 청년들의 이목을 끈다는 것은 어쩌면 당연한 일이라는 생각이 들었다. 던컨은 마음 한구석이 허전해짐을 느끼면서 억지로 웃음을 지어 보였다.

"진에게 특별히 친한 친구라도 있습니까?"

"그렇다네. 몇 해 동안 계속 관심을 보인 청년이 있다네."

"누군가요, 그 청년은?"

던컨의 목청이 갑자기 높아지자, 머도크 박사는 묘한 눈초리로 힐끔 던컨을 쳐다보았다. 그리고 얼마든지 들려 주지, 하는 표정으로 말을 이었다.

"알렉스 에글이라는 청년이네. 예절바르고 장래가 촉망되는 젊은이지. 이 지방에서 명망이 있는 존 에글 경의 아들이야."

"알렉스 에글……."
던컨은 혼잣말처럼 그 이름을 읊조렸다.

3

던컨은 자신의 내부에서 일어나는 감정을 숨기려고 재빨리 파이
프를 꺼냈다. 천천히 성냥을 그어 담배에 불을 붙이는 순간, 문득
귀공자 타입의 말쑥한 청년의 얼굴이 그의 뇌리에 떠올랐다. 그렇
다. 바로 그가 알렉스 에글이었다. 그 얼굴이 떠오르자, 던컨은 현
기증이 나서 고개를 가로저었다.

이런 감정을 질투라고 하는 것인가. 그리고 운명의 여신은, 춥
고 어두컴컴한 버스에 타고 있던 그 청년을 이때 기억나게 하기 위
해 마주치도록 했단 말인가! 던컨은 미간을 찌푸리며 혼란스럽게
떠오르는 생각을 정리하려고 애썼다. 한 치 앞을 예측할 수 없는
게 세상사라는 생각이 들었다. 인간의 눈에는 무질서하고 우연투
성이로만 느껴지는 세상사가, 조물주의 섭리로 볼 때는, 오묘할
정도로 일목 요연한 연관성을 지니고 있다고 생각했다.

귀공자 타입의 청년 알렉스 에글……, 진에게 그런 멋진 구혼자
가 있으리라고는 꿈에도 생각지 못했다. 던컨은 웬지 속은 것만
같고, 배신당한 것 같은 마음을 떨치지 못하고 있었다. 그녀가 나
이보다 성숙하고 일을 처리하는 데 완벽할 수 있었던 것은, 모두
그런 여유가 있었기 때문이라고 여겨졌다.

던컨이 지금까지 자신이 근무해야 하는 빅토리아 병원의 잉그리
스 박사를 설득해 가면서 이곳에 계속 머물러 있는 것도, 엄밀히
따지자면 진의 영향이 컸음을 부인할 수 없었다. 조금도 쉴 틈이
없어서 참으로 피곤한 나날이었지만, 진이라는 여자의 청순한 매

력이 있었기에 즐거웠다. 진의 아름다운 모습은 그의 피곤을 가시
게 하는 청량제 구실을 해 주었던 것이다. 그런데 갑자기 이런 일
이 벌어지다니. 던컨은 새삼 자기 자신의 낙담하는 모습에 더욱
어처구니가 없었다.

그렇다고 지금까지 그가 그녀에게 남자로서 당당하게 얘기해 본
적이 있었던 것도 아니다. 또한 의논의 대상이 되어 준 적도 없다.
그런데 그녀가 다른 남자와 댄스파티에 간다는 사실을 알고부터
이렇게 당황하고 묘한 감정을 가지게 된 것이다.

내가 왜 이러지? 진이 내게 있어서 어떤 존재이길래 이토록 흔
들려야 하나. 던컨은 차분히 생각하기로 했다.

이때 진이 이브닝 드레스를 입고 응접실로 들어서며 명랑하게
말했다.

"차 좀 남았어요?"

"오냐, 여기 있다."

머도크 박사는 딸의 아름다움에 몹시 흡족하다는 표정을 지으며
대답했다. 진은 무척 즐거워 보였다.

우울함에 잠겨 있는 던컨의 두 눈동자는 눈부시게 변신한 진의
아름다운 자태를 좇아 움직이고 있었다. 지금까지 그는 매우 소박
하고 간편한 차림을 한 진을 보았을 뿐이었다. 그녀의 하얀 드레
스는 소박했지만 그녀의 움직임에 따라 우아하게 하늘거리고 있었
다. 그 모습은 날씬한 진의 자태를 한층 돋보이게 했다.

흥분한 듯 홍조를 띤 복숭앗빛 두 뺨은 화사한 꽃송이를 연상케
했고, 동그랗게 뜬 눈에는 아직 소녀다운 천진 난만한 웃음이 가
득 담겨 있었다. 머리 치장도 평소와는 사뭇 달랐다. 땋아서 틀어
올린 밤색 머리에 하얀 꽃을 애교스럽게 꽂은 게 더욱 매력적으로
보였다. 그녀는 보면 볼수록 눈을 부시게 만드는 아름다움을 마음
껏 발산하고 있었다.

"아니, 당신이 진정 진 머도크 양이란 말이오? 참으로 아름답습니다. 머리에 꽂은 꽃보다 훨씬 더……."

던컨이 믿기지 않는다는 표정으로 찬사를 보내자, 진은 상기된 모습으로 감사의 인사를 했다.

"고맙습니다, 던컨 씨."

진은 아버지 곁에 다소곳이 앉아 즐거운 표정으로 차를 마시며, 지난 해 댄스파티에서 있었던 일을 이야기했다. 그 이야기 중에 벨이 울리더니, 에글이 렛타의 안내를 받으며 응접실로 들어섰다. 검은 외투와 흰 실크 머플러가 늘씬한 그의 자태를 더욱 귀공자처럼 보이게 했다.

"안녕하셨습니까, 박사님. 환후가 쾌차하셔서 무척 기쁩니다."

에글은 다정 다감한 목소리로 머도크 박사의 건강한 모습에 진심으로 기쁨의 뜻을 표하였다.

"어서 오게나, 에글 군."

머도크 박사가 만면에 미소를 띠고 그를 반겼다. 에글은 잠시 머도크 박사를 보면서 미소짓다가 눈부신 차림의 진을 쳐다보고는 황홀한 눈빛을 지었다. 던컨은 두 사람을 보며 멋있는 커플이라고 생각했다.

"진, 참으로 아름답습니다. 눈이 부실 지경이에요. 오늘 밤 저와 처음 곡과 다섯 번째 곡, 그리고 아홉 번째 곡, 그리고 또 마지막 곡 모두를 추겠다는 약속을 이 자리에서 해 주십시오. 그래야만 전 움직일 수 있을 것 같아요. 부탁하건대 저의 이 부탁을 거절하지 마십시오."

"그렇게 놀리시면, 전……."

진의 복숭앗빛 뺨은 더욱 붉게 물들었다. 그녀는 수줍음을 모면이라도 하려는 것처럼 던컨에게 에글을 소개시켰다.

"스텔링 선생님! 이분을 아시죠, 알렉스 에글 씨예요."

"만나 뵙게 돼서 영광입니다. 알렉스 에글입니다."

에글은 손을 내밀며 정중히 인사를 했다.

"저도 반갑습니다. 어느 날인가 늦은 저녁에 우연히 버스를 같이 탔던 기억이 나는군요. 전 던컨 스탈링이라고 합니다."

던컨이 에글과 악수하며 말을 건네자, 에글도 알고 있다는 듯이 고개를 끄덕였다.

던컨은 자신이 사교의 마당에서는 언제나 인기가 없는 존재라는 사실을 잘 알고 있었다. 그러나 진과 머도크 박사가 에글을 크게 환대하는 데는 더욱 당황스러워지며 소외감마저 들었다. 행복에 겨워하는 그들과 함께 어울리지 못하는 자신은 웬지 보이지 않는 장벽에 홀로 외로이 있는 듯했다.

에글은 진의 외투 입는 것을 거들어 주고는 유쾌하게 웃으면서 파티장으로 떠났다. 그 모습을 물끄러미 바라보면서 던컨은 웬지 답답하기만 했다.

그날 밤 던컨은 줄곧 걷잡을 수 없는 외로움과 순전히 자신에 대한 분노와 싸우며 이들로부터 벗어나고자 몸부림쳤다. 그러나 그러면 그럴수록 고독의 구렁텅이에서 헤어 나올 수 없었다. 모든 걸 잊고 자려는 생각에 침실로 가려는데 렛타가 전보를 가지고 왔다. 던컨은 놀라며 겉에 적힌 발신인부터 확인했다. 발신인은 안나 가이슬러 박사였다. 전보를 쥔 그의 손이 부르르 떨렸다. 마치 몇 해 전 시험 결과를 확인하기 위해 학교로 향할 때의 심정과 흡사하여, 봉투를 뜯기가 한없이 망설여졌다. 모든 게 뜻대로 잘 되지 않을 것 같은 기분이 들었지만, 조심스럽게 봉투를 뜯었다.

스탈링, 마침내 에딘버러 윌레스 병원 외과에 채용키로 결정됨. 위원회는 당신에게 병리학 강좌도 약속했음. 일 주일 이내에 등원 요망. 영예롭고 이례적인 기회임. 승낙하기를 간망. 지급으로 회답 요망. 가이슬러.

던컨은 몇 번이고 전보를 읽고 또 읽었다. 그렇게 확인하고도 꿈만 같아서 자신의 뺨을 꼬집어 보았다. 아픈 것을 보아 분명한 사실이었다. 그제야 던컨은 우울함과 만족스러움이 뒤섞인 기분으로 지금까지의 자신의 인생을 회고해 보았다.

이런 기회가 오기를 얼마나 바랐던가. 이런 시골 구석의 구질구질한 의사 생활은 이제 이 정도에서 끝내 버리자. 이제부터는 모두가 부러워할 밝은 길이 활짝 열려 있다. 지금부터는 내가 어느 정도의 인간인지 모두에게 보여 주고 실력을 인정받으리라. 나 같은 사람도 있었다는 표본이 되어서 많은 어렵게 살아가는 젊은이들에게 용기와 신념을 주자. 진은 에글과 결혼하고 싶으면 하는 거다. 이제 나와는 상관없다. 그래, 가라. 난 내 할 일이 있다. 던컨은 끊임없이 이런 생각을 하면서 짤막한 답장을 썼다.

안나, 에딘버러로 가겠음. 둘이서 한번 윌레스 병원을 깜짝 놀라게 합시다. 산과 같은 우정을 보내며, 스탤링.

답장을 쓰고 나서 다시 한 번 읽는 던컨의 두 눈에 웬일인지 가득 눈물이 고였다. 자꾸만 진 머도크의 얼굴이 후회처럼 떠올라 그의 머리를 혼란스럽게 만들고 있었다.

4

던컨은 서둘러 짐을 꾸려 윌레스 병원을 향해 출발했다. 날씨는 새로운 출발을 축복이나 하는 듯 화창하기 이를 데 없었다.

그가 윌레스 병원에 도착하자 전부터 그에게 특별한 호의를 보여 왔던 리 원장, 잉그리스 박사 등을 비롯하여 많은 사람들이 진심으로 환영해 주었다. 그 중에서 누구보다도 기뻐한 사람은 안나 가이슬러 박사였다. 던컨이 윌레스 병원으로 오기까지는 그녀의 적극적인 추천이 강력하게 작용했던 것이다. 그런데 단 한 사람만은 그를 환영하지 않았다. 유엔 오블톤이었다. 오블톤은 던컨을 환영하는 자리에 마지못해 참석하기는 했으나, 차가운 경멸의 눈초리를 던질 뿐이었다.

이곳에서 던컨이 주로 해야 할 일은 외과 일과 더불어 특수 분야로서 침체되어 있는 병리학 강좌를 하는 일이었다. 이 일은 이제껏 그가 동경만 하고 있던 의학자로서의 역량을 마음껏 발휘할 수 있는 좋은 기회였다. 보수도 연봉 7백 파운드에 육박하는 고연봉이었다. 이로 인해 이제껏 그를 숙명처럼 괴롭혔던 가난을 저 멀리 떨쳐 버릴 수 있게 된 것이다.

던컨은 마치 물고기가 물을 만난 것처럼 활기차게 자기가 지니고 있는 재능을 마음껏 발휘했다. 그리하여 오래지 않아 윌레스 병원에서 두각을 나타내는 인물로 부상하게 되었다. 또한 병리학에 대한 연구도 추진력에 활기를 띠어 그의 강의에는 많은 학생들이 몰려들었다.

언젠가는 유명한 의사로 성공해 보이고야 말겠다는 소망이 성큼성큼 눈앞으로 다가서고 있었다. 참으로 그의 미래는 활짝 빛나고 있었다. 이것은 스스로 이룩한 공든 탑과도 같았다. 온갖 고난과 역경에 굴하지 않고 철석 같은 신념으로 맞선 당연한 대가였다.

그는 정상에 서기 위해 자신의 모든 노력을 아끼지 않으리라고 거듭거듭 결심하며 열심히 일했다. 사실 그의 성격상 적당히 일하는 것은 견디질 못했다. 그렇기 때문에 자신이 맡은 일에 대해서는 철두 철미하리만큼 완벽하게 처리했다. 훤칠한 그의 풍모에는 언제부터인지 자신감 넘치는 의기 양양함이 흐르고 있었다. 이러한 그의 내면적 변화 때문인지 안나와의 우정은 지속되고 있었으나, 서로간의 미묘한 감정의 엇갈림이 반복되었다.

그날도 잠시 휴식을 취하기 위해 던컨과 안나는 함께 차를 나누었다. 차츰 높아 가는 명성에 사뭇 자신 만만해 있는 던컨에 대한 그녀의 태도는, 다소 야유 섞인 빈정거림을 내포하고 있었다.

"스탈링, 당신은 이제 막 걸음마를 시작한 것에 불과해요. 물론 당신의 재능은 누구나 인정하고 있죠. 하지만 아직 그리 대단한 것은 아니에요. 결코 자만해서는 안 돼요."

그러한 안나의 태도에 전혀 개의치 않는 듯 던컨의 목소리는 여전히 자신에 차 있었다.

"두고 보십시오. 앞으로 3년만 지나면 나는 에딘버러에서 제일 가는 전문의가 될 것입니다. 최고급 승용차를 타고 상류 계급 환자들을 왕진할 것입니다. 그들 모두가 나에게 진료받기를 원하도록 만들고 말겠어요. 그때가 되면 나는 모두를 진료하기엔 너무 바빠서 특정한 환자만을 진료하게 되겠죠. 그렇게 되면 나는 더욱 사람들에게 선망과 찬미와 경외의 대상이 되는 것입니다. 요컨대, 나는 유명하게 되는 거죠."

던컨의 목소리는 의기 양양함에서 사뭇 긴장된 어조로 바뀌어 있었다.

"후후, 그런가요? 당신의 지위가 그렇게 된다 해도 가난과 절망에 허덕이던, 그리고 슈만의 음악을 베토벤의 곡이 아니냐고 말하던 그 암울했던 과거에서 완전히 벗어날 수는 없어요."

그녀는 불쾌한 듯 거침없이 내뱉었다. 그리고 눈살을 찌푸리며 다시 말을 이었다.

"스탈링, 당신은 변했어요. 너무 갑작스럽게 성공한 게 탈인 것 같군요. 원장 선생은 당신을 하늘처럼 신뢰하고 있고, 당신의 조수들도 모두 그렇고, 게다가 잉그리스 박사까지도 마찬가지이지요. 당신의 강의에 오블톤의 두 배가 넘는 학생들이 모여들고 있다는 사실은 놀라운 일이에요. 이런 것을 보면 당신은 그토록 소원하던 소망을 거의 이룩한 셈이군요. 실력으로 의학계에서 널리 인정받게 되었고, 더구나 유엔 오블톤보다 훨씬 더 명망이 있으니 말이에요. 그러나 그럴수록 자신을 자제할 줄 아는 인물이 위대한 거예요. 그건 그렇고, 오늘 저녁 오블톤 부인이 개최하는 파티에 참석할 건가요?"

"아마 가게 될 겁니다."

안나의 비아냥거림을 말없이 듣고 있던 던컨은 무뚝뚝하게 대답했다.

"나도 갈 생각인데 마침 잘됐군요. 스탈링, 내가 오블톤 부인을 싫어하지 않는다는 거 알지요? 그 부인은 정말이지 굉장한 미인이에요. 허영심이 지나치다는 게 탈이지만요. 그 허영심이 그녀에게는 불행의 씨앗이었어요. 신혼 초 그녀는 아주 행복스럽고 매력에 넘쳤었어요. 그녀는 자신의 외모와 남편의 사회적인 지위를 발판으로 사교계의 여왕이 되려고 무진장 애를 썼지요. 그런 행동이 내게는 너무나 우스꽝스럽고 바보스럽게까지 보였어요. 그렇지만 이제부터는 그녀를 비웃지 않겠어요. 불행한 여자를 보고 어떻게 비웃을 수 있겠어요?"

"마가레트가 불행하다니, 그것은 당치도 않습니다."

던컨이 어이없다는 표정을 지으며 말하자, 안나가 쌀쌀맞은 목소리로 쏘아댔다.

"스탈링, 당신은 행복에 대해서 깊이 생각해 본 적이 있나요? 돈과 명예가 행복을 가져다 준다고 생각해요? 아무래도 그렇게 생각하는 것 같군요. 하지만 진정한 행복은 그런 것과는 거리가 멀어요. 돈과 명예를 갖춘 철면피한 인간과 함께 사는 여자가 행복하다고 느끼세요? 그렇다고 생각한다면 너무도 큰 오산이에요. 나는 오블톤 부인이 훌륭한 가정에서 세상사를 모르고 곱게 자란 외동딸이라고 알고 있어요. 그런 그녀가 남편이란 사람을 아는 데는 2년이라는 시간이면 충분해요. 그녀의 남편은 어떤 사람이죠? 비열하고 방탕한 사람 아닌가요? 실력보다는 돈과 술수로 세상을 살아가는 속물이잖아요. 매일 아침 눈만 뜨면 마주하게 되는 남편의 얼굴을 쳐다보며, '왜 이런 남자한테 정신이 팔려야 했단 말인가!' 하고 한탄하는 여자를 보고, 당신은 행복하게 살고 있다고 생각하시나요, 스탤링?"

"아니, 대체 그게 무슨 뜻입니까?"

던컨은 더 이상 참지 못하고 신경질적으로 소리쳤다.

"그게 무슨 뜻이냐구요?"

안나 가이슬러 박사는 능청스럽게 미소지었다.

"생각해 보세요. 지금까지 오블톤이 우리에게 저지른 행동이 과연 정당했는지를요. 병원에서 퍼뜨린 우리에 관한 난잡한 소문이 얼마나 심했지요? 그 사람은 자신이 도슨 간호사와 옳지 못한 관계를 맺고 있으면서, 오히려 우리에게 그 화살을 돌렸잖아요. 그것 때문에 우리가 얼마나 많은 사람들로부터 차디찬 멸시를 받아야 했는지 당신도 잘 아시죠?"

"그 친구, 그렇게 나쁜 사람은 아닙니다."

던컨은 고집스럽게 오블톤을 두둔하고 있었다.

"글쎄, 그럴까요? 스탤링, 당신에게 한 가지 충고를 하고 싶어요. 지금 하는 말을 듣고 내가 남들을 너무 불신한다고 나무라도 좋아요. 하지만 유엔 오블톤을 필히 경계하세요. 그는 당신의 일이라면 매사에 질투가 나서 미친 사람처럼 행동해요. 게다가 오블톤에게는 막강한 뒷배경에다 돈이 있다는 걸 잊어서는 안 돼요."

안나의 이 말에 던컨은 퉁명스럽게 말했다.

"그런 일이라면 나도 오래 전부터 조심해 오고 있습니다."

"스텔링, 제발 내 말을 새겨들으세요. 앞으로, 아니 아주 가까운 장래에 당신은 그의 진면목을 똑똑히 알게 될 거예요."

안나 가이슬러 박사는 더 이상 아무 말도 하지 않았지만, 오히려 그런 머뭇거림 뒤의 침묵이 어딘가 석연치 않은 여운을 남기고 있었다.

던컨은 두 손을 주머니에 꽂은 채, 그런 머뭇거림 뒤의 야릇한 침묵이 무엇을 의미하는지 생각해 보았다. 그러나 그는 결국 언제나처럼 자기 소신대로 행동하기로 마음을 정했다.

"지금부터 꼭 30초 뒤에 강의가 있어서 더 이상 여기서 퀴즈놀이나 하고 있을 수가 없겠군요. 오늘 밤에 좀더 여러 가지 이야기를 나누도록 합시다. 이번에 있었던 실험에 대해서도요."

5

강의가 끝나자 던컨은 별관에 위치한 자신의 진찰실로 향했다. 평상시처럼 진찰실 앞에는 벌써 그를 기다리는 환자들이 길게 줄을 지어 서 있었다.

그들 환자들은 대부분 집안 형편이 어려웠다. 그들은 이 근방의 여러 마을에서 던컨에 대한 명성을 듣고 찾아왔거나, 지방 의사들의 소개장을 받고 보내졌다.

윌레스 병원의 평판은 대단했다. 지방 의사들은 특수한 병이거나, 자신들이 전혀 손댈 수 없는 환자들은 모두 던컨이 근무하는 이 병원으로 보냈다. 소개장과 의무 기록 카드를 들려 보내기만 하면 되므로 환자들은 이곳을 손쉽게 찾았다.

던컨은 몹시 지쳐 있었다. 안나와의 대화로 감정이 우울해 있었

고, 또 강의를 막 끝낸 후였다. 그러나 아무리 피곤해도 손수 환자
들을 돌보아 왔었다. 그러나 지금은 사정이 달랐다. 그는 싸늘할
정도로 무표정한 모습으로 진찰 신청 카드를 대충 훑어보았다. 그
리고 인턴들에게 환자들을 진찰하라고 이르고는, 자신은 편안한
자세로 안정을 취하려 했다.

던컨은 의자에 앉아 눈을 지그시 누른 다음 다시 떴다. 그리고
는 무심코 눈을 돌려 환자들을 바라보았다. 그때 던컨의 눈에 낯
익은 모습이 들어왔다. 그 순간 이제까지 자신의 머릿속에 자리잡
고 있던 뒤범벅된 감정이 일시에 사라지는 듯한 충격을 받았다.
그는 처음에는 잘못 본 것이 아닌가 자신의 눈을 의심했다. 줄지
어 기다리고 있는 환자들 가운데 그토록 그리워하던 어머니가 끼
어 있었던 것이다.

던컨은 쉬려고 했던 생각을 버리고, 어머니보다 앞에 줄지어 있
는 환자들을 서둘러 진찰했다. 이윽고 자신을 낳아 주신 어머니
차례였다. 그녀는 야위고 창백하긴 했지만, 침착한 태도로 보아
자신을 진료해 줄 의사가 아들이라는 것을 전혀 모르는 것 같았
다. 어머니는 묵묵히 지방 의사가 써 준 소개장과 의무 기록표를
던컨의 앞에 내밀었다.

던컨은 의무 기록표를 받아 들었다. 하마터면 그 자신 냉정을
잃을 뻔했다. 주위는 여느 때처럼 인턴과 환자들의 소리로 시끄러
웠다. 던컨은 담당 간호사가 진찰권에 기입한 사항을 보아 가며,
어머니의 신상을 두터운 환자 카드에 기재했다.

던컨은 떨리는 마음을 진정시키며 소개장을 펼쳐 들었다. 그는
도저히 어머니의 얼굴을 똑바로 쳐다볼 용기가 나질 않았다. 그는
평소와는 조금 다른 목소리로 어머니에게 말했다.

"저쪽 A 실로 들어가셔서 옷을 벗고 기다려 주십시오. 제가 직
접 진찰하겠습니다."

"고맙습니다."

어머니의 목소리는 냉정하리만치 침착했다.

5분쯤 지났다. 던컨은 엑스레이 촬영실인 어두컴컴한 방에서 어머니와 단둘이 있게 되었다.

"어머니!"

던컨은 애써 유지하려던 평정을 잃고 떨리는 목소리로 어머니를 불렀다. 어머니는 웃옷을 모두 벗고 철제 의자에 걸터앉아 있었는데, 그 옆모습이 애처롭기만 했다. 그러나 그녀의 눈은 던컨이 떠나 올 때와 마찬가지로 엄격했다.

"리븐포드의 로간 선생님이 나를 여기로 보내 주셨다. 네가 담당할 줄 알았으면 이 병원으로 오지 않았을 거다."

"어머니……."

던컨은 그 동안 어머니에게 매달 월급을 보내드리고 선물도 보내드렸다. 그러나 어머니는 무엇이든 거절하며 완강하게 나오셨다. 그것은 아들이 성공했다 해도 자신의 자존심을 지키려는 여인의 엄격함과 같았다. 어쨌든 그는 진찰을 서둘러야겠다고 생각하며 아픈 곳을 여쭈었다.

"어머니, 어디가 어떻게 아픈지 말씀해 주세요. 로간 선생님은 어머니의 병환에 대해서 확실하게 모르시기 때문에 제게 어머니를 진찰하게 하신 거예요."

"로간 선생님은 암이라고 생각하시는 것 같더구나."

어머니는 평소와 같이 조금도 두려움을 느끼지 않는 듯이 말씀하셨다. 어머니가 덮고 있던 담요를 걷어젖히니 작지만, 가슴에 깊이 뿌리를 내린 것 같은 종양이 보였다. 던컨은 순간 심장이 멈추는 듯 마른침을 삼켰다. 걱정했던 대로 심한 질환 같았다. 이제 던컨의 마음 속에 있던 부자연스럽고 고통스러운 갈등은 다 사라졌다. 그는 의사 본연의 자세로 다급하게 질문했다.

"이게 언제부터 생겼지요?"

"한 달 보름 전에 찬장에 부딪혔단다. 그때는 별로 신경을 쓰지 않았지. 그런데 그 뒤로 조금씩 아프더니 이렇게 됐구나."

어머니의 답변에 불안을 조금은 씻으면서 창상을 자세히 살펴보았다.

"신경 세포를 현미경으로 살펴봐야겠어요. 조사를 하면 병이 어느 정도 진척됐는지 알 수 있으니까 조금만 참고 기다리세요. 아셨죠, 어머니?"

어머니는 아무 말없이 고개만 끄덕여 보였다. 던컨은 그롤 에틸이 들어 있는 병을 꺼냈다. 그리고 떨리는 마음을 누르며 침착한 목소리를 내려고 무척 애를 썼다.

"이건 국소 마취예요. 이걸 사용하면 통증을 안 느끼실 거예요."

"아프다구? 이미 내 마음을 아프게 한 건 너라는 사실을 모르는 모양이구나. 지금 이런 식의 아픔은 고통도 아니지."

어머니의 말에서 모자의 정을 끊고자 홀로 감수해야 했던 고통의 세월을 느낄 수 있었다. 그녀의 눈가에 한동안 눈물이 어른거렸다. 그러나 던컨은 고개를 숙이고 일에 열중해 있었기 때문에 미처 그것을 보지 못했다. 누구에게도 자신의 나약한 모습을 보이기 싫어하는 어머니는 곧 냉정을 되찾았다.

던컨이 종기 부분의 살점을 떼 내어, 그것을 현미경의 렌즈 밑으로 끼워 넣는 과정을 태연스럽게 바라보고 있었다.

던컨은 현미경의 핀트를 맞추면서 자기 손이 몹시 떨리고 있음을 느꼈다. 한동안 알아보기 힘들었지만, 이윽고 그런 대로 정상적인 세포군을 분간할 수 있었다. 그의 심장은 세차게 두근거렸다. 눈의 초점을 최대한 이용하여 샅샅이 찾아보았으나, 그 가공할 만한 암의 징조는 어디에서도 발견되지 않았다. 그의 온 신경

은 극도로 긴장되었다. 그러다가 한 무리의 포도상 구균이 눈에
띄자 던컨은 비로소 숨을 크게 내쉬며 안도의 빛을 보였다. 어머
니의 종양은 암이 아니라 쉽게 치료할 수 있는 단순 감염이었다.

던컨은 한순간이었지만 어찌나 신경을 썼는지 어머니를 돌아다
볼 힘조차 없었다. 긴장이 풀리면서 극도의 피로감이 온몸을 엄습
해 왔다. 그렇게 한동안 현미경 앞에 꾸부리고 앉은 채 자신이 느
끼는 기쁨을 감추려고 하였다. 그러나 그는 마음을 바꿨다. 빨리
어머니와 이야기를 하고 싶었다.

"걱정하지 마세요. 암과는 전혀 관계가 없어요. 단지 포도상 구
균이라는 균이 침투했을 뿐이에요."

어머니는 표정이 조금도 달라지지 않았으나, 안심이 되었는지
조용히 안도의 숨을 쉬었다.

"그게 정말이냐?"

"한 달 정도 치료를 받으시면 완전히 낫게 될 겁니다."

던컨은 기쁜 마음으로 대답했다. 어머니의 완고한 고집이 다소
누그러진 것 같아 마음에 위안이 되었다. 그러나 어머니는 곧 몸
을 꼿꼿이 세웠고, 평소처럼 완강하고 태연스러워졌다.

"우리에게 일어나는 일은 모두 주님의 뜻이다. 나는 이 새로운
십자가를 면하게 해 주신 걸 주님의 은혜로 알고 감사드린다."

던컨은 무엇인가 이야기하려고 생각 중이었다. 때문에 어머니의
말에 담겨 있는 진정한 의미를 미처 깨닫지 못했다.

"어머니, 이렇듯 어머니께서 제가 근무하는 병원으로 오시게 된
것은 결코 우연이 아닐 것입니다. 하느님이 우리 두 사람에게 계
시한 뜻이 있을 거라는 생각이 드는군요……."

던컨은 잠시 입을 다물고 다음 말을 생각했다.

"제가 오늘 어머니께 해 드릴 수 있었던 일이, 전혀 의미가 없는
일이었다고 생각하시나요?"

"그럼, 네 말은 네가 아닌 다른 의사였다면 이렇게 훌륭하게 진료할 수 없었을 거라는 거냐, 던컨?"

던컨은 어머니의 냉정한 반문에 어떻게 대답해야 할지를 몰라 망설였다.

"어머니는 전혀 아들을 이해하려고 하시지 않는군요. 저는 저 혼자 힘으로 여기까지 성공했습니다. 어머니도 이곳이 영국에서 가장 유명한 의학 연구소 중 하나인 줄은 잘 아실 것입니다. 모든 사람들이 저의 성공을 부러워하고 축하해 주고 있어요. 이제 저는 시간이 가면 갈수록 점점 좋고 높은 지위에 올라설 거고, 또 존경도 받게 될 것입니다. 그리고 오늘은 우연히 어머니와 제가 상봉하게 되었습니다. 그리고 어머니에게 내려진 사형 선고의 두려움을 없애 드린 것도 어머니의 아들입니다. 그런데도 어머니는 아직도 옛날처럼 아들을 나무라고 정을 주려 하지 않으시는군요."

어머니는 무표정한 얼굴로 아들을 쳐다보았다.

"나는 도대체 네가 무슨 말을 하고 있는 건지 모르겠구나. 너는 성공했고, 남들이 그런 널 부러워하고 있다고? 그럼, 넌 매우 행복하겠구나. 그런데 넌 왜 행복하고 기쁜 모습이 아니니? 새파란 얼굴에다 침착해 보이지도 않구나. 넌 무엇인가를 탐내고 있어. 네 얼굴에 그렇게 나타나 있어. 넌 그것을 원하지만 네 손에 들어오지 않기 때문에 초조해하는 거야, 그렇지?"

던컨은 어머니가 쪽집게처럼 집어 내는 것에 놀라지 않을 수 없었다.

"잘 보셨어요. 그렇지만 꼭 그렇게 말할 수만은 없어요. 전 제 소망을 하나씩 실현시키기 시작했는 걸요."

던컨은 속 시원하게 모든 것을 다 털어놓고 싶었다.

"저는 이제 제가 내딛는 만큼 성공하는 겁니다. 전 제가 원하는 것은 무엇이나 손에 넣을 수 있어요. 어머니의 아들은 계속 노력할 겁니다."

어머니는 낡아 빠진 외투를 어깨 위에 둘렀다. 그리고 작지만 위엄 있는 목소리로 그의 말에 반박하듯 말했다.

"성공이라는 게 뭐냐? 일 주일에 30실링 버는 거나, 일 년에 3만 파운드를 버는 거나 뭐가 다르냐 말이다. 좋은 옷감으로 만든 양복이건 시골에서 짜는 무명옷이건 그게 무슨 상관이냐고? 네가 거리를 지나갈 때 사람들이 너에게 시선을 모으며, '저 사람은 부자야.' 하는 말을 듣는 게 네가 그렇게도 바라던 소원이란 말이냐!"

던컨은 자신의 생각을 좀더 자세히 설명하려고 했다. 그러나 때마침 암실의 커튼이 걷히면서 헤드르 의학사가 학생을 몇 명 데리고 들어왔다.

"시급한 환자가 기다리고 있어서 실례를 했습니다."

던컨은 이렇게 말하고 종이에 황급히 글을 적어 어머니에게 건네 주었다.

> 오늘 밤 6시에 프린세스 크레센트 24번지에 있는 제 아파트를 찾아 주세요. 어머니는 오래 전부터 이 아들에 대해 잘못 생각하고 계셨습니다. 어머니, 저에게는 어머니의 애정과 존중이 필요합니다. 이제 어쩔 수 없이 빚어졌던 모자간의 불화는 잊어버리고, 가난했지만 다정했던 옛날처럼 지내고 싶습니다. 그리고 어머니의 미래의 삶에 작은 힘이라도 되어 드리고 싶은게 이 아들의 마음입니다. 어머니, 언제나 제게 힘과 용기를 주세요.

그날 밤 던컨은 초조하게 애를 태우며 어머니를 기다렸다. 그러나 어머니는 오시지 않았다. 그는 조금도 흐트러짐이 없던 어머니

의 완강한 태도를 떠올리며 마음 속으로 절대 안 오실 것이라고 짐
작은 했다. 그러나 막상 그 예측이 적중하고 보니, 옛날에 느꼈던
고통까지 되살아나는 게 너무나 괴로웠다. 던컨은 깊은 슬픔 속으
로 점점 더 가라앉아 갔다. 던컨, 더 이상 부질없는 일에 얽매이지
말자. 그러다가 문득 그날 저녁에 마가레트의 집에 초대받은 일이
생각났다.

에딘버러 하면 부유층 마을인데 그곳에서도 첫째, 둘째 손꼽는
오블톤의 저택에 들어선 것은 이미 밤 9시를 훨씬 지나서였다.

객실에는 크림색 실크 커튼이 드리워져 있었는데, 벌써 손님들
로 가득 차 술렁거렸다. 던컨이 들어서자, 마가레트가 환한 미소
를 지으며 다가와 반갑게 맞아 주었다.

"던컨!"

마가레트가 큰 소리로 불렀다.

"정말 잘 왔어요. 난 혹시 안 올까 봐 얼마나 초조했다구요. 왜
이렇게 늦었어요?"

던컨은 명랑하게 보이려고 애를 썼다.

"아무리 바쁘더라도 오늘같이 친구가 부르면 와야지. 이 많은
사람 속에서 금방 마가레트를 찾을 수 있다니…….."

"던컨이 그런 말도 할 줄 알아요?"

마가레트는 그렇게 말하면서 눈길을 돌렸다.

던컨은 단번에 그녀의 모습이 평상시와 다른 것을 알 수 있었
다. 눈빛은 여전히 아름답게 반짝이고 있었으나, 뭔가 어두운 그
림자가 드리워져 있었다. 그 그림자는 불안과 함께 전에는 보지
못한 선정적인 표정을 나타냈다. 던컨은 이제까지 그녀의 많은 표
정을 보아 왔지만, 오늘 같은 느낌을 주는 표정은 한 번도 본 적이
없었다. 지금의 마가레트는 빼어난 미모와 애교가 넘치는 화술을
가지고 있었다. 마음만 먹는다면 어떤 사내라도 유혹할 수 있을

것 같았다.

"모두 다 아는 분들이지요? 손님들은 언제나 같은 분들이니까."

마가레트는 다시 던컨에게 묘한 시선을 보냈다.

던컨은 객실 전체를 둘러보며 누구든 상관없다는 식의 눈길을 던졌다. 술렁대는 손님들 중 30명 정도는 아는 사람들인 것 같았다. 술잔을 들고 있는 오블톤과 모여 있는 사람들, 잉그리스 부인, 윌레스 병원의 리 교수, 안나 가이슬러, 병원의 의사들, 거기다 몇몇 이름난 정치가들도 보였다.

"마가레트, 이젠 내게 신경 쓰지 말고 손님들을 접대해. 난 내가 편한 대로 할 테니까 걱정하지 않아도 돼."

그때 던컨의 바람대로 새로운 손님 두 사람이 큰 소리로 웃으며 객실로 들어섰다. 마가레트는 그쪽을 바라보며 속삭이듯 말했다.

"나중에 잠깐 말할 게 있어요. 단둘이서만!"

그녀는 작은 소리로 말하고 재빨리 새로 온 손님들에게로 갔다.

던컨은 웨이터가 쟁반 위에 올려져 있는 위스키를 권하자, 한 잔을 받아 들고 한곳에 그대로 있었다. 그는 평소에는 이렇게 떠들썩하고 거들먹스러운 파티는 질색을 하고 싫어했다. 그러나 오늘 밤은 웬지 시끄러운 분위기 속에서 시간을 보내고 싶었다.

이런 성격의 파티는 요즈음 던컨의 생활의 일부였다. 처음에는 화려하고 떠들썩한 분위기가 묘하게 그의 신경을 자극했지만, 이제는 꽤 익숙해져 있었다. 이런 사교 생활이 사회를 살아나가는 도구요, 성공으로 이끌어 주는 수단임을 터득하고 있었던 것이다.

던컨의 눈에 잉그리스 부인 곁에 서 있는 스코트 대령의 모습이 보였다. 대령도 그를 알아보았는지 손짓으로 인사를 보냈다. 지난 몇 년 동안 대령은 많이 달라져 있었다. 머리는 온통 백발로 뒤덮이다시피했고, 인자함이 풍기던 옆모습은 너무 야위어서 무뚝뚝해 보였다.

던컨은 자신이 불우했던 시절에도 호감을 보이며, 늘 다정하게 대해 주던 스코트 대령의 이러한 모습에 몹시 가슴아팠다. 린튼의 전화 사업에 관계를 맺은 일이 그의 정력과 재정에 심각한 타격을 준 것 같았다. 이제 가까스로 계획했던 일이 완성되어 겨우 한숨 돌리게 된 듯했다.

"여! 잘 있었나, 스털링 군. 무척 건강해 보이는군."

"혹시 소식 들으셨나요? 리 교수께서 은퇴하겠다고 발표하셨다는데요."

잉그리스 부인이 던컨에게 넌지시 물었다. 던컨은 처음에는 잉그리스 부인의 말뜻을 이해하지 못해 대수롭지 않게 흘려 들었다. 그러나 그 뜻을 알게 되자, 파티가 지루하다는 생각이 단숨에 사라져 버렸다.

"공식적으로 말인가요?"

"그럼요. 3개월이 지나면 병원에서는 새로운 원장을 정할 거예요. 저도 의사의 아내로서 누가 새로운 원장이 될까 무척 궁금하거든요."

잉그리스 부인이 하고자 하는 말뜻을 곧 짐작할 수 있었다. 그녀가 특별히 오블톤을 편애하고 있다는 건 누구나 다 아는 사실이었다. 그와 동시에 그녀는 던컨을 언제나 무시하는 태도로 대해 왔다.

오블톤은 잉그리스 부인의 조카딸과 결혼했다는 이유만으로도 공공연하게 그녀의 도움을 받고 있었다. 새로운 원장으로 오블톤이 적격자가 아니겠느냐는 묘한 뉘앙스가 그녀의 심경에 담겨 있는 듯했다. 그녀는 그늘진 던컨의 표정을 보고는 그녀 특유의 웃음을 지어 보였다.

"던컨 씨가 이 소식을 듣고 기뻐할 줄 알았어요."

잉그리스 부인은 자리를 옮기려는 대령의 뒤를 따라갔다. 그제야 던컨은 객실 저편에서 자기를 쳐다보고 서 있는 안나 가이슬러를 발견했다. 어제 오후 안나가 수수께끼 같은 말로 조심하라고 말해 주던 것이 바로 이 일이었단 말인가. 그렇다면 지금 당장 좀더 자세한 내용을 알아 둘 필요가 있었다. 그는 오블톤을 둘러싼 무리들 속에 조심스럽게 섞였다.

오블톤은 벌써 거나하게 취한 듯 얼굴이 붉게 상기되어 있었다. 벌써부터 늘어지기 시작한 피부가 지난 2년 동안의 방탕한 생활을 여실히 말해 주는 듯했다.

"여보게 스탤링! 뉴스 중의 뉴스, 최고의 특별 소식을 들어 보았는가?"

오블톤이 혀가 꼬부라진 소리로 말을 걸었다.

"무슨 뉴스 말인가?"

던컨은 금시 초문이라는 듯이 시치미를 떼었다.

"조만간 굉장한 일이 발생하겠군요. 어떤 사람한테는……."

헤드르가 길게 한숨을 쉬었다.

"그렇게 되기까지는 한바탕 소동이 일겠지."

다른 한 사람이 흥미 진진한 듯이 말했다.

"보편적으로 경쟁은 제한되는 법인데. 우선적으로, 이번에는 젊은 사람에게 맡겨져야 한다구."

오블톤이 취기에도 불구하고 위엄 있는 태도를 보였다.

"이를테면, 당신 정도의 나이가 된 사람에게 말이죠?"

안나 가이슬러가 던컨의 어깨 넘어에서 소리쳤다. 그러자 한바탕 웃음소리가 터져 나왔다. 오블톤은 오만한 태도로 위스키를 단숨에 들이켰다.

"나쁠 것도 없지 않습니까? 나에게는 그 지위에 오를 권리가 있어요. 누가 뭐라고 하든 말입니다. 위원회에서는 정력적인 인물을 희망하고 있습니다. 병원의 의사장이 우선권을 갖는 것은 가장 정당한 일이 아닐까요? 나는 꽤 오래 전부터 이곳에서 근무했고, 경력도 제일 오래 됐으니까요."

아무리 취중이라지만 오블톤이 이렇게 노골적으로 표현할 줄은 아무도 몰랐다. 사람들은 너무나 당돌한 말에 모두 넋이 나간 듯 잠시 말문이 막혀 버렸다. 이윽고 안나가 묘한 말투로 입을 열었다.

"그토록 자신 만만하게 말씀하시는 걸 보니, 당신 곁에는 상당한 지지자가 있어야겠군요."

"그런 거 알게 뭐요!"

오블톤이 신중하게 뒤로 물러선 셈이었다. 그는 던컨 쪽을 쳐다보며 의미 심장하게 빙그레 웃었다. 그러자 던컨이 한마디로 잘라 말했다.

"오늘 밤, 나는 자네의 초대를 받고 찾아온 손님일세. 너무 지나친 이야기는 말아 주었으면 하네."

오블톤은 던컨의 이 말에 금방 얼굴이 빨개졌다.

"자신의 의견을 털어놓는 게 두려운가?"

던컨은 이제 더 이상 자신을 억제할 수가 없었다. 그래서 무턱대고 말문을 열었다.

"난 자네가 병원장의 적임자라고는 도저히 생각할 수가 없네, 오블톤. 그 지위는 언제나 그랬듯이 누구에게나 존경받는 일류 의사가 차지해야 한다고 생각하네."

"그건 당연한 말이지. 일류 의사가 적임자라는 말 말일세. 난 내기를 걸어도 좋아, 나의 기회에 말일세."

"내기라면 나도 상대가 돼 줄 수 있네."

던컨도 지지 않고 응수했다. 오블톤의 손님들은 깜짝 놀라서 일제히 던컨의 얼굴에 시선을 꽂았다. 던컨은 자신이 엉겁결에 내뱉은 말로 많은 사람들의 주목을 받게 되자, 이 어색한 분위기에 머리가 이상해질 것만 같았다.

그들의 놀라는 표정으로 보아 던컨의 말이 센세이션을 일으킨 게 틀림없었다. 던컨은 얼굴에 핏기가 싹 가시는 당혹감을 느끼며 즉시 후회했다. 그러나 이러한 위기를 융통성 있게 넘기는 데에는 무능한 그였다. 던컨은 당황해서 애매하게 혼자 중얼거릴 뿐이었다.

6

던컨 곁에 있던 사람들은 이리저리 흩어졌다. 던컨은 온몸에서 기력이 빠져 나가 비참한 기분이 되었다. 그때 슬며시 그의 옷소매를 잡아당기는 사람이 있었다. 돌아보니 마가레트였다. 그녀는 던컨의 침통한 기분은 개의치 않는 듯 여전히 화사한 웃음을 머금고 있었다.

"언제쯤에나 내 존재를 알아 줄까 걱정하던 참이었어요."

마가레트는 방긋 웃어 보였다.

"뭐 좀 마시지 않겠어요?"

"마가레트가 존댓말을 쓰니까 어색하군. 우리끼리 있을 때는 옛날 친구 사이가 더 좋을 것 같은데."

던컨은 그녀가 이끄는 대로 아무도 없는 뷔페로 갔다. 그녀는 직접 두 개의 유리잔에 샴페인을 따랐다.

"그런데, 던컨, 꽤 우울해 보이는군요. 하지만 이제부터는 얼마든지 유쾌해질 수 있어요. 존댓말하면 어때요. 내가 하고 싶은 대로 하겠어요. 이제부터는 마음먹기에 따라 얼마든지 명랑해질 수 있다니까요."

마가레트는 던컨이 왜 우울한지 잘 알고 있다는 듯 그의 기분을 전환시켜 주려고 노력했다. 그녀는 그녀 특유의 명랑하고 애교스런 목소리로 말했다.

"이 샴페인을 마시면 적당히 유쾌해지겠지. 그렇지만 마가레트, 나는 아무리 강한 술을 칵테일해서 마셔도 소용이 없어."

그러나 던컨의 이야기는 지금 그녀의 귀에 들어오지 않았다.

"자, 건배하실까요? 미래를 위해서, 그리고 우리들을 위해서!"

"그보다 나는 과거를 위해서 건배하겠소. 미래는 비참할지도 모르니까."

그녀는 머리를 가로저었다.

"아녜요. 그런 일은 있을 수 없어요, 던컨. 우리 두 사람을 위해서라면 아직도 좋은 일이 얼마든지 있을 거예요. 틀림없이."

마가레트는 자그마한 발코니로 통하는 프랑스식 창문을 열었다. 열린 창문을 통해 들어온 산뜻한 밤공기가 기분 좋게 머리를 식혀 주었다.

"우선 달님이라도 바라보도록 해요. 자, 보세요. 벌써 보름달에 가까워졌어요. 게다가 오늘 밤에는 저 달이 유난히도 아름답게 보이는군요."

던컨은 마가레트의 뒤를 따라 발코니로 나갔다. 발코니는 길거리에 접해 있었는데 그녀가 창문을 닫자, 떠들썩하던 내부와 완전히 차단되어 조용해졌다. 그러나 그는 그 작은 공간에 단둘이만 있는 게 웬지 어색했다. 그는 다만 마가레트의 옆모습만을 바라보고 서 있었다. 목이 깊게 패인 우아한 드레스를 입은 마가레트는 매혹적으로 보였다.

달빛은 매우 인상적이었다. 그 커다란 은빛 원반은 근처에 있는 성벽의 작은 탑 위에서 두 사람을 가볍게 어루만지는 것 같았다. 또한 교묘하게 조작된 탐조등처럼 프린세스 거리 근처에 있는 울창한 정원을 비추고 있었다. 어디선가 향긋한 풀내음이 산뜻한 밤 공기에 실려 왔다. 마가레트는 길게 한숨을 내쉬었다.

"우리가 이렇게 단둘이 달빛을 바라본 일은 한 번도 없었군요. 그렇죠, 던컨?"

"그랬던 것 같아."

단둘만의 어색함을 감추려는 듯 던컨은 냉담하게 대답했다.

"만약 우리들에게 그런 기회가 있었다면, 지금쯤은 상황이 완전히 달라졌을 거예요. 그랬겠죠?"

"글쎄, 어떻게 달라졌을까?"

"정말 많이 달라졌을 거예요. 나는 너무나 큰 실수를 한 것 같아요. 내 스스로 선택한 결혼이니 뭐라고 할 수도 없지만."

던컨은 당황하여 그녀의 눈길을 피했다. 안나가 말한 대로 마가레트의 결혼 생활이 원만치 못한 게 확실했다.

"인생이란 세월이 흐르면서 좋다가도 나쁘고, 나쁘다가도 좋아지고 그러는 거야. 결혼 생활은 처음에는 속이 상하는 일도 있겠지만, 얼마든지 즐거운 일도 있어. 결혼이란 두 사람에게 끊임없는 희생과 양보를 요구하지. 누구든 마찬가지야. 두 사람이 서로 양보하려고만 한다면 어느 쪽에선가 화해하게 되지 않을까?"

"부탁이에요. 그런 틀에 박힌 위로는 하지 말아 줘요, 던컨. 그런 위로의 말은 숙모에게서 귀에 못이 박히도록 들어 왔어요. 어째서 모두들 분명하게 사실대로 말해 주지 않죠? 난 완전히 속은 거예요."

마가레트의 아름다운 눈동자가 별안간 반짝였다. 그녀는 진실어린 미소를 띠면서 던컨의 옷소매를 살며시 잡아당겼다.

"당신이었어요, 던컨 스탈링. 당신이 바로 내가 선택해야 했던

사람이었어요. 그래요, 정말이에요! 하지만 그것을 깨달았을 때
는 이미 늦어 버렸죠."

마가레트는 누가 쫓아오기라도 하는 것처럼 다급하게 이야기를
계속했다.

"물론 남편도 특별히 나쁜 사람은 아니에요. 마음만 돌아선다면
매우 매력적인 남자가 될 수도 있어요. 물론 그렇기 때문에 제가
그이와 결혼하게 된 거구요. 하지만 그이는 지독한 이기주의자예
요. 거기에다 허황된 출세에만 관심이 있죠. 나와 결혼한 것도 우
리 집안의 훌륭한 가문을 자신의 출세에 이용하고자 하는 철저한
계산에서였어요. 게다가 거짓말만 늘어놓으니 이젠 진력이 나요.
그리고 여자가 눈에 띄었다 하면 그대로 두려고 하질 않아요. 다
른 남자들도 다 그러는지 모르지만……. 저는 남편의 연애 사건을
두 번이나 발견했어요. 물론 정확한 내용은 알 수 없었지만, 어느
간호사와는 심각한 관계로까지 되었다나 봐요."

그녀는 잠시 그때를 생각하는지 말을 멈추었다가 다시 이었다.

"저에겐 믿음직스럽고 진실할 사람이 필요해요."

여기서 마가레트의 목소리가 갑자기 흐려졌다.

"오래 전부터 진심으로 그런 생각을 하고 있었어요."

"이젠 너무 늦었다고 방금 말했던 것 같은데, 마가레트?"

"아, 내가 그랬던가? 전 모든 것을 다 버리고 가벼운 기분으로
즐기면서 살고 싶다고 이야기하는 게 아니에요. 아버지에 대한 애
정을 생각한다면 이 희극을 그대로 계속해야 하겠지만, 인생은 너
무나 짧아요. 자기의 시간을 헛되이 흘려 보낸다는 것은 너무나
억울한 일이라고 생각해요."

갑자기 던컨의 기억 속에 옛날의 연정이 되살아났다. 이제야 겨
우 마가레트의 참모습을 보는구나 싶었다. 매력적이고, 가족들에
게 응석을 부리며 자라난 소녀. 그녀는 가난한 던컨과 결혼할 생

각은 추호도 없으면서 그에게 곧잘 유혹적인 말을 들려 주곤 했었다. 그렇지만 그런 일도 모두 이해할 수 있을 것 같았다.

소년 시절부터 마가레트는 그에게 동화 속의 공주와 같은 존재였다. 그녀에 대한 사모의 정으로 얼마나 많은 세월을 홀로 애태웠던가. 그녀가 오블톤과 결혼한 후 아픈 상처를 달래기 위해 또 얼마나 고심했던가.

그런 그녀가 이제 자신에게 사랑의 고백을 하다니······. 던컨은 갑자기 오랫동안 억눌러 온 그녀에 대한 감정이 용솟음쳐 옴을 느끼며, 순간적으로 흥분하여 그녀를 힘껏 끌어안았다. 그러자 마가레트가 얼굴을 들어 그의 입술에 입을 맞추었다.

그러나 웬일인지 그는 갑자기 이러한 입맞춤에 걷잡을 수 없는 회의를 느꼈다. 그는 바로 난폭하게 마가레트를 떠밀어 내었다.

"당신은 우리들이 지금 무슨 짓을 하고 있는지 생각해 봤소, 마가레트?"

이성을 되찾은 던컨이 신경질적으로 물었다.

"하지만, 여긴 아무도 없는 곳이잖아요."

마가레트는 얼굴을 붉히며 대답했다.

"마가레트, 난 이런 불장난으로 시간을 허비하고 싶지는 않아. 내게는 이제 여자라는 것은 존재하지 않아. 내 생활에는 여자가 존재할 만한 여유가 없단 말이오."

마가레트는 뜻하지 않은 던컨의 거부에 자존심이 상하면서 반발감이 일었다. 그러나 그를 지배할 수 있다는 자신을 가지고 가까스로 참으며 미소를 지어 보였다.

"아무리 그래도 아직은 여자를 바라는 마음이 조금은 남아 있을 거예요. 저를 위한 틈이 작게나마 있을 거예요. 자, 던컨, 난 웬지 내 모든 생활이 이제부터 새롭게 시작될 거라는 기분이 들어요."

그녀는 부드러운 목소리로 달래듯 말했다.

"난 그렇지 않아, 마가레트. 물론 한때 당신을 사랑했던 건 사실이야. 그렇지만 지금은……."

"지금은 저를 사랑하지 않는단 말이에요?"

마가레트는 흥분해서 작지만 울부짖듯이 외쳤다. 던컨은 고개를 숙인 채 움직일 줄을 몰랐다.

"미안하지만 그래, 마가레트."

아름다운 외모를 가진 마가레트가 이처럼 굴욕을 당하기는 처음이었다. 그녀의 얼굴은 갑자기 굳어지더니 애써 침착하려고 노력했다. 이윽고 감당할 수 없는 슬픔으로 흔들리는 목소리가 그녀의 입에서 흘러 나왔다.

"이제 돌아가죠. 추운 것 같아요."

7

던컨은 그대로 파티장에서 빠져 나왔다. 정면 층계 앞에서 안나 가이슬러와 마주쳤으나, 아직도 마음이 혼란한 상태였으므로 그냥 지나쳤다.

"도중에 내려드릴 테니 같이 타고 가요."

안나가 말했다.

"저는 걸어가겠습니다."

"그럼, 저도 걷겠어요."

"안나, 오늘 밤만은 저 혼자 있고 싶어요."

"그렇겠죠. 동행이 나라면 마음에 들지 않으시겠죠?"

안나 가이슬러의 마음을 후비는 말에는 화가 치밀었지만, 그렇다고 그녀를 떼어 놓기도 쉬운 일은 아니었다. 그가 걸음을 재촉하자, 그녀 역시 조금도 뒤떨어지지 않고 따라붙어서 열심히 걸었다. 이윽고 다시 그녀가 빈정대기 시작했다.

"어머, 이렇게 아름다운 밤이라니! 달빛 아래 발코니에서 연극을 펼치기에 적격이지 않아요?"

안나는 시치미를 뗀 채 계속 말했다.

"하지만 구미호 역할이 너무 어려워서 장면에 어울리지 않더군요. 바보예요, 당신은!"

던컨은 그녀의 빈정거림에는 일체 대꾸를 하지 않고 걸음을 재촉했다.

"나는 늘 생각했어요."

그녀는 무엇인가를 회상하면서 커다란 목소리로 말했다.

"남자라면 그런 것 — 뭐라고 하면 좋을까 — 일시적인 도덕적 소화 불량을 일으키면서라도 사양하지 않고 먹어 주어야 할 거예요 …… 물론 굶주리고 있다면 말이죠."

이건 너무 심하다. 그는 낮에는 낮대로 시달리고 밤에는 밤대로 씁쓸한 예감에 들볶였다. 이것으로 인하여 던컨의 가슴은 사회 전체에 대한 불신과 분노를 안은 채 울적해져 버렸다.

"제발 부탁이에요, 안나. 지금부터는 아무 말도 하지 말고 가만히 있어 줘요."

던컨은 거칠게 내뱉었다.

"어머나, 저는 형이상학적인 이야기를 하고 있을 뿐이에요. 아, 오히려 생물학 쪽에 더 가깝겠군요. 요즘 몇 달 동안 당신을 주의 깊게 보아 왔어요. 당신의 기분이 격앙되어 있다면 우울해지겠죠. 그게 일에 지장을 초래한다는 건 별도로 치더라도 말이에요. 한번 방향 전환을 해 보면 어떨까요? 끝닿는 데까지 취해 봐요. 왜 그렇게 못 하죠? 난 지금은 당신이 보통 사람처럼 행동해 줬으면 좋겠어요. 당장이라도 폭발할 것 같은 다이너마이트처럼 행동하면 매우 위험하다구요."

"도대체 당신이 하고 싶은 말이 뭡니까? 무슨 말을 하고 싶은 거냐구요? '난 지금은'이라는 말까지 하면서 말입니다."

던컨은 귀찮다는 뜻을 노골적으로 나타냈다.

"지극히 간단한 일이죠. 난 당신이 원장 자리에 출마하기를 바라고 있어요."

던컨은 이상하게 쓴웃음을 지어 보였다.

"그 자린 이제 오블톤 거나 마찬가지잖습니까?"

"그렇게 생각할수록 그의 것이 되어 버리겠죠. 당신이 나서지 않고 그렇게 생각하면 당연히 그의 차지가 돼요. 하지만,…… 내 말을 차근차근 들어 봐요, 던컨."

안나는 설교하듯이 계속 신중하게 말을 해 나갔다.

"물론 당신은 젊고 신출나기라고 생각되겠죠. 하지만 병원 안에서 쓸 만한 사람은 당신밖에 없어요. 리 교수 역시 그 점은 확실히 알고 계세요. 게다가 유엔 오블톤이 원장 자리에 오르기를 원하는 사람은 아무도 없어요. 그가 원장 자리를 차지하게 되면, 병원이 지금까지 쌓아 놓은 명성을 쥐새끼처럼 야금야금 갉아먹어서 다 망쳐 버릴 거예요."

"안나, 내 생각에는 나보다는 당신이 원장 후보에 나서는 게 좋을 것 같은데요. 경력으로나 명성으로나 그게 더 나아요."

"무슨 말이죠? 원장 자리는 여자에게는 허락이 안 된다는 걸 몰라요?"

사실 안나는 아쉬웠다. 여자만 아니라면 자신도 원장 자리에 도전해 보고 싶은 게 솔직한 심정이었다. 그러나 그녀는 그런 내색은 하지 않았다.

"그렇기 때문에 나는 당신이 책임 있는 자리에 앉기를 바라는 거예요."

"그러면 당신은 어떤 수확이 있을 거라고 예상하면서 내가 병원 원장이 되기를 바라나요?"

이번에는 던컨이 비꼬듯이 물었다.

"원장과의 우호 관계가 내가 바라는 것 전부예요. 새로운 수술실 하나, 나의 연구를 위한 조수 두 사람, 그리고 신경 근육 연구에 관한 나의 새로운 방법에 좀더 힘이 되어 주는 것 등이에요."

"그것뿐인가요?"

안나는 그 말을 기다리기나 한 것처럼 재빨리 다음 말을 이어 나갔다.

"당신에게 해 드린 의사로서의 봉사에 대한, 작고도 당연한 보수를 더 이상 깎으려 하지는 않을 거라고 생각하는데요."

"당신은 언제까지 그런 식으로 봉사 운운하실 생각이죠?"

던컨은 잠시 입을 다물었다가 다시 격앙된 어조로 말을 이었다.

"내게는 분명히 기회가 없을 겁니다. 원장이 될 거라고 생각하지는 않지만 아무튼 결심은 했습니다. 원장 후보에 나가겠어요. 나 역시 사회적인 여러 가지 이유에서 그 직위가 탐나거든요. 이 일을 내 일생 일대의 기회로 삼을 겁니다. 어쩌면 오블톤과 개인적인 이해 관계로 싸울 기회가 될지도 모르죠. 나는 십 년이라는 기나긴 세월을 지내 오면서 이런 기회가 오기만을 기다렸죠. 이제야 그 시기가 도래했다는 기분이 드는군요."

던컨의 목소리는 더욱 거칠고 씁쓸하게 변해 가고 있었다.

"결국 인생이란 우스꽝스러운 도박에 불과한 거 아니겠습니까? 출세하는 게 최고일까요? 곁에 있는 동료를 걷어차고 게다가 짓밟기까지 하는 건 어때요? 아, 그것도 매우 좋은 방법이겠네요. 나 역시 다른 사람들처럼 그런 도박쯤은 알고 있다는 사실을 증명해 보이겠어요."

"이 일이 꼭 나쁠 것도 없잖아요. 하기 싫은 걸 억지로 하는 것처럼 비굴해하지 마세요. 그 자리가 어떤 자리인지나 알아요 ? 당신은 생각보다 훨씬 더 빨리 전문의가 될 수 있어요.”

안나는 자신 만만하게 말했다.

두 사람은 프린세스 가 가까이에 있는 던컨의 집 앞에 와 있었다. 그는 열쇠를 꺼내 들었다.

“안나, 당신이 내게 갖는 신뢰에는 언제나 감격하고 있습니다. 박사님, 이제 조금만 더 무슨 말씀을 하시면 울음이 나올 것 같군요. 그럼, 안녕히 가십시오.”

“이다음 주 안에 입후보 신청을 끝내야 해요 ! 빠르면 빠를수록 좋아요, 명심해요.”

“오, 정말 치밀한 분이시군요.”

던컨은 큰 소리로 말했다.

“틀림없이 입후보하겠다고 말했지 않습니까. 자, 이제 돌아가시죠. 음모가인 당신의 거처로, 어서요 ! 이 문짝을 걷어차서 떨어뜨리기 전에요 ! ”

“하지만 던컨……. ”

그녀는 충동적으로 팔을 내밀었다. 그녀의 얼굴에서 빈정대던 빛은 완전히 사라졌다. 그 곳은 깜깜한 밤인 데다가 전깃불도 비취지 않아 어두웠다. 던컨은 이 어두움으로 인해 그녀의 눈동자에 어린 애정의 빛도, 또한 얼굴에 나타난 상냥한 표정도 보지 못했다.

안나 가이슬러 박사가 다시 무슨 말인가를 하려고 입을 연 순간, 던컨은 재빨리 집 안으로 들어가 조용히 문을 닫아 버렸다.

폭풍의 세월

제5부·폭풍의 세월

1

한 주가 훌쩍 지나고 다른 한 주가 거의 지나가고 있는 금요일 저녁이었다. 던컨은 언제나처럼 충실하게 하루의 일과를 마치고 병원을 나섰다. 이날 아침에서야 비로소 그 동안 계속 갈등했던 원장 출마 입후보 서류를 우송했다. 그는 프린세스 가의 자기 집 쪽으로 걸어가면서 앞으로 닥칠 여러 가지 일들에 대한 생각으로 머리가 꽉 찬 느낌이었다.

가로수가 줄지어 늘어서 있는 거리는 희끄무레한 어둠 속에 서서히 잠겨들고 있었다. 저쪽 맞은편에서 누군가 걸어오는 것이 보였지만, 너무 멀어서 얼굴을 알아볼 수가 없었다. 이윽고 그 사람과 거리가 좁혀졌을 때, 던컨은 문득 발걸음을 멈추었다. 검정색 양복을 입은 그 사나이도 잠시 걸음을 멈추고 그를 보았다. 던컨은 그 사나이의 얼굴을 확인하고는 반가움에 눈이 번쩍 뜨였다.

"아니, 하미슈 아닌가!"

"네, 그렇습니다, 선생님. 하미슈입니다."

두 사람은 힘주어 손을 잡았다. 하미슈는 평소의 그답지 않게 동작이 몹시 불편해 보였다. 아마도 검정색 예복을 입고 있어서 그런 모양이었다. 게다가 빳빳한 셀룰로이드 칼라 때문에 목 부분이 빨갛게 열이 올라 있었다.

"정말 오랜만에 뵙습니다, 선생님. 에딘버러까지 왔던 길에 잠시 얼굴이라도 뵙고 가려고 병원으로 가던 중입니다. 그러면서도 내심 걱정을 했습니다. 이젠 훌륭한 의사 선생님이 되셨으니 저같이 천한 사람을 만나 주실 틈이 있겠느냐고요."

하미슈가 쑥스러운 미소를 지으며 말하자, 던컨은 인상을 찡그리며 소리쳤다.

"그게 무슨 말인가, 하미슈. 여기에 왔으면 당연히 나를 만나고 가야지. 다시는 그런 소리 하지 말게. 어쨌든 이렇게 만나게 되어서 반갑네. 자, 함께 집으로 가서 한 잔 하면서 이야기하세."

던컨은 머뭇거리는 하미슈를 데리고 집으로 갔다. 하미슈는 방으로 안내되자, 모자를 무릎 위에 놓고 위스키 잔을 든 손을 높이 쳐들며 소리쳤다.

"선생님의 건강을 위하여!"

"하미슈의 건강과 행운을 위하여!"

흥겹게 잔을 부딪치고 나서 던컨이 물었다.

"하미슈, 무슨 즐거운 이야깃거리가 없나? 에딘버러에는 무슨 일로 왔는지 궁금하군."

던컨은 정말로 하미슈가 에딘버러에 온 이유가 궁금했다.

"네. 병원에서 쓸 약과 일용품이 필요하고, 그리고 흥정할 것이 있어서……."

"약과 일용품? 그런 것은 늘 센트 앤들스에서 사지 않았나?"

던컨은 이해할 수 없다는 표정을 지었다.

"네, 이전에는 그랬지요. 하지만 요즘에는 에딘버러의 새로운 상점과 거래를 하고 있습니다. 값이 훨씬 싸거든요."

"아, 그랬군!"

던컨은 위스키를 한 모금 마시고 나서 큰 소리로 물었다.

"그리고 홍정할 거라는 건 뭐지?"

던컨은 스트라스 린튼과 머도크 가의 모든 것이 궁금하던 차라 대수롭지 않게 물었다. 그런데 이 질문에, 덩치가 크고 건장한 하미슈는 약간 당황하는 빛을 띠었다.

"실은……, 머도크 박사님의 책을 몇 권 팔고 오는 길입니다."

"뭐라구, 책을 팔았다구? 어째서 그런 바보 같은 짓을!"

던컨은 흥분한 어조로 소리치며 하미슈에게 날카로운 시선을 던졌다. 하지만 곧 난로 위의 파이프를 들어 담배를 담으며 흥분을 가라앉혔다.

"린튼에 계시는 분들은 다들 안녕하신가?"

"네, 하지만……."

하미슈는 여전히 당황해하면서 대답했다.

"박사님께서는 요즈음 건강이 좋지 않으신 것 같습니다. 아무래도 연로하셔서……."

하미슈의 얼굴에는 진심으로 주인에 대해 염려하는 빛이 가득차 있었다.

"음, 그렇겠지. 이젠 대진할 의사를 써야겠군."

던컨이 생각에 잠긴 듯한 표정을 지으며 말하자, 하미슈는 볼멘소리를 토해 냈다.

"대진이요? 쳇, 일 년 사이에 벌써 네 사람이나 바뀌었는 걸요."

"네 사람이나 바뀌었다고? 어째서?"

하미슈는 씁쓸한 미소를 지으며 냉소적으로 내뱉었다.

"모두 게으름뱅이니까 그렇죠. 환자가 생겨서 밤에 부르면 좀처럼 가려고 하지 않을 뿐만 아니라 약을 잘못 지어 주기도 했어요.

또한 그들은 무례하게도 박사님을 미치광이 취급했다구요. 그러니
박사님 성격에 그대로 계시겠어요."

하미슈는 잠시 말을 중단하고 던컨을 유심히 보며 입을 열었다.

"제가 보기에 선생님 같은 의사는 없었어요. 선생님을 빼고는
단 한 사람도 훌륭한 의사 정신을 가진 사람이 없는 것 같아요."

던컨은 난폭하게 성냥을 그어 불을 파이프에 갖다댔다.

"아니야, 틀림없이 좋은 사람이 생길 걸세. 내가 능력 있는 좋
은 의사를 많이 알고 있으니까, 그런 사람을 한 사람 추천해서 보
내 주도록 하겠네."

하미슈는 위스키를 조금 마신 후에 혀로 입술을 핥았다.

"그게 문제가 아닙니다, 스탤링 선생님. 도리어 환자들이 대진
하는 의사에게는 진료를 받지 않으려고 해요."

"아니, 그건 또 왜 그런가?"

"네, 경쟁 상대가 생겼기 때문이지요. 근처에 병원이 또 하나
생겼거든요."

"다른 병원이 생겼다고?"

던컨은 웬지 불길한 예감이 들어 자리에서 일어나 방 안을 서성
거리기 시작했다. 하미슈는 또다시 위스키로 목을 축인 후에 입을
열었다.

"죠지 오블톤의 패거리라 하더군요. 베리라는 의사는 불한당 같
은 오블톤의 명령에 무조건 복종하고 있어요. 그 대가로 알루미늄
공장과 수력발전소에서 일하는 공원들의 주치의처럼 일하고 있지
요. 비열한 오블톤은 강제로 공원들이 베리에게 진찰받도록 만들
어 놓았어요. 진찰받기 싫어도 말이죠. 우리 머도크 박사님에게
진료를 받으면 치료비를 회사에서 내 주지 않는다는 거예요. 이
모든 것이 박사님을 그곳에서 철저하게 매장시키려는 오블톤의 압
력에서 비롯된 겁니다. 이제 우리 병원에 오는 환자는 대여섯 명

에 지나지 않아요. 보험에 가입된 환자들뿐이지요. 정말 그런 상태에서 살림을 꾸려 나간다는 것은 예삿일이 아니랍니다."

던컨은 어이가 없었지만, 그것만으로도 머도크 박사의 곤경을 충분히 짐작할 수 있었다.

"스탤링 선생님, 너무 걱정하지 마십시오. 어떻게 잘되는 수가 있겠지요."

하미슈는 어색하게 웃으며 다소 밝은 소리를 내려고 노력했다.

"그건 그렇고, 이렇게 선생님을 뵙게 된 것만도 얼마나 기쁜지 모르겠습니다. 진 아가씨께서는 늘 선생님에 대한 말씀을 하신답니다. 선생님이 계실 때가 좋았다고요. 선생님께서 보잘것 없는 곳일지라도 방문해 주신다면 언제든지 대환영이라고 하셨답니다."

진이라는 이름을 듣자 던컨의 표정이 갑자기 굳어졌다. 온갖 역경과 싸우면서도 명랑한 모습으로 차분히 집안일을 돌보고 있는 그녀의 얼굴이 눈에 선했다. 자기가 줄곧 그녀를 사랑하고 있었다는 사실은 그 자신도 알고 있었다. 그러나 그 사랑도 마가레트에 대한 사랑처럼 이루어질 수 없는 것이었다. 언젠가 진과 함께 댄스파티에 동행했던 귀공자 타입의 핸섬한 청년 알렉스 에글의 모습이 떠올랐다.

"진은 지금도 계속 에글 군을 만나고 있겠지?"

"그렇습니다. 알렉스 씨가 늘 집 주위를 서성대는 것으로 보아 아가씨를 몹시 사랑하고 있는 것 같습니다. 그런데 알렉스 씨는 두 달 전에 카나다로 떠났습니다. 연말에는 돌아온다고 하더군요."

던컨은 고개를 끄덕이며 담담하게 말했다.

"머도크 박사님께서도 곧 좋아지시겠지. 진 아가씨 역시 그때쯤 되면 좋은 일이 생길 테고."

"그렇구말구요. 알렉스 씨께서는 아가씨를 아내로 삼고 싶어하시거든요."

하미슈는 미소를 지으며 말했다.

작별 인사를 하고 떠나려던 하미슈가, 깜빡 잊었다는 듯이 작은 선물꾸러미를 전해 주었다.

"스탤링 선생님, 이것은 마켈비가 선생님께 꼭 전해 달라고 신신 당부하기에 가져왔습니다."

하미슈가 돌아간 후에도 던컨은, 마켈비가 정성을 담아 보내 준 선물을 바라보고 있었다. 폭설로 인하여 눈이 무척이나 많이 쌓이던 밤이었다. 초라한 산지기의 오두막집에서 사경을 헤매고 있던 그의 아내를 치료해 주던 상황이 생생하게 되살아났다.

그날 밤은 정말 던컨으로서도 잊을 수 없는 굉장한 밤이었다. 아, 그러나 현재의 나에게 저 눈 내리던 밤의 사건 따위가 무슨 의미가 있단 말인가. 그토록 혼신을 다해 가난한 환자들에게 아낌없이 쏟았던 노력이 현재의 출세에 무슨 도움이 된단 말인가. 그리고 평범한 시골 노의사의 불운이 대관절 나와 무슨 상관이 있단 말인가!

던컨은 애써 지난 세월의 기억을 떨쳐 버리려고 노력하면서 현재와 미래만을 생각하려고 했다. 이미 오래 전부터 린튼에 대한 모든 감정을 배제시켜 버린 그였다. 그에게는 이제 눈부신 미래와 출세만이 존재하는 것이었다.

그러나 진 머도크를 생각하면, 아쉽고 안타까운 마음이 가을비처럼 촉촉이 적셔드는 것을 어쩔 수 없었다.

2

하미슈가 다녀간 지도 사흘이 지났다. 한 주일이 시작되는 월요일은 아침부터 추적추적 비가 내렸다. 점심 시간 무렵, 던컨은 파티에서 만난 후 처음으로 오블톤과 얼굴을 마주쳤다.

그날 정오가 좀 지나서 던컨은 한 무더기의 진찰 기록을 가지고 오블톤의 진찰실로 들어갔다.

"오블톤, 자네가 담당하고 있는 환자들의 진찰 기록일세."

오블톤은 거만하게 다리를 꼬고 앉아 책상 넘어로 그를 쏘아보았다. 그런 상태로 잠시 망설이는 듯하더니 무관심한 표정을 지으며 입을 열었다.

"고맙네, 이렇게 가져다 주기까지 하다니. 그런데 스탤링, 소문에 의하면 자네가 원장에 입후보했다고 하던데 그것이 사실인가?"

오블톤이 지나가는 말투로 가볍게 질문했다.

"사실일세. 이번엔 애석하게도 자네와 내가 표면에 나서서 선의의 경쟁을 하게 된 것 같네."

던컨은 농담이라도 하듯이 가볍게 어깨를 으쓱해 보였다.

"음, 그렇다면 결국 우리 두 사람 중 하나가 승리를 하겠군. 패한 사람은 자동적으로 승리한 사람의 부하가 되겠고 말야."

유엔 오블톤의 말에 던컨은 다소 거들먹거리는 듯한 억양으로 말했다.

"오블톤, 자네의 신중함은 과연 감탄할 만하네. 그러나 어차피 이렇게 된 바에야 피할 수 없는 상황 아닌가?"

"피할 수 없는 상황이라구? 하지만, 스탤링, 나는 요즘 자네에 대해 많은 생각을 했었네. 어째서 자네는 그만큼 성공을 거두었으면서도 현재의 지위에 만족을 못 하는지, 나로서는 정말 이해할 수가 없었네. 대체 앞으로 어쩌려고 그러는가?"

오블톤은 뻔뻔스럽게도 속이 훤히 들여다보이는 말을 거침없이 내뱉고 있었다.

"오블톤, 자네의 그 말은 나에게 원장 입후보에서 사퇴하라는 말 같군?"

"솔직히 말해서 그렇네. 자네가 전문으로 하고 있는 특수 영역은 앞으로 전망이 상당히 밝다는 것을 자네도 잘 알고 있겠지? 나는 자네가 그 점을 좀더 신중히 생각했으면 하네. 그리고 자네가 더 이상의 욕심을 버리고 일에만 전념한다면……."

"그렇게만 한다면 자네가 원장으로 지명되었을 때, 나에게 천국의 열쇠라도 주겠다는 말인가?"

던컨은 오블톤의 말을 끊고 냉소적으로 반문했다. 그러자 애써 무표정을 가장하고 있던 오블톤의 얼굴 전체가 순식간에 붉게 물들었다.

"나는 다만 자네가 수치스러운 꼴을 당하지 않도록 하고 싶어서 말하는 것뿐일세."

"고맙군, 정말 고마워! 하지만 난 그만한 수치쯤은 참을 각오가 되어 있네."

"그럼 백 번이라도 수치를 참아 보시지. 내가 원장이 되면 자네에게 응분의 대우를 해 주겠어. 내 명령을 받고도 과연 자네가 비웃고 있을 수 있을지는 곧 알게 되겠지."

오블톤은 던컨을 매서운 눈초리로 노려보며 음산하게 말했다.

"허허, 오블톤. 난 그렇게 불쾌한 일은 당하고 싶지 않다네. 지금까지 나는 자네의 명령 따위는 받은 일도 없고, 앞으로도 그런 일은 없을 걸세."

상대의 화를 돋구는 듯한 던컨의 말투에, 오블톤은 완전히 평정을 잃고 거친 소리로 말했다.

"스탤링, 제발 건방떨지 마! 언젠가는 자네도 분명히 알게 될 날이 오겠지. 자네는 옛날과 조금도 달라지지 않았어. 미리 경고해 두겠는데, 내가 원장이 되었을 때 마가레트에게 부탁하거나 하는 짓은 아예 생각도 하지 말아. 마가레트는 내 아내이지 자네의 아내가 아니니까 말이야."

"오블톤, 자네 도대체 무슨 말을 하고 있는 건가? 나로서는 도무지 이해가 안 되니 솔직히 털어놓고 말하게."

던컨은 어이가 없다는 얼굴로 오블톤을 빤히 쳐다보았다.

"지금 말한 그대로, 그것뿐이야. 자네는 도둑 고양이처럼 벌써 여러 달째 내 아내의 주위에서 맴돌고 있지 않나!"

던컨은 버럭 화를 냈다.

"당장 그 말 취소하지 못하겠나?"

"취소하라고? 웃기지 말게. 자네에 대한 세상의 평판은 나도 알고 있네. 센트 앤들스에서는 자네와 안나 가이슬러 박사에 대한 소문이 들끓었지. 나도 다 알고 있었어. 그런데 내가 내 아내의 신상에 일어나는 일을 모르고 있을 만큼 바보라고 생각한단 말인가!"

오블톤은 이제 주체할 수 없을 정도로 흥분에 휩싸여서 고함을 치기 시작했다.

"아무리 말을 꾸미더라도 정도껏 꾸미게. 오블톤, 안나와의 소문은 자네가 퍼뜨렸다는 것을 나도 알고 있었지만 참았네. 나는 하늘을 두고 맹세하지만 자네처럼 비난받을 일을 하지 않았어. 당장 입을 닥치지 않으면 입을 찢어 버리겠어!"

던컨이 인상을 험악하게 쓰고 소리치자, 오블톤도 지지 않고 소리쳤다.

"말을 꾸미다니! 나에게 그 이야기를 들려 준 장본인은 바로 마가레트였어!"

마침 그때 마가레트가 들어왔다. 그녀는 차분하고 품위 있는 모습으로 잠시 그 자리에 멈추어 서서 험악한 분위기가 가시기를 기다렸다. 던컨과 오블톤은 그녀의 출현으로 인하여 금방 충돌할 것처럼 험악했던 입을 다물었다. 마가레트는 그 자리의 어색한 공기를 충분히 인식하고, 던컨은 미처 못 본 척하면서 남편에게 상냥한 미소를 보냈다.

"점심 같이 드시겠어요, 여보?"

오블톤은 손수건을 꺼내 이마의 땀을 닦았다.

"그렇게 합시다. 당신의 지지자만 좋다면."

마가레트는 그제야 던컨의 존재를 의식한 척하며 던컨에게 고개를 돌렸다.

"어머나, 던컨 씨도 함께 있었군요. 당신은 옷차림에 좀 관심을 기울이셔야 하겠더군요."

"아, 그렇습니까?"

던컨은 솟구치는 불쾌감을 억누르며 태연스러움을 가장했다.

"그래요. 지난번 저희 집 파티에서 뵈었을 때의 옷차림새가 너무 촌스러웠어요. 그래서 다시 한 번 쳐다보았지요."

그녀는 이렇게 말한 후 갑자기 웃음을 터뜨렸다. 비웃음이 가득 담긴 마가레트의 웃음에 얼굴이 달아올랐지만, 곧 진정하고 대답했다.

"이제 그런 꼴은 보여드리지 않을 겁니다."

그 순간 마가레트의 눈빛이 강렬한 빛을 발했다.

"그래요? 지금부터 우리는 서로 만날 기회가 별로 없을 거예요. 저는 남편의 출마를 돕기 위해 여러 차례에 걸쳐서 파티를 열 계획이기는 하지만, 스탤링 씨는 사정이 사정인만큼 참석하지 않으시겠지요?"

"말씀하신 대로입니다."

그녀는 예쁘게 생긴 작은 모자를 고쳐 쓰며 입을 열었다.

"스탤링 씨, 윌레스 병원의 원장 자리가 공석이 된 이후, 저는 아주 열성적이 되었답니다. 대부분의 사람들은 제 남편이 지명될 거라고 말하고 있어요. 저 역시 그렇게 되리라고 확신하고 있구요. 그렇지만 전 만에 하나를 대비하는 뜻에서 온 힘을 기울일 생각이에요."

그녀는 정답게 남편의 팔짱을 끼었다. 오블톤은 승리자의 야릇한 미소를 던컨에게 보내며 밖으로 나갔다. 이것으로 오블톤이 했던 충격적인 말은 확실해진 것이다. 그녀는 발코니에서 있었던 사건도 이런 식으로 남편에게 이야기했을 것이다.

던컨은 잠시 아연해졌다. 전혀 생각지도 않았던 일이 벌어진 셈이었다. 마가레트가 자신에게 사랑을 거부당하자 이런 식으로 복수를 가해 온 것이었다. 던컨은 그녀가 그 사건으로 인해 그토록 자신에게 예민한 반응을 보일 줄은 상상도 하지 못했다. 그러나 이미 그녀의 태도는 분명해졌다. 이제 그녀는 위원회나 리 교수를 대상으로 던컨의 신용을 실추시키기 위한 수단을 강구할 수도 있는 것이었다.

3

던컨은 여자의 변신을 새삼스럽게 느끼고 있었다. '여자가 한을 품으면 오뉴월에도 찬서리가 내린다.'라는 동양의 속담이 뇌리를 스쳤다. 그렇게 아름답고 상냥하던 마가레트가 자신에게 칼끝을 들이대고 있다는 사실이 그를 한없이 슬프게 만들었다.

던컨은 우울한 마음으로 천천히 진찰실을 나왔다. 그때 그는 예복용 모자에 군청색 레인코트를 입은 남자와 부딪칠 뻔했다. 상대는 다름아닌 죠지 오블톤이었다.

"스탤링, 그 동안 잘 있었는가? 자네를 만나려던 참이었는데, 이렇게 만나게 되어 마침 잘됐네. 아들 내외와 점심이나 하려고 왔네만 자네도 같이 가지 않겠나?"

죠지 오블톤은 매우 유쾌한 음성으로 말했다. 던컨이 한 번도 들어 본 적이 없는 그런 말투였다. 급히 뛰어왔는지 그는 숨을 가쁘게 몰아쉬고 있었다.

"고맙습니다만, 오늘은 선약이 있습니다."

던컨은 차갑게 말했다. 불쾌감이 노골적으로 담긴 던컨의 반응에도 불구하고, 이 능구렁이 사업가는 태연스럽게 말했다.

"유감이군. 하지만 잠깐 이야기를 나눌 시간은 있겠지? 한 일 분 정도면 충분하네. 어떤가, 닥터 스탤링. 지금까지 우리는 서로 뜻이 잘 맞지 않았지만, 그래도 나는 자네를 마음의 친구로 생각하고 있었다네. 스트라스 린튼의 수력발전소 공사장에서 했던 이야기를 설마 벌써 잊지는 않았겠지? 내가 이렇게 온 것도 바로 그 일 때문이라네. 벌써 오래 전부터 자네를 찾고 싶었지만, 워낙 바쁘다 보니 틈을 낼 수가 없었네. 오늘 내가 일부러 찾아온 까닭은 자네를……."

죠지 오블톤은 여기서 잠시 의미 심장하게 말을 끊었다가 강한 어조로 다음 말을 덧붙였다.

"동부 지방 전력 회사 전속 의사로 천거하기 위해서였다네."

"그래요? 저는 그 자리에 이미 다른 의사가 있는 것으로 알고 있는데요."

던컨은 전연 흥미가 없다는 듯 무표정하게 대꾸했다.

"베리, 그 멍청이를 말하는군. 그는 자네처럼 일류 의사가 아닌

삼류야. 회사가 순조롭게 발전하고 있으니만큼 의사도 일류라야 하지 않겠는가. 자네가 맡아만 준다면 최고의 대우를 해 주겠네. 연봉 천이백 파운드에 보험을 추가로 하고, 게다가 회사의 주식도 상당량 내어 줄 생각이네. 어떤가, 이런 조건이라면 모든 의사가 부러워하는 조건 아니겠는가?"

죠지 오블톤의 말처럼 최고의 조건임은 분명했다. 그러나 이것은 속셈이 너무나도 훤히 들여다보이는 청원이므로, 던컨은 오히려 모욕을 당하는 느낌이었다. 죠지의 속셈은 돈을 매개로 하여 던컨이 아들의 출세를 방해하지 못하도록 하려는 것이었다.

"죠지 오블톤 씨! 그런 조건이라면 아드님을 데려다 쓰시는 게 좋겠군요."

던컨은 쌀쌀맞게 쏘아붙이고 죠지에게서 등을 돌려 재빨리 밖으로 나왔다. 겨울을 재촉하는 가을비가 쏟아지고 있었다.

11월 말에 접어들자, 여론은 당선권 내의 인물을 세 사람으로 압축하고 있었다. 유엔 오블톤과 다람 대학의 치버스 교수, 그리고 던컨 스텔링이 그들이었다.

병원과 의사회 사이에 일고 있는 뜨거운 논쟁은 즉시 지방 신문에도 알려져, 지면마다 임박한 선거전 기사를 다투어 내고 있었다. 활짝 웃음을 띤 오블톤 부부의 사진과 함께 '윌레스 병원의 차기 원장', '머지 않아 병원의 영예를 짊어질 오블톤 박사 부처' 등의 아첨 섞인 글귀가 연일 등장했다. 마가레트의 훌륭한 가문과 죠지 오블톤의 막강한 금력이 잘 어우러져 위세를 톡톡히 떨치고 있는 것이었다.

시간이 흐를수록 선거전의 열기는 가일층 뜨거워졌다. 상당히 많은 발행 부수를 자랑하는 한 신문의 가십에는 던컨을 로잘리오*

---

*로잘리오 ; 18세기 영국의 극작가 니콜라스 리의 희곡 〈아름다운 회개자〉에 나오는 인물인데, 무척 호색한이었음. 색마(色魔).

라는 표제를 써서 도덕성에 흠집을 내고 있었다. 명예 훼손의 고소를 방지하기 위하여 매우 교묘한 솜씨로, 센트 앤들스에서 던컨과 안나를 괴롭혔던 저 악질적인 소문이 또다시 거론된 것이었다. 오블톤과 던컨에 대한 너무나 대조적인 기사는 읽는 이들의 흥미를 끌기에 충분했다.

"이런 쳐죽일 놈들!"

그 기사를 읽은 던컨은 몹시 화가 났지만 가까스로 무시하기로 했다. 언론과 싸운다는 것은 더욱 큰 화를 부르게 된다는 것을 잘 알고 있었기 때문이었다. 그런데 그 다음날 기사는 더욱 지독한 스캔들 형식을 취하고 있었다.

던컨은 이제는 더 이상 참을 수 없었다. 그래서 폭발할 듯한 가슴을 안고 안나를 찾아갔다.

"도저히 이대로 당하고 있을 수만은 없어요. 안나, 어떤 미치광이 녀석이 쓴 이 기사를 한번 들어 보시오."

던컨은 붉으락푸르락한 얼굴로 안절부절 못한 채 안나의 방을 서성거리며, 그 신문의 기사를 큰 소리로 읽어 내려갔다.

"데스크 녀석의 대갈통을 산산조각 내고 말겠어! 오블톤에게도 치명적인 보복을 해 주겠어. 평생토록 잊지 못할 보복을!"

던컨은 가슴 속에 들끓어오르는 울분으로 거의 이성을 잃은 듯했다. 그러나 안나의 태도는 정반대였다. 너무나도 침착했기 때문에 마치 감정이 없는 여자처럼 느껴졌다.

"스탤링, 이제 그만 진정해요."

"뭐요, 이 마당에 진정을 하라구요?"

"그래요, 스탤링. 당신은 지난날, 내가 가져왔던 근사한 편지다발에 대해 벌써 잊고 계신 모양이군요. 그렇다면 여기에 있으니 다시 한 번 보세요. 기억이 분명하게 되살아날 거예요."

이때를 위해 준비해 놓았다는 듯이, 그녀는 책상 서랍을 열고

파란 끈으로 묶어 둔 편지다발을 꺼내 던컨의 앞에 내밀었다. 그
것은 까맣게 잊고 있었던 도슨 간호사의 편지들이었다.

편지다발을 손에 든 던컨의 손은 떨리고 있었다. 그는 잔뜩 찌
푸린 얼굴로 손에 든 편지다발을 한참 동안이나 내려다보았다. 그
러다가 뭔가 결심했다는 비장한 얼굴로 소리쳤다.

"안나, 결단코 이런 것을 이용하지는 않겠소. 이건 비열한 행위
요. 처음부터 내가 거절했던 일이니 더 이상 강요하지 마시오."

그러나 이번 만큼은 안나도 물러설 기색을 보이지 않았다.

"스탤링, 물론 나도 당신의 생각이 옳다는 것을 모르지는 않아
요. 하지만 저쪽이 먼저 비열한 행동을 취했어요. 그러니 우리도
이에는 이, 눈에는 눈으로 맞서야 해요. 오블톤의 야비한 계략에
의해 시궁창 속으로 끌려다니면서도 아무런 반발을 하지 않는다는
것은……, 그것은 추문을 사실로 인정한다는 뜻밖에 안 돼요. 독
자들은 생각보다 단순해요. 때문에 신문의 기사를 잘 믿는다는 사
실을 명심하세요. 더구나 당신에게 이런 황금 같은 기회가 또 주
어질 거라고 생각해요? 기회는 한 번뿐이에요. 우리 손에 이 편
지다발이 주어진 건 하늘이 도운 거예요."

안나는 이렇게 쏘아붙이다가 문득 무슨 생각을 했는지 재빨리
던컨의 손에서 편지다발을 다시 회수했다. 그것을 책상 서랍에 넣
은 후 키를 채우고 나서 한결 낮아진 톤으로 말을 이었다.

"그래요, 스탤링, 아직은 때가 이른 것 같군요. 저들이 당신을
시궁창으로 끌어내려 맘껏 더럽히도록 놓아 둡시다. 그러다가 최
후의 순간이 왔을 때, 이 폭탄을 그들의 면전에서 멋지게 폭발시
켜 주는 거예요. 그러면 효과가 한결 클 거예요."

안나의 눈에는 단호한 결의의 빛이 번뜩였다.

"아, 안나! 어떻게 그런 무서운 생각을!"

"폭탄은 또 있어요."

안나의 이 말에 던컨은 눈을 동그랗게 뜨고 저절로 입을 반쯤 벌렸다.

"바로 그 편지의 주인인 도슨 간호사예요. 도슨과 나는 줄곧 연락을 취해 왔어요. 그녀는 지금 글라스고우 병원에서 일하고 있어요. 오블톤에 대한 그녀의 감정이 어떨 거라는 것은 당신의 상상에 맡기겠어요."

"안나, 이젠 제발 내게 그런 비열한 방법을 강요하지 말아요. 난, 나는 정당한 방법으로 오블톤을 꺾겠어요."

이날부터 던컨은 좀더 유리한 조건을 만들기 위해 투쟁을 개시했다. 새벽같이 출근하여 밤늦게까지 실험실에 틀어박혀서는 연구에만 몰두했다. 그런 노력을 쏟은 결과, 12월에 '신경 세포 재생'에 관한 학술 논문을 〈의학 저널〉에 발표하여 굉장한 성공을 거두었다.

그러나 그는 이 정도의 성공으로 만족하지 않았다. 던컨은 기술적인 분야에 있어서 무미 건조한 연구를 몹시 싫어했다, 그럼에도 불구하고 그는 '근육정합(筋肉整合)의 원리'라는 새로운 분야에 대한 연구에 혼신을 나했다. 그것을 〈과학 연감〉에 발표함으로 해서 그의 명성은 더욱 높아졌다.

던컨은 오로지 실력만으로 선거에 대비하고 있는 것이었다. 의식이 있는 위원들은 그의 그런 모습을 더욱 인정하고 격려해 주었다. 그것은 필히 선거에 승리해야겠다고 조바심에 떨고 있는 그에게 새로운 희망을 주고도 남음이 있었다.

4

한 해가 저물어 가는 12월의 늦은 오후였다. 하늘은 온통 회색빛 일색이었다. 그 하늘에서부터 땅 끝까지 하염없이 빗줄기가 쏟아져 내리고 있었다. 겨울비였다. 스산한 바람과 함께 여느 때보다도 유별나게 겨울 특유의 고독한 적막감이 실험실 창가에 맴돌고 있었다.

던컨은 벌써 한 달 남짓이나 온갖 것을 잊은 채 오로지 자기의 연구에만 심혈을 기울이고 있었다. 연구에 열중해 있을 때는 밖에서 누가 싸움을 해도 모를 정도였다. 그렇기 때문에 실험실문이 열리는 것조차 모르고 있었다. 던컨이 현미경에서 문득 눈을 들었을 때, 책상 바로 앞에서 자기를 바라보고 서 있는 리 교수가 보였다.

"죄송합니다, 박사님. 들어오신 줄을 몰랐습니다."

"아닐세. 오히려 내가 방해가 되지 않았는지 모르겠군. 오늘 저녁 식사에 자네를 초대할까 하고 들렀는데."

그는 인기척도 느끼지 못한 채 연구에 몰두하는 던컨이 몹시 대견스러운 듯 눈빛에 소탈한 웃음을 가득 담고 있었다.

"저녁 식사에 초대를요?"

던컨이 약간 놀란 표정을 지으며 반문했다.

"그렇다네. 시간이 된다면 오늘 밤 8시까지 우리 집으로 와 주겠나? 내가 보기에 자네는 요즘 사람들이 모이는 장소에 별로 참석하지 않는 것 같더군. 특히 오블톤의 집에서는 한 번도 만나 본 기억이 없는 것 같아."

리 교수의 화살 같은 눈길이 던컨의 눈빛 속으로 파고들며 반짝이고 있었다.

"그렇습니다, 박사님."

던컨은 고개를 떨구었다.

"오블톤과의 경쟁 의식 때문인가? 감정을 죽여 버렸다는 자네가 그런 행동을 취하는 건 좀 이상하군, 스탤링. 신문에서 보니 자네에 대해 묘한 평판이 나돌고 있던데……."

노교수가 던컨의 안색을 살피며 큰 소리로 말하자, 던컨의 얼굴은 새빨개졌다.

"스탤링, 오늘 밤 우리 집에는 여자가 한 명도 끼지 않는 남자들만의 모임인데, 오직 자네를 위해서 모이는 걸세. 자네를 위원회 위원들에게 소개하려는 거야. 자네도 알고 있는 잉그리스 박사도 오늘 밤 모임에 참석하지. 그리고 렌지 판사와 볼랜트 교수, 깁슨 박사 등도 참석한다네."

이 초대의 의미는 너무도 자명했다. 리 교수의 친근한 말투로 미루어 보아도 그의 던컨을 위해 마련한 모임이라는 말은 사실임을 알 수 있는 것이었다.

"박사님, 이토록 자상하신 배려, 진심으로 감사드립니다. 시간에 늦지 않도록 찾아뵙겠습니다."

던컨이 떨리는 목소리로 대답했다. 그러자 노인은 다소 냉정한 목소리로 입을 열었다.

"스탤링, 미리 말해 두겠는데, 오늘 밤 모임에서 자네는 대단한 호기심의 대상이 되어 있다는 사실을 알아 두게. 그리고 최근에 자네에 관해 나돌고 있는 소문에 대한 해명을 준비하는 것도 필요할 걸세. 알겠는가?"

"네, 박사님. 모든 것을 사실대로 말씀드리겠습니다."

리 교수는 언신 고개를 끄덕이며 껄껄 웃었다.

"그건 그렇고, 나는 자네의 두 번째 논문을 어제 저녁에야 읽었네. ……솔직히 말해서 썩 훌륭한 논문이라고는 생각하지 않았네.

하지만 그 분야에는 아직 어느 누구도 만족할 만한 업적을 거두지 못했으니 좀더 분발하도록 하게. 그러면 아마 좋은 성과를 거둘 수 있을 걸세."

"네, 계속 노력하겠습니다."

리 교수가 의미 심장한 미소를 보내며 실험실에서 나갔다. 그제야 던컨은 참고 있던 기쁨이 안에서부터 솟구쳐 옴을 느꼈다. 그는 가슴이 터져 버릴 것만 같아서 아무 일도 손에 잡히지 않았다. 이때 문이 열리는 소리와 함께 레인코트 차림의 안나가 들어왔다.

"스탤링, 잊지는 않았겠죠? 오늘 밤 저와 함께 오페라 구경을 가기로 했던 약속 말이에요."

안나는 밝은 소리로 말하며 눈가에 미소를 매달았다. 그러자 던컨은 문득 곤란하다는 표정을 지었다.

"안나, 미안하게 됐어요."

"그러면 약속을 지킬 수 없다는 말이에요?"

안나의 눈가에 머물고 있던 미소가 갑자기 사라졌다.

"그래요, 당신 혼자 가야겠어요. 갑자기 바쁜 일이 생겼어요."

안나는 영문을 모르겠다는 듯 약간 눈살을 찌푸리며 탁자 옆의 의자에 앉았다. 그리고 탐색하는 듯한 눈빛으로 요사이 몹시 초췌해진 그의 안색을 한동안 살폈다.

"스탤링, 당신은 정말 지독한 사람이군요. 나는 당신의 미치광이와 같은 집요함에 이미 두 손 모두 들었어요. 하지만 내가 당신에게 출마를 권유했을 때는, 설마 당신이 과로로 쓰러지게 되는 사태가 일어나리라고는 상상도 못 했어요. 당신은 지금 너무 무리하고 있어요. 노력도 좋지만 도가 지나치단 말예요. 만약 그러다가 덜컥 쓰러지기라도 하면 아무것도 소용이 없게 된다는 걸 몰라요?"

"안나, 그런 걱정은 말아요. 나만큼 강한 사람도 드무니까."

그는 상체에 힘을 잔뜩 넣어 어깨 근육을 부풀리며 말했다.

"건강에 자신 있다는 말은 함부로 하는 게 아녜요, 스탤링. 과로에는 장사가 따로 없으니까요. 지금 당신의 두 볼은 움푹 패였고, 게다가 옆머리에는 희끗희끗 흰머리까지 나기 시작했어요. 신경을 지나치게 쓰는 것에 비해 운동을 너무 안 하는 탓이지요. 오페라 구경은 가지 않아도 좋으니까 볼링이든 테니스든 운동을 좀 하세요……."

말끝을 흐리는 그녀의 목소리가 평소와 달리 이상하리만치 다정했다. 때문에 던컨은 의아한 눈빛으로 그녀를 쳐다보았다.

"지금 나에게 운동을 하라고요? 당신은 내 사정을 전혀 모르고 있군요. 안나, 당신과 오늘 밤 오페라 구경을 못 가는 이유는 다른 중요한 약속이 생겼기 때문이에요."

"다른 중요한 약속요?"

"그래요. 리 교수님한테 저녁 초대를 받았어요. 오늘 밤 만찬에는 위원회 위원들도 참석한다고 했어요."

"뭐라고요?"

그녀는 깜짝 놀라 소리쳤다.

"리 교수 댁에서 위원들과 저녁 식사를 한다고요?"

"그래요. 방금 전까지만 해도 리 교수께서 바로 당신이 지금 앉아 있는 그 자리에 계셨어요."

그는 잠시 말을 멈추었다.

"교수님께서 제게 특별한 호감을 갖고 계시다는 걸 분명하게 느낄 수 있었습니다. 신문에 실렸던 기사에 대한 해명을 준비하라는 말씀도 하시더군요."

침착하기로 따진다면 누구에게도 지지 않는 안나가 지금처럼 놀라는 것은 처음 있는 일이었다. 그녀는 몹시 떨리는 목소리로 말했다.

"스, 스탤링! 당신은 그 뜻을 모르세요?"

그녀는 너무 흥분하고 있었다. 그렇기 때문에 그녀가 하는 이야기는 도무지 갈피를 잡기가 힘들었다.

"물이 암초에 부딪히면 어떻게 되지요? 거품을 일으키지 않겠어요? 그것과 마찬가지로 이 일은 너무나 분명한 거예요. 불을 보는 것처럼 뻔한 일이라구요. 리 교수께서는 당신에게 뒤를 물리고 싶어하시는 거라구요."

흥분에 들뜬 그녀의 목소리가 점점 높아졌다.

"리 교수께서 스탤링, 당신을 높이 평가하고 계시다는 건 전부터 알고 있었지만……, 그 정도인 줄은 정말 몰랐어요. 됐어요, 이제 절호의 찬스를 잡았어요! 당신은 지금까지 숨겨 온 조커를 이용할 기회를 잡은 거란 말예요."

"아니, 조커라니요? 그리고 찬스라니요?"

던컨은 안나가 미치지나 않았나 생각되었다.

"스탤링, 정말 내 말뜻을 모르겠단 말이에요?"

던컨이 고개를 끄덕이자 안나는 냉정을 되찾고 입을 열었다.

"틀림없이 위원회에서는 당신의 이야기를 듣고 싶어할 거예요. 조커를 잘 이용한다면……. 스탤링, 오늘 밤 당신은 그들의 호기심을 최대한 자극하도록 하세요. 그들이 술을 권하거든 못 마시는 척하면서 받아 마시세요. 그리고 약간 취한 척 연극을 하고 나서 도슨 간호사의 편지를 꺼내세요."

던컨은 괴로운 표정으로 고개를 저었다.

"도슨 양의 편지가 조커란 말씀이군요. 그리고 그것을 폭로할 수 있는 오늘 밤의 모임이 꿈에 그리던 순간이라는 거구요."

"두말하면 잔소리죠. 스탤링, 나는 당신이 조커를 꺼냈을 때 놀라는 위원들의 얼굴을 보고 싶어요. 그야말로 가관이겠지요. 이제 당신은 지명이 된 거나 다름없어요. 오오, 하느님, 우리에게 이런 축복을……!"

안나는 춤이라도 출 것처럼 기뻐했지만, 던컨은 시큰둥한 표정을 감출 수 없었다.

"안나, 이젠 진정하세요. 아직은 밤이 아니고, 또 조커를 꺼내지도 않았으니까요."

그는 몹시 화난 사람처럼 퉁명스럽게 말했다. 안나의 말처럼 신문 기사에 대한 해명의 방법은 그것이 최상이었다. 그도 비장의 무기라 할 수 있는 도슨 간호사의 편지를 꺼내는 길밖에 없다는 것을 잘 알고 있었다. 그렇지만 그것은 던컨에게 있어서는 실로 유쾌하지 못한 일이라고 아니할 수 없었다.

던컨은 흥분한 안나를 진정시키려고 했지만, 그녀는 좀처럼 이성을 찾지 못했다. 그녀는 계속 실험실 안을 서성거리며 '하느님, 감사합니다!'를 연발했다.

5

던컨은 집으로 돌아오자마자 즉시 옷을 갈아 입었다. 그러나 계속 쏟아지는 빗속으로 다시 나가기까지는 아직 30분의 여유가 있었다. 그는 피로를 가라앉힐 겸 안락의자에 앉아 술을 마셨다. 그리고 석간 신문을 집어 들고 무심코 페이지를 넘겼다. 그때 문득 눈에 들어오는 기사가 있었다.

'스트라스 린튼에 재해. 오늘 오후 폭우로 불어난 물로 인해 동부 지방 전력 회사의 새 댐에 비극적인 사고가 발생했다. 갑자기 밀어닥친 물살로 다섯 명이 사망하고 여섯 명이 부상당했다. 여러 시간에 걸친 구조 작업 도중, 머도크 의사가 사고 현장에서 붕괴된 석재에 깔려 부상을 당했다. 그는 이 회사의 전속의인 베리 씨

를 도와 주러 왔다가 이런 변을 당했는데, 현재 중상인 것으로 알려지고 있다.'

던컨은 의자에서 벌떡 일어났다. 리 교수의 초대에 대해서는 까마득히 잊은 채 머도크 박사의 사고에 대해서만 생각했다. 그는 탁상 시계를 쳐다보았다. 차가 근처의 차고에 들어와 있을 시간이었다. 속력을 내면 9시까지는 린튼에 닿을 수 있을 것이다.

주룩주룩 퍼붓는 빗줄기는 더욱 사납게 쏟아지고 있었다. 폭우로 황폐해진 주위의 밭이 헤드라이트의 흔들리는 불빛에 어른거렸다. 어둠 속에 가려져 있던 붉은 흙더미들은 휘황한 불빛에 그 황량한 자태를 드러내고 다시 암흑 속으로 자취를 감췄다. 참으로 자연만이 해낼 수 있는 적막한 무언극이었다. 던컨의 차는 계속 전속력으로 달리고 있었다. 눈에 보이는 곳은 모두 물에 잠겨 있어 그야말로 바다와 같았다.

전속력을 내는 동안, 던컨의 마음을 휘감고 있던 긴장이 누그러지는 것 같았다. 이미 그는 목적지 가까이에 와 있었다. 갑자기 어둠 속에 길을 막고 있는 노란 방책과 두 손을 마구 흔드는 한 남자의 모습이 헤드라이트의 불빛에 보였다. 그는 급히 브레이크를 밟아 차를 세웠다. 그것은 기적이었다.

경비원이 그의 차 앞으로 다가왔다. 그는 빗물이 뚝뚝 떨어지는 우의를 입고 있었다.

"당신 미쳤소? 이런 밤중에 그렇게 빨리 달리다니! 돌아가시오. 여기서 더 이상은 갈 수 없소이다."

"이유가 뭡니까?"

던컨은 경비원의 불빛을 향해 외쳤다.

"스트라스 린튼으로 가는 길이 홍수가 나서 댐이 언제 무너질지 몰라요."

던컨은 아무 대꾸도 하지 않고 차를 그냥 몰았다. 차는 둔중한 소리와 함께 방책에 부딪혔고, 방책은 눈 깜짝할 사이에 부서졌다. 길은 대부분 물에 잠겨 있었지만, 통행을 못 할 정도는 아니었다. 던컨은 충동적으로 라디오의 스위치를 눌렀다. 그러자 즉시 그가 듣고 싶었던 뉴스가 흘러 나왔다.

'스트라스 린튼 시에 시시각각 다가서고 있는 위험은 처음에 생각했던 것보다 훨씬 심각한 사태가 되고 있습니다. 현재로서는 비가 그칠 가능성은 전혀 없으며, 또한 린튼 댐의 균열이 점점 커지고 있다고 합니다. 구조대는 이미 현장에 도착해 있습니다. 죠지 오블톤 씨와 그 밖의 전력 회사 간부들의 발표에 의해 상황은 확실하게 전해졌습니다. 근방 지역에서는 교통이 완전히 차단되었습니다. 만일의 사태에 대비하여 계곡의 주민들께서는 즉시 계곡을 떠나 안전한 장소로 대피해 주시기 바랍니다.'

아나운서의 공식적이고 냉정한 목소리는 한층 엄숙해져 있었다.

'비극적인 사망자 수는 현재까지 15명으로 불어났습니다. 부상자의 구조에 나섰다가 석재가 무너지는 바람에 부상을 당한 스트라스 린튼의 머도크 의사는 앞서 발표한 것과 같이 계속 중태에 빠져, 생명이 위독한 것으로 전해지고 있습니다.'

던컨은 악셀을 힘껏 밟았다. 이제 차는 나르듯이 달렸다. 다시 10킬로미터쯤 가자 눈에 익은 경치가 나타나기 시작했다. 도중에는 가구와 가방 등을 잔뜩 실은 화물차가 줄을 잇고 있었다. 다시 4킬로미터 정도 가자 린튼 시에 접어들었다. 그는 노의사의 집 앞에 차를 멈추고 운전석에서 뛰어내렸다. 빗줄기는 장대처럼 내리치고 있었다. 거리에는 한 사람도 눈에 띄지 않았다.

"렛타, 선생님은 어디 계시지?"

그녀는 오들오들 떨면서 눈물에 젖은 얼굴을 들었다.

"공장에서 간호를 받고 계세요, 스탤링 선생님."

"진은?"

"아가씨도 거기에 계세요. 모두들 가 버렸고 저도 막 가려던 참이에요."

그녀는 울음을 터뜨리며 거리로 뛰쳐 나갔다.

밖은 악몽과도 같은 어둠뿐이었고, 사람의 모습이라고는 찾아볼 수가 없었다. 이윽고 모퉁이에 어떤 사람의 윤곽이 어슴푸레하게 드러났다. 그가 누구인지를 알아본 던컨이 반가움에 소리쳤다.

"마켈비!"

"스탤링 선생님!"

"마침 잘 와 주었소. 당신을 만나서 정말 반갑소. 마켈비, 서둘러서 공장까지 가야겠어요."

던컨은 마켈비의 손목을 힘껏 잡았다.

"그건 도저히 불가능합니다, 선생님. 길은 더 이상 다닐 수 없게 된 걸요."

마켈비는 단정적으로 말했다.

"하지만 무슨 수를 써서라도 가지 않으면 안 돼요. 머도크 선생님께서 그곳에 계신답니다. 어떻게 해서라도 그분이 계신 곳까지 가야 한단 말이오. 무슨 수를 써서라도 말이오."

마켈비는 빗물이 줄줄 흘러 내리는 얼굴을 끄덕였다.

"좋습니다. 이 길로는 도저히 안 됩니다. 하지만 어떻게 해서든 지름길로 접어들면 못 갈 것도 없지요."

6

두 사람이 서둘러 차에 오르자 던컨은 곧 핸들을 잡았다. 마켈비가 말하는 길로 들어서자, 그 길은 산기슭의 언덕빼기로 구불구불 올라가는 자갈길이었다. 길의 반 정도를 갔을 때, 차는 흙탕으로 뒤범벅이 되어 더 이상 나갈 수가 없었다. 마켈비는 아무 말 없이 밖으로 뛰어내리더니 좁은 길을 오르기 시작했다.

두 사람은 일그러진 솔방울과 고랑이 패인 길을 헤치며 나아갔다. 물과 진흙이 가득 차 있는 웅덩이에 빠지기도 하고, 미끈거리는 바위를 쥐어잡기도 하며 계속 올라가는 것에만 전력을 쏟았다. 숨을 몰아쉬면서 간신히 정상까지 이르렀을 때, 던컨의 두 손은 살갗이 벗겨져서 피가 흐르고 있었다. 어둠 속에서 자세히 살펴보니 던컨의 눈에도 호수가 보였다. 이윽고 두 사람은 위험한 곳을 피하여 호숫가에 닿았다.

"배가 바로 가까이에 있을 겁니다!"

마켈비는 사납게 몰아치는 파도 소리에 지지 않기 위해 두 손으로 메가폰을 만들어 입에 대고 소리쳤다. 사실 백 미터 정도 더듬어 가니 파도 속에 출렁이는 낚싯배가 한 척 있었다. 마켈비가 닻줄을 풀자 두 사람은 각기 노를 잡았다. 던컨은 정면에서 거칠게 불어닥치는 물보라에 도전했다. 파도는 사정없이 그의 뺨을 후려쳤다. 미쳐 날뛰는 파도와 싸우노라니 불안으로 긴장했던 마음이 다소 가벼워졌다. 그들의 주위는 잿빛 안개가 자욱하여 전혀 앞을 분간할 수 없었다.

꽤 한참을 노를 저어 갔을 때, 문득 마켈비가 노를 젓던 손을 멈추고 걱정스러운 듯이 물었다.

"들리십니까?"

던컨도 파도 소리보다 더 높은, 귀청이 떨어질 듯한 분류의 굉음을 들었다.

"댐이 무너졌습니다. 하느님, 부디 저 분류에 휘말리지 않도록 보살펴 주소서!"

그들은 뱃머리를 바람이 부는 쪽으로 향한 채 다시 필사적으로 노를 젓기 시작했다. 굉음은 점점 더 또렷하게 들려 왔다. 이제는 모든 힘이 다 빠져서 더 이상은 노를 저을 수 없을 것 같았다. 그 때 배가 그전까지는 어두워서 보이지 않았던 기슭에 닿았다. 마켈비는 배에서 뛰어내리더니 억센 두 어깨에 힘을 주고 배를 강 언덕으로 끌어올렸다.

저 멀리 자그마한 후미를 둘러싼 반도 위에서 등불이 몇 개 깜빡거리고 있었다. 던컨은 마켈비와 함께 그쪽을 향해 걸음을 재촉했다. 그러다가 잠시 멍하니 서 있었다. 전망이 고원의 공장 옆에 늘어선 석유 램프의 희미한 불빛에 떠오르는 환상과 같았다.

알루미늄 공장의 벌거숭이 골조 앞에 직공들과 마을 사람들이 움직이는 모습이 보였다. 거기에서 수미터 떨어진 곳에 우아한 반원형의 콘크리트 댐 수문이 있었다. 수문은 열려져 있었는데, 그곳에서 물이 솟구쳐 나오며 도도하게 거센 물보라를 어두운 골짜기로 내뿜고 있었다. 그것은 정상에서 볼 때 2백 미터가 되는 높이로 엄청난 폭포를 만들고 있었다.

그러나 잿빛 댐에는 더욱 불길한 균열이 있었는데, 그 큰 균열로부터 물이 무서운 힘으로 뿜어 나오고 있었다. 그 힘을 볼 때 더욱 심각한 붕괴 사태가 닥칠 게 뻔했다.

던컨은 불안에 휩싸여서 한시라도 빨리 노의사가 있는 곳으로 가기 위해 서둘렀다. 그 순간, 무리를 지어 있던 직공들의 경악스러워하는 모습이 보였다. 그는 뒤를 돌아봄으로써 최후의 파국을 목격할 수 있었다.

던컨은 공포에 질려서 그 광경을 보았다. 그의 눈앞에서 콘크리트 벽은 마치 눈에 보이지 않는 거인의 손으로 밀려 나가듯이 천천히 무너져내렸다. 이와 같이하여 시멘트 덩어리가 거대한 대포에서 발사되는 포탄처럼 공중으로 튕겨올랐다. 둑방은 처음에는 천천히 흔들리다가 드디어는 사정없이 터져 나갔다. 댐 전체가 종이로 만든 기계처럼 힘없이 흔들거리더니 이내 한쪽으로 기울어졌다. 그리고 급기야는 완전히 풀려 나와 완만한 호수 속으로 미련 없이 떠내려가 버렸다.

"음! 마치 세상에 종말이 온 것 같군!"

마켈비가 신음하듯이 말했다.

던컨도 잠깐 동안 맥이 풀린 채 서 있었다. 그러나 곧 주위 사람들을 헤치고 공장 쪽으로 달려갔다.

관리 사무실의 커튼에 사람들의 그림자와 등불이 비쳤다. 출입문의 손잡이를 잡는 순간, 던컨은 마음이 약간 떨리는 것을 느꼈다. 그는 무엇보다도 머도크 박사의 상태가 궁금했으므로 머리를 쳐들고 뛰어들어갔다.

회사의 간부들이 모두 모여 있었다. 스코트 대령과 심프슨 목사, 레가트 변호사, 그리고 리븐포드 시의회의 옛날의 적들이 모두 있었다. 죠지 오블톤 역시 테이블 저쪽에 있었다. 던컨이 들어서자 죠지는 희롱이라도 당한 사람처럼 고개를 번쩍 쳐들었다. 두 사람 사이에 번개 같은 섬광이 스치고 지나갔다. 죠지의 눈은 공포와 초조의 빛으로 가득했다. 던컨에게는 패배자에게서 패배와 수치의 빛을 읽어 내는 것만으로도 충분했다. 죠지 오블톤의 눈 속에는 인간의 생명을 건 승부에서 패배한 투기꾼의 비천한 공포가 서려 있었다.

7

머도크 박사는 방 한가운데에 매트를 깔고 남루한 담요를 덮은 채 누워 있었다. 간이 침대의 머리맡에는 쇠약해져서 얼굴이 창백한 진이 눈물도 말라붙은 채 앉아 있었다. 반대편에는 소박한 옷차림의 초췌한 젊은 남자가 있었다. 던컨은 이 사람이 회사의 전속 의사인 베리일 거라고 짐작했다.

던컨은 발끝으로 소리없이 다가갔다. 노의사의 얼굴은 언제나 혈색이 좋았었다. 그러나 지금은 생기라곤 전혀 찾아볼 수 없을 만큼 창백하기만 했다. 의식 불명 상태로 자는 듯이 누워 있는 그의 모습에 가슴이 뭉클해짐을 느꼈다. 목 아래에 작은 모래 주머니가 받쳐져 있었다. 그것이 모래라는 것을 깨닫자, 던컨은 베리를 향해 낮은 목소리로 물었다.

"나는 에딘버러의 스탤링이오…… 등뼈입니까?"

베리는 걱정스러운 얼굴로 체념한 듯이 고개를 끄덕여 보였다.

"등에 돌이 떨어져서 목뼈가 부러졌습니다. 허리 관절도 물러나 있고, 늑골도 부러진 것 같습니다. 어느 뼈랄 것도 없이 충격을 받아서 내출혈도 있을 것 같습니다."

"치료는 어떻게 하셨습니까?"

"나로서는 할 수 있는 데까지 다했습니다만, 더운 물통을 넣어 안정을 취해 드렸습니다. 움직일 수가 없습니다. 워낙 중태라서."

베리는 중얼거리듯이 말했다. 그의 표정에서 머도크 박사의 상태가 절망적임을 뚜렷이 알 수 있었다. 순간 머도크 박사의 눈이 번쩍 뜨이며 허공을 응시하였다. 던컨은 가슴이 뭉클했다. 허공에서 던컨에게 시선을 옮긴 노인은 심술궂게 눈빛을 반짝이면서 간신히 속삭였다.

"자네같이 고약한 작자는 베리한테 도움이 안 될 거야. 베리의 말이 옳아. 난 이제 말하자면 송장이나 마찬가지라구."

"그런 말씀 마십시오."

"죽어 가는 인간에게는 진실을 말할 권리가 있다네."

진이 안타까운 듯 흐느끼며 두 손에 얼굴을 묻었다.

"쯧쯧! 너 거기에 있었구나, 어디 있나 했다. 이 방이 어두워서 내가 못 봤구나. 손을 잡아 다오, 진. 이제 울지 말아라."

던컨은 노의사 앞에 허리를 굽혔다.

"제발 그런 식으로 체념하지 마십시오. 진, 아버님의 손을 놔요, 어서요. 그리고 아버님과 나만 있게 해 주십시오."

진은 일어나 비틀거리며 밖으로 나갔다.

던컨은 재빨리 지금까지 그녀가 있던 위치에 무릎을 꿇었다. 그의 목소리는 울먹이고 있었다.

"머도크 선생님, 대체 어떻게 된 일입니까. 여자처럼 낙담해서 여자들 흉내를 내시다니요! 제 말 이해하시겠습니까?"

"내버려 두게나."

머도크 박사는 가냘픈 목소리로 중얼거렸다.

"절대로 내버려 둘 수 없습니다. 한번 바로 누워 보십시오."

던컨은 숙달된 손가락으로 서둘러 노인의 척추를 더듬어 내려갔다. 베리의 진단은 정확했다. 실로 비극적인 일이었다.

던컨은 다시 머리 뒤쪽의 척골을 진찰했다. 순간 전광석화처럼, 어쩌면 가능할 수도 있다는 희미한 희망이 스쳐 갔다. 베리의 주의가 없었다 해도 노의사를 움직이는 것은 위험하다는 것쯤은 알 수 있었다. 조금이라도 서툴게 움직이면 척추액이 척골에서 흘러나오게 되고, 그것은 곧 죽음을 의미하는 것이었다.

던컨은 이 목조 사무실 안에서 어느 누구, 어떤 수술 장비도 없이 당장 손을 써야 했다. 이번만은 기술의 힘에 의지할 수가 없었다. 남아 있는 방법이라고는 자기 자신과 다른 사람, 즉 인간의 힘에 의지하는 것뿐이었다.

던컨은 벌떡 일어섰다. 그의 결심은 확고했다. 그는 자기가 가지고 있는 아마추어 의사로서의 천부적 재능에 다시 한 번 자신감을 불어넣었다. 그는 노의사 위에 몸을 숙이고 부러진 관절을 본래의 위치로 조심스럽게 되맞추었다. 그리고 비틀어진 신경의 통증을 경감시키며, 뼈를 정형하여 생명의 중추인 척추로부터 위험을 제거해 나가는 자신의 모습을 그려 보았다.

그는 갑자기 베리를 쳐다보았다.

"마취약은 있소? 당신이 그 일을 좀 맡아 주시오."

던컨은 다시 쭈그리고 앉아 의지가 담긴 단호한 목소리로 머도크 박사에게 말했다.

"모험을 해 보겠습니다, 선생님."

그는 잠시 말을 끊었다가 냉정하고 진지하게 말을 이었다.

"이 싸움에서 저를 도와 주시겠습니까, 아니면 저를 버리시겠습니까?"

노의사의 얼굴에 문득 미소와 같은 것이 스치면서 노인의 속삭이는 소리가 들려 왔다.

"내가 늘 말했듯이 자네는 사람을 죽이는 광인이야. 내가 다시 한 번 눈을 뜨지 않는다면, 자네도 내 말이 옳았다는 것을 알게 될 거야."

제6부
● ● ● ●

인간의 길

제6부 · 인간의 길

1

그로부터 5주일 후, 1월의 밝은 태양이 힘차게 솟아올라 산봉우리의 모습을 선명하게 비췄다. 그와 함께 스트라스 린튼 마을도 다시 생명을 되찾고 있었다. 무시무시한 대자연의 위력에 의하여 순식간에 잿빛으로 변해 비탄에 빠졌던, 이 황량하고 암울한 곳도 이제 서서히 평온과 활기를 띠게 된 것이다. 석재로 지은 튼튼한 집들은 내리쬐는 햇볕의 도움을 받아 대지에 단단히 뿌리를 내리고 있는 중이었다.

하지만 아직도 석회로 하얗게 칠한 벽에는 수마가 할퀴고 간 흉한 자국이 그대로 남아 있었다. 또한 한창 수리 중인 창문이나 여기저기에서 도로의 개수 공사를 하고 있는 인부들의 모습은 저 두려운 홍수를 역력히 떠올리게 했다.

"이대로 맑은 날이 계속되었으면……."

교회 당번인 두갈은 자기 집 정원 입구에 서서 수염을 만지작거리며 중얼거렸다. 그는 맑고 시원한 공기를 즐거운 듯이 가슴 가득 들이마셨다.

거리 저편에서 또 한 사람이 모습을 나타냈다. 우편 배달부인 말레이였다. 두 남자는 공손히 목례를 나누고는 거리의 한가운데까지 나갔다.

처음에는 두 사람 모두 말을 건네지 않아 잠시 침묵이 흘렀지만 어색한 감은 전혀 없었다. 서로간에 어느 정도 양해가 된 침묵이었다. 떨떠름한 화제를 끄집어 내느니 차라리 침묵으로 일관하는 편이 서로 편했기 때문이었다. 그러나 오늘 아침에는 교회 당번인 두갈이 평소의 습관을 깨고 입을 열었다.

"오늘 아침에 헤럴드 신문 기사를 봤어요. 우리의 친구인 정직한 죠가 파산 선고를 받은 것 같던데요."

우편 배달부인 말레이는 만족감을 감출 수 없는지 입을 크게 벌리고 웃었다.

"호, 그래요? 정말로 듣기 싫은 소식은 아니구먼요. 사업에 전 재산을 건 우리의 친구에게 하늘의 가호가 있기를!"

"내가 늘 말했지만, 많은 사람들에게 해를 끼치는 일을 억지로 밀어붙이면 필시 큰 변이 따르게 되는 것이지요. 물론 정직한 사업가가 성실하게 공사를 해서 튼튼한 수력발전소를 건설한다면야 이 지방에 꽤 유용하다는 것을 나 역시 부인하지는 않아요. 그 흉측한 알루미늄 공장에 전력 따위를 공급하는 일만 없다면 말이오. 그렇게만 된다면, 정말 그렇게만 되면 우리의 실생활에 유용한 것과 환경 미화라는 문제가 서로 상쇄될 수 있으니까."

교회 당번은 스스로의 말에 자못 만족한 듯 의미 있게 잠시 말을 끊었다.

"사실 말이오, 말레이 씨. 그런 새로운 계획도 소문에 나돌고 있는 모양이오. 존 에글 경과 그의 아들, 그리고 목사님과 그 밖의 다른 사람들이 힘을 합쳐서 댐을 구축할 회사를 설립한다는 말이 있더라구요."

"설마, 농담이겠죠! 그런 대규모 공사를 그리 쉽게 착수할 수 있겠소? 더구나 댐의 붕괴로 많은 사람들의 상처가 아직 아물지도 않았는데요."

우편 배달부는 큰 소리로 말했다. 하지만 그 역시 그 일이 사실이기를 바라는 마음은 부인할 수 없었다.

"하지만 농담이 진담이 된다는 말도 있지 않소? 설마가 사람을 잡기도 하고 말이오."

"그야 그런 말도 있기는 하지요."

두 사람은 이렇게 주고받고 나서 잠자코 길을 걸었다.

그들은 머도크 앵거스 병원 앞에 이르렀을 때, 커튼이 반쯤 가려져 있는 창문 넘어를 슬픈 표정으로 바라보았다.

우편 배달부가 낮은 목소리로 말했다.

"커튼이 오늘도 걷히질 않았군. 머도크 선생님께 이 무슨 가혹한 시련이란 말인가."

"그래요, 실로 안타까운 일이지요. 누우신 지 벌써 한 달 이상이 되었지요? 우리도 가슴이 이렇게 아픈데 진 아가씨는 오죽할까. 가슴이 찢어질 것처럼 아플 거예요. 언제나 밝고 명랑한 모습을 잃지 않고 아버지의 시중을 들었는데……, 이제는 영영 그런 모습을 못 볼 것만 같군요."

교회 당번인 두갈이 진지한 표정으로 맞장구를 쳤다.

"머도크 선생님이 인사 불성인 채로 공장에서 운반되었을 때의 일을 나는 아직도 잊을 수가 없소. 너무도 불쌍해서……."

"지난 몇 주일 동안 단 한 번도 눈을 뜨지 않으셨다지요? 인사 불성인 채 자리에 누우신 뒤로 줄곧 오늘까지 말이오. 정말 이렇게 엄청난 일이 일어나다니, 너무나 애석한 일이오. 스텔링 선생님이 애써 시도한 수술이 전혀 차도를 보이지 않는 모양인데……."

"사실 무리한 수술이었다는 말이 있어요. 차라리 수술을 하지 않았으면 어땠을까요? 거동은 불편하더라도 간간이 의식을 차릴 수 있지 않았겠어요?"

우편 배달부의 이 말에 교회 당번은 고개를 갸우뚱했다. 그때 마침 그곳을 지나가던 국민학교 교사가 그들과 합류하였고, 이어서 색이 바랜 장밋빛 스카프를 둘러쓴 벨 양이 그들 가까이로 다가왔다. 네 사람은 모두 슬픈 표정으로 공통의 화제를 나누었다.

"머도크 선생님은 지금까지 많은 사람들의 생명을 구해 주셨어요. 그런데 이런 식으로 돌아가셔야 한다면 너무 안타까운 일이 아닐 수 없지요."

국민학교 교사의 말에 이어 벨 양이 슬픈 얼굴로 입을 열었다.

"맞아요. 이토록 오랫동안 고통을 받으셔야 하다니, 너무 잔혹한 일이에요. 하느님도 무심하시지."

"그럼요, 그렇구말구요!"

우편 배달부가 거들었다.

"모두 하느님의 뜻입니다. 조용히 임종하실 수 있게 하는 것이 진정한 은총 아니겠습니까?"

교회 당번이 나지막하게 중얼거렸다.

"머도크 선생님께서는 린튼 마을 사람 모두의 좋은 친구였습니다. 하지만 하느님이 하시는 일을 우리가 어떻게 할 수 없는 일이지요."

이렇게 공통된 화제로 이야기하는 동안 십여 명이 넘는 많은 사람들이 모이게 되었다. 그들이 모두 안타까운 마음으로 웅성거리고 있었기 때문에 도로가 막혀 다른 사람들과 차량 통행에 지장을 주었다. 그러자 경찰관이 나서서 이제는 해산을 하라고 그들을 설득했다. 그들은 아쉬운 마음을 안은 채 고개를 끄덕이고 나서 각기 자기들의 일터로 돌아갔다.

2

머도크 씨의 집 안에서 창문이 하나 열리더니, 환자가 누워 있는 방에서 던컨이 비척거리며 나왔다.

그의 얼굴은 수염을 깎지 않아 덥수룩했고, 눈언저리에는 피로에 지친 검푸른 그림자가 드리워져 있었다. 그는 머도크 씨 머리맡에서 밤을 지샌 후 지금 막 진과 교대하고 나오는 중이었다. 그는 팔을 벽에 기대고 서서 고개를 축 늘어뜨렸다. 공장에서는 원래대로 뼈를 맞추면 생명의 불꽃만은 살릴 수 있으리라고 생각했었다. 그러나 그것은 오만하기 짝이 없는 자신감이었다. 결과적으로 머도크 씨는 죽음만을 기다려야 하는 혼수 상태가 계속되고 있었던 것이다.

린튼에 온 후 던컨은 두렵고 끝이 없는 듯한 5주일을 지친 몸으로 지내 왔다. 그동안 그는 에딘버러에는 한 번도 가지 않았다. 이전의 생활과 병원에서의 작업, 자신의 직무, 그리고 그 모든 것에 대한 희망이 아직도 희미하게 남아 있었다. 그러나 무엇보다도 머도크 씨의 생명을 되찾아야겠다는 일념만이 그를 강하게 지배하고 있었다.

갑자기 고요한 집 안에 전화벨 소리가 요란하게 울렸다.

던컨은 렛타가 발자국 소리를 죽이며 전화를 받으러 가는 소리를 들었다.

"누구지, 렛타? 환자인가요?"

"아뇨, 선생님."

그렇다면 에딘버러일 것이다.

"그래도 떠나실 수는 없는 사정이라고, 선생님께서 시키신 대로 말씀드렸어요. 선생님을 부를 수는 없다고요."

"잘했어요. 또다시 전화가 걸려 와도 같은 말로 해 주세요."

그는 고개를 끄덕이면서 말했다.

그날 아침도 던컨은 계곡을 한 바퀴 왕진하고 린튼으로 돌아왔다. 벌써 한 시가 지나 있었다. 머도크 씨의 집 앞에 이르렀을 때 대형 렌트카가 눈에 띄었다. 그는 싱긋 웃었다. 집 안까지 들어가 보지 않아도 이미 이 차의 의미를 잘 알고 있었다. 틀림없이 안나가 좁은 진료실에서 담배를 피우고 있겠지.

"안나!"

그는 조용한 목소리로 말했다.

"오시지 말라고 전했을 텐데요. 전보나 전화로 그렇게 많이 말씀드렸으면 잘 아실 텐데요."

안나 가이슬러는 지친 동작으로 담뱃불을 비벼 껐다.

"그 일에 대해서 당신과 솔직하게 이야기를 나누고 싶어요."

그는 어깨를 으쓱해 보였다. 그리고는 진찰실 한구석의 조그마한 조제실로 들어가 오전 중에 낸 처방대로 약을 조제하기 시작했다. 안나는 이제 가까스로 지킨 냉정함을 완전히 잃어버렸다.

"던컨! 당신 정말 미쳤어요? 자기의 직업을 희생해 가며 농부들에게 주문과도 같은 약이나 팔겠다는 뜻이에요?"

"그럴지도 모르지요. 하지만 중환자가 더 있어요, 이층에."

그는 거칠게 그녀의 말을 가로막으면서 말했다.

"알고 있어요. 방금 전에 보고 내려왔어요. 당신이 없는 동안 내 멋대로 진찰해 보았어요. 그래서 지금 당신은 시간 낭비를 하고 있다고 말하려는 거예요."

이 사형 선고가 자기 자신에게 내려지기라도 한 듯이 던컨은 자기도 모르게 비틀거렸다.

"그것은 당신의 진단에 지나지 않소."

"내 진단은 과학적이고 확실해요. 뇌에 부종이 생기고 있어요.

저 불쌍한 노인은 곧 죽게 돼요. 당신이 저 노인에게 어떠한 확신을 불어넣는다 해도 달라질 것은 없어요."

"무슨 권리로 그런 말을 하죠?"

"과학의 권리지요. 그리고 난 당신의 친구이기 때문에 이런 말을 하는 거예요. 난 당신이 어떤 치료를 했는지 알고 있어요. 용감한 결단을 내리셨더군요. 척추를 정형해서 인공적으로 영양을 공급하고 밤낮으로 간호를 하시다니, 그토록 무리한 시도를 감행한 데 대해서는 감탄할 수밖에 없더군요. 하지만 소용 없어요. 전혀 소용이 없다구요."

"너무 심하게 말하는군요, 안나."

"내 말이 결코 지나친 말이 아니라는 걸 당신이 더 잘 아실 텐데요? 그것은 거의 불가능에 가까운 무모한 시도였어요. 당신의 고귀한 뜻은 알겠어요. 하지만 나나 당신의 오랜 경험에 비추어 볼 때 이건 너무도 명백한 사실이에요. 이토록 구름을 잡는 듯한 허황된 일에 당신의 전력을 소모하고 있다니 난 이해할 수가 없어요."

어느덧 그녀는 거의 울먹이고 있었다.

"내 말 좀 들어 봐요. 이번만은 정말 사리를 올바르게 판단하지 않으면 안 돼요. 위원회의 사람들과 저녁을 들기로 했던 그런 절호의 기회를 놓쳐 버리다니! 그것이 당신에게는 이미 불리한 결과를 낳았어요. 게다가 지난 5주일 동안 병원을 비워 두었으니, 그것도 하필 선거 직전에. 그야말로 자살 행위나 마찬가지 아니겠어요? 하지만 난 혼자 힘으로 꾸준히 밀고 나가고 있어요, 이제 진력이 날 만큼요. 이번에 당신이 보여 준 이 감동적인 면을 강조해서 말예요. 그러나 이젠 도저히 내 힘만으로는 감당할 수가 없어요."

그녀는 잠시 말을 중단했다.

"이런 말을 해 봤자 아무 소용도 없지만 후보자는 내일 소집하기로 되어 있어요. 소집장은 벌써 당신 아파트에 도착되었구요. 선거는 내일 오후 5시에 시작돼요, 기억해 두세요."

그는 약병에 마개를 막고 약명을 적은 종이를 붙였다. 그리고는 그것을 천천히 선반 위에 올려놓고 나서 안나를 응시했다.

"좋아요, 가 보는 쪽으로 하죠. 그렇지만 약속할 수는 없어요. 왜 약속할 수 없냐구요? 그야 가면 붙잡힐 게 뻔하니까. 그리고 말해 두겠는데, 당신이 나를 위해 그토록 열성을 다하는 것처럼 나 역시 저 환자, 그래요, 설령 소생할 가망이 없다 해도 난 그분 곁을 끝까지 떠나지 않겠소. 반드시 명심해 두길 바라오."

안나는 입술을 깨물었다.

"끝까지라고요? 하지만 내가 아까도 말했듯이 어쩔 도리가 없어요. 대체 경험이 풍부한 병리학자인 당신이 왜……."

그는 홱 돌아서서 그녀를 쳐다보았다.

"인술에는 시험관에서 발견할 수 없는 무엇인가가 있어요. 그 한 예를 말하자면, 죽을 때까지는 환자를 절대로 버려서는 안 된다는 것이오. 나는 불가능하다는 이유로 내게 주어진 책임을 모면할 생각은 추호도 없어요."

3

결국 안나는 분노를 한꺼번에 폭발하고 말았다. 그녀는 던컨이 기회를 너무나 쉽게 포기해 버리려는 것에 대해서 화가 나 버린 것이다.

"그것이 당신이 내게 해 주는 대답의 전부인가요, 던컨? 여러 해 동안 함께 지내 온 나한테 말이에요?"

던컨은 이해할 수 없다는 표정으로 안나를 쳐다보았다. 이제 그녀의 목소리는 어린아이를 달래듯이 변하고 있었다.

"왜 우리는 늘 이렇게 싸움만 하죠? 나는 정말 괴로워요."

"당신답지 않은 말이오, 안나."

"아마 난 별난 여자인가 봐요. 그것이 어느 정도인지 당신은 몰라요. 나도 모르겠어요. 당신은 나를 지독한 사람이라고 생각하시겠죠. 하지만 그런 건 상관없어요. 게다가 지난 몇 달 동안 나는 당신이 좋아하는 저 바보 같은 마가레트보다 더 마음이 약해졌어요. 제가 생각해도 이상해요."

그녀는 잠시 고개를 떨구었다가 돌연 번쩍 들었다. 그녀의 눈에는 강렬한 불길이 타고 있었다.

"나 역시 인간이어서 때로는 더욱 좋은 것이 탐나 여러 가지를 버리는 수도 있어요. 하지만 버리지 못할 것도 있을 거라고 생각해요. 우리가 함께 일하기 시작하고부터 꽤 세월이 흘렀군요. 그렇지요, 던컨? 인생은 우리들을 꽤나 성가시게 했어요. 우리는 공동의 목적을 향해서 줄곧 협조해 왔어요. 던컨, 당신의 신변에 일어나는 일은 모두 내 가슴을 몹시 흔들어 놓아요. 난, 당신을……."

그녀의 목소리는 떨리고 있었다.

"난 당신에 대해서 매우 호감을 가지고 있어요. 당신과 내가 함께 미래를 향해 나갈 수는 없을까요? 물론 매우 힘겨운 일이라는 건 잘 알고 있어요. 하지만 당신 역시 나에 대해서 꽤 큰 기대를 걸고 있지 않나요, 던컨? 나도 당신에 대해서 조금쯤은 기대를 걸게 해 주는 것도 좋지 않을까요?"

그는 얼굴을 돌리며 난처한 듯이 대답했다.

"당신의 우정은 나에게 그 무엇과도 바꿀 수 없을 만큼 소중한 것이오."

그녀는 한참 동안 꼼짝도 하지 않았다. 잠시 후 그녀는 의자에서 일어났다. 그녀의 얼굴에는 평소와 다름없이 평정하고 무감각한 빛이 새겨졌다.

"그럼, 좋아요. 이제 더 이상 이런 이야기를 계속해도 소용이 없겠군요. 앞으로는 절대로 이런 이야기는 하지 않겠다고 약속하죠. 하지만 내일은 틀림없이 와 주실 거죠?"

"어쩌면 못 가게 될지도 몰라요."

"당신은 꼭 오실 거예요."

"당신은 야심이 너무 지나쳐요. 게다가 나 역시 꼭 당신한테 일생 일대의 기회를 줘어 주고 싶은 야심이 있어요. 그럼, 잘 가요, 내일 다시……."

4

다음날 아침, 던컨은 눈을 뜨자마자 여느 때처럼 신경을 곤두세웠다. 그의 방은 머도크 씨 방 곁에 있었는데, 그는 습관적으로 가로막혀 있는 벽에 귀를 기울였다. 벽 저쪽에서 간호사가 진을 깨우는 소리가 들려 왔다. 그는 불안한 마음으로 침대에서 뛰쳐 나와 서둘러 수염을 깎고 옷을 입었다. 그리고는 환자를 보러 갔다.

언제나 침착하고 신중한 고든 간호사가 머도크 씨의 머리맡에 바짝 붙어 앉아 있었다. 그녀가 낮은 목소리로 말했다.

"별로 상태가 안 좋아요. 선생님, 오늘 아침에는 전보다 더 악화되신 것 같아요."

던컨은 머도크의 손목에 손가락을 얹고 늘 하던 식으로 진찰에 들어갔다. 간호사의 말은 정확했다. 그는 종이를 끌어당겨서 처방

전을 썼다. 그리고는 부엌에서 아침을 먹는 둥 마는 둥 하고 급히 차고 쪽으로 갔다.

그는 자신이 어째서 이렇게 당황하며 거칠고 단호하게 행동하는지, 그 이유를 잘 알고 있었다. 그는 지금의 자신과 머도크로부터 도피하고 싶은 것이다. 그는 두 사람 모두의 괴로움의 굴레를 벗어나고 싶은 자포 자기적인 욕망에 끌려가고 있었다.

에딘버러의 윌레스 병원에서는 어제 안나가 말한 것처럼, 아니 그 이상으로 던컨이 유력한 원장 후보로 지명되어 있었다. 리 교수의 호의적인 초대에 응해야 했던 그 결정적인 순간에도 던컨은 부득불 참석하지 못했다. 그러나 안나의 열성적인 선거 운동 덕택에 린튼에서의 희생적인 던컨의 활동은 오히려 그에게 유리하게 작용하고 있었다.

유엔 오블톤은 원장의 막강한 후보로 주목되고 있었다. 그러나 도슨 간호사가 자신의 편지를 발표함으로써, 윌레스 병원 원장 자리를 탐내 오던 그의 꿈은 여지없이 깨져 버렸다. 도슨 양으로 인해 이제까지의 난잡한 여성 편력이 낱낱이 드러났기 때문이다. 거기에다 엎친 데 덮친 격으로 죠지 오블톤도 댐의 붕괴로 급작스런 파산의 위기에 놓여 회복하기 어려울 정도의 타격을 입게 되었다.

하지만 던컨은 이토록 급변한 상황 속에서도 큰 만족을 느낄 수 없었다. 막상 자기가 염원해 오던 대망이 이루어지려는 문턱에 이미 한 발 내딛기는 하지만, 진정 자기가 소원하던 것이 이 길이었던가 하는 자기 연민에 빠져 있었다.

던컨이 다시 집에 돌아왔을 때 현관에서 진이 그를 맞이해 주었다. 그녀의 얼굴은 창백했고 눈은 슬픔에 젖어 있었다. 그러나 회색옷을 입은 그녀의 모습은 한결 신선하고 청결해 보였다. 그녀의 존재는 항상 던컨의 가슴에 무엇으로 찌르는 듯한 아픔을 안겨 주었다. 그는 이제 자기가 그녀를 진실로 흔들리지 않는 뜨거움으로 사랑하고 있다는 사실을 분명히 자각하고 있었다. 그러나 그녀는 에글을 사랑하고 있었다.

"좀 쉬지 그러셨어요?"

그녀와 시선이 마주치자 갑자기 어색해져서 말했다.

"전 조금도 피곤하지 않아요. 오늘은 좀 일찍 점심을 드실 수 있게 했어요."

시장하지는 않았다. 하지만 그는 억지로 닭고기 한 점을 입에 넣었다. 이어서 진이 포도를 쟁반에 소담스럽게 담아 그의 앞에 내놓았다.

"들어 보세요."

그녀는 명령하듯이 말했다.

"존 에글 경의 온실에서 재배한 포도예요."

그는 고개를 저었다. 에글이라는 이름에 이제까지 경험해 보지 못한 불안감을 느낀 것이다.

"아주 맛이 좋아요."

진은 자신의 기대에 어긋나 실망했다는 표정으로 거듭 권했다.

"그렇겠죠. 하지만 그 사람 신세는 전혀 지고 싶지 않습니다."

"그 사람, 악의 같은 것은 전혀 없어요."

그녀는 잠시 망설이다가 곧 결심한 듯 말을 이었다.

"에글이 말하기를 선생님께서 꼭 떠나셔야 한다면, 아버지를 위해 다른 의사를 찾아봐야 한다고 했어요."

어떻게 진이 던컨의 은밀한 고충을 알아챘을까. 그는 아연해져서 그녀를 쳐다보았다.

"선생님 입장에서는 언제까지나 이곳에만 있어 주실 수는 없다고 생각했기 때문이에요."

진은 미소를 지어 보였다. 그러나 그것은 마음의 번민을 감추기 위한 그림자에 지나지 않았다.

"이젠 선생님께 부탁드릴 일도 없는 것 같군요."

던컨에게는 모든 것이 분명해졌다. 어제 안나가 한 말을 계기로, 진은 지금 그에게 자유의 창을 열어 주고 있었다. 이런 생각이 머리를 스치는 순간 노크 소리가 들렸다. 곧이어 하미슈가 모자를 들고 들어왔다.

"가방을 내려왔습니다, 선생님. 지금 차에 실을까요?"

"잠시 현관에 놔 둬요, 하미슈."

단 몇 초 사이에 자신의 장래를 결정지으려 하고 있다는 사실을 깨닫자, 그는 자신도 모르게 몸이 떨려 왔다.

그는 진을 물끄러미 쳐다보았다. 그러자 갑자기 그녀를 괴롭히고 싶다는 심술궂은 생각이 솟구쳤다. 가장 혹독하고 신랄한 말로 그녀의 마음을 최대한도로 아프게 해 주고 싶었다.

"진, 당신은 친절하게도 에글 가문의 도움을 빌어서 작별 연회까지 베풀어 주시는군요."

진의 목소리는 떨리고 있었다.

"전……, 세 시까지는 선생님께서 에딘버러에 도착하실 수 있게 하고 싶었을 뿐이에요."

그는 이것만으로 끝내고 싶지가 않았다. 아니, 그녀가 그를 생각해 주면 그럴수록 더 괴롭히고 싶은 묘한 충동을 받았다.

"선견 지명이 대단하십니다. 당신 아버지에 비하면 난 별로 유명한 사람이 못 되니까 더욱 그러시겠지요."

그녀는 속삭이듯이 말했다.

"전에 제가 말씀드렸습니다만……."

그러나 그는 그녀의 말을 거칠게 가로막았다.

"나를 억지로라도 쫓아 버리고 싶다는 뜻이겠죠. 그럴 만도 하죠, 하지만 난 그런 것을 따지고 싶지는 않습니다."

왜 이렇게까지 그녀에게 상처를 주는지 그 자신도 알 수가 없었다. 사실 이 순간만큼 그녀를 사랑한 적도 없었다. 그러나 웬지 모르게 그는 마음과는 달리 또 거칠게 말을 내뱉었다.

"나 역시 내 존재를 바라지 않는 곳에 더 머물고 싶은 생각은 없습니다."

그는 식탁에서 벌떡 일어났다.

"5분만 기다려 주십시오. 곧 나가겠습니다."

5

현관으로 나가자, 가방 위에 외투와 모자가 놓여 있었다. 현관문의 유리를 통해서 차 안에 있는 하미슈를 볼 수 있었다. 에딘버러에 도착하기까지는 아직 시간이 충분했다.

그는 직장으로 돌아가 있을 자신의 모습과 자기가 도착했을 때 병원에서 전개될 상황을 상상해 보았다.

동료들의 떠들썩한 진심어린 환영의 말이 들리고, 오블톤의 분해하는 모습도 눈에 선했다. 안나의 말이 옳다. 오블톤 따위에게 그 자리를 내 줄 수는 없다. 이런 이유로 출발하려고 했지만, 무엇인가 마음에 걸리는 것이 있었다. 그는 마지막으로 다시 한 번 보기 위해 머도크 씨의 방으로 올라갔다.

방은 음침하고 어두웠다. 머도크 씨는 반듯이 누워 있었다. 그는 5주가 지나도록 산 송장과 같이 눈을 감은 채 의식 불명인 상태로 있었다. 던컨이 이 혼수 상태를 제거시켜 의식을 되찾게 해 줄 수만 있다면 모든 일은 끝날 것이다. 그러나 그럴 수도 없었다. 이제 출발하지 않으면 안 되는 그를 혼수 상태의 환자는 애석해하지도 못하는 것이다.

던컨은 묵묵히 그 자리에 서 있을 따름이었다. 하지만 어두운 그림자에 가려진 얼굴에서 도저히 시선을 돌릴 수가 없었다. 아직도 무엇인가 자기가 해야 할 일이 남아 있을 것만 같았다. 그 순간, 갑자기 신경을 긴장시키면서 번개처럼 뇌리를 스치고 지나가는 것이 있었다. 그는 그것이 위험한 일이라는 것을 너무나 잘 알고 있었다. 그래도 그는 뇌에 천자*를 시술하기로 결심했다. 그것을 시도하지 않는다면 틀림없이 죽음이 찾아들 것이다.

던컨은 간호사가 올 때까지 끈기 있게 기다리면서 차근차근 수술 순서를 정했다. 간호사는 한 시 정각에 소리도 없이 방으로 들어왔다.

"진 양이 출발 시간이 다 됐다고 말씀드리랍니다. 그렇잖아도 벌써 늦었습니다."

"음, 늦는다는 것은 잘 알고 있소. 고든 양, 알코올을 끓여서 수술 기구를 모두 소독해 주겠소?"

그녀는 놀란 눈으로 그를 쳐다보고, 그런 후에는 머도크 씨에게로 시선을 옮겼다. 그리고는 순간적으로 모든 걸 파악하고 지체하지 않고 아무 말 없이 기구를 소독하기 시작했다. 마침내 두 사람은 극도의 주의를 기울여 머도크 씨의 몸을 옆으로 눕혔다.

던컨은 뇌저에 해당하는 자리를 처음에는 알코올로, 그 다음에는 피크린산으로 닦아 냈다. 초록색에 가까운 노란 반점이 창백한 피부에 무서울 정도로 뚜렷하게 드러나 있었다.

던컨의 손가락이 서서히 환부를 더듬어 나갔다. 몹시 딱딱해진 등뼈가 느껴졌다. 그는 조심스럽게 급소를 찾아 냈다. 검지손가락은 움직이지 않은 채, 다른 한쪽 손으로 굵은 주사 바늘을 잡았다.

---

*천자(穿刺) ; 몸의 일부에, 속이 빈 가는 침(針)을 찔러 넣어 체내의 체액 또는 조직을 뽑아 내는 일. 약물의 주입(注入)에도 이용됨.

그 반짝거리는 바늘 끝으로 척추의 생명 조직을 정확히 관통해야 한다. 아주 사소한 실수만 해도 그것은 치명적이었다. 조금이라도 거리와 방향을 잘못 재게 되면 무서운 결과를 초래하고 만다. 고든 양 역시 그 사실을 잘 알고 있었다.

엄지와 검지로 환자의 피부를 집어올린 후, 던컨은 과감하게 투관침을 부드러운 살에 꽂았다. 기나긴 죽음과 같은 순간이었다. 그는 보이지 않는 바늘 끝을 조금씩 앞뒤로 움직여 가면서 필사적으로 바늘이 들어갈 만한 자리를 찾았다. 그러나 바늘 끝의 감각은 어디를 더듬어도 저항이 느껴졌다. 이 언저리에선 영영 찾아낼 수가 없단 말인가?

절망이 엄습하는 가운데서도 그는 촉각을 최대한 늘리기 위해 조용히 두 눈을 감았다. 그리고 또다시 바늘 끝을 움직였다. 그 순간 그는 휴— 안도의 숨을 내쉬었다. 이번에는 바늘이 아무런 방해도 받지 않고 깊숙이 들어갔다. 마침내 자리를 찾아 낸 것이다. 그는 부드럽게 바늘을 투관 깊숙이 꽂았다. 그리고 세심한 주의를 기울여 바늘을 조금씩 더 깊숙이 꽂아 넣었다.

던컨의 얼굴은 마치 가면을 쓴 것처럼 움직일 줄을 몰랐다. 이 것은 단순한 외과의 일이 아니었다. 그가 시행한 것은 학술 서적에서 습득한 기술 적용 이상의 것, 하늘이 천재에게 준 것이었다. 그 순간 투관침이 경막(硬膜)을 뚫고 지나는 것이 느껴졌다. 드디어 목표물에 도달한 것이다. 그는 여기서 지금까지 순조롭게 행한 것이 과연 위험을 극복해 낸 것인지를 가려 낼 때까지 잠시 기다려야 했다. 이것으로 머도크 씨를 소생시키느냐, 아니면 그 반대가 되느냐가 결정되는 것이다. 그는 민첩하게 주사기를 밀어 넣었다.

이와 동시에 뇌척추액이 바늘을 통해 주사기 안으로 순순히 빨려 나왔다. 그의 시도가 정확했다는 것이 입증된 셈이었다. 그러나 던컨은 아직 기뻐할 수가 없었다. 액체가 점점 많은 양으로 솟아 나왔다. 분명 육체 내에서 강렬한 압력을 받은 것이리라. 그 순간 머도크 씨의 가슴에서 희미하게 숨을 토하는 소리가 터져 나왔다. 5주일이 넘게 혼수 상태에 있는 동안 처음으로 전해진 생명의 징후였다.

간호사도 이 소리를 듣고 너무 놀라, 손에 들고 있던 용기를 떨어뜨릴 뻔했다.

"선생님, 들으셨어요?"

고든 양은 긴장된 낮은 목소리로 물었다.

던컨은 아무 대답도 하지 않았다 그의 입술은 극도의 불안으로 바싹 말라 있었다. 그는 바늘을 뚫어지게 쳐다보고 있을 뿐이었다. 계속 흘러 나오던 액체가 이제 멈추었다. 그는 서둘러 바늘을 뽑아 내고 바늘 자국에 작은 반창고를 붙인 다음 본래대로 머도크 씨를 반듯이 눕혔다.

간호사가 환자의 머리 밑에 베개를 밀어 넣었다. 던컨은 그때까지 기다렸다가 암모니아수 병을 환자의 코에 가져갔다. 그러나 머도크 씨는 이 자극제에 아무런 반응도 보이지 않았다.

던컨은 절대로 절망하지 않으리라 이를 악물었다. 그는 몸을 숙이고 머도크 씨 이마의 시신경 위를 엄지손가락으로 세게 눌렀다. 이것은 아직 마취에서 깨어나지 않은 환자의 의식을 되돌리는 데에 늘 사용했던 방법이었다. 약 1분이 지나도록 아무 일도 일어나지 않았다. 그가 손가락에 더욱 힘을 주어 누르는 동안 드디어 기적이 일어났다. 머도크 씨가 천천히 눈을 뜬 것이다.

그것은 그리스도의 부활과도 같은 경이로운 사건이었다.

고든 간호사는 한 손을 입에 대고 감탄하여 튀어나오는 소리를 막았다. 그러나 노인이 그 소리를 들은 모양이었다.

"왜 그래?"

그가 희미하게 중얼거렸다. 던컨은 설레이는 가슴을 억누르며 머도크 씨 위에 몸을 굽혔다.

"아무 일도 아닙니다. 신경 쓰지 않으셔도 됩니다."

머도크 씨는 서서히 시선을 돌려 던컨을 쳐다보았다.

그는 입 속으로 중얼거렸다. 던컨은 노의사의 어조에서 전부터 귀에 익은 빈정거림을 느끼고 기쁨의 소리를 외치고 싶었다.

"난 충분히 쉰 것 같네. 이제 창문을 열어서 햇빛 구경 좀 시켜 주게나."

던컨은 황급히 창가로 달려갔다. 간호사도 가만히 있을 수 없었던지 우유를 따라 머도크 씨에게 가져갔다.

"이게 뭐야? 진한 홍차를 줘야지."

던컨은 이 일을 방에서 나갈 구실로 삼았다. 이토록 굉장한 행복을 더 이상 억누르고 있을 수가 없었던 것이다. 머도크 씨가, 그의 옛은인이 죽음 앞에서 구출된 것이다.

그는 냉정을 되찾으려고 잠시 걸음을 멈추었다가 그대로 층계를 뛰어내려갔다.

"진!"

그는 큰 소리로 불렀다.

"아버님께서 눈을 뜨셨어요. 진, 진!"

그는 진이 마당에 있으리라 믿고 와이셔츠의 소매를 걷어올린 채 밖으로 뛰어나갔다. 그러나 진은 마당에 없었다. 집 앞에는 오후가 되면 늘 찾아오는 몇 명의 마을 사람들이 서 있었다. 교회 당번과 우편 배달부, 소작인인 브레어, 그리고 마을 유지까지 모두 10여 명의 사람들이 있었다.

그들은 던컨이 황급히 달려나오는 것을 발견하고는 갑자기 말을 중단했다. 교회 당번이 떨리는 목소리로 외쳤다.

"머도크 선생님께서 돌아가셨습니까?"

"아니 천만의 말씀, 돌아가시기는커녕 살아나셨습니다."

그들은 한동안 말문이 막힌 채 던컨의 얼굴을 물끄러미 쳐다보고 서 있었다.

"네?……. 그게 정말입니까, 선생님?"

교회 당번이 믿어지지 않는 듯 간신히 다시 물었다.

"정말이고말고요. 혼수 상태에서 깨어나셨습니다. 1분 전쯤에 나한테 말씀하시며 진한 홍차를 달라고 하셨습니다."

모여 있던 사람들의 입에서 일제히 환성이 터져 나왔다. 교회 당번은 앞으로 한 걸음 나서서 두 손으로 던컨의 손을 힘껏 잡았다. 그리고는 일행을 둘러보았다.

"로버트, 어서 가서 사람들에게 알려 주게나! 하미슈에게 종을 치라고 하게. 어서 달려가게. 로버트, 달려가란 말이야! 자, 우리는……."

그는 눈물을 글썽이며 일행을 바라보았다.

"하느님께 감사 기도를 드립시다."

던컨이 집 안으로 들어왔을 때에도 그들이 부르는 찬송가가 계속 들려 왔다. 현관에 들어서는 순간 교회의 종이 울렸다. 이 기쁜 속식이 마을 구석구석, 그리고 계곡의 구석구석까지 메아리치고 있었다.

"진!"

그는 현관을 가로지르며 다시 불렀다.

"진, 진!"

그녀는 아버지의 방에서 나오며 창백해진 얼굴을 환희의 빛으로 물들이면서 문을 닫았다. 던컨은 그녀에게로 급히 달려갔다. 그러나 그가 미처 닿기 전에 정신을 잃고 쓰러지고 말았다.

6

그날부터 약 2주일 사이에 머도크 박사의 집안 사정은 예전과는 많이 달라졌다.

일찍 찾아온 따사로운 봄볕을 향해서 창문들이 활짝 열렸고, 뒤뜰에서는 병아리 떼가 모이찾기에 한창이었다. 뜰은 약동하는 푸르름에 덮여 향긋한 풀내음을 날리고 있었고, 지방 사투리로 원무곡을 부르는 렛타의 목소리가 빨래터에 흥겹게 들려 왔다. 부엌에서는 진이 민첩한 동작으로 과일죽을 쑤고 있었다. 집에서 만든 음식은 머도크 씨가 모두 먹어 버려서 이제는 남아 있는 것이 하나도 없었다. 때문에 그녀는 음식 만들기에 여념이 없었던 것이다.

진은 오렌지를 얇게 썰어 설탕을 입혀 가면서 쉴 새 없이 커다란 냄비에 집어 넣고 있었다. 안색은 아직 파리했지만 행복해하는 표정만은 역력했다.

그때 갑자기 노크 소리가 들렸다. 처음에는 아버지가 자기를 부르기 위해서 마룻바닥을 두드리는 줄 알았다. 머도크 씨는 이제 완전히 회복기에 접어들고 있었으므로, 무엇인가 먹을 것이 생각나면 딸을 부르는 신호로 이 방법을 즐겨 쓰고 있었다.

그러나 그것은 머도크 씨의 신호가 아니라 누군가가 문 앞에 와 있는 것이었다. 그녀가 앞치마를 풀기도 전에 문이 살며시 열렸다. 그곳에는 뜻밖에도 에글이 서 있었다.

"어머, 알렉스 씨, 언제 돌아오셨어요?"

"진!"

그는 이제 절대로 떨어지지 않겠다는 듯이 정답게 그녀의 두 손을 꼭 잡았다.

"오늘 아침에 돌아왔습니다. 당신이 매우 곤란을 겪고 있다는 소식은 벌써 듣고 있었어요. 그렇지만 빨리 올 수가 없어서 마음만 졸이고 있다가 이제야 왔습니다."

"괜찮아요. 이제 그런 걱정은 말끔히 사라졌어요."

그녀는 환하게 웃으며 계속 말을 이었다.

"안색이 아주 좋아지셨군요. 구릿빛 얼굴이 무척 건강하게 보여요."

"진, 당신은 그렇지가 않은 것 같군요. 다소 야윈 데다가 안색이 창백해요. 하지만 전보다 더 예뻐지셨어요."

"전 매우 건강해요."

그녀는 에글의 안쓰러워하는 표정이 우스워져서 피식 웃어 버렸다.

"2주 전에 제 꼴을 보셨더라면 뭐라고 하셨을까요? 하지만……. 잠시 들어가 보지 않으면 마멀레이드가 타 버리겠어요. 알렉스 씨는 이층으로 가서 아버지를 만나 보세요."

그가 두 계단씩 뛰어올라가는 사이에 그녀는 주방으로 돌아갔다. 가끔 두 사람의 말소리가 그녀에게까지 들려 왔다. 반 시간쯤 지나서 알렉스가 다시 내려왔다.

"진, 깜짝 놀랐습니다. 정말 놀라운 일입니다. 선생님께서 이렇게 좋아지실 수 있다니요……. 상상도 하지 못했습니다."

그는 식탁 가까이에 앉으며 마멀레이드를 젓고 있는 진에게 다정한 눈길을 보냈다.

"이번에 스탤링 씨께 너무나 신세를 진 것 같더군요."

이 말에 그녀는 이상하게도 침울한 목소리로 대답했다.

"정말 그랬어요."

"내가 들은 바로는……, 스탤링 씨가 이번에 선생님을 구하기 위해 큰 희생을 했더군요. 윌레스 병원의 원장이라면 모든 의사들이 선망하는 자리인데, 지명되기 직전에 포기를 했다니……. 그건 그렇고, 원장에 지명된 사람은 누구였습니까?"

에글의 목소리는 조용하기는 했지만 웬지 불만이 서려 있었다. 진은 고개를 살래살래 흔들며 작은 소리로 말했다.

"아직 발표되지 않았어요. 아버지께서 소생하신 것이 무엇보다도 기쁘긴 하지만 그 일은 마음에 걸려요."

"어쨌든 스탤링 씨가 아주 훌륭한 분인 것은 분명한 것 같군요. 다만 좀 이상한 게 있다면……."

에글은 이맛살을 찌푸렸다.

"이상하다니요? 스탤링 선생님은 사심없이 우리를 도와 주신 거예요. 우리와 오랜 친구였으니까요. 그리고 아버지께서 힘든 일을 할 수 없다는 것을 아시기 때문에 계속 도와 주실 생각을 하고 계시는 것 같고요."

에글은 일어나서 그녀에게로 다가갔다.

"진, 당신들 대신에 내가 그 일을 하게 해 주세요. 그 일 때문에 이렇게 급히 달려온 것입니다."

그의 말소리에는 진지한 마음이 담겨 있었다.

"아무쪼록 제가 당신의 아버님과 당신을 돌볼 수 있도록 해 주십시오. 저와 결혼해 주십시오. 진, 내 마음을 알고 계시죠? 수백 번이나 말했으니까……. 나는 당신을 사랑하고 있습니다."

그녀는 오랫동안 꼼짝도 하지 않았다. 그러자 에글은 자기가 상대의 마음을 움직여서 납득시킨 것이라고 믿었다.

그러나 그게 아니었다. 진은 천천히 고개를 가로저으면서 침착하게 그가 무슨 말인가 하려는 것을 가로막았다. 진이 느끼기에 알렉스는 아직 젊고 사실 그녀에게는 너무 부적합했다. 충분한 지성을 갖추고 있지만 독창성이 부족하며, 훌륭한 인격의 뼈대는 지니고 있지만 모든 것이 미성숙하고 평범한 청년에 지나지 않았던 것이다.

"정말 죄송해요. 알렉스 씨, 저도 당신을 좋아하기는 해요. 당신과 존 경께서는 우리들에게 너무나도 잘 해 주셨고 당신이 훌륭한 분이시라는 것도 알고 있어요. 다만 저는 진정한 사랑으로 당신을 사랑할 수 있기를 바라는 거예요."

그의 얼굴을 보고 있는 그녀의 눈은 고뇌에 가득 차 있었다.

"하지만 전 당신을 사랑하지는 않아요, 알렉스 씨. 이것을 확실하게 말씀드리는 게 좋을 것이라고 생각했어요. 정말 죄송해요, 알렉스 씨."

이 말을 들은 에글의 얼굴에 절망의 빛이 역력하게 나타났다. 그렇지만 그녀는 언젠가 그도 마음의 위로를 찾을 수 있는 날이 돌아올 것이라고 믿고 있었다.

"기운을 내 주세요, 알렉스 씨."

그녀는 마치 어머니처럼 낙담해서 고개를 떨구고 있는 그의 손을 가볍게 토닥였다.

"앞으로 6주일만 지나면 틀림없이 우리가 다같이 웃을 날이 찾아올 거예요."

"저에게는 오히려 6년이라고 말해 주는 것이 좋을 것 같군요."

에글은 한동안 화석처럼 그대로 앉아 있었다. 이윽고 그는 훌륭한 습관에 따라 깨끗하게 체념을 하고, 진과 악수를 나눈 후 마지막으로 어색한 미소를 보내고는 총총히 돌아갔다.

잠시 후 다시 문이 열렸다. 진은 알렉스가 다시 왔나 하고 뒤를 돌아보았다. 그러나 이번에는 왕진을 마치고 돌아온 던컨이 있었다. 그 무렵의 던컨은 이제 나이가 꽤 든 탓인지, 지나치리만치 착실한 데다 위엄까지 더하여 새로운 신념이라도 확립한 사람의 자세를 보였다.

그는 굳은 표정으로 그녀를 쳐다보았다.

"들어오는 길에 에글이 나가는 것을 보았소. 한달음에 뛰어가더군요. 그에게 낙원의 문이라도 열렸나 보죠?"

에글은 진에게 구혼을 했다가 거절당하자 비통한 마음을 안고 경황 없이 뛰었다. 그것을 보고 던컨이 오해를 했던 것이다. 에글은 오래 전부터 그녀의 주변에서 맴돌았으므로, 던컨이 그런 오해를 하는 것도 무리는 아니었다.

그러나 자신의 진실을 몰라 주는 던컨이 야속하게 생각된 진은 그만 당혹감과 분노로 속이 상했다. 더구나 그의 얼굴에 나타나 있는 험상궂은 표정과 시무룩한 태도는 그녀의 그러한 감정을 더욱 부채질하여, 어찌할 수 없는 낭패감마저 느끼게 했다. 그녀는 자신의 진실을 밝히고 싶었으나, 주체할 수 없는 감정에 온몸이 파르르 떨려 한 마디도 할 수가 없었다.

이러한 그녀의 태도에 던컨은 자신의 생각이 옳았음을 확인한 듯 더욱 오해할 뿐이었다. 내 짐작이 맞았어. 결국 에글 쪽으로 결정이 난 거야. 이렇게 생각한 던컨은 스스로 비참해지는 듯한 새로운 아픔을 억제하지 못하고 새삼스레 그녀를 날카롭게 주시하였다.

"진, 지금 나는 당신에게 몇 마디 이야기하고 싶은 것이 있소. 환자에 관한 것이오. 만약 아버님께서 허락만 해 주신다면, 나는 기꺼이 지금까지와 마찬가지로 이곳에서 환자를 맡아 볼 생각입니다. 보수에 대해서는 그다지 개의치 않겠소. 당신의 형편에 따라 얼마가 되든 상관하지 않겠소."

던컨의 말은 너무도 명료했다. 그녀는 이 놀라운 발언에 무엇이라고 대답해야 할지 알 수가 없었다. 무뚝뚝한 그의 표정을 보면서, 그녀는 자기가 던컨을 그토록 사랑하고 있음에도 불구하고 아직도 그를 두려워하고 있다는 생각이 들었다. 그녀는 무슨 잘못을 저지르기라도 한 사람처럼 어찌할 바를 모르고 있었다.

"하지만……, 그건 선생님께서 너무 손해를 보는 일이에요. 우리들만 아니었다면 선생님은 모두가 선망하는 높은 지위에 오르셨을 거예요. 그것을 포기했으면서도 계속 우리를 돕겠다는 뜻을 말씀하시다니, 전 도저히 이해할 수가 없군요. 혹시 우리를 동정하여 자선 행위를 하겠다는 생각에서 하신 말씀이라면……."

"진, 당신은 완전히 착각하고 있어요. 어제만 해도 위원회에서는 또 나에게 원장의 지위를 제공하겠다고 거듭 전해 왔었소. 그러나 내가 거절했단 말이오."

던컨은 호주머니에서 편지를 한 통 꺼내 그녀에게 건네 주었다. 그 편지는 그에게 원장이 되어 줄 것을 청원하는 공식 편지였다. 편지를 읽고 난 진은 의아하다는 시선을 보내며 중얼거리듯이 말했다.

"그렇다면 그쪽에서는 선생님께서 이곳에 남고자 하는 이유를 알고 있다는 뜻인가요?"

그는 편지를 받아서 그대로 난로 속에 던져 버렸다.

"그런지도 모르죠. 그러나 나를 위해서가 아닙니다."

"그게 무슨 뜻이죠?"

"당신은 지난 5주간이 나의 인생을 망쳐 버렸다고 하는데, 그건 잘못된 생각입니다. 그와는 정반대입니다. 지난 몇 주일은 나의 생애에 새로운 의미를 부여하여 내가 나아가야 할 길을 확실하게 제시해 주었어요."

그는 이렇게 말하고 힘껏 숨을 들이마셨다.

"나는 의학사 시험에 합격한 후부터 지금까지 이곳에서 지낸 시간을 제외하고는, 거의 몇 년이라는 세월을 목적을 잃은 채 방황했소. 이 말은 나 자신의 것이 아닌 헛된 야심에 이끌려 어두운 터널 속을 헤매고 있었다는 말입니다. 나는 야망이란 덫에 빠져서 동쪽과 서쪽도 분간하지 못하고 있었어요. 결국 나 자신에게도 불충실할 수밖에 없었지요. 다른 사람들과 마찬가지로 꿈이 너무 컸

던 탓입니다. 당신 아버님의 말씀은 모두 옳았습니다. 의사가 우
선이고 의학 기구들은 환자의 치료에 필요한 부차적인 것일 뿐입
니다. 물론 그런 기구들도 쓸모가 있는 것은 사실입니다. 그러나
내가 있어야 할 장소는 그런 기구들 곁이 아니었습니다. 나는 그
런 것들과는 처음부터 어울리지 않았어요. 나는 다만 진정한 의사
가 되고 싶을 뿐입니다. 나는 내가 사람들의 병을 고치기 위해서
태어났다는 사실을 잘 알고 있어요. 나는 사람들을 찾아다니며 고
통을 덜어 주고 싶습니다."

그는 잠시 이야기를 중단했다가 다시 진지한 표정을 되찾아 계
속하였다.

"이 고장에 대해서 말하자면, 나는 이곳이 좋습니다. 이 고장에
는 순박하고 정직한 사람들이 많이 살고 있어요. 그런 사람들이
어쩐지 내게는 가족과 같이 느껴지는 것입니다. 이 사람들은 자기
들의 마을을 지켜 나갈 수 있는 훌륭한 사람들입니다. 내가 좋아
하는 것들은 전부 이곳에 있는 것 같아요."

"그럼, 선생님께서는 계속 이곳에 계셔 주시는 건가요?"

그녀는 떨리는 목소리로 물었다.

"그렇게 결정했어요. 이런 나의 결정은 또 하나의 빚도 갚게 되
는 것일 테니까. 내가 자취를 감추고 나면 원장의 지위는 당연히
안나 가이슬러 박사에게 돌아갈 것입니다. 안나 가이슬러 박사는
여자이지만, 그녀의 인물 됨됨이와 능력에 대해서는 누구나가 다
알고 있습니다. 그렇게 되면 병원으로서도, 그녀 개인에게 있어서
도 무척 좋은 일이 되는 셈이지요."

던컨은 여기서 잠시 말을 끊고 망설였다.

"그렇게 되면 나도 이제 당신의 결혼식에서 춤을 출 정도의 여
유를 가질 수 있겠지요. 아니, 이런! 어리석게도 나는 아직 당신
에게 축하한다는 인사도 못 하고 있군요. 알렉스는 매우 인상이

좋은 유능한 청년 같습니다."

던컨은 어느새 농담도 할 수 있을 만큼 마음의 여유가 생겼다.

"고마워요, 그런 결정을 내려 주셔서……."

"당신이 에글 부인이 되면 마을의 착실한 의사 따위는 이제 마음 속에서 조금씩 사라져 버리겠군요."

던컨의 이 말에 진은 눈을 빛내며 바르게 입을 열었다.

"제발 그런 말씀은 마세요. 전 알렉스와는 절대 결혼하지 않아요. 절대로 결혼하지 않을 거란 말예요."

진은 이렇게 소리친 후에 갑자기 흐느껴 울기 시작했다. 던컨은 너무나 돌발적인 사태에 놀라 나가려다 말고 돌아서서 그녀를 바라보았다.

"아니, 결혼을 하지 않다니요?"

그는 지금이야말로 확실하게 알아 두지 않으면 안 되겠다고 생각했다. 다른 일들은 이제 문제가 되지 않았다. 그녀는 던컨의 시선을 의식적으로 피하고 있었다.

"이유가 있어요. 전 다른 사람을 사랑하고 있거든요."

순간 던컨은 그 자리에 얼어붙어 버렸다. 그는 천천히 초조한 걸음으로, 그야말로 가당치도 않은 희망을 눈앞에 떠올리면서 그녀에게 조심스럽게 다가섰다.

"진, 당신이 사랑한다는 사람이 설마……, 나는 아니겠지요?"

진 머도크는 던컨을 쳐다보았다. 볼그스름하게 상기된 그녀의 두 볼에는 뜨거운 눈물이 흘러 내리고 있었다.

"전……, 저는 언제부터인가 당신을 사랑하고 있었어요. 벌써 오래 전의 일입니다. 당신은 우리가 처음 만나던 날을 기억하시나요? 비가 내리는 날이었어요. 그때 당신은 불편한 몸으로 수중에 지닌 돈도 없이 의학 공부를 하기 위해 무작정 집을 나오셨지요. 쏟아지는 비를 피해 저희 집 헛간에서 떨고 있는 당신을 처음 본 순간, 그때부터 저는 당신이 좋아졌어요. 그때부터 제가 당신을 좋아하게 되었다면 믿어 주시겠어요? 그러나 그것은 사실이에요. 당신이 안나 가이슬러 박사와의 좋지 못한 소문으로 뭇사람들의 비난을 받을 때도 저만은 당신을 믿었어요. 그리고 항상 멀리서나마 당신의 성공을 기원해 왔어요. 한시라도 당신을 잊어 본 적이 없는 제 심정을 이해하시겠어요?"

진은 울먹이는 속에서 자신의 심정을 털어놓았다.

"오, 진! 난 그런 줄도 모르고 당신을 원망하고 있었소."

던컨은 자기도 모르게 탄성을 지르며 소리쳤다.

두 사람은 어느새 누가 먼저랄 것도 없이 서로를 따뜻하게 품 속에 안고 있었다. 던컨이 작은 목소리로 말했다.

"이런 일이 일어나리라고는 정말이지 꿈에도 생각하지 못했습니다. 진, 나는 당신에 대한 사랑을 처음 느낀 이후 몇 달 동안을 그저 마음 속으로만 간직하고 있었던 것이오."

진은 얼굴을 들어 던컨을 쳐다보았다. 그의 품 안에서는 주위의 모든 것이 자취를 감추고 말았다. 그러나 천장을 두드리는 소리가 차차 강하게, 그리고 조급하게 들려 왔으므로 두 사람은 현실의 세계로 되돌아와야만 했다.

"함께 가서 아버지께 말씀드려요."

진 머도크는 수줍은 미소를 띠면서 나지막하게 속삭였다.

7

그로부터 일 년이 지난 6월의 어느 화창한 오후였다. 햇빛이 쨍쨍 내리쬐는 파란 하늘에 양산처럼 예쁘게 생긴 구름 한 조각이 한가롭게 떠다니고 있고, 정원에는 온갖 꽃이 흐드러지게 피어 있었다. 이런 날씨에 걸맞게 스트라스 린튼의 병원 주위에는 평소와는 달리 활기가 넘쳐 흐르고 있었다. 햇살이 반짝거리는 창에는 화사한 새 커튼이 드리워졌고 현관문 앞의 화분대에는 불타는 진홍빛의 제라늄이 만발해 있었다. 그리고 집 안에는 절로 침을 꿀꺽 삼키게 만드는 구수한 음식 냄새가 진동하고 있었다.

파릇파릇한 잔디가 깔린 집 안의 뜰에 놓여진 안락의자에 두 남녀가 앉아 흡족한 얼굴로 초여름의 한가로움을 만끽하고 있었다. 남자는 말쑥하게 정장을 한 머도크 박사였다. 완연한 백발로 뒤덮인 그의 머리는 산들바람에 기분 좋게 흩날리고 있었다. 햇빛에 적당히 그을린 피부는 정성들여 손질한 콧수염과 잘 어우러져 연로한 나이에도 불구하고 건강함을 과시하고 있었다. 여자는 중년으로 수수한 검은 드레스를 입고 머리에는 캐프린 모자를 쓰고 있었다. 단정하고도 지적인 면모가 풍기는 용모였다. 눈가에 부드러운 미소가 서려 있는 그녀는 던컨 스탤링의 어머니, 마사 스탤링 부인이었다.

그녀는 다소곳이 앉은 채 주위의 아름다운 경치를 바라보고 있었다. 그런 그녀와는 대조적으로 곁에 있는 머도크 박사는 계속 안락의자를 까딱까딱 흔들어대고 있었다. 입의 꼬리가 위로 올라간 것으로 보아 휘파람이라도 불고 싶은 모양이었다.

마사 스탤링 부인은 곁눈으로 머도크 박사를 얄밉다는 듯이 흘겨보면서 은근히 끓어오르는 화를 억누르고 있었다. 이윽고 그녀가 작은 소리로 헛기침을 하고 나서 입을 열었다.

"오늘 날씨는 참 좋군요. 세례식을 올리기에 더할 나위 없이 좋은 날씨예요."

노의사는 그녀를 쳐다보지도 않고 고개를 절레절레 흔들었다. 그는 아까부터 줄곧 그녀의 말에 반박만 하고 있었다. 콩으로 메주를 �쓴다고 해도 반박을 하고 있으니 그녀로서는 부글부글 화가 끓어오르는 것이 당연한지도 몰랐다. 노의사는 거들먹거리는 음성으로 말했다.

"초여름 날씨는 여자의 마음처럼이나 알 수가 없지요. 지금은 이렇게 맑지만 밤이 되기 전에 비가 올 것입니다."

"아녜요. 비는 절대로 오지 않을 겁니다. 우리 손자의 세례식이니까요."

마사 스탤링 부인은 지지 않고 응수했다.

"당신 손자라구요? 그렇죠, 당신 손자도 되지요. 그런데 참으로 이상한 일이란 말씀입니다. 어째서 그 아이는 당신이 아닌 나를 그대로 빼어 닮았을까요?"

노의사는 얄궂은 시선으로 슬금슬금 마사 스탤링 부인의 눈치를 살폈다.

"오오, 하느님! 제발 그런 일은 없도록 해 주십시오."

그녀는 무척 엄숙한 목소리로 말했다.

"우리 손자에게 정말로 그런 불행한 사태는 당하게 하고 싶지 않습니다. 고집불통 외할아버지를 닮는다는 것은 절대, 절대로 반대예요. 아무렴, 그렇고말고요. 총명한 눈빛은 나를 닮았고 잘생긴 코는 내 아들 스탤링을 꼭 빼닮지 않았습니까?"

마사 스탤링 부인의 이 말에 노의사는 콧구멍을 벌름거렸다.

"내 말에 화를 내셔도 소용이 없습니다. 나는 누구처럼 당신을 무서워할 사람이 아니니까요."

"아니, 누구처럼이라니요?"

"정말 모르시겠습니까? 당신이 몇 년 동안이나 쫓아낸 불량한 던컨과는 다르다는 말입니다."

그녀의 안색이 갑자기 누그러졌다.

"옛날 이야기를 하시는군요. 그 아이는 아시다시피 내 명령에 거역했기 때문에 어쩔 수 없었어요."

"그렇다면……, 그 친구에게는 그렇게 할 만한 이유가 절대로 없었다는 말인 것 같군요?"

마사 스탤링 부인은 절대 이유가 없었다는 말에 고개를 세차게 흔들었다.

"그런 뜻은 아녜요. 그 아이가 내 말을 들었더라면 더 좋은 일이 있었을 거예요. 하지만 이제는 아들을 용서하기로 했습니다. 손자가 귀여워서지요. 더 이상 내가 무슨 말을 할 수 있겠어요?"

"더 이상의 말……?"

머도크 박사는 재미있다는 듯이 껄껄 웃었다.

"당신은 꽤나 관대하시군요. 내가 당신의 아들 스탤링이라면 '왜 오셨나요? 제발 돌아가 주십시오!'라고 말하겠습니다. 아니지, 당신이 여기에 있는 것을 알게 되면 스탤링이 아마 그런 말을 할는지도 모르겠습니다. 기대하고 계십시오."

이때 던컨의 아버지인 톰 스탤링이 어슬렁어슬렁 뜰 안으로 들어왔다. 그는 듬직한 어깨에 헐렁한 재킷을 걸치고 있었는데, 얼굴에는 흐뭇한 표정이 가득했다.

"당신도 그런 것쯤은 알고 계시겠지요? 세례식에서 술을 마셔서는 안 된다는 것을 말예요. 단 한 방울도 안 된다는 사실을 꼭 명심하세요."

마사 부인이 남편을 충고했다.

체구가 큰 그녀의 남편은 조끼주머니에서 번쩍번쩍 빛나는 새 시계를 맨 금줄을 못내 자랑스러운 듯이 만지작거리고 있었다. 사람 좋은 그는 아내의 힐책성 충고에는 개의치 않고 여전히 얼굴 가득 미소를 머금고 있었다. 던컨은 벌써 오래 전에 자기가 무작정 집을 나설 때 아버지가 가보처럼 여기던 금시계를 주었던 일을 잊지 않고, 아버지에게 첫번째 선물로 금시계를 선사했던 것이다.

"하기야 물보다 좋은 음료는 없지."

톰 스탤링은 고개를 끄덕이며 말했다.

"샴페인을 제외하면 말이오."

노의사가 유혹적인 응원을 보냈다.

"우리 둘이서 한 병 나눕시다. 이놈은 맥주보다 약간 강한 물일 뿐이니까 괜찮을 겁니다."

이때 발소리가 들려 왔으므로 더 이상의 논쟁은 중단되었다. 진 머도크가 세례복으로 갈아 입은 아기를 품에 안고 활짝 웃으며 그들에게 다가왔다. 그러자 노의사와 마사 부인이 이구동성으로 소리쳤다.

"어머나, 잘생기기도 했지!"

마사 부인은 자랑스러운 듯 싱글거리며 말했다.

"우리들의 의견이 일치하는 것은 이 말뿐이로군요."

노의사가 웃음으로 대답을 대신하고 있을 때 톰이 중얼거렸다.

"손님들이 오시는데 던컨이 집에 없으니 곤란하군."

처음으로 두 명의 손님이 조용한 걸음으로 들어섰다. 마을에서 가장 연장자인 어른과 교회 전도사로 두 사람 모두 예복을 입고 있었다. 그 뒤에 우편 배달부와 벨 양, 리드 목사 등이 차례로 도착했다. 이윽고 아담한 뜰은 사람들로 가득 찼다.

모두 약간 어색한 듯 말이 없었으므로 교회 전도사가 헛기침을 하며 침묵을 깨 보려고 했다.

"여보게, 전도사! 그 기침은 질이 아주 나쁜 기침이라네."

노의사가 농담을 하려는 의도와는 달리 아주 직업적인 말투로 입을 열었다.

"내가 처방을 해 주겠네."

"아니, 염려하지 마십시오. 식이 끝나면 곧 의사 선생님을 찾아 가겠습니다."

"뭐라구?"

노의사가 짐짓 무시를 당했다는 표정이 되어 큰 소리로 허풍스럽게 말하자, 모두가 한바탕 웃음을 터뜨렸다. 은은하게 풍기는 꽃향기와 간간이 들려 오는 새들의 지저귐은, 따스하고 부드러운 공기와 함께 그들의 분위기를 한층 부드럽게 해 주었다.

"여보게, 전도사! 자네가 말하는 그 의사란 도대체 누구인가? 아들의 세례식에 아버지인 의사가 집에 없다고 나무라는 말인가?"

머도크 박사의 이 말에 진 머도크가 끼여들었다.

"애 아버지는 오늘 특별히 먼 곳까지 왕진을 나갔답니다."

마침 그때 요란한 엔진 소리와 함께 던컨의 차가 문 앞에 와 멈췄다. 하미슈와 함께 급히 차에서 내린 그는, 뜰에 모인 손님들과 세례복을 입은 아기의 모습을 보고 환하게 웃었다.

불과 1년 남짓한 기간이었지만 그 동안의 일은 그에게 분명한 각인을 찍어 놓았다. 그 단호한 생김새는 인간다운 착한 심성을 여실히 나타내 주고 있었으며, 바깥 바람에 구릿빛으로 그을은 얼굴은 아주 건강해 보였다. 양복으로 정장 차림을 한 그 몸매도 늠름하고 민첩해 보였다.

던컨은 모여 있는 사람들 가까이 가서 밝게 웃음지으며 인사를 했다. 자기의 길을 발견한 인간의 명랑하고 행복한 웃음이었다. 그는 아직 어머니의 모습은 미처 알아보지 못했다. 어머니는 웬지 불안해서 많은 사람들 뒤에 숨은 듯이 있었기 때문이었다.

"늦어서 정말 죄송합니다. 고스도우에 급성 맹장염 환자가 생겨서 다녀오느라고 늦었습니다."

던컨은 힐끔 아내 쪽을 쳐다보았다.

"게다가 도중에 다른 일까지 생기는 바람에⋯⋯."

그는 호주머니에서 뜯어진 전보를 꺼내 아내에게 건네 주었다. 전보를 받아 들고 눈으로 읽던 진의 얼굴이 더욱 밝아졌다. 사람

344 · 젊은 날의 고뇌와 사랑

들이 궁금하게 생각하고 있기 때문에 그녀는 들뜬 목소리로 크게
전보를 읽었다.

　　던컨 스탤링!
　　오늘 당신 가족의 기쁨에 저도 진심으로 함께하고 있습니다.
정말 당신은 인간이 걸어야 할 길을 아는 현명한 사람입니다.
모든 것이 당신이 말씀하신 대로입니다. 부디 행복을 빕니다.
진 스탤링 부인에게 애정을, 당신에게는 악수를 보냅니다. 윌레
스 병원의 몹시 지쳐 있는 원장으로부터,
　　안나 가이슬러

　전보을 읽은 진은, 남편에게 이제는 모든 걸 이해했다는 듯한
애정어린 시선을 보내며 상냥하게 말했다.
　"당신이 만나지 못했던 어른이 여기에 와 계세요."
　"내가 만나지 못했던 어른?"
　"그래요, 잠시만 기다리세요."
　진은 남편에게 아기를 건네고 사람들의 뒤편으로 갔다. 이윽고,
한편 구석에서 반쯤 몸을 돌려 서 있던 마사 스탤링 부인이 진의
이끌림에 주저하면서 앞으로 천천히 나왔다. 그 모습을 지켜 보던
던컨은 자지러질 듯 놀랐다. 그와 동시에 주체할 수 없는 행복감
에 온몸이 굳어지고, 가슴은 감동으로 숨이 막히는 듯했다.
　"어, 어머니!"
　던컨은 가까스로 이렇게 말했을 뿐이었다. 그리고 두 사람은 말
을 잊은 채 한동안 얼굴만 마주보고 있었다. 마사 부인은 부끄러
운 듯이 얼굴을 옆으로 돌렸다.
　"난 아무래도 여기에 오지 않을 수가 없더구나. 하지만 아직 여
장을 풀지는 않았단다. 네가 싫다면 곧 집으로 돌아가마."

어머니의 목소리는 담담하면서도 처연했다. 마치 아들의 처분만을 기다리는 듯한 그런 목소리였다.

"어머니, 전……."

던컨은 여전히 말을 잇지 못하고 슬그머니 아기를 아내에게 넘겨 주었다.

"던컨, 정말 장하다. 나는 네가 정말 자랑스럽다. 네가 행복하게 되어 많은 사람들에게 사랑받는 것을 보니 에미로서는 이제 더 이상 바랄 것이 없구나."

마사 부인은 당장이라도 아들을 힘차게 껴안고 싶었다. 그러나 그녀는 지금 그런 감정을 필사적으로 억제하고 있었다. 던컨은 앞으로 성큼 다가가서 두 팔로 어머니를 힘껏 끌어안았다.

"어머니, 어머니가 와 주셔서 정말 기쁩니다. 저에게는 이보다 더 기쁜 선물은 없습니다. 지금 제 기분은 최고, 최고입니다."

마사 부인은 눈물을 감추며 무엇인가 말하려고 했지만 목이 메어 아무 말도 나오지 않았다. 그대신 이제껏 참고 있었던 눈물이 그녀 자신도 모르는 사이에 두 뺨을 타고 흘러 내리고 있었다. 던컨은 그 나이가 되어서야 처음으로 어머니의 눈물을 보았다.

"던컨, 나는 이미 오래 전에 너를 용서했단다. 너도 에미를 용서할 수 있겠지? 아냐, 우리는 서로간에 처음부터 잘못이 없었어. 그렇기 때문에 용서하고 말 것도 없어. 너나 할 것 없이 모두 옳았던 거야. 그렇지, 던컨?"

"네, 어머니의 말씀이 옳아요."

던컨은 손수건을 꺼내 어머니의 눈물을 닦아 주면서 다정하게 말했다. 마사 부인은 한없이 행복한 표정으로 아들과 손자, 그리고 며느리의 얼굴을 번갈아 쳐다보았다.

"어흠, 내 예상이 완전히 빗나가고 말았군. 던컨이, '왜 오셨나요? 제발 돌아가 주십시오!'라고 말했어야 하는데 말씀이야."

　머도크 박사는 그렇게 말하며 딸의 품에 안겨 있는 아기를 바라보았다.

　"허허, 그래도 이 아이는 나를 닮았어. 그래, 잘생긴 코와 눈과 입이 모두 나를 닮았고말고!"

　"뭐라구요? 우리 손자는 나와 제 아버지를 닮았다는 사실을 보시면서도 모르시겠어요?"

　마사 스탤링 부인이 소리치자, 노의사는 천만의 말씀이라는 표정을 지으며 고개를 하늘을 향해 쳐들었다. 그 모습이 너무도 우스꽝스러웠기 때문에 모인 사람들은 다같이 크게 웃음을 터뜨렸다.

　"어서 안으로 들어가시지요, 어머니."

　던컨은 더할 나위 없는 행복감에 흠뻑 젖어서 한 손으로 어머니의 어깨를 부드럽게 안았다. 구수한 음식 냄새가 솔솔 풍기는 집 안으로 들어가는 모두의 얼굴에는 행복한 미소가 넘쳐 흐르고 있었다.

젊은날의 고뇌와 사랑

1판 1쇄 인쇄 2011년 5월 15일
1판 1쇄 발행 2011년 5월 20일
2판 1쇄 발행 2013년 8월 15일
3판 1쇄 발행 2015년 6월 30일

지은이 : A ` J 크로닌
옮긴이 : 이정빈
펴낸이 : 김용성
펴낸곳 : 지성문화사
등록   : 제 5 -14호 (1976. 10. 21)
주소   : 서울시 동대문구 신설동 117-8 예일빌딩
전화   : (02) 2233-5554 / 2236-0654
팩스   : (02) 2236-0655, 2953

정 가 18,000원